봄 여름 가을 겨울

봄 여름 가을 겨울

지은이 김종서
1판 1쇄 인쇄 2011. 10. 17
1판 1쇄 발행 2011. 10. 26

발행처_ 김영사 ● 발행인_ 박은주 ● 등록번호_ 제406-2003-036호 ● 등록일자_
1979. 5. 17 ● 경기도 파주시 교하읍 문발리 출판단지 515-1 우편번호 413-756
● 마케팅부 031)955-3100, 편집부 031)955-3250, 팩시밀리 031)955-3111 ●
저작권자 ⓒ 박수용, 2011 이 책의 저작권은 저자에게 있습니다. 저자와 출판사의
허락 없이 내용의 일부를 인용하거나 발췌하는 것을 금합니다.

값은 뒤표지에 있습니다. ISBN 978-89-349-5514-6 03810 ● 독자의견
전화_ 031)955-3200 ● 홈페이지_ http://www.gimmyoung.com ● 이메일_
bestbook@gimmyoung.com ● 좋은 독자가 좋은 책을 만듭니다 ● 김영사는
독자 여러분의 의견에 항상 귀 기울이고 있습니다.

김종서

서늘하고 매혹적인 명품 한시와
옛 시인 마음 읽기

김영사

다시 부르는 노래

시는 감동의 산물이며 진솔한 자기 고백이다. 감동은 정서의 떨림
이다. 이 정서는 가락으로 나타나고 가락으로 재생된다. 그러므로
시의 감동은 그 시에 담겨 있는 가락이 노래로 나타났을 때 가장 큰
울림이 된다. 노래 또한 감동의 산물인 것이다. 노래를 문자로 나타
내면 시가 되고 시를 가락으로 바꾸면 노래가 된다. 시와 노래는 본
래 한 몸인 것이다.

한편 시는 그림으로 그려 보여준다. 한 편의 그림이 된 것은 시각
으로 감각된 정서를 보다 명확하게 보여주려 한 결과이다. 시는 인
상적으로 집약된 풍경의 단면들을 신선한 관찰 시각과 시어들의 맑
고 맑은 이미지들로 잘 배치하여 참된 경지를 그려낸 결과물이다.
시에는 진실하고 소박한 풍경과 인정이 있어 그곳에서 살아가는 인
간들의 삶의 참다운 모습을 보여준다. 어떤 화가도 그림으로 그려
낼 수 없는 알뜰한 운치를 그려내어 시의 성령性靈이 되었다.

우리 한시는 시인의 흥과 한의 정서의 표출, 고도로 수양된 인성

의 상징적 반영, 풍자와 교화의 사회적 기능까지 삶의 다양한 모습을 담고 있다. 우리 생활 주변의 소재를 끌어와 우리 민중의 진실 소박한 심성을 그려내고 있다. 무상한 세월은 봄, 여름, 가을, 겨울로 가고 오며 변함없이 순환한다. 유상한 인간은 자연 속에서 나고 자라고 머물다 떠나가는 존재이다. 우리는 현실이 힘겹고 고통스러움을 느낄수록, 하늘을 우러러 진실한 삶을 살아가길 더욱 바라게 된다. 자연은 고향이며 인간이 지향하는 근원적 회귀 공간이다. 자연을 향한 끝없는 진실과 순수를 추구한 결과물이 바로 우리 선인들의 한시이다. 시인이 품고 있는 마음 그 자체가 바로 진실이며 순수이다.

우리 한시는 사물의 외양상 진실만을 옮기지 않고 그 사물의 내적 기미까지를 예리하게 포착하여 형상화함으로써 작품의 심도를 높이고 있다. 예리한 관찰, 자연물에 대한 곰살궂은 애정, 독특한 사실적 묘사의 필치가 뛰어나다. 그저 언어 문자의 감각적 미감이나, 교묘한 솜씨를 드러낸 멋내기만을 위한 수사를 하지 않는다. 그냥 작은 대상을 등장시켜 시적 대상이 함유한 진실, 그것을 있는 그대로의 모습으로 온전히 형상화했을 뿐인데 시어들은 오히려 신기해져 진실한 경지를 발견하게 된다.

우리의 한시에서 시인은 자연 경물의 상태를 관찰하고 상상을 통해 구성되는 흥취를 은근하게 함축한다. 드러내놓고 감탄하는 것도 아니고 주변의 모습만 살며시 형상화하고 있을 뿐인데, 독자로 하여금 알뜰한 분위기와 흥취에 공감하게 한다. 우리 한시에는 흥과 한이라는 감정의 질량과 가락의 변주가 스펙트럼처럼 펼쳐져 있다.

시를 이해하고 번역하는 것은 시인이 담아놓은 정감이나 의미의 질량을 파악하는 길이다. 이는 시인이 발 딛고 서 있는 창작 시간과 공간의 위치에 따른 심기心機의 변화가 어떤 소리로 변화되는지, 어떤 그림으로 형상화되었는지 되살펴 읽어내는 일이다.

시의 번역은 시의 뜻만을 파악하거나 이해하는 데에 있지 않다. 참다운 번역은 시 속에 내재하는 운율과 작자의 감정의 울림을 찾아냄으로써 독자도 또한 그 감동을 체험하게 하는 데 있다. 시를 번역하는 일은 내용 안에 담긴 넘실거리는 신명과 가슴 저리는 슬픔의 정감을 서정과 가락으로 옮겨내는 일이다. 시가 시다우려면 반드시 운율이 필수적이며, 번역시 또한 시이기에 운율이 있는 문장으로 번역되어야 한다.

이 책은 한시를 주요 대상으로 했다. 하지만 한시의 정서와 맥이 닿아 있고, 때로는 한시의 가락과 흐름이 비슷한 현대시와 가곡 및 동요까지도 함께 묶어 실었다. 청록파나 신석정의 시는 한시의 정서 맥락과 불가분의 관계를 갖고 있다. 가곡은 시와 음악의 결합이다. 우리 노래는 우리의 정과 한, 기쁨과 슬픔을 담은 우리 시에 아름다운 선율이 입혀져 탄생한 경우가 많다. 〈동심초〉는 김성태 작곡으로 널리 애창되는 가곡이다. 애련한 가사로 우리의 심금을 울리는 노랫말은 김억金億이 당나라 여류 시인 설도薛濤가 쓴 〈춘망사〉를 우리말로 옮긴 것이다. 시는 음악의 가사가 되어 음악과 호흡할 때 중요한 의미를 지니게 된다. 김민기의 노랫말은 은유적이며 암시적이어서 깊은 정신적 울림을 준다. 그 울림은 당대의 젊은 대학생들이 현실 속에서 느끼는 정신적 갈등과 고뇌를 대변해주기도 하였다.

시는 소리로 감동을 조율한다. 시인이 감정의 상태와 노래하는 목청을 조화시켜 시라는 곡보 위에 올려놓았기 때문이다. 한시는 사라져가는 노래가 되었다. 이제 한시를 짓는 시인도, 음영吟詠하고 노래하는 시인도 사라진 시대이다. 그렇지만 수많은 선대 시인들은 우리 앞에 울고 웃고 소리치고 어깨를 들썩이고 발을 구르며 신명과 한을 맺고 풀었던 무진장한 서정의 보배를 한시라는 곡보 위에 남겨놓았다. 한시는 사라진 노래가 아니며 잊힐 노래도 아니다. 지금은 그 무진장한 인간 정서의 광맥을 한글이라는 우리 언어로 캐내어 다시 노래 불러야 할 때이다.

　우리 한시에 대해 배우고 공부하면서 느껴오던 많은 생각들의 단상을 이 글에 담았지만 늘 부족한 자질을 스스로 반성하게 된다. 한시를 좋아하고 공부하는 분들께 조그만 도움이 될 수 있기를 바랄 따름이다. 이 책의 도판에 도움을 주신 고연희 선생님께 고맙다는 마음을 전한다. 또한 어려운 현실 속에서도 출판을 맡아주신 김영사 관계자 분들에게도 감사의 말을 전한다.

2011년 10월 수리산 자락에서

김종서

제1부

눈길마다 붉은 꽃들
발걸음을 붙드는데

이 비 그치면

이 비 그치면
내 마음 강나루 긴 언덕에
서러운 풀빛이 짙어 오것다

푸르른 보리밭 길
맑은 하늘에
종달새만 무어라고 지껄이것다

이 비 그치면
시새워 벙글어질 고운 꽃밭 속
처녀애들 짝하여 새로이 서고,

임 앞에 타오르는
향연香煙과 같이
땅에선 또 아지랭이 타오르것다

이수복, 〈봄비〉

봄비 내린 뒤에 바라보는 낯익은 고향의 봄 풍경이다. 민요적 가락으로 노래한 이수복의 시이다. 이 비 그치면 강나루 긴 언덕에 서러운 풀빛이 짙어오고, 푸른 보리밭 길 맑은 하늘에는 종달새가 우짖으며, 봄나들이 나온 처녀애들과 타오르는 아지랑이로 봄기운은 더욱 난만爛漫해질 것이다. 봄비는 잠들었던 온갖 생명을 일깨운다. 봄기운이 가득한 자연을 바라보고 있노라니 흥취가 절로 나 삶의 근심 걱정을 잠시 잊어본다. 고향의 봄은 봄비에서 시작된다. 얼었던 시냇물이 녹아내리고 만물이 움트고 온갖 생명이 약동한다.

—

봄비는 가늘어서 방울 안 지다
밤중에 희미하게 소리 들리니
눈 다 녹아 앞 시냇물 불어날 테고
얼마쯤은 풀싹들도 돋아나겠지
春雨細不滴　　夜中微有聲
雪盡南溪漲　　多少草芽生

정몽주鄭夢周, 〈봄[春]〉

시인이 내 마음속에 있는 감정을 최대한 정성을 다해 절실하게 그려 보여주는 것이 묘사가 잘된 시이다. 이 시는 시간의 진행에 따른 내적 상황을 유기적이고 구조적으로 살펴 시점의 변화에 유의해서 해석되어야 한다. 비가 가느다랗게 내리는 것을 확인하는 이 밤중이라는 시간과 방 안이라는 공간은 시적 정감이 집약된 정점이며, 포은圃隱의 창작적 행태와 위상이 확정되는 현장이다. 이른 봄 어느 날 한밤중에 조금은 소리를 내며 내리는 빗소리를 듣는다. 낮에는 비가 겨우 보슬보슬 안개처럼 내려 소리도 없었다. 지금은 한밤중, 밤중에 앉아 가만히 들어보니 처마 끝 낙숫물 소리로 들을 수 있을 만큼 많아졌다. 이렇게 비가 내리면 겨우내 쌓였던 눈이 다 녹겠고, 이렇게 되면 그 녹은 물과 함께 앞 시냇물이 불어날 테고, 또 이렇게 되면 얼마 지나지 않아 말라 죽은 듯 눈이 덮여 있던 앞 냇가의 풀들이 얼마쯤씩 돋아나리라.

이 시에서는 돌아올 한봄의 풍경을 그려보고 그것을 예비하는 봄비의 모습을 통해, 기막힌 흥취에 젖어 밤에 잠에 들지도 않고 방 안에 혼자 앉아 있는 작가의 느꺼워하는 모습이 선하게 그려진다. 두보杜甫는 〈봄밤에 즐겁게 내리는 비〔春夜喜雨〕〉에서 "좋은 비 시절 알고 내려오더니, 봄을 맞아 새싹을 돋아 올리네. 바람 따라 슬그머니 밤에 들어와, 가늘가늘 만물 적셔 소리도 없네〔好雨知詩節, 當春乃發生. 隨風潛入夜, 潤物細無聲〕"라고 하였다. 낮과 밤의 비의 상태를 대비하여 표현한 '세부적細不滴'과 '미유성微有聲'은 시각과 청각의 이미지를 차용하였다. 가느다란 빗소리가 들린다는 묘사에는, 작가의 비에 대한 감탄과 그에 대한 묘한 느꺼움과 봄을 애틋하게 기다리며 상상해보는 즐거움에 도취되어 있는 감흥이 함축되어 있다.

봄비는 만물을 소생시키고 길러줄 귀중한 존재이다. 물이 불어남과 봄비를 맞고 돋아날 풀싹을 생각하면서, 은근하게 생동하는 봄 기운이 가득한 대자연의 경이를 상상해보고 그윽한 흥취를 느껴본다. 봄비가 온 누리에 골고루 전해줄 봄소식을 상상하고 그 설렘 속에서 잠 못 이루는 작자의 모습을 보여준다. 그 속에서는 만물 생성

정충엽鄭忠燁, 〈운산춘일雲山春日〉, 18세기,
종이에 옅은 색, 24.8 x 31.8cm, 동산방 소장.
—

복사꽃인 듯한 연분홍 꽃이 마을 가득한 가운데 방금 비가 물러간
듯 산과 나무가 짙다. 축복으로 내리는 비, 찬란하게 벙그는 꽃, 아
름다운 봄날 아침 그윽한 잠에서 깨어보니 어느새 사립문 앞까지
봄기운이 만연하다.

의 천지조화를 마음 사이로 그리며, 자연에 동화되어 느긋하고 흡족해하고 있는 유덕한 선비의 수양된 인격이 말 없는 가운데 느껴진다. 봄비의 상태를 관찰하고 상상을 통해 느껴지는 봄날의 신명난 흥취를 은근하게 함축한 시이다. 드러내놓고 감탄하는 것도 아니고 주변의 모습만 살며시 묘사하고 있을 뿐인데, 독자로 하여금 봄날의 맑고 알뜰한 분위기와 그 속에 노니는 흥취에 공감하게 한다.

—

좋은 비가 날 붙들려 일부러 안 개는가?
하루 종일 창문 닫고 강물 소릴 듣고 있네
게다가 꽃비둘긴 봄을 다시 알리려고
산살구 꽃가에서 "구우구우" 우는 게지
好雨留人故不晴　　隔窓終日聽江聲
斑鳩又報春消息　　山杏花邊款款鳴

신광한申光漢, 〈비에 막혀 신륵사에 자면서[阻雨宿神勒寺]〉

신륵사에서 빗속에 가만히 앉아 돌아오는 봄을 소리로 느끼는 아늑한 흥취를 읊었다. 봄비는 바로 핑계거리이다. 종일 내리는 봄비에 길을 나서지 못하고 신륵사에 갇혀 있다. 하지만 조바심 내는 기색이 없다. 봄이 오는 흥취를 기대하는 시인에게는 비로 인해 신륵사에서 자게 된 것이 오히려 다행하게도 즐거운 일이 되었다. 그래서 '좋은 비[好雨]'라고 한 것이다. 비를 길손을 못 가게 하는 존재로 의인화하였다. 저 비는 길손을 멈춰두자고 일부러 개지 않는 것인가? 그래서 그 비를 핑계로 문을 닫고 방에 앉아 내다보지 않은 채로 강물 소리를 듣는다. 물론 여전히 비는 내리고 있고 눈이 녹아 불어난 여강驪江의 물은 오랫동안 잠겼던 목청을 풀고 봄을 노래한다.

게다가 더욱 반가운 것은 이 비로 인해 산사를 둘러싸고 자란 살구나무다. 살구나무는 가지마다 살구꽃이 탐스럽게 벙글고 있을 게다. 이따금 그쪽에서 들려오는 꽃비둘기 소리. 저도 또한 봄소식을 알리느라 "구우구우" 구성지게 한 목청 풀고 있는가? 축복으로 내리는 비, 풍요로운 강물, 찬란하게 벙그는 살구꽃, 봄을 알리는 산비둘기 목청, 물물物物마다 헌사롭고 봄날은 화평하고 온 누리가 흐뭇하다. 봄 맞은 산사 주변의 풍경과 인물의 양태만을 스케치하듯 그려냈는데 봄날의 감흥이 오롯하게 담겨져 있다.

—

지난 밤 산속에선 비가 내려서
앞 시내엔 물이 정녕 불었을 텐데
대숲 집에 그윽한 꿈 깨고서 보니
봄빛이 사립문에 가득하여라
昨夜山中雨　　前溪水政肥
竹堂幽夢罷　　春色滿柴扉

백광훈白光勳, 〈냇가 집 비가 온 뒤에[溪堂雨後]〉

시냇가 비가 내린 뒤 대숲 초당에서 바라보는 자연의 모습이다. 자고 나니 다가드는 '춘색春色', 그 생동하는 봄에 대한 찬사이며, 가슴 밑바닥에서 울리는 청신한 자연에 대한 감탄으로 작가의 반가움이 들어 있다. 계절은 봄이고 봄비 내린 다음 날 활짝 개인 아침의 풍경이다. 그 분위기는 깨끗하면서 아늑하다. 궁핍한 생활 속에도 계절의 신선한 변화가 사람 마음을 풍요롭게 한다.

봄비로 시냇물이 찰찰 넘친다. 아름다운 봄날 아침 그윽한 잠 깨어보니 어느새 사립문 앞까지 봄기운이 만연해 있다는 것이다. 대나무로 집 뒤 울타리를 두른 것도 하나의 정취이다. 여름에는 바람 소리, 겨울에는 눈 떨어지는 소리를 듣는다. '유幽' 자는 세속과 절연된 숨어 사는 이의 아늑한 공간을 의미하며, 세상의 변화와 세월의 변화에 아랑곳하지 않고 내면에 침잠해 있는 작가의 행태이면서 인성의 반영이다. 자연에 동화되어 살아가는 옛 시인들의 수양된 인격이 느껴진다. 그러기에 이런 시들은 드러내놓고 감탄하는 것도 아니고 주변의 모습만 살며시 제시할 뿐인데도, 독자로 하여금 봄날의 청신함과 그 속에 노니는 작가의 흥취를 느끼게 한다.

—

비가 그친 뜰에는 이끼들만 돋아나고
인적 뜸해 두 짝 사립 낮인데도 닫힌 데다,
푸른 섬돌 떨어진 꽃 한 치 남짓 쌓인 채로
봄바람에 불려 갔다 또다시 불려 오네
雨餘庭院簇苺苔　　人靜雙扉晝不開
碧砌落花深一寸　　東風吹去又吹來

진화陳澕, 〈봄이 저물어 산사를 주제로 짓다[春晚題山寺]〉

봄이 저물어간다. 비 온 후 산사의 정갈한 뜰에서 바람에 날리는 낙화의 한적한 모습을 담은 시이다. 이 작품은 그 내적 정황이나 윤곽이 뚜렷하다. 새삼 설명하거나 추정해볼 필요도 없이 문면 그대로의 어구적 표현이 실제 세계의 일체를 고스란히 반영해주고 있다. 작가는 이 절 안 어느 방 안이나 툇마루에 앉아 눈길에 펼쳐진 봄 풍경을 아늑하게 바라보고 있다.

비가 내린 뒤 산뜻한 절의 뜰에는 물기 머금은 이끼의 색깔이 유독 파릇하다. 찾아오는 사람이라고는 아무도 없어 닫아두었던 두 짝 사립문은 한낮인데도 열지 않고 있다. 정갈한 봄 햇살이 내리쬐는 해묵은 이끼에 덮인 섬돌 위로 환하게 지는 꽃잎들의 향연饗宴, 한 치 남짓 쌓인 고운 꽃잎들은 봄바람에 절로 불려 갔다가 또다시 불려 오고 있다. 시적 자아의 정관적靜觀的 자세와 그 자아를 둘러싼 정중동靜中動의 전체적 정경을 선명하게 그려볼 수 있다. 이런 공간, 이런 시간 속에서 살아가는 자아의 청신하면서도 고운 심상을 잘 그려냈기에 "시는 마땅히 맑음을 위주로 해야 한다[詩當以淸爲主]"는 진화 자신의 주장을 실현한 작품이라 하겠다.

—

비가 개인 긴 강둑에 풀빛이 짙었는데
남포에서 님 보내니 슬픈 노래 못 참겠네
대동강 저 물이야 어느 때나 마르려나?
이별 눈물 해마다 푸른 물에 더해지니…….
雨歇長堤草色多   送君南浦動悲歌
大同江水何時盡   別淚年年添綠波

정지상鄭知常, 〈대동강에서[大同江]〉

봄비 내린 뒤의 강가의 이별이다. 우리 시사에서 이별시의 압권으로 알려진 정지상의 시이다. 개경에 가서 유학하기 이전 평양에 살 때 지은 작품이다. 고려에 해동의 위성삼첩渭城三疊이라는 정지상의 시가 있다면, 중국에는 당나라에 왕유王維의 시 〈송원이사안서送元二使安西〉가 있어 서로 쌍벽을 이룬다. 당시에 사람을 놀라게 할 작품이라고 여겼고, 남용익南龍翼은 우리나라 7언 절구 중에서 가장 뛰어난 작품으로 꼽았다.

여성 화자의 목소리로 부르는 한 곡조 노래이다. 혹 대동강 가에서 민간의 여인들이 불렀던 이별의 민요를 정지상이 칠언절구 악부樂府의 정신으로 번안해놓은 것은 아닐까 하는 생각이 든다. 민요에 보이는 한국인의 전통적 애한哀恨의 정조가 짙게 배어 있기 때문이다. 이 시는 평양의 부벽루浮碧樓 현판의 원운으로 걸려 있었고, 그 이름이 높았던 만큼 후인의 차운시次韻詩도 헤아릴 수 없이 많다. 정지상을 평양이 낳은 가장 훌륭한 시인의 하나로 만들어준 시이기도 하다.

당신이 가시는 오늘은 비도 그쳤어요. 대동강 긴 강둑에는 무정하게도 봄이 돌아와 어느새 풀이 돋아났습니다. 봄비를 머금은 풀빛은 더 짙어져 너무나도 싱그럽습니다. 만물이 소생하여 활기에 차 한껏 제 아름다움을 뽐내고 있습니다. 헤어진 사람도 다시 돌아와 서로 만나야 할 때입니다. 그런데 저는 당신을 보내야 할 판입니다. 남포는 이별의 공간, 당신을 보내려 이 남포에 나왔습니다. 이런 처지이니 걷잡을 수 없는 슬픈 노래가 북받쳐 나옵니다. 이별의 슬픔으로 부른 노래로 당신을 붙잡을 수 있을까요? 대동강의 저 많은 물은 쉼 없이 흘러갑니다. 저 강물이 말라 육지가 된다면 당신이 타신 배를 띄울 수가 없을 테고 이별도 없었을 것을. 그런데 저 물은 마를 날이 없습니다. 저의 무한한 한과 슬픔으로 흘리는 눈물이 보태지기 때문입니다. 저의 눈물만이 아니라 해마다 이곳에는 저와 같은 이별하는 연인들이 흘린 수없는 눈물이 푸른 물결 위에 보태지고 있기 때문입니다.

—

눈길마다 붉은 꽃들 발걸음을 붙드는데
막대 짚고 산보하다 시내 저편 이르렀네.
지난밤 온 한 자락 비, 그 누가 알았으랴?
꽃 필 만큼 적셔주고 땅은 질지 않게 할 줄

觸眼紅芳逈欲迷　　杖藜閒步到溪西
夜來一雨誰斟酌　　纔足開花不作泥

김매순金邁淳, 〈시냇가에 나가 한 구를 얻다[出溪上得一句]〉

봄비가 내린 어느 날 아침 시냇가에 나갔다가 우연히 얻은 시구이다. 기·승구에는 상춘賞春의 신명에 잡혀 산보하다 냇가에 나온 시인의 흥겨움을 제시하였다. 전·결구에서는 그 신명의 원인을 두어 황홀한 작가의 심경을 극대화하였다.

화사한 봄날 이 모든 아름다움을 누가 만들었는가? 바로 봄비의 덕택이다. 봄비는 모두가 잠들었던 어젯밤에 살짝 내려와 만물에게 생기를 불어넣었다. 이르지도 늦지도 않은 꽃구경하기 좋은 봄의 한때에, 꽃 피기엔 딱 알맞고, 길은 질척거리지 않을 만큼만 촉촉하고 곱게 내렸다. 봄비 갠 아침 말간 하늘 해사한 햇살을 받아 어디에 숨어 있다가 일제히 소리치듯 터져 나온 화사한 꽃들의 군무群舞. 이곳저곳 온통 흐드러지게 피어나는 선연한 그 붉은빛의 잔치에 눈앞이 아찔하여 갈 길을 헤맬 지경이다. 거기에다 지팡이 짚고 한가하게 산보하는데 발바닥에 전해지는 촉촉한 감촉, 질척이지 않을 정도 딱 그만큼의 탄력이 발길 닿는 대로 한없이 걸어보고 싶은 최고의 기분을 연출한다. 이런 세심한 배려를 해준 이가 누구이겠는가? 바로 조물주가 내려준 가랑비 덕이다. 이런 공간, 이런 시간의 기쁨을 점지해준 조물주에 대한 감사와 찬양의 마음이 흐뭇하다.

가슴 뿌듯한 행복이란 언제나 부귀영화에 달린 것만은 아닌가 보다. 우리 일상에서 뜻하지 않은 때 우연히 마주친 작은 것들 속에서 놓치지 않고 받아들이는 우리의 고운 심성에서 얻어지는가 싶다.

창밖의 가느다란 빗줄기가 눈에 들어온다. 박인수의 〈봄비〉를 흥얼거려본다. "봄비 나를 울려주는 봄비" 그의 노래는 겨울 공화국을 녹이는 자유의 봄비였다. 박인수 씨가 열창한 〈봄비〉는 소울soul이라는 음악 장르이다. 흑인음악인 리듬 앤 블루스에서 뻗어 나온 소울 음악은 1960년대 중반, 흑인들의 공민권 쟁취 운동과 맞물려 탄생했다고 한다. 각종 의무만 있고 권리는 거세되어 있던 흑인들의 분노와 슬픔의 노래가 소울이다. 스물세 살 박인수는 신중현과 만나 '봄비'라는 기념비적인 음반을 내놓았다. 그리고 1970년대 암흑의 시절, 박인수는 '황색 소울의 귀재', '영혼을 노래한 전설적인 가수'로 젊은이들의 우상으로 군림했다.

이슬비 내리는 길을 걸으며
봄비에 젖어서 길을 걸으며
나 혼자 쓸쓸히 빗방울 소리에
마음을 달래도

외로운 가슴을 달랠 길 없네
한없이 적시는 내 눈 위에는
빗방울 떨어져 눈물이 되었나
한없이 흐르네

봄비 나를 울려주는 봄비
언제까지 내리려나 마음마저 울려주네
봄비 외로운 가슴을 달랠 길 없네
한없이 적시는 내 눈 위에는
빗방울 떨어져 눈물이 되었나
한없이 흐르네

봄비가 내리네
봄비가 내리네

신중현 작사·작곡, 〈봄비〉

꽃, 술, 벗

꽃 피면 달 생각하고 달 밝으면 술 생각하고
꽃 피자 달 밝자 술 얻으면 벗 생각하니
언제면 꽃 아래 벗 데리고 완월장취玩月長醉하리오.

이정보李鼎輔

우리 선인들은 봄날 그 좋은 꽃들을 보면 곧바로 술을 생각했고 술을 만나면 벗을 불렀다. 무명씨의 "꽃은 밤비에 피고 빚은 술 다 익거다, 거문고 가진 벗이 달과 함께 오마터니, 아희야 모첨에 달 올랐다 벗님 오나 보아라" 이런 시조도 또한 봄날의 흥취를 자랑하니 흥타령이 절로 난다.

―

젊어서야 술 끊고자 한 적 있다만
중년부턴 기꺼이 잔을 잡았네
이 물건이 뭐 그리 좋다는 건가?
가슴속의 응어리 때문이겠지
아침나절 아내가 귀띔하기를
작은 단지 새 술이 익었다기에

혼자 마셔 흥 다하지 못하겠기에

우리 벗님 오시기를 또 기다리네

早歲欲止酒　中年喜把盃

此物有何好　端爲胸崔嵬

山妻朝報我　小甕潑新醅

獨酌不盡興　且待吾友來

박은朴誾, 〈열흘 동안이나 장마가 계속되어 문에는 찾아오는 손님이 없다. 마음 속에 초연한 느낌이 있어, '구우래금우불래舊雨來今雨不來'로 운을 삼아 지어 택지 에게 보내어 화답을 청하며 보인다[霖雨十日, 門無來客, 悄悄有感於懷, 取 '舊雨來今雨不 來'爲韻 投擇之乞和示]〉

읍취헌挹翠軒 박은이 그의 친구 용재容齋 이행李荇을 술자리에 부르 는 초대의 시이다. 박은은 무오사화의 와중에서 유자광, 성준 등의 횡포를 참지 못해 연일 상소하다 파직되었다. 연산군의 폐정과 권신 들의 모함을 받아, 청렴하고 강직한 성격의 박은은 세상에 용납되 지 못하였다. 그는 시대를 걱정하고 백성을 근심하는 지식인으로 정신적인 방황 속에서 불우한 삶을 보내게 된다. 시가 자연스럽게 수양된 인성을 반영하고 있다. 두보의 시에서 "묵은 비는 오는데 새 비는 오지 않네[舊雨來今雨不來]"라는 구절을 운자로 해서 지은 시로, '래來' 자로 운을 단 오언고시이다. '우雨'와 '우友'는 소리가 같기에 '옛 벗[舊友]'을 '구우舊雨'라 적고 '새 벗[今友]'은 '금우今雨'라 하였다.

내가 술 좋아함을 자네는 아시겠지. 젊어서는 학문에 정진하느라 잠시 술을 끊어보고자 한 적도 있었네. 하지만 장년이 되어서는 즐

겨 술잔을 들고 있다네. 파직된 이후부터 내 스스로 세속 사람에게
용납되지 못할 것을 알았다네. 그래서 자연에 묻혀 세월을 보내게
되었다네. 이 물건이 어떤 물건이기에 이리 좋은지는 자네도 또한
잘 알고 있을 걸세. 가슴에 쌓인 울분 덩어리가 밤낮으로 술을 찾고
시를 짓게 하더군. 이 술이야말로 자주 일어나는 울분의 응어리를
삭이는 영약과도 같더군.

  오늘 아침에 아내 말이 "술 단지에 새 술이 익었어요"라고 하더
군. 산골에 사는 가난한 아내지만 그래도 낭군의 마음은 참 잘 알아
준다네. 시선詩仙 이백李白이야 혼자서도 잘도 마셨다지만 나마저 독
작獨酌의 즐거움을 누리기에는 미안하더이. 자네가 생각나서. 그것
도 새로 익은 술인데 그 한 단지를 어찌 내 혼자만 마시겠나? 이렇
게 기다리고 있으니 이 시를 받으시거든 즉시 오시게나. 가까운 거
리의 친구끼리 술 초대는 밥 먹고 숭늉 마시는 것과 같은 늘상 있는
인정이다. 이렇게 시로 초대받았으니 어찌 반 각인들 지체할 수 있
으랴?

—

  재 너머 성 권농 집에 술 익단 말 어제 듣고
  누운 소 발로 박차 언치 놓아 지즐 타고
  아해야 네 권농 계시냐 정 좌수 왔다 하여라

  송강松江 정철鄭澈이 우계牛溪 성혼成渾의 술 초대에 즐겨 응해 달려
간 시조이다.
  '박차'는 '발길로 냅다 차', '지즐 타고'는 '눌러 타다'라는 뜻이

다. '좌수'는 '지방 향청의 우두머리', 정철을 말한다. 이 시조는 송강의 움직임이 생동감과 박진감으로 넘치고 시의 내적 상황 전개도 빠르다.

산 넘어 성 권농 집에 술 익었다는 말을 어제 들었다. 오늘은 아침 되자 누운 소를 발로 걷어차고는 안장도 얹지 않고 깔개만 깔고 눌러 타고 찾아간다. 그러고는 성 권농 집 앞에서 문 앞에 나온 아이를 재촉한다. "너의 권농 계시느냐, 정 좌수 왔다고 일러라." 술 좋아한 송강이니 술도 내심 급했거니와 친구도 무척 보고 싶은 마음이 진솔하게 드러난다. 송강의 솔직한 품성, 소탈한 인간미, 자유분방한 성격이 문장에도 막힘이 없다. 호방한 기질에다 술까지 좋아했으니 송강은 스스로를 술꾼으로 자처했다. 자타가 공인하는 술꾼이 자신을 감출 까닭이 없다. 그의 〈장진주사將進酒辭〉는 우리 언어로 울려낸 고금의 절창이다.

─

한잔 먹세그려 또 한잔 먹세그려 꽃 꺾어 산 놓고 무진무진 먹세그려
이 몸 죽은 후면 지게 위에 거적 덮어 주리혀 매어 가나 유소보장流蘇
寶帳에 만인이 울어 예나 어욱새 속새 덥가나무 백양 숲에 가기곳 가면
누른 해 흰 달 가는 비 굵은 눈 소소리바람 불제 뉘 한잔 먹자 할꼬
하물며 무덤 위에 잔나비 파람 불 제 뉘우친들 어찌리

정철, 〈장진주사〉

허무하기 짝이 없는 것이 인생이다. 한잔 마시고 또다시 한잔, 꽃 꺾어 술잔을 세며 무진무진 마셔보자. 이 몸 죽은 후면 모든 것이 허

망할 뿐이니 살아생전에 실컷 마셔보자는 권주가이다. 아름다운 슬픔, 처연한 정서가 심금을 울린다. 누가 있어 술과 인생에 대한 통찰과 풍류에 대한 깊은 사유를 그려낼 것인가? 그는 진정 풍류운사風流韻士였으니 풍류에 술이 빠질 리 없다.

—

남산 뫼 어느메만 고학사 초당 지어
곳 두고 달 두고 바회 두고 물 둔난이
술조차 둔난 양하여 날을 오라 하거니

남산 산등성이 어디쯤에 고학사가 초당을 지었다. 그곳에 심어둔 꽃이 피고, 달이 뜨고, 바위를 세워두고, 연못까지 갖추어두었다. 거기다 술까지 갖추어두고는 나를 부른다. 꽃 피는 아침, 달 뜨는 저녁 술로 벗을 불러 풍류를 완성하였다.

—

벗님 만나 술 찾으면 술 만나기 어렵더니
술 대하고 벗 그리자 벗님 오지 않는구려
한평생의 이내 일이 매양 이와 같은지라
크게 웃고 혼자서만 서너 잔을 기울인다.
逢人覓酒酒難致　　對酒懷人人不來
百年身事每如此　　大笑獨傾三四杯

권필權韠, 〈윤이성이 약속을 하고선 오지 않기에 홀로 술 몇 그릇을 마시고 장난삼아 우스개 시구를 짓다[尹而性有約不來, 獨飲數器, 戲作徘諧句]〉

술을 대하면 으레 친구 생각이 앞서기 마련이다. 마포 서강에서 태어난 석주石洲가 강화도에 정착하는 것은 29세 겨울이었다. 권필의 거처는 후미진 곳에 있어 특별히 찾는 이도 없이 매일이 한가한 나날을 보냈다. 가까운 이웃에 살던 윤이성이란 이가 이따금 소롯길을 따라 술을 들고 찾아와 사립문을 두드리곤 하였다. 이런 일이 적적한 생활의 파적破寂이었다. 가까운 거리의 친구끼리 술 초대는 다반사의 일이다. 벗이 있고 술이 있으면 흥겨움이 절로 배가된다. 가난한 살림이라 저번에 벗님 찾아와도 대접하지 못했다. 그런데 오늘은 마침 술이 마련되어 벗이 오길 생각하지만 야속하게도 벗이 오지를 않는구나. "그래 내 평생에 일들이 매양 이 모양 이 꼴이지." 혼자 너털웃음을 짓고는 서너 잔을 주욱 들이켜본다.

———

손을 반겨 술동이 늘 채워둔 것은
봄이 오면 나무마다 꽃 펴서인데
아이 불러 뜰 귀퉁이 쓸도록 한 뒤
산 그림자 석양 되어 더 짙다 하네
喜客尊常滿　　春來樹樹花
呼童掃庭宇　　山影夕陽多
백광훈, 〈조경원을 찾아가서[過趙景元]〉

조경원의 따뜻하고 훈훈한 인정을 담은 시이다. 술을 담아둔 것은 꽃이 핀 것과 상관성을 지닌다. 봄이 오면 나무마다 꽃이 피기 때문에 그 꽃을 구경하러 찾아오는 손님을 반겨 조경원은 술동이를 늘 채워두었다. 조경원의 마당에는 꽃나무가 있고 꽃이 피는 요때쯤이면 그 꽃을 구경하러 벗이 먼 데서 찾아올 것이다. 그 꽃그늘 속에서 취하지 않고는 배길 수 없을 것이기에 술동이에 미리서 술을 채워놓는다. 언제든 벗인 내가 오기만 하면 함께 취해 대빈에 주흥에 빠져볼 수 있도록 배려하는 행위이다. 술은 사람과 사람을 조화시키는 정신적 분위기를 연출하며, 공간과 시간을 조화시키는 매개물이다.

그런데 이런 꽃 필 때에 손이 찾아와서 함께 꽃그늘 아래서 술을 마신다. 시간이 흘러 저녁이 되었다. 붉게 타는 저녁놀이 더 좋은 풍광을 연출하며 주흥을 돋는다. 돌아가려는 객을 은근히 만류하는 핑계거리가 된다. 아이 불러 뜰 가를 쓸게 한다. 마당 가득 붉게 물들인 낙화들. 그 붉은 분위기 속에 산 그림자는 석양 무렵 더욱 짙어지고 노을은 붉게 타고 있다. 이 좋은 때 돌아간다고 하지 말고 실컷 마셔보자고 만류한다.

백광훈은 조경원이 기다리던 그 손님이 자기이기를 바란다. 내가 오길 기다리고 나만을 위해 술을 채워놓기를 바란다. 늘 아무 때나 좋은 것이 아니라 봄이 와 꽃이 만발할 때가 좋고 하루 중에서도 저녁 무렵이 가장 운치가 좋다. 그런 때에 조경원 자네 집을 내가 찾아왔으니 응당 함께 취해보자. 이 좋은 계절 이리도 정다운 사람과 만났으니 떠날 생각 말고 함께 술을 마시며 한바탕 봄 신명에 빠져보자는 은근한 만류까지도 기대하고 있다. 술을 좋아하고 사람을 좋아하고 봄의 흥취를 즐길 줄 아는 조경원의 풍류와 따뜻한 인정이 술 향기 꽃향기와 하나로 어우러져 순수한 시가 되었다.

一

나그네 길 푸른 산 끝 멀기도 하고
그대 집은 들 논물 저 끝 있는데
옛날대로 그 운치가 한결같구려!
꽃 위에서 저녁 새가 울던 모습이

客路靑山遠　　君家野水西
依然舊時事　　花上暮禽啼

백광훈, 〈다시 경원의 집에 투숙하여[重投景元家]〉

다시 경원의 집에 찾아와서 지은 시이다. 운치 넘치고 언외의 여운이 길다. 경원 자네를 찾아오는 길을 돌아보니 푸른 산 끝 멀기도 하다. 여기만큼 와서 앞을 보니 자네 집이 바로 여기 있는 것도 아니다. 들 논물 저편에 있어 더욱더 멀게 느껴진다. "나 지금 지쳤소! 그러니 어서 술 내오시오" 하는 한잔 마시자는 말 밖의 뜻을 담았다.
　여기 그대 집을 다시 찾아와 당신과 마주하게 되었다. 옛날 찾아왔던 그때와 똑같은 풍광은 바로 황혼이 되어 자려는 새가 꽃나무 가지 위에서 울고 있는 모습이다. 옛날 함께 술 먹을 때도 꽃이 만발했었고 그때도 황혼이 고왔으며 꽃그늘 속에서 새가 울었지. 그때 그 시절의 정답던 운치를 되새기면서 오늘 또 이 좋은 때 정다운 사람과 재회하게 되었으니 술에 취하지 않을 수가 있겠는가? 어서 술 내오라는 정겨운 채근과 투정이 살갑기도 하려니와 오늘 밤에 이 한봄을 한껏 누려보자는 풍류가 넘친다. 작자와 경원이란 친구는 참으로 고진古眞하고 정 깊은 사이었던가 보다.

이인문李寅文, 〈방우도訪友圖〉, 18세기, 종이에 수묵과 옅은 색,
28.5 × 36.5cm, 1991년 만남과 헤어짐의 미학 전시.

이인문은 조선 후기의 화가로서 기량이나 격조 면에서 김홍도와
쌍벽을 이루었다. 어느 화창한 날 산속에 살고 있는 친구의 집을
찾아가고 있는 남자의 모습을 담아냈다. 가까운 친구끼리의 술 초
대는 다반사의 일이다. 벗이 있고 술이 있으면 흥겨움이 절로 배
가된다. 이런 일은 적적한 생활의 파적이었다.

——

잘 있었니? 뜰 앞에 서 반긴 나무야!
꽃 피었다 또 한 번 찾아왔구나
산 영감님, 술이 응당 익었으리니
달빛 속에 잔을 들어 함께 취하세
好在庭前樹　　花開又一來
山翁酒應熟　　共醉月中杯

백광훈, 〈쌍계원에서[雙溪園]〉

호방한 기개와 거리낌 없는 마음의 여유가 부럽다. 봄 신명이 지
피기라도 한 듯 한껏 즐거운 기분으로 읊어낸 빠른 가락이 대번 흥
겹다. 쌍계원 방문한 작자의 행동이 내 집이라도 온 듯 거칠 것 없이
자연스럽다. 꽃이 피었다는 말을 듣고 찾아오니 제일 먼저 뜰 앞에
서 있는 꽃나무가 반겨 맞아준다. "활짝 핀 자네 얼굴 보러 다시 왔
네"라는 손을 내밀 듯한 몸짓이 잘 알고 지내는 동무라도 되는 듯
다정하게 말을 건네는 것 같아 익살스럽다. 주인인 쌍계원의 노인
을 '산할아버지[山翁]'이라 불러놓고 대번 술 익었을 것이니 어서 내
오라고 채근한다. 꽃은 이미 피었고 이제 달까지 뜰 것이니 이런 밤
에 당신과 내가 함께 취하지 않을 수 있겠느냐고 서두르는 행동이
다. 마음에 거리낌이라곤 전혀 없는 막역한 벗 사이의 편안함과 정
겨움이 한껏 흥겹다. 이 시는 소박한 풍류를 평계로 삼은 일종의 권
주가로 함께 술에 취하자는 풍류와 흥취가 즐겁게 흘러나오는 노래
이다.

—

복사꽃 붉은 비에 새들은 재잘재잘
집을 두른 푸른 산엔 아지랑이 피어나니
이마 한쪽 검은 사모 삐뚠 채로 그냥 두고
꽃밭에 취해 누워 강남을 꿈꾸노라

桃花紅雨鳥喃喃　　繞屋靑山閘翠嵐
一頂烏紗慵不整　　醉眠花塢夢江南

정지상, 〈술에 취해[醉後]〉

　정지상의 시는 곱고 청신한 맛이 있다. 이 시는 시어의 배치 하나
하나가 모두 곱고 아름답다. 이 시는 시각과 청각 감각의 이미지가
잘 배치되었고 주인공의 행태를 객체화하여 취흥의 내면 정감을 한
폭의 그림으로 그려냈다. 그러기에 시인이 누리는 봄의 몽상적 분
위기가 여운으로 남는다.
　봄이 한창인 3월이다. 복사꽃은 바람에 날려 붉은 비가 내리듯 날
린다. 새들은 재잘재잘 제 흥에 겨워 재잘거린다. 집을 빙 둘러 에워
싸고 있는 청산에는 아지랑이가 여기저기 피어난다. 봄이 한창 무
르녹고 있다. 이렇게 좋은 봄날 시인이 집에 가만히 처박혀 있을 수
있겠는가? 바람에 불린 오사모가 이마 한 귀퉁이에 삐딱하게 놓여
있을 뿐이다. 술도 이미 얼큰해져 하늘을 장막 삼고 꽃 핀 언덕을 이
불 삼아 누웠다. 아직도 미진한 흥이 남았는지 강남땅에 놀던 꿈을
꾼다.
　복사꽃이 지니 봄이 또 지나가려는 것이요, 새가 재잘재잘 지저귐

은 만물이 봄을 함께 누림이다. 짙어가는 청산의 푸른빛은 저녁이 되어감을 알려준다. 아마도 조물주가 안개 낀 고운 봄 풍경을 빌려주어 시인으로 하여금 시를 짓도록 하는 모양이다. 이런 때 이런 곳에 아니 놀고 어쩌리. 오사모를 썼으니 벼슬하는 사람이요, 이마 한 귀퉁이에 삐딱하게 걸렸으니 거나한 취흥을 그려낸 것이다. 꽃 핀 언덕에 누웠으니 거침없이 자유롭고, 강남을 꿈꾸니 다하지 못한 흥의 무한한 여운을 남기고 있다. 강남은 경치가 수려하고 문물이 풍성하여 누구나 누리고 싶어 하는 풍류의 공간이다.

사미이난四美二難이란 말이 있다. 좋은 것들이 모두 갖추어짐을 말한다. 왕발王勃의 〈등왕각서滕王閣序〉에 "네 가지 아름다움이 갖추어지고 두 가지 만나기 어려운 일이 함께하였다〔四美具 二難幷〕"라는 말이 보인다. 사미四美는 좋은 때〔良辰〕, 아름다운 풍광〔美景〕, 구경하고픈 마음〔賞心〕, 즐길 만한 일〔樂事〕이고, 이난二難은 어진 주인〔賢主〕과 훌륭한 손님〔佳賓〕을 가리킨다. 비록 고루거각에 산해진미가 있는 등왕각이 아니더라도 좋다. 산골의 박주산채일망정 꽃그늘 아래 벗과 함께라면 그 진솔하고 소박한 운치가 훨씬 더 뛰어나지 않겠는가? 올해는 윤달이 끼어서인지 봄이 좀 늦다. 꽃이 피면 그리운 벗을 찾아가 술이라도 한잔 해야지.

"벗님네들 서로 모아 앉저 '한잔 더 먹소 그만 먹제' 허면서 거드렁거리고 놀아보세." 〈사철가〉 끝대목이다. 꽃 그늘 아래 벗들과 함께 모여 앉아 권커니 작커니 하면서 거드렁거리고 놀 수만 있다면 이 또한 태평성대라 하리라.

―

이 산 저 산 꽃이 피니 분명코 봄이로구나

봄은 찾어왔건만은 세상사 쓸쓸하더라

나도 어제 청춘일러니 오날 백발 한심허구나

내 청춘도 날 버리고 속절없이 가버렸으니

왔다 갈 줄 아는 봄을 반겨 헌들 쓸 데 있나

봄아 왔다가 갈려거든 가거라

니가 가도 여름이 되면 녹음방초승화시綠陰芳草勝花時라 옛부터 일러 있고

여름이 가고 가을이 돌아오면 한로삭풍寒露朔風이 요란해도

제 절개를 굽히지 않는 황국단풍黃菊丹楓도 어떠헌가

가을이 가고 겨울이 돌아오면 낙목한천落木寒天 찬바람에

백설白雪만 퍼얼펄 휘날리어 은세계가 되고 보면은

월백설백천지백月白雪白天地白하니 모두가 백발의 벗이로구나

무정세월은 덧없이 흘러가고 이내 청춘도

아차 한 번 늙어지면 다시 청춘은 어려워라

어화 세상 벗님네들 이내 한 말 들어보소

인생이 모두가 백년을 산다고 해도

병든 날과 잠든 날 걱정 근심 다 제하면 단 사십도 못 산 인생

아차 한 번 죽어지면 북망산천의 흙이로구나

사후死後에 만반진수滿盤珍羞는 불여생전不如生前에 일배주一杯酒만도 못 하느니라

세월아 세월아 세월아 가지 마라 아까운 청춘들이 다 늙는다

세월아 가지 마라 가는 세월을 어쩔꺼나

늘어진 계수桂樹낭구 끝끝터리에다 대랑 메달아 놓고

국곡투식國穀偸食허는 놈과 부모 불효허는 놈과 형제 화목 못하는 놈

차례로 잡아다가 저 세상으로 먼저 보내버리고

나머지 벗님네들 서로 모아 앉저

"한잔 더 먹소 그만 먹제" 허면서 거드렁거리고 놀아보세

안숙선 노래, 〈사철가〉

왜 사냐건 웃지요

산에는 꽃 피네

꽃이 피네

갈 봄 여름 없이

꽃이 피네

산에

산에

피는 꽃은

저만치 혼자서 피어 있네

산에서 우는 작은 새여

꽃이 좋아

산에서

사노라네

산에는 꽃 지네

꽃이 지네

갈 봄 여름 없이

꽃이 지네

김소월金素月, 〈산유화山有花〉

올봄도 돌아오는가 보다. 산과 들에는 붉고 노랗고 흰 꽃들이 피고 지고, 연초록 싹이 대지를 밀고 올라오고 버드나무는 거위의 알 빛으로 물이 오른다. 꽃이 피고 짐은 인생이 만나고 떠남이며 삶이 태어나고 죽는 것이다. 저 산은 영원과 무한의 자연이며 반복되는 유상有常한 시간이다. 꽃은 순간적이며 찰나적인 인간의 모습이다. 유상한 산과 무상無常한 꽃의 대비. 자연은 유상한 존재지만 인간은 무상한 존재이다. 소월은 산에서 피고 지는 꽃에 인생을 투영시켜 세상 모든 곳에 가득 차 있는 삶의 근원적 고독인 무상감을 노래하고 있는가 보다.

'숨어 산다는 것〔隱居〕'은 인간의 부귀영화라는 본능을 스스로 억제하는 일이며, 선택적으로 욕심을 거세하는 일이기도 하다. 속인을 배제하고 뜻을 같이하는 벗을 찾고 자연과 동화되는 것도 또한 숨어 사는 일, 즉 은거의 한 방법이기도 하다. 결국 은거는 명리에 관계되는 일체의 외적 요소를 기피하고 배제하는 하나의 생활 양태이다. 여기에서는 현세인만이 아니라 독서를 통한 고인과의 접촉도 시공을 초월한 사귐의 대상이 되고 뜻을 같이하는 친구가 된다. 명리에서 벗어난 허심한 경지에서는 물아의 대립이 사라지게 되고, 오히려 자연의 사물과 동류의식으로 친화되고 일체화됨으로써 자연으로 귀화하게 된다.

—

띠풀 엮어 이엉 삼아 지붕을 이고

대를 심어 일부러 울을 삼아서

산속에서 살아가는 얼마쯤 재밀

해마다 혼자서만 알아가리라

結茅仍補屋　　種竹故爲籬

多少山中味　　年年獨自知

유방선柳方善, 〈회포를 적으며[述懷]〉 12수 중 열째 수

　　조선조 태종 때의 시인 유방선이 산중에 은거하는 한적閑適한 삶
을 담박하게 읊은 시이다. 시인은 심신의 편안함을 위주로 하거나
청풍명월淸風明月을 읊으며 술잔을 기울이는 풍류의 은사가 아니다.
자연에 묻혀 자연과 호흡하며 손수 씨 뿌리고 김매는 농부며 생활
인으로서의 은사이다. 이 시는 시인의 인생관 내지 삶에 대한 태도
를 함축적으로 보여준다.

　　산촌의 생활은 도회와는 달리 어느 것 하나 소란스럽거나 인위적
이지 않다. 주변의 모든 삶이 자연 그대로이고 그 자연에 몸을 맡겨
살아갈 뿐이다. 처음 이 산중에 돌아와 몸을 붙여 살 적에는 그저 덤
덤하고, 왠지 서먹하고 갑갑하여 몸에 맞지 않은 옷을 입은 듯했다.
하지만 한해 또 한해 세월을 겪어가면서 미처 몰랐던 산속 생활하
는 참된 맛이 느끼게 되었다. 가을이면 타작하고 난 뒤 새 짚이나 띠
풀로 이엉을 엮어 지붕을 올려놓는다. 이러고 나면 겨울 한철 북풍
한설에도 안전하리라는 믿음에 마음이 태산같이 편안하고 든든하

정선鄭歚, 〈인곡유거仁谷幽居〉, 종이에 수묵과 옅은 색, 27.4 x 27.4cm, 간송미술관 소장.

이 그림은 서울 인왕산에 있는 인곡仁谷의 실경을 그린 것인데, 비록 소품이지만 소박한 은자의 집이 시정詩情을 가득히 풍기고 있다.

다. 집 둘레에는 대를 옮겨 심어 울타리로 삼았다. 싱그런 대의 모습과 대밭에서 이는 맑고 푸른 바람이 귀를 스치면 가슴속을 헹궈내어 시원하게 해준다. 잡념을 버리고 세속의 욕망을 잊어버려 마음을 비우니 산중의 맛은 은근하면서도 깊숙하고 자연과 합일되는 맛이다. 숨어 사는 이의 생활 진미를 예스럽고 질박한 시어로 그 마음을 대신해 보여주고 있다.

이러한 몇 가지 산중에 사는 맛을 해마다 오롯이 간직하리라는 작가의 마음이 한편으로는 정답다. 그러나 또 다른 한편으로는 가슴속에 품은 '회포를 풀어낸다〔述懷〕'는 제목과 '독자지獨自知'라는 '혼자서만'이라는 시어의 애써 변명하려는 심리에서 왠지 모를 애틋한 마음이 느껴진다. 이는 집안의 재앙으로 인해 연좌되어 빚어진 타의적인 시인의 삶에서 그 원인遠因이 찾아질 수 있을 것이다. 유방선의 부친이 민무구閔無咎의 옥사에 관련되자, 유방선도 연좌되어 서원에 유배되었다. 그 뒤 잠시 풀려났으나 다시 모함을 받고 유배되어 19년 동안 귀양살이를 했다. 허균許筠은《국조시산國朝詩刪》에서 이 시를 두고 "한적하지만 검약儉約함을 면치 못했다〔閑適, 然未免儉〕"라고 평하였다. 이 같은 평가는 '獨' 자에서 비롯되는 외부 상황과의 단절에서 연유하며, 삶의 작은 희망을 소중하게 간직하고픈 작가의 소박한 마음이 함축되어 있기 때문일 것이다.

—

취해 갓을 삐딱 쓴 채 황혼 속에 앉노라면
바람 불린 송화 가루 옷에 가득 질 것이고
발 밖에 드난 산들 모다 눈에 들 터이니

석 달 봄을 작은 사립 내내 닫지 않겠구려

醉歊烏帽坐斜暉　風動松花落滿衣

簾外亂山多在眼　三春不掩小柴扉

정지묵丁志默, 〈정처사의 산 집에서[鄭處士山居]〉

처사處士는 인격이 자연스럽고 순숙해진 모형적인 인물을 지칭한
다. 인생의 출처를 잘 행하고 인격이 높으면서도 조행操行이 훌륭한
사람이다. 이 시는 정처사의 산속 삶을 그려 감정과 이성이 조화를
이룬 순수하고 소박한 인격을 절도 있게 읊었다. 정처사는 그저 근
엄하게만 사는 사람이 아니다. 취흥은 감정의 틀에서 벗어났지만
아주 벗어나지 않는 정처사의 융통성 있는 멋을 보여준다. 술에 취
해 오사모도 삐딱하게 기울어진 채 앉아 있다. 이미 석양은 져가고
노을이 물들고 있다. 봄바람도 신이 났는지 한 자락 지나갈 때마다,
노란 송화 가루를 날라와 옷에 가득 뿌려놓곤 한다.

　어진 사람은 산을 좋아한다고 했던가? 산사람 정처사의 눈에는
다른 것은 보이지 않고 눈에 드는 것은 산들뿐이다. 높은 곳에 산 집
이 있고 창문의 발은 이미 걷어 올려져 있다. 아래 흩어놓은 듯 널린
산들은 높고 낮고 크고 작은 모습으로 한눈에 들어온다. 산은 붉은
빛 연초록빛 물감으로 그림을 그린 채 황혼에 물들어간다. 주인은
숨어 사는 산사람, 찾아오는 사람이 없기에 평소에 사립문 닫아걸
고 있겠지만, 지금은 봄, 저 시야에 가득 펼쳐진 넓고 무진장한 구십
춘광九十春光의 찬란한 봄을 구태여 가릴 것 없다. 정처사 당신은 작
은 사립을 한봄 내내 열어두고 봄의 흥을 누리시겠지.

자연을 사랑하며 누리는 처사를 모형화시켰고 산사람의 멋과 흥취를 그려 그의 순수하고 소박한 인격을 말 없는 가운데 기리고 있다.

—

십 년을 경영하여 초려삼간 지어내니,
나 한 간 달 한 간에 청풍 한 간 맡겨두고,
강산은 들일 데 없으니 둘러두고 보노라

초려삼간草廬三間은 아주 초라하고 보잘것없는 집이다. 하지만 '초가草家'라는 말보다는 그 집에 사는 이의 인격성을 담보하는 표현이다. 송순宋純은 벼슬을 버리고 담양에 하향하여 면앙정俛仰亭이란 집을 짓고 독서와 시작에 전념하였다. 이 작품 전체에 흐르고 있는 자연과 인간과의 친화, 그것을 그리는 풍류나 호기는 범상치 않다. 십 년이란 기간 동안 자기가 이루려는 뜻은 세상의 부귀공명이 아니었다. 보잘것없는 초려삼간을 마련하는 것을 그 보람으로 하였다. 오직 자연과 좀 더 가까이 벗하고 지내기 위해서 한 것이니 그 허허로움을 금할 수 없다. 한 간 한 간 정성 들여 초가삼간을 짓는 것은 청빈한 마음의 여유이다. 청풍명월을 식구로 삼아 몸 가까이 불러들이는 것은 풍류며 여유이다. '강산은 들일 데 없으니 둘러두고 보'겠다는 착상이 재치 있다. 자연을 독점하겠다고 탐내는 것은 그 욕심 아닌 욕심이다. 자연 속에 살아가는 시인의 물아일체의 정신과 인격의 여유를 말없이 보여준다.

—

어제 찾은 구름 속의 바위 씻던 샘 그린 건

막대 집고 간 곳마다 참 근원을 만나서라,

도르레질 소리 속에 빗긴 햇발 돌아 질 때

귀향 흥에 훨훨 날아 옛 동산에 다 갔었지!

憶昨雲泉漱石根　　倚筇隨處見眞源

轆轤聲裏斜陽轉　　歸興翩翩滿故園

김인후, 〈원기의 집에 이르러서 돌 뿌리 밑의 샘물을 길러 마시고서[抵遠期家汲松根水以飮]〉

　어제 산속에 은거하는 친구의 집을 방문하여 돌 뿌리 샘물을 길어 마시고 고향 샘물을 연상하면서 고향 생각을 읊은 절품이다. 이 시는 깨끗하고 청결하여 하서河西 김인후의 맑고 순수한 인품이 보이며 아울러 고향을 그리는 흥취와 여운이 남는다.

　어제 구름 낀 산속 벗의 집을 방문했다. 그곳에서 마셨던, 돌 뿌리를 씻고 솟구치던 샘물을 생각한다. 짧은 지팡이를 짚고 찾아간 곳은 벗 원기遠期가 은거하는 산속 집이었다. 그곳에서 돌 뿌리를 씻던 샘물을 보았다. 그 샘물에서 문득 사물의 참모습을 발견하였기 때문이다. '진원眞源'은 가장 순수하고 좋은 물이며 잡된 것이 없는 물이다. 내 자신을 돌아보니 저 샘물은 인간의 맑고 참된 본성이라 할 수 있으며, 타지에 있는 지금의 나에게는 찾아가야 할 이상적 공간이었다.

　샘물을 마시고 난 뒤 돌아보는 경치도 또한 참으로 아름다웠다. 석양 무렵의 햇살이 우물에 비칠 때 더욱 운치가 있었다. 참물을 길어 올리는 두레박질 소리 속에 석양은 차츰 서산을 넘어 저물어간다. 이 참 좋은 물맛, 고향의 샘물 맛도 이러했지! 지금 명리에 욕심을 내어 벼슬길에 있는 내 처지가 모두 참이 아니고 내 본성과 어긋났다라는 데 생각이 미쳐 정신이 번쩍 들었다. '나는 무얼 하고 있는가?' 모두 떨치고 귀거래 해야겠다는 생각이 일어 마음은 펄펄 날아 온통 고향으로 갔었다. 일상의 범속한 생활에서 벗어나 잠시 자연 속에서 누리는 운치를 그려 탈속한 경지를 보여주고 있다.

———

청산青山도 절로절로 녹수綠水도 절로절로,
산山 절로절로 수水 절로절로 나도 절로절로,
그중에 절로절로 자란 몸이 늙기도 절로절로

산수와 인간의 자연성을 예찬하여 읊었다. 푸른 산도 저절로 서 있고, 맑은 물도 저절로 흐른다. 산도, 물도 자연 그대로이니, 그 속에 자란 나도 역시 자연 그대로가 아닌가? 자연 속에 절로 자란 이 몸이 늙는 것도 자연의 순리를 따르리라. 자연의 섭리에 순응하는 조화로운 삶을 지향하는 '자연가自然歌'이다. 인간 역시 자연의 일부라는 김인후의 인식(우암 송시열의 작이란 설도 있다)을 '산수 간에 나도 절로'라는 구절에서 흥겹고 정겹게 드러내고 있다.

———

산 집은 적적한 채 낮 그늘은 비껴 있고
땅에 가득 푸른 이끼 반쯤 진 꽃에 덮여
시냇가에 홀로 오니 뉘 함께 짝해줄까?
물새들만 해 지도록 바윗가에 서 있으니

山齋空寂晝陰斜　　滿地蒼苔半落花
溪上獨來誰與伴　　水禽終日立楂牙

박상립朴尙立, 〈숲에 살며[林居]〉

저문 봄 숲에 묻혀 사는 이의 한가로운 정취다. 책을 읽다 잠깐 졸았던가 보다. 서재는 횅한 채 적막이 감돌고 그 속에 그저 나만 홀로 내 그림자와 벗하며 있다. 창밖을 내다보니 해는 한낮을 이미 지나가고 느지막한 시간이다. 흐릿한 봄볕이 이미 이슥해져 주변의 사물은 음영이 길게 드리워져 있다. 찾아오는 사람 없어 마당에는 창태蒼苔만이 파랗게 깔려 자라고 있다. 그 위로 봄날의 설움처럼 바람에 불려 떨어진 붉은 꽃잎이 파르라한 이끼를 반쯤 덮고 있다. 저물어가는 봄 흔적이다. 이 봄도 또 가는구나!

무료한 심사를 털어버리려 홀로 냇가로 나왔다. 물새만이 깨진 바위 모서리에 해 지도록 서 있을 뿐이니, 나는 누구와 짝해보려나? 누군가와 벗하고 싶어 물가에 나오긴 나왔다만 짝해줄 이가 없다. 저 물새만이 서 있어 안타깝긴 하다만 그 또한 사랑스럽지 아니한가? 나는 나의 고독을 씹으며 외로움을 사랑할 수밖에 없구나. 밝은 햇살 시원한 바람 속에 저 물새들과 함께한 한나절, 순수한 대자연의 한 부분이 되어볼밖에. 이것도 가만 보면 우주 공간에서의 고금의 한 시간 속에서 우연한 만남이요, 그 또한 기묘한 인연이라고 할 수 있겠지.

—

높은 정자 병에 눕자 낮 꿈조차 귀찮터라

몇 겹으로 구름 낀 숲 도원을 가렸는가?
청옥의 표면보다 더 맑은 저 새 물결을
차고 날며 파문 남긴 저 제비가 얄밉고나!
臥疾高齋晝夢煩　　幾重雲樹隔桃源
新水淨於靑玉面　　爲憎飛燕蹴生痕
조식曹植, 〈강가 정자에서 보이는 대로 읊어보다[江亭偶吟]〉

　　남명南冥 조식은 조정에서 벼슬로 불러도 병을 핑계 삼아 사양하고
산수간에 자적自適하며 학문에만 정진하며 평생 처사로 자처하였다.
두류산頭流山은 지리산의 다른 이름, 백두산 줄기가 이곳까지 뻗었다
하여 명명한 이름이다. 그의 당호가 산천재山泉齋이니 아마 이 강가
정자는 이곳을 말함이리라. 말로만 듣던 무릉도원이 바로 여기를
말함이라고 은근슬쩍 비추고 있다.
　　그는 "두류산 양단수兩端水를 예 듣고 이제 보니, 도화桃花 뜬 맑은
물에 산영山影조차 잠겼세라. 아희야 무릉이 어디뇨? 나는 옌가 하
노라"라고 하여 숨어 사는 즐거움을 노래하였다. 병을 핑계하고 누
운 높은 다락에서 맑은 흥이 감돌아 낮 꿈도 귀찮다. 몇 겹으로 쌓인
숲 구름이 일어 내 사는 곳을 감싸고 있다. 예가 바로 별천지 도원桃
園인 게지.
　　무심히 지내는 생활이라 시간의 추이도 느끼지 못하나 보다. 어느
덧 봄이 되었는가? 눈 녹은 봄물은 새로 불어 맑기도 하다. 산 그림
자 비친 물은 청옥의 얼굴빛보다 더 새파랗다. 게다가 새로 날아드
는 제비가 봄을 알린다. 날렵한 맵시의 저 제비는 푸른 물결 위를 날

며 점을 찍는다. 한 물결이 만 물결로 이어져 나가며 둥그런 물무늬를 일으킨다. 그저 제비의 행태만 귀여운 눈초리로 응시하고 있을 뿐이다. 알미울 만큼 사랑스런 제비의 모습을 그려 청정한 마음에 이는 무어라 말할 수 없는 파문波紋, 숨은 이의 흥을 그려내었다.

—

왜 산에 사느냐기에
그저 빙긋 웃을 수밖에……
복사꽃 뜬 물은 아득히
예가 바로 별천진 것을
問余何意棲碧山　　笑而不答心自閑
桃花流水杳然去　　別有天地非人間
이백, 〈산속의 문답[山中問答]〉

이백은 세속의 명리를 떠나 자연과 더불어 사는, 산속에 숨어 사는 즐거움을 묻고 답하는 형식으로 노래하였다. 필시 산에서 살아가는 존재의 이유에 대한 자문자답일 성싶기도 하다. 내가 사는 산속이 바로 신선의 세계이며 별천지이고 내 마음이 바로 신선이라는 자부가 당당하다. 이 시는 삶의 허무 의식에서 벗어나 자연과 합일되어 무위의 경지에 오른 시인의 인생관과 삶에 대한 태도를 함축적으로 보여준다.

어떤 이가 내게 묻는다. "적막한 푸른 산속에 무슨 재미로 사시는가요?" 그저 빙긋 웃어 답을 대신할 뿐, 답 안 해도 마음은 절로 한가하다. 보시구려! 복사꽃이 물에 둥둥 떠서 아득히 흘러가니, 여기

가 바로 도연명陶淵明이 펼쳤던 무릉도원이 아닌가요? 여기가 바로
속인 사는 세상 아닌 딴 세상인 것을 보고도 모르시겠습니까? '도화
유수桃花流水'를 보면서도 '별천지'임을 몰라보는 속인과는 이미 대화
의 상대가 못 된다. 상대를 무안케 하지 않으면서, 동시에 구질구질
하게 변명할 것도 없는 가장 무난한 대답이 웃음이다. '소이부답笑而
不答', 한 웃음으로 천 마디 만 마디 이야기를 대신하였으니, 이백의
시 안목은 참으로 천고 뒤에도 사람을 놀라게 한다.

김상용金尙鎔은 이런 이백의 태도를 본받아 전원의 평화로운 생활
을 갈망하며 존재의 이유를 웃음으로 대답했다. 햇살 따사로운 남
쪽으로 창문을 내고 흙과 더불어 살고 싶다고 했다. 구름이 꾄다고
해도 갈 이유가 없다며 뜬구름 세상의 부귀공명의 유혹에 빠지지 않
겠단다. 새 노래는 공짜로 듣고, 강냉이가 익으면 함께 먹잔다. 이웃
과 더불어 사는 낙천적으로 자연을 즐기는 삶을 꿈꾼다. 왜 사느냐
고 물어오면 평화로운 삶의 기쁨에, 그저 웃을 뿐이란다. 도연명의
"이런 속에 참뜻이 담겨 있으니, 말하려다 어언듯 말을 잊었소.〔此間
有眞意, 欲辯已忘言〕"가 그런 경지이리라. "왜 사냐건 웃지요……."

―

남으로 창을 내겠소
밭이 한참갈이
괭이로 파고
호미론 풀을 매지요.

구름이 꼬인다 갈 리 있소.

새 노래는 공으로 들으랴오

강냉이가 익걸랑

함께 와 자셔도 좋소

왜 사냐건

웃지요

김상용, 〈남으로 창을 내겠소〉

향기로 꽃을 보네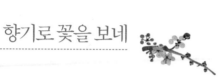

매화꽃 다 진 밤에

호젓이 달이 밝다.

구부러진 가지 하나

영창에 비춰나니

아리따운 사람을

멀리 보내고

빈방에 내 홀로

눈을 감아라

비단옷 감기듯이

사늘한 바람결에

떠도는 맑은 향기

조지훈趙芝薰, 〈매화〉

조지훈은 이별하고 떠난 여인에 빗대어 맑은 향기의 추억으로 남
은 매화의 낙화를 노래하였다. 세상 사람들이 꽃을 완상하는 방법
은 가지가지다. 대다수는 꽃의 외양인 빛깔을 중시하는 듯하지만
때로 어떤 시인들은 오히려 꽃의 내면 정신인 향기를 중시하기도

한다. 자연의 정한 기운이 모여 맑은 향기香氣로 풍기기 때문일 것이다. "세상 사람 빛깔로 꽃을 보지만, 나는야 향기로 꽃을 본다네. 이 향기 천지간에 가득 찰 때면, 나두야 한 송이의 꽃이 되리라[世人看花色, 吾獨看花氣. 此氣滿天地, 吾亦一花卉]"라고 노래한 박준원朴準源도 〈간화看花〉라는 시에서 꽃을 향기로 본다고 노래하였다.

—

싸늘한 꽃 피었어도 외려 드문데
꽃 찾는 벌 기막히게 봄을 아누나
언제쯤 굳센 마디 대를 보태어
눈과 달과 정신을 같게 할 건가?
冷蘂開猶少　　遊蜂聖識春
何當添勁節　　雪月共精神
백광훈, 〈그림 매화를 주제로[題畵梅]〉

백광훈은 그림에다 매화 향기를 살려내었다. 오래된 나뭇등걸에 꽃잎 몇 개만 달린 고사소영古楂疎影의 매화, 그리고 꽃 주변에 노니는 벌을 배치하였다. 그림에 그려진 매화를 주제로 매화와 시인이 대화하는 듯이 표현했지만 실상은 자신의 우의와 흥취를 기탁한 자기 독백의 노래이다.

'싸늘한 꽃[冷蘂]'은 실제 추위 속에 있는 매화의 모습이다. 꽃잎은 번화하게 많이 달리지 않았으며 약간 쌀쌀한 듯한 인상을 준다. 알뜰하게 정이 가서 다가가고 싶으나 선뜻 쉽게 다가갈 수 없도록 하는, 그런 자태를 가진 여인의 모습이다. 추위 보이는 꽃잎 듬성듬성한 몇 개는 냉정하지만 아주 쌀쌀하지는 않은 격조가 있으며, 아름 답지만 쉽게 함부로 범접할 수 없는 인격을 표상한다. 그런데 꽃을 찾아다니던 벌은 기막히게도 향기를 알고서 꽃을 찾아온다. 벌이 지닌 절로 향을 찾는 능력은 자연스럽게 천기天機의 모습으로 통한 다. 벌을 그려줌으로써 보이지 않는 매화 향을 형상화하여 그림을 입체화시켰다.

어느 때쯤에나 굳센 마디인 대나무를 더 보태어서 눈과 달과 어울 려 정신을 함께할까? 그림의 소재인 매화는 바로 시인의 표상이다. 시인은 대[竹], 눈[雪], 달[月]과 일체화하여 매화와 같은 고고한 정신 을 갖추고 싶다는 독백이다. 경절勁節은 바로 대나무를 가리킨다. 대 나무에 고고한 존재인 눈과 달을 합하여 넷이 서로 의지하여 맑은 인격을 갖추자는 것이다. 우리 선인들은 눈이 개인 뒤 달 뜬 저녁에 피어났을 때를 매화의 가장 아름답고 고고한 정신성이 발현된 이상 적 경지로 보았다.

—

담장 밖의 꽃가지가 봄을 한창 펼치려 해
해마다 옛 정신을 두고두고 보렸더니,
무단히 봄바람의 시새움을 새삼 입어
찬 자태로 웅크린 채 주인 향해 가만있네.
墻外花枝欲動春　　年年長見舊精神
無端更被東風妒　　掩抑寒姿向主人
김인후, 〈'화지욕동춘풍한花枝欲動春風寒'이란 시구를 주제로 하여 짓다[花枝欲動
春風寒爲題以賦之]〉

왕유王維의 "꽃가지는 피려는데 봄바람이 차가워서"라는 시구를 주제로 하여 지은 시이다. 여기의 꽃은 같은 제목의 다른 시에 나오는 "매화가 펴나려 해 그 정신을 보겠구나[梅花欲動見精神]"란 구절로 보아 매화를 가리킨 것이다.

섣달 되자 담장 밖 매화나무 꽃가지에 살짝 꽃봉오리를 만들며 장차 봄을 한창 펼치려 준비하고 있다. 저 꽃에서 작년에도 매화의 맑은 정신을 보았고 올해도 또 볼 수 있겠지. 나의 이런 기다림을 무참하게 저버린 봄추위가 야속하구나. 저 찬바람이 갓 피려던 너의 꽃봉오리를 오므리게 하다니. 가련해라, 너의 모습은 무단히 봄바람의 시새움 받는 여인이로구나! 매화 너는 추위에 떨며 웅크린 채 나를 향해 가만히 있구나. 마치 "저 얼어 죽겠어요"라고 하소연하는 듯이.

'동動'은 동작 상태가 역동적이고 클 때의 표현으로 봄을 온통 펼치려 하는 꽃의 모습과 작가의 기대 심리를 담고 있다. 시인은 피려다 피지 않고 있는 매화를 향해 안타까운 눈길을 돌리고 있다. '엄억掩抑'은 피지 못하고 웅크려드는 매화의 모습을 의인화한 표현이다. 여인의 행태로 그려내어, 안타까워하며 연민으로 바라보는 시인의 심정을 함축적으로 보여주고 있다. 시어가 매끈하게 연결되어 구사가 잘되었다.

한편, 이 시를 시대 상황에 비추어 보면 풍자적으로 읽힌다. 김인후의 시대는 윤임과 윤원형으로 대표되는 대윤大尹과 소윤小尹이 치열하게 대립하였다. 그 과정에서 을사사화로 많은 선비들이 희생되었다. 매화의 옛 정신은 추위 속에 피어나는 꿋꿋한 절개로, 고난을 감내하는 하서를 포함한 당대 선비들의 올곧은 정신을 표상한다.
봄바람의 질투는 권력 다툼으로 무고한 선비들을 희생시키는 권신
들의 횡포를 가리킨다. 반면 추위에 웅크린 매화는 바로 그 시대 올
곧은 선비들의 상징이 된다.

—

침침한 야삼경에 흐린 등불 마주하고
애써 새 시 찾노라니 온몸 가득 썰렁해라.
알겠구나, 천지간의 맑은 기운 피어나자
눈 온 밤 밝은 달빛 남창에 이른 것을
沈沈三夜對殘缸 苦覓新詩冷滿腔
更識乾坤一淸氣 雪和明月到南窓
서거정徐居正, 〈겨울밤 매화를 바라보며[冬夜對梅]〉

서거정은 눈과 달빛이 어우러진 매화를 보고 천지간의 맑은 기운
이라고 노래했다. 이덕무李德懋는 《청비록淸脾錄》을 저술하면서 청비
淸脾의 의미를 당나라 스님 관휴貫休의 시를 인용하여 풀이하였다.
"천지 사이 맑은 기운 서려 있는데, 시인들의 비장 속에 흩어져 든
다. 천 사람 만 사람 무리 속에서, 한 사람 두 사람만 알 뿐이라네[乾
坤有淸氣, 散入詩人脾. 千人萬人中, 一人兩人知]."신흠申欽은 "이 맑음[淸]의 속
성을 갖는 것이 바로 시의 본령으로써 기이하다든가 굳건하다든가
하는 것은 오히려 부차적인 것이요, 험절하다든가 괴기스럽다든가
침착沈着하다든가 질실質實하다든가 하는 것 따위는 시도詩道와 더욱
동떨어진 것이라 할 것이다. 맑음이라고 하는 것은 높은 차원에서

우러나오는 것이니 그 높은 차원의 것은 성색聲色으로 구할 수는 없는 노릇이다"라고 하였다.

옛날부터 우리 선인들이 매화를 사랑한 이가 많고 많았다. 104수의 매화시첩을 남긴 퇴계退溪 이황李滉 선생의 매화 사랑은 유명하다. 퇴계는 병이 위중해지자 매화를 걱정하여 깨끗한 다른 방으로 옮기도록 하였고, 임종하는 아침에도 매화에게 물을 줄 것을 당부하였던 분이다. "홀로 산창 기대거니 밤기운은 차가운데, 매화나무 끝에 뜬 달 참으로 둥글구나. 부르지 않은데도 산들바람 건듯 불어, 뜨락 사이 맑은 향기 저절로 가득해라〔獨倚山窓夜色寒, 梅梢月上正團團. 不須更喚微風至, 自有淸香滿院間〕"라고 달 뜬 밤 도산陶山의 매화를 노래하기도 하였다. 화가며 시인이었던 표암豹巖 강세황姜世晃도 매화를 사랑한 분이다. 매화를 읊은 10수의 연작시를 남겼다.

―

매화를 볼 때마다 마음 절로 부끄럽네
가슴 가득 속된지라 기이한 말 못 내기에
분분하게 속인들이 다퉈 읊어 장난하니
그 누가 청향으로 추한 시들 씻어낼까?
每對梅花心自愧　　滿襟塵土語無奇
紛紛俗子爭吟弄　　誰把淸香洗惡詩
강세황, 〈매화십영梅花十詠〉 중에서

이 시는 맑은 매화의 품격에 못 미치는 속된 심사의 부끄러움을 노래하였다. 매화를 대하여 매화 시를 지으려니, 매화만큼 맑고 향

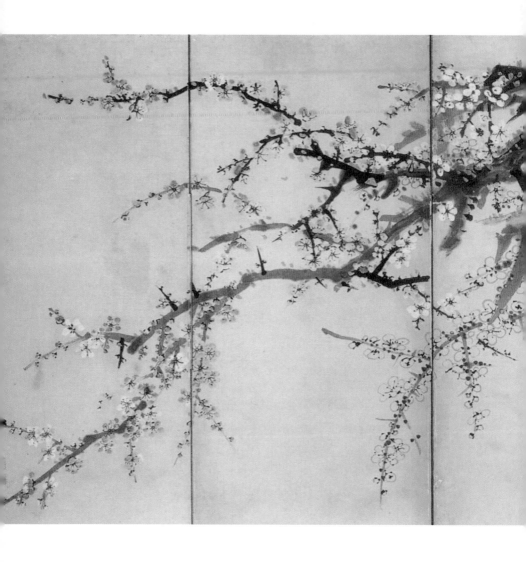

장승업張承業, 〈홍백매도 십곡병紅白梅圖 十曲屏〉(좌), 19세기,
종이에 수묵과 옅은 색, 전체 90.0 x 433.5, 삼성리움 소장.

굵은 매화 둥치를 중심으로 하여 그 좌우로 수많은 꽃가지가 힘차게 뻗어나가는 것을 기본 구
도로 하는 매화도는 조선 말기에 유행했던 그림이다. 겨울 추위를 이기고 천하에 퍼져나갈 매
화 향기를 생각한다. 매화의 그 자태, 빛깔, 정신의 부추김인 향기로 이룬 것이 매화시이다.

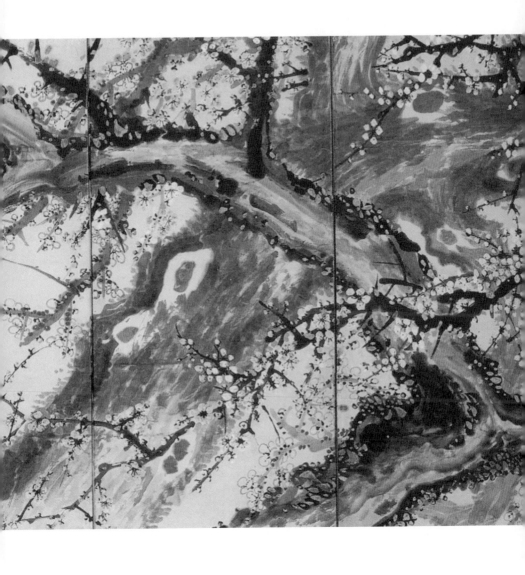

기로운 말을 찾아낼 수 없다. 매화를 볼 때마다 마음에서 절로 부끄러움이 인다. 마음 가득 속된 기운으로 가득 차 있어 매화의 그 청신함을 신기하게 풀어낼 시어도, 솜씨도, 맑은 인격도 없기 때문이다. 자신도 그렇고 세상의 사람들도 모두 그렇다.

근래에 매화를 주제로 읊은 시들이 많이들 생산되지만 저 매화 향을 꼭 빼다놓은 맑은 시를 보지 못했다. 그런데도 봄이 오면 속된 사람들은 자신의 처지를 알지 못한 채 시인이라 자처한다. 이 사람 저 사람 할 것 없이 다투어 시 재주를 뽐낸다고 혹은 흥취를 자랑한다고 매화를 주제로 읊어대지만 그저 장난거리일 뿐이다. 나름대로 시어를 깁고 얽어낸다고 해도 청신함을 잃은 시어들을 나열한 그런 매화시는 도리 없이 악시惡詩일 뿐이다. 이러한 속된 세태가 못내 탄식을 일게 한다. 그래서 매화의 천연스런 맑은 향기를 가지고 저런 추한 시들을 씻어낼 맑은 인격의 시인을 고대해보는 것이다.

다음 시도 표암의 열 수 시 가운데 같은 운으로 지은 다른 한 수이다.

—

아침 내내 완상하며 읊어대도 싫지 않고
달빛 아래 분 옮기니 다시 한 번 기이해져
여윈 모습 창에 비껴 온전한 그림 되니
그윽한 향 날 부추겨 또 한 수를 이루었네
終朝吟賞還無厭　　月下移盆更一奇
瘦影橫窓全是畵　　暗香撩我又成詩

강세황, 〈매화십영〉 중에서

아침에 일어나 매화를 바라보았다. 아침 내내 그 귀엽고 어여쁜 모습을 쳐다보면서 흥얼거리며 시를 지어보아도 물리지 않고 더욱 사랑스럽다. 밤이 되어 달이 떠오르니 창가 곁에 매화 분재를 두었다. 새로운 운치로 신기한 맛이 난다. 하얀 창호지에 비치는 성근 자태는 영락없는 수묵화다. 게다가 매화 향기 은근하게 풍겨오니 절로 다시 한 수 시를 짓게 만든다. 암향暗香의 유혹에 넘어가 한 수 시를 이루었다는 고백이 참신하다.

매화의 그 자태·빛깔·정신의 부추김인 향기로 이룬 것이 매화시이다. 매화의 향은 선비의 고결한 덕의 발현을 상징하기도 한다. 매화는 낙목한천落木寒天에 홀로 서 있는 오상고절傲霜高節의 국화와 더불어 선비들에게 오랜 사랑을 받아왔다. 매화의 속성에는 아담한 운치와 높은 절조가 있기 때문일 것이다. 아무리 사랑해도 물리지 않는 맑은 매화 향기! 그윽한 그 향기는 시인의 가슴을 충동질해 또 한 수를 짓게 할 것만 같다.

계곡谿谷 장유張維는 〈삼매당기三梅堂記〉에서 매화를 기리고 있다. "뭇 화초류와 선두를 다투지 않고 기후의 변동에 자기 지조를 바꾸지 않은 채 맑은 향기를 내뿜어 높은 품격을 보여주면서 곧장 고인高人 운사韻士와 서로 어울릴 그런 꽃을 찾는다면, 우리 매형梅兄을 놔두고 어디에서 따로 구하겠는가. 시험 삼아 세한歲寒 무렵에 관찰해보기로 하자. 된서리가 내리고 눈발이 흩날려 모든 꽃들이 시들어 버리는 그때, 비록 절조節操를 보여주는 소나무나 대나무라 할지라도 내 동산으로 하여금 향기를 내뿜게는 하지 못하는 그런 상황에서, 이 매화나무 세 그루가 그야말로 비로소 준수한 자태를 선보이며 화원에 우뚝 서서 그 정채精彩를 발산하기 시작한다. 그러면 그 남다른 향기와 차고도 고운 영상이 내 방 깊숙한 곳까지 스며들어와 나의 금서琴書에 반사反射되어 비치면서 곧장 사람의 마음을 한 점의 티도 없이 맑고도 시원스럽게 해주곤 한다."

—

동풍東風이 건듯 부러 적설積雪을 헤텨 내니,
창窓 밧긔 심근 매화 두세 가지 픠여셰라
갓득 냉담冷淡한대 암향暗香은 므사 일고
황혼黃昏의 달이 조차 벼마태 빗최니,
늣기난 닷 반기난 닷, 님이신가 아니신가
뎌 매화 것거내여 님 겨신 대 보내오져
님이 너랄 보고 엇더타 너기실고

정철鄭澈, 〈사미인곡思美人曲〉

송강 정철의 가사로 송나라의 은자隱者 고산처사孤山處士 임포林逋의 의취를 따왔다. 서호西湖의 고산孤山에 초막을 짓고 20년 동안 출입하지 않은 채 매화를 가꾸고 학을 기르면서 독신으로 살았다. 당시 사람들이 "매화를 아내로 삼고 학을 자식으로 삼았다[梅妻鶴子]"라고 말하기까지 하였다. 임포의 시 "그윽한 향기 뜨자 황혼 달도 따라 뜨네[暗香浮動月黃昏]"라는 구를 연상시키고 있다.

—

창문 가득 매화 대가 모습 어려 비친 것은
한밤중에 앞 다락에 달이 솟아 올라서리

이내 몸이 진정 향과 온전히 동화됐나?

매화에 코를 대도 도무지 모르겠네

滿戶影交脩竹枝　　夜分南閣月生時

此身定與香全化　　嗅逼梅花寂不知

이광려李匡呂, 〈매화를 읊다[詠梅]〉

이광려가 매화를 노래하였다. 매화, 대나무, 달이 어울린 청아한
영상미가 이미지화되어 그려졌다. 거기에 그 정신에 동화된 시인의
맑은 흥을 스스로 자부하고 있다. '매화'의 운치는 눈 온 뒤 달빛과
어우러질 때 최고조를 이룬다고들 한다. 여기에다 또 다른 군자의
표상인 '대[竹]'와 어울리게 함으로써 점입가경의 운치를 보인다. 시
인이 지향하는 곧은 마음을 바꾸지 않는 군자의 절개와 덕을 암시
하고 있다. 전반의 그림으로 그려낸 청각적 이미지와 맑은 영상미
가 돋보인다. 후반의 암향부동暗香浮動의 정취에 일체화하면서도 왜
그런지를 도무지 모르겠다는 강한 부정으로, 도리어 절대 긍정을
이끌어낸 반어적 수사도 기발하다.

　세상이 잠든 한밤중에 문득 잠이 깨었다. 하얀 창에 그려진 수묵
화 한 폭, 하얀 창호지를 화선지 삼아 매화 가지와 대나무 가지를 교
차시킨 수묵 매죽도梅竹圖. 저걸 누가 그렸지? 솜씨를 부린 화가는
앞 다락 위 하늘에 떠 있는 환한 달이로구나. 기운이 생동하는 저 그
림 맑은 경계가 아닐 수 없다.

　이상한 일이로다! 진작부터 온 집 안에 가득하던 매화 향기는 어
디로 갔을까? 일어나 창을 열고 활짝 피어 있는 매화 가지에 코를

가까이 가져다 대고 맡아본다. 그런데도 도무지 맡을 수가 없다. 아, 바로 내가 매화가 된 것이 아닌가? "착한 사람과 함께 거처함은 마치 지초芝草·난초蘭草의 방에 든 것과 같아, 오래되면 그 향기를 맡을 수 없음은 곧 더불어 동화되었기 때문이다〔與善人居, 如入芝蘭之室, 久而不聞其香, 卽與之化〕"라고 하였다. 매화 향기와 하나 되어 나도 이미 온몸 가득 달과 함께 정신을 같이하고 있었나 보다.

물아일체, 내가 매화이고 매화가 내가 된 경지이다. 그 청아하고 고결한 매화 정신에 자신도 이미 동화된 우아한 운치와 맑은 흥이 더없이 아름답다. 시인의 고결한 정신과 맑은 인격이 여운으로 남는다.

—

가랑비는 귀로에 흐릿 뿌리고
나귀 탄 십 리 내내 바람 불어와
들매화가 간 곳마다 만발했으니
그윽한 향기 속에 넋 빠지겠네
細雨迷歸路　　騎驢十里風
野梅隨處發　　魂斷暗香中
이후백李後白, 〈실제失題〉

이 시는 제목을 잃었다고 알려졌지만 한 폭의 동양화를 담은 제화시題畵詩이다. 나그네의 봄 수심이 만발한 매화를 만나 봄 신명으로 전환한 정점에 화자의 감정선이 최고조되어 놓여 있다. 매화 향에 취해 자연의 경물과 하나 된 시인의 경이로운 표정이 눈에 선하게 보이며 탈속적 경계와 흥취를 만들고 있다. 이 작품은 시어 선택에 각별한 주의를 기울였으며 시각, 후각의 감각을 잘 활용하여 이미지를 극대화시켜 맑고 고운 분위기가 넘친다.

귀갓길의 '가랑비[細雨]'는 길을 방해하는 대상이지만 꽃들이 더욱 아름답게 필 수 있도록 도와주는 매개물이다. 가랑비를 가지고 시상을 흐릿하게 감추었는데 여정 중에 약간은 봄 시름에 젖어 있는 작자의 심사를 표상한 것이기도 하다. 나귀 등 위에서 십 리 길을 바람을 맞으며 가고 있는 시인의 모습을 그저 스케치하듯 그려냈다. 비록 눈 오는 날의 맹호연孟浩然은 아니지만 〈파교기려도灞橋騎驢圖〉를 연상케 한다. 타박대는 나귀 등에 탄 나그네의 모습에서 바로 봄 시름을 풀려 하는 시인의 운치를 느끼게 된다.

들매화는 작자의 정서를 한껏 고양시키는 매개체이며 내적 심사를 반전시키기는 매개물이다. 매화 향에 폭 빠진 인물의 표정을 제시함으로써 그림이 완성되었다. 쓸쓸한 나그네 길에 갑자기 넋이 빠진 것은 바로 곳곳마다 피어 있는 들매화의 그 그윽한 향기[暗香]가 사태로 밀려들기 때문이다. 이전의 시름이 딱 여기에 와서는 걷잡을 수 없는 봄의 흥과 신명으로 반전된다. 매화의 색보다는 향기라는 감각으로 인식되어 흥감을 고조시킴으로써 정감의 소리가 가미되어 그림이 입체화되었다.

'넋 빠지겠다[魂斷]'라는 시어는 대단히 복합적인 감정의 농축이다. 시름과 대비되는 또 다른 흥으로 경물景物에서 느껴지는 감정의 충격이다. 작자가 평소에 몹시 좋아하는 꽃을 만나 반가운 기분이겠지만, 온통 넋을 빼앗긴 상태가 되어 자신도 모르는 사이에 물아일체物我一體의 경계를 이루었다. 뜻밖의 반전이 주는 경이감과 흥취가 말 밖으로 자연스럽게 울려나온다. 이처럼 함축된 시어를 통해 작자의 내적 정서를 밀도 있고 대담하게 표현해내어 당시풍唐詩風의 미감을 이루었다.

"뼛속까지 사무치는 한 번 추위 없었다면, 코 찌르는 매화 향기 어떻게 얻었겠나?〔不是一番寒徹骨, 爭得梅花撲鼻香〕"라고 당나라 고승 황벽선사黃蘗禪師는 그의 〈열반송涅槃頌〉에서 이처럼 노래하였다. 진정한 아름다움은 고난 속에서 피어난다. 겨울 추위를 이기고 천하에 퍼져 나갈 매화 향기를 생각한다. 지독한 외로움을 이겨낸 사람, 절망의 끝에서 '희망'의 빛을 발견하는 그 사람은 꽃보다 아름답다. 올해도 저 남도 섬진강 변에는 매화가 만발하고 산수유가 노란 웃음 터뜨렸다고 소식을 전해오지만 북쪽에는 매신梅信이 아직 더디다. 겨울 끝 봄 머리 계절이 교차하는 이즈음은 졸업식으로 부산하다. 졸업은 배움의 끝이 아니고 미지의 세상 또 다른 배움의 길로 나가는 첫걸음이기도 하다. 이즈음이면 늘 학창 시절 들었던 '해바라기'의 노래가 귀 끝에서 맴돈다. "젊음의 고난은 희망을 안겨주리니 매화 꽃 피어난 화원에 찾아오소서!"

—

어울려 지내던 긴 세월이 지나고
홀로 이 외로운 세상으로 나가네
친구여 그대 가는 곳 사랑 있어 좋으니
마음에 한가득 사랑 담아 가소서
여느 때나 떠나간 후에도

친구들의 꿈속에 찾아오소서
젊음의 고난은 희망을 안겨주리니
매화꽃 피어난 화원에 찾아오소서
라라라라라 라라라
라라라라 라라 라라라
라라라라 라라 라라라

잘 가오 친구여 그대 떠난 후라도
우리의 마음엔 그대 모습 남으리
때 없이 찾은 이별이 슬픔만은 아니오
또다시 우리는 한곳에서 만나리니
언제이든 어느 곳에서든
정하지 않아도 한곳에서 만나리니
정겨운 친구여 가슴에 맺힌
슬픔과 설움을 버리고 안녕히
친구여 안녕히 가슴에 맺힌
슬픔과 설움을 버리고 안녕히
친구여 안녕히

이주호 작사·작곡, 〈그날 이후(졸업)〉

꽃 진다고 바람을 탓하랴

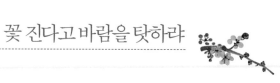

꽃잎은 하욤없이 바람에 지고

만날 날은 아득타 기약이 없네

무어라 맘과 맘은 맺지 못하고

한갓되이 풀잎만 맺으려는고

김억金億, 《망우초》 1934. 9. 10

바람에 꽃이 지니 세월 덧없어

만날 길은 뜬구름 기약이 없네.

무어라 맘과 맘은 맺지 못하고

한갓되이 풀닢만 맺으려는고

김억, 《동심초》 1943. 12. 31

風花日將老　　佳期猶渺渺

不結同心人　　空結同心草

설도薛濤, 〈춘망사春望詞〉 4수 중 셋째 수

가곡은 시와 음악의 결합이다. 〈동심초〉는 김성태 작곡으로 널리 애창되는 가곡이다. 우리 노래는 우리의 정과 한, 기쁨과 슬픔을 담은 우리 시에 아름다운 선율이 입혀져 탄생한 경우가 많다. 애련한 가사로 우리의 심금을 울리는 노랫말은 김억이 당나라 여류 시인 설도가 쓴 〈춘망사〉를 우리말로 옮긴 것이다. 설도는 나이 마흔에 만난 원진元稹을 평생을 두고 사모하여 일편단심을 간직했는데, 설도가 원진을 그리워하여 쓴 시가 〈춘망사〉이다. 김억은 "시의 번역은 번역이 아니라 창작이며, 역시譯詩는 역자 그 사람의 예술품"이라고 강조했다. 이 역시는 설도의 시 네 수 중 셋째 수를 네 차례에 걸쳐 같은 구절을 다르게 번역하였다. 처음 《중외일보》(1930. 9. 4)에 실었고 이어서 잡지 《학등》(1934. 6. 6)에 실었다. 그때마다 번역 내용이 조금씩 바뀌었다. 가곡의 1절은 번역 시집 《망우초》(1934. 9. 10)에 실린 역시이고, 2절은 번역 시집 《동심초》(1943. 12. 31)에 실린 역시로 1, 2행의 번역이 완전히 달라졌다.

속절없이 봄을 맞고 보내는 마음은 예나 지금이나 다름이 없다. 더구나 바람에 꽃이 지는 날에는 더욱더 마음 횡하다. 사랑하는 이가 벗이든 연인이든 헤어져 다시 만날 날을 기약할 수 없는 안타까움을 많은 시인들이 노래하였다.

—

간밤엔 비가 내려 꽃이 피더니
오늘 아침 바람 불어 꽃이 지누나
가엾다, 이 한봄의 온갖 보람이
비바람 치는 속에 오고 가다니……
花開昨夜雨　　花落今朝風

可憐一春事　　往來風雨中

송한필宋翰弼, 〈우연히 읊다[偶吟]〉

간밤에 내린 비에 피어나던 꽃이 채 다 피기도 전에 오늘 아침 바람에 다 져버린다. 비가 처음에는 원인이 되어 꽃을 피게 하더니, 바람이 결국에는 결과가 되어 꽃을 떨구었다. 꽃이 피고 꽃이 짐이 한나절도 못 되는 사이에 끝나고 말았다. 가엾게도 이 한봄의 온갖 보람이 비바람 치는 속에 오고 가는구나! "뻗쳐오르던 내 보람 서운케 무너졌느니"라고 하였던 김영랑金永郎의 심정도 이러했으리라. 낙화의 덧없음을 바라보는 시인의 망연한 얼굴빛에 스쳐 가는 인생의 무상감이 그림자로 드리운다.

다산茶山의 시에 "달이 차자 빈번하게 구름이 끼고, 꽃이 피자 바람 불어 망쳐버리네[月滿頻値雲, 花開風誤之]"라고 하였듯이 인생이란 그런 것이다. 천하의 일이 서로 어긋나 들어맞지 않는 것이 모두 이런 식이다. 꽃이 피면 대부분 비바람 치듯, 인생살이에 만남의 기쁨보다 이별의 아픔이 많은 법이다. 이 한때의 꽃을 피우기를 기대하며 두근거리던 보람이 한순간에 허무하게 무너져버렸다. 꽃으로 피워내려던 한 생애의 청춘의 알뜰한 경영이 하루아침 피어나자마자 꽃샘바람 앞에 허무하게도 끝나버리고 만 것이다. 인생사의 한계상황으로 인한 인간의 근원적인 한에 대한 스스로의 탄식이다. 낙화는 바로 보람의 상실이며, 보람의 상실은 유상한 자연 앞에 무상한 인간의 절실하면서도 현실적이면서 근원적인 한인 것이다.

—

하늘 이은 풀빛은 푸른 이내 날리는 듯
땅에 가득 배꽃은 흰 눈인 듯 쌓이는데
여기는 해마다 이별하는 곳이지만
임 보냄이 아니어도 또한 넋이 끊어지네
連天草色碧煙翻　　滿地梨花白雪繁
此是年年離別處　　不因送客亦銷魂

이규보李奎報, 〈천수사 문에서[天壽寺門]〉

'천수사天壽寺'는 개성 동쪽 취적봉 아래 있었던 절이다. 이 절의
남문은 고려 오백 년간 손님을 맞고 보내는 이별의 공간이었다. 천
수사 문 앞길에서 벌어지는 하고 많은 애끊는 이별의 장면들을 바
라보고 있노라면, 회자정리會者定離의 인생살이에 대해 서글픔을 느
끼게 마련이다.

하늘에 이어진 풀빛은 푸른 안개가 날리는 것 같고 땅에 가득 쌓
인 배꽃은 흰 눈 같다. 이런 고운 봄날에는 헤어져 있던 이들이 함께
만나야 하는 때이다. 봄날 꽃이 지면 이렇다 할 슬픔이 없이도 공연
히 가슴이 짠해진다. 결별하는 낙화를 통해 인생이란 근본 만났다
가 헤어지기 마련인 것임을 생각하게 되고 새삼 서글퍼진다. 굳이
인간사의 이별이 아니어도 낙화를 통해 지난날 자신의 별리에 대한
반추를 하게 된다. 내 임을 직접 보낸 때문은 아니어도 펄펄펄 휘날
리는 낙화 때문에 이리도 서러움이 이는 것이다.

연기인 듯 비 아닌 듯 도리어 부슬대며

천 리에 흩날리니 이미 해도 떨어지네

청총 위의 달일런지 고리 모습 멀리 뜨고,

벽창 가의 베틀에선 비단 무늬 처량해라

살아서는 명 박해서 고운 넋이 애달프고

죽어서는 몸이 훨훨 춤 소매가 그립구려

내게는 그리움이 끝도 없는 한이 되어

하염없이 막대 짚고 사립문께 서성이네

似煙非雨轉霏微　　千里飄零已落暉

環影遙還靑塚月　　錦紋悽斷碧窓機

多生命薄悲香骨　　抵死身輕戀舞衣

我有相思無限恨　　百回笻屐繞柴扉

현기玄璣, 〈낙화落花〉 2수 중 둘째 수

하염없는 낙화. 연기 같으면서 연기가 아니요, 비 같으면서도 비
도 아니며 도리어 부슬대는 것이 연기 같기도 하고 비 같기도 하다.
바람 따라 꽃잎은 펄펄펄 날리는데 지천으로 흩어지는 그 모습이
천 리까지 이어질 듯 사람 마음을 아리게 한다. 봄도 가고 꽃도 지고
해도 떨어져 가뭇한 땅거미 서산으로 넘어간다.

황혼에 달이 뜬다. 왕소군王昭君의 무덤 위에 뜬 달처럼 둥근 가락
지 모양이 멀리서 떠오른다. 한나라 왕소군은 원제元帝의 후궁이다.
왕소군은 선우單于에게 시집가서 그곳에서 죽었다. 흰 풀만 자라던

오랑캐 땅에 유독 왕소군의 무덤에만 푸른 풀이 자랐으므로 청총靑塚이라 했다. 못난 지아비에게 온 정성을 바쳤던 아내였건만 당신 없는 방 흰 깁 바른 창으로 달빛이 비쳐드는데 베틀 위에 비단 무늬만 처량하다. 진晉나라 소혜蘇蕙는 두도竇滔의 아내이다. 두도가 일찍이 죄를 입어 유사流沙로 귀양 가자, 소혜는 남편을 생각하다 못해 비단을 짜서 회문선도回文旋圖를 만들어 시를 써서 주었는데, 그 시가 몹시 처량하였다.

휘날리는 꽃잎 조각에 죽은 아내의 영상이 포개진다. 꽃잎은 저 하늘 어디로 표랑하고 있을 아내의 넋이런가? 멀리 푸른 무덤에 묻힌 아내, 그 아내의 넋이 저 달빛 타고 멀리서 내게로 돌아오시는가? 두고 간 서방을 차마 못 잊어, 여기 당신이 거처하던 방 베틀 위에 놓인 짜다 둔 비단의 무늬를 어루만지고 있는가? 분분한 낙화, 황혼의 달그림자, 달빛 비치는 벽사창의 빈방, 베틀에 남겨진 비단, 점점 더 선명하게 포개지는 죽은 아내의 영상에 그저 가슴이 무너진다. 남자라서, 선비라서 사랑한단 말도 못하고 떠나보낸 당신이기에…….

죽은 아내가 낙화의 그림자로 겹쳐진다. 해마다 봄이 되면 저 꽃들은 윤회전생輪廻轉生하여 거듭 꽃으로 태어났어도 저처럼 피기 바쁘게 지고 말 뿐이니, 덧없는 그 넋의 가여움이여! 저 떨어져 나부끼는 표표한 꽃잎은 어찌 저리 가녀린 몸매로 춤을 추는가! 춤 옷자락 하늘대듯 가벼이 떠나가던 당신, 그 가련한 숨결이 떨어지던 모습이 눈에 밟히오. 진정 가인佳人은 박명薄命이라 했지. 당신도 또한 저 아름다운 꽃잎처럼 가노란 말도 못하고 떠나가셨지. 낙화는 분

심주沈周, 〈낙화시의도落花詩意圖〉 부분, 종이에 채색,
전체 35.9 x 60.1cm, 중국 남경박물관 소장.
—

심주는 시의 화제로 "빈산엔 사람 하나 없이 물만 흐르고 꽃은 지
네"라고 적고 있다. 속절없이 봄을 맞고 보내는 마음은 예나 지금
이나 다름이 없다. 결별하는 낙화를 통해 인생이란 근본 만났다가
헤어지기 마련인 것임을 생각하게 된다.

분紛紛하다. 꽃이 지면 봄도 가겠지. 오늘 황혼 달 아래 달빛 타고 행여나 당신 넋이 오시려나, 나는 그리움에 끝없는 한이 되어 나막신 신고 막대 짚고, 그저 사립문께를 한없이 서성거리오.

조지훈은 떨어지는 꽃을 바라보며 세상을 등지고 홀로 사는 적막함과 망국한을 노래하였다. 그렇지만 그의 시 안에는 '낙화'를 통해 소멸되어가는 것의 아름다움에 대한 슬픔과 자연의 섭리를 담담하게 받아들이려는 그의 태도가 스며 있다.

—

꽃이 지기로소니
바람을 탓하랴

주렴 밖에 성긴 별이
하나 둘 스러지고

귀촉도 울음 뒤에
머언 산이 다가서다

촛불을 꺼야 하리
꽃이 지는데

꽃 지는 그림자
뜰에 어리어

하이얀 미닫이가
우련 붉어라

묻혀서 사는 이의
고운 마음을

아는 이 있을까
저어하노니

꽃이 지는 아침은
울고 싶어라

조지훈, 〈낙화落花〉

봄날은 간다

연분홍 치마가 봄바람에 휘날리더라
오늘도 옷고름 씹어가며
산제비 넘나드는 성황당 길에
꽃이 피면 같이 웃고 꽃이 지면 같이 울던
알뜰한 그 맹세에 봄날은 간다

새파란 풀잎이 물에 떠서 흘러가더라
오늘도 꽃편지 내던지며
청노새 짤랑대는 역마차 길에
별이 뜨면 서로 웃고 별이 지면 서로 울던
실없는 그 기약에 봄날은 간다

열아홉 시절엔 황혼 속에 슬퍼지더라
오늘도 앙가슴 두드리며
뜬구름 흘러가는 신작로 길에
새가 날면 따라 웃고 새가 울면 따라 울던
얄궂은 그 노래에 봄날은 간다

백설희의 〈봄날은 간다〉 그 구성진 가락과 가사에는 살아온 세월
과 인생의 애환이 눅진하게 몸에 감겨든다. 해마다 꽃이 지는 이때
면 저무는 봄이 나이테처럼 몸에 감겨든다. 훌쩍 멀어진 청춘과 중
년의 생을 비켜가는 육신과 계절의 추이推移 탓에, 그저 속절없음에
흥얼대는 이 노래에 그저 가슴이 먹먹하고 짠하다. 떠나가고 떠나
보낸다. 머물러 있는 것들은 언젠가 흐르게 마련이니, 산제비 넘다
들던 성황당, 연분홍 치마에 옷고름 씹던, 열아홉 시절도 우리 곁을
떠난 것들이다. '알뜰한 그 맹세'만 가슴에 남겨둔 채로…….

늦봄에 초여름으로 옮아가는 음력 3월 그믐날 들판에 나가보라.
넓은 들판은 푸른 보리밭 보리 물결로 일렁인다. 복숭아꽃 살구꽃
은 이제는 끝물, 한잎 두잎 성글게 날리고 버들은 눈보란 양 버들개
지 흩뿌린다.

―

한 해 중에 봄이 끝난 날인데다가
천 리 길 멀리 가는 사람이라서
버들꽃은 이별의 한 그 마음같이
바람결에 제냥 펄펄 날리는구나
一年春盡日　千里遠行人
楊花似別恨　風處自紛繽
백광훈, 〈삼월 그믐에 김계의를 이별하고[三月晦別金季義名從虎]〉

그믐날 이별이 못내 아쉬워 슬픈 감정을 버들개지에 의탁하였다. 삼월 그믐날[三月晦]은 일 년 가운데 봄이 다 끝나는 날이다. 그 시간만으로도 안타까움을 주는 날이다. 화사하던 석 달 봄, 아름답고 화려하던 봄날은 이날을 뒤로하고 그 찬란한 보람을 서운하게도 무너뜨린다. 이런 날은 친구와 함께 술을 마시면서 봄을 잃은 아쉬움을 달래야 하는데 오히려 친구마저 보내야 한다. 천 리 길 멀리 떠나가는 사람이라서 더 기가 막힌다. 주위를 둘러보니 버들꽃이 펄펄 날리고 있다. 저 버들개지가 무슨 마음이 있겠냐만 저 물건이 사람의 정을 대신[以物代情]하는구나! 저 버들개지도 봄을 보내고 또 벗을 보내는 어수선한 심사를 알기나 하는 듯이 바람 부는 곳을 따라서 제멋대로 펄펄 날아간다.

―

청보리밭 파릇파릇 밀밭 물결 일렁일렁
버들꽃은 눈 같아도 살구꽃은 드물어져
바람 앞에 한 마리 새 날갯짓에 놀라 깨니,
하늘가엔 외론 구름 기러기를 배워 나네
사랑옵다, 맑은 경치 철도 좋아 취코픈데,
시름일레, 청춘사업 내겐 이미 글렀기에
비단 그네 옥안장엔 소년 소녀 가득컨만,
가엾어라! 해 저문 길 홀로 읊다 돌아가네
大麥靑靑小麥齊　　柳花如雪杏花稀
風前一鳥打人起　　天際孤雲學雁飛
轉愛淸光節欲醉　　却愁春事便相違

錦韉玉勒紛紛滿　　日暮遙憐獨咏歸

설손偰遜, 〈삼월 그믐날 느끼는 대로 짓다[三月晦日卽事]〉

봄의 꼬리요 여름의 머리, 삼월 그믐날 봄을 전송하러 들판에 나
가 섰다. 청보리밭은 녹유綠油를 부어놓은 듯 싱그럽게 푸르고, 밀밭
은 푸른 담요 깔아놓은 듯 파란 윤기가 자르르 흐른다. 때 아닌 눈보
라인가? 버들솜이 지천으로 펄펄펄 날린다. 가는 봄을 아쉬워하는
지 살구꽃은 빛바랜 낯빛으로 드문드문 가지를 붙들고 있다. 살구
꽃아 네 모습이 바로 빛바랜 내 청춘이로구나!

동녘에서 불어오던 바람이 이제 남쪽에서 불어온다. 그 바람에 놀
란 새 한 마리 날갯짓하기에 상념에서 벗어나 깜짝 놀라 일어난다.
고개 들어 하늘을 보니 뒤늦게 귀향길에서 처진 기러기가 북으로
날아가는데 하늘가에 흰 구름이 기러기를 흉내 내며 떠가고 있다.
내 고향은 위구르[回鶻] 땅, 북녘 하늘 바라보지만 기러기도 가고 구
름도 찾아가는데 나는 가지 못하는구나. 내 이름은 설손, 원나라에
서 벼슬하다가 홍건적을 피하여 고려에 귀화했다.

맑은 경치 더욱 좋고 계절도 너무 좋아 춘흥春興에 겨워 취하고도
싶다마는, 낫살 먹은 내 꼬락서니를 깨닫고 보니 도리어 시름이 인
다. 내 청춘도 날 버리고 속절없이 가버려 백발만이 성성하다. 청춘
의 사업일랑 이미 글렀기에……. 지금 세상은 바로 비단 그네를 구
르는 젊은 처자들과 옥 굴레로 장식한 말을 탄 소년들의 세상이다.
왔다 갈 줄 아는 봄을 반기고 또 가는 봄을 전송하러 나온 청춘 남녀
들 많기도 하다. 그 가운데 홀로 길을 잘못 든 주책바가지 늙은이를

발견하였다. 겸연쩍은 심사를 가눌 길 없어 홀로 시만 읊다가 땅거미 지는 속에 발길을 돌려 돌아가는 늙은이의 뒷모습이다. 청춘아 어디 갔느냐? 나를 두고 어디로 갔느냐?

—

귀양 간다 가슴 아파 눈물을 흩뿌리며
가는 봄을 보낸 데다 벗님까지 보냈구려!
봄바람아, 잘 가시게, 붙잡을 뜻 없다네
인간 세상 오래 있다 시비나 배울 테니……
謫宦傷心涕淚揮　　送春兼復送人歸
春風好去無留意　　久在人間學是非

조운흘趙云仡, 〈봄을 보내는 날 벗과 이별하며[送春日別人]〉

바람결에 휩쓸리는 세월 속으로 시간이 미끄러져 간다. 봄바람이 봄을 거두어 떠나간다. 벼슬 바다 풍파에 휩쓸려 귀양 길로 떠나는 벗을 눈물로 보낸다. 떠나는 벗도 모자라 봄마저 떠나간다. 돌아올 기약 없는 귀양 길의 친구를 보내는 날, 박정한 봄바람은 남은 봄의 흔적들을 사정없이 쓸어 담아 거두어 간다. 봄도 가고 벗도 가버린 텅 빈 길을, 홀로 돌아오는 고려 시인 조운흘의 무거운 발걸음이여! 벗과 함께 떠나보내는 봄이요, 또 그 벗처럼 떠나보내기 아쉬운 봄이다. 하지만 아쉬워도 흔쾌히 보내야겠다고 자신을 달래본다. 어쩌면 봄과 함께 시비의 세상을 떠나가는 벗을 위로한 것인지 모르겠다. 시비를 벗어난 세상의 밖에서, 세월의 뒤안길에서 잊혀진 듯 고요히 머물기를! 그래서 크게 소리친다. 잘 가거라 봄바람아! 붙잡

을 뜻이 없다. 이 풍진 세상은 끊임없는 번뇌의 땅이기에 오래 있다
가는 시비나 배울 터이니…….

—

봄날이 저물거니 곧 보내긴 하겠지만
아득아득 멀리멀리 가면 어딜 가려느냐?
붉은 꽃잎 거두어서 가지고 갈 뿐 아니라
사람 얼굴 붉은빛도 마저 갖고 가는구나
명년 봄이 돌아오면 꽃이야 또 붉겠지만
붉은 얼굴 검어지면 누가 다시 빌려줄꼬?
봄 간다니 보내지만 봄은 갈길 서두르니
남은 꽃잎 바라보며 자주 눈물 뿌리노라
"봄아 너는 어딜 가냐?" 물어도 대답 없고
꾀꼬리가 봄 대신해 말을 전한 듯하다만
꾀꼴 소리 듣긴 해도 알아먹지 못하거니
정을 잊고 좋은 술로 취해나 보자꾸나!
잘 가거라, 봄바람아! 미련을 두지 말고
사람에게 박정하긴 누가 너와 같겠느냐?

春向晚送將歸　　杳杳悠悠適何處
不唯收拾花紅歸　　兼取人顏渥丹去
明年春廻花復紅　　丹面一緇誰借與
送春去春去忙　　空對殘花頻洒涕
問春何去春不言　　黃鸎似代春傳語
鸎聲可聞不可會　　不若忘情倒芳醑

好去春風莫廻首　　與人薄情誰似汝

이규보, 〈봄을 보내는 노래[送春吟]〉

너무 빨리 가는 봄에 대한 아쉬움과 미련은 누구에게나 공감으로 울린다. 봄날은 간다. 가려거든 그냥 가지 내 보람마저 가지고 가느냐? 봄아! 네가 간다니 장차 보내야겠다고 다짐한다만, 네가 가면 아득아득 멀리멀리 어디로 가려느냐? 가면 혼자 가지 붉은 꽃잎 거두어서 가지고 갈 뿐 아니라 사람 얼굴 붉은빛도 이내 청춘도 갖고 가는구나. 명년이 되면 봄아, 너는 돌아와 저 꽃들은 다시 붉겠지만, 이내 청춘 이제 가면 검게 변할 이 얼굴 누가 있어 다시 붉게 해줄까? 봄아, 간다기에 보내긴 하지만 너는 그리 무정하게도 갈 길을 서두르느냐? 남은 나야 남겨둔 꽃잎 바라보며 자주 눈물 뿌릴 수밖에…….

"봄아 너는 어딜 가느냐?" 물어도 대답 없고 녹음방초 사이로 이리저리 날아다니며 울어대는 저 꾀꼬리가 너를 대신해 말을 전한 듯하구나. 하지만 꾀꼴꾀꼴 우는 그 소리 들리기야 한다만, 네가 가며 전한 말을 알아먹진 못하겠다. 아쉽고 답답하여 이 몸이 할 수 있는 일이라고는 그저 좋은 술로 취해나 볼밖에……. 잘 가거라, 봄바람아! 이 세상에 미련 두지 말고 사람에게 박정하긴 누가 너만 하겠느냐? 봄아 가려거든 가거라!

—

오늘 시든 저 꽃잎들 어제는 붉었더니
한껏 애써 가꾼 이 봄 구 푼이 허사로다!

김홍도金弘道, 〈마상청앵馬上聽鶯〉,
종이에 수묵과 옅은 색, 52.0 × 117.2cm,
간송미술관 소장.

말을 타고 조용한 산길을 지나던
선비가 홀연히 들려오는 꾀꼬리 소
리에 말을 멈추고 나무 위를 올려
다본다. "봄아 너는 어딜 가느냐?"
물어도 대답 없고 녹음방초 사이로
이리저리 날아다니며 울어대는 저
꾀꼬리가 봄을 대신해 말을 전하는
듯하다.

피는 일이 없었던들 지는 일도 없으련만

봄바람을 원망 않고 꽃바람을 원망하네

今日殘花昨日紅　　十分春事九分空

若無開處應無落　　不怨東風怨信風

현기, 〈봄이 가는 날에[春盡日]〉

　모진 바람이 불어와 한바탕 꽃들을 휩쓸고 간다. 분분한 낙화! 바람이 휘젓고 지나는 서슬에 꽃잎은 사정없이 허공을 날아 흩어진다. 어제만 해도 이산 저산 붉고 하얗던 꽃잎들이건만, 지천으로 웃음 짓던 빛나고 탐스럽던 꽃잎들이건만 덧없이 흩어질 줄 꿈엔들 생각했으랴! 겨우 반나절 붉음을 위해 일 년 삼백육십일을 알뜰하게 가꾸어 왔던가? 뻗쳐오르던 보람이 서운케 무너져 내린다.

　피지 않았던들 지는 일도 없었을 것이다. 공연히 피어났다가 당하는 낙화의 허무함이라면, 차라리 피우지나 말 것을. 꽃을 피우게 한 봄바람이 더 근원적으로 원망스러운 것이런마는 봄바람을 탓하지는 않는다. 닷새마다 새로운 바람 불어 그에 따라 꽃들이 차례로 핀다는 이십사번화신풍二十四番花信風, 꽃을 피웠다가 지게 하는 꽃을 시샘하는 바람만을 원망한다. 젊은 청춘도 해마다 찾아오는 봄도 저럴 양이면 차라리 오지를 말지! 어쩌면 덧없이 왔다가 저리도 덧없이 가버려 삼백예순 날 하냥 섭섭해 울게 하는가?

　"이산 저산 꽃이 피니 정녕코 봄이로구나." 감탄이 시작되기도 전에 봄날이 휘모리 가락으로 흘러가고 있다. "봄아 왔다가 가려거든 가거라"라고 외칠 처지가 아니다. 저만치 가는 봄날을 어찌 아쉬워하지 않으랴! "한 점 꽃만 날려가도 봄이 문득 주는 건데, 바람 날린 꽃잎 만 점 시름 더욱 겹게 하네. 다 지려는 끝물 꽃잎 눈에 스침 또 보거니, 몸 많이 상케 한 술 입술 축임 싫다 말자〔一片花飛減却春, 風飄萬點正愁人. 且看欲盡花經眼, 莫厭傷多酒入脣〕" 두보도 〈곡강曲江〉에서 지는 꽃잎을 바라보며 가는 봄을 아쉬워하며 잔을 들었다.

가야 할 때가 언제인가를 분명히 알고 가는 이의 뒷모습은 얼마나 아름다운가. 떨어지는 꽃잎에 가는 봄날 찬란하지만 허망하다. 분분한 낙화, 인간사 이별과 죽음 앞에서 훌훌 털어버리고 미련 없이 훌쩍 떠가는 꽃잎, 결별이 이룩하는 축복에 싸여 나의 사랑, 나의 결별, 봄날은 또 간다.

—

가야 할 때가 언제인가를
분명히 알고 가는 이의
뒷모습은 얼마나 아름다운가

봄 한 철
격정을 인내한
나의 사랑은 지고 있다

분분한 낙화
결별이 이룩하는 축복에 싸여
지금은 가야 할 때

무성한 녹음과 그리고
머지않아 열매 맺는
가을을 향하여
나의 청춘은 꽃답게 죽는다

헤어지자
섬세한 손길을 흔들며
하롱하롱 꽃잎이 지는 어느 날

나의 사랑, 나의 결별
샘터에 물 고인 듯 성숙하는
내 영혼의 슬픈 눈

이형기, 〈낙화落花〉

송화 가루는 날리고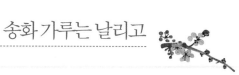

송화松花 가루 날리는
외딴 봉우리

윤사월 해 길다
꾀꼬리 울면

산지기 외딴 집
눈 먼 처녀사

문설주에 귀 대고
엿듣고 있다

박목월朴木月, 〈윤사월〉

　연둣빛 녹음으로 짙어가는 외딴 봉우리에는 연노랑 송홧가루가
바람에 하염없이 날린다. 어느 한가로운 윤사월의 대낮에 노란 꾀
꼬리 울음소리 어디선가 들려온다. 산모롱이에는 산지기의 외딴집
한 채가 산을 지키며 외롭게 서 있다. 그 집에는 아마도 산지기의 딸

인 듯 눈먼 처녀가 마루에 앉아 있다. 봄은 저물어 가고 초여름이 찾아드는 때, 새록새록 변해가는 아름다운 경치가 펼쳐진다. 비록 가슴이 저릴 듯한 경치일지라도 볼 수 없는 그 눈먼 처녀는 설레는 마음으로 문설주에 기대어 꾀꼬리의 울음소리를 통해 계절의 풍경을 엿듣고 있나보다. 눈먼 처녀의 애틋한 그리움이여!

송화는 송황松黃이라 하는데 바로 꽃 위의 연노랑 분粉을 가리킨다. 4월 꽃 필 때에 즉시 채취해야 하는데 만약 조금이라도 지체하면 다 떨어지고 만다. 몸을 가볍게 만들고 병을 치료하는 데는 송피松皮나 송엽松葉보다 낫다고 한다.

―

산 뒤쪽과 산 앞으로 오솔길이 갈렸는데
송홧가루 비에 젖어 어지러이 떨어지네.
스님이 샘물 길어 띠집으로 돌아간 뒤
한 줄기 푸른 연기 흰 구름을 물들이네
山北山南細路分　　松花含雨落繽紛
道人汲井歸茅舍　　一帶靑煙染白雲
이숭인李崇仁, 〈스님 암자를 두고 짓다〔題僧舍〕〉

고려 말의 이숭인이 지은 시이다. 송화와 백운이 어우러지게 배치된 청신한 초여름을 그린 온전한 한 폭의 그림이다. 자연 경물과 그 자연과 어우러져 살아가는 스님의 청정무구淸淨無垢한 삶이 그 속에 담겨 있다.

산 뒤쪽과 산 앞으로 길이 나 있다〔山北山南細路分〕는 것은 방향에 얽

매이지 않고 어디로든 통할 수 있다는 자재自在한 삶을 은연중 암시한다. '오솔길[細路]'은 이곳이 번화한 속세와는 거리가 먼 아주 한적한 곳임을 알 수 있게 한다. 그것은 대감님들이 타는 거마車馬가 다니는 '큰길[官道]'과는 상대되는 것으로, 욕심 없고 소박한 스님의 성품과 어울리는 소재이다. 그 길에는 송홧가루만 비를 머금고 푸설푸설 떨어지고 있다. 스님이 살고 있는 곳의 깨끗한 자연 배경으로 한 폭의 수채화다.

저만큼 띠풀로 엮은 소박한 암자가 놓여 있고. 스님은 샘물 길러 그 암자로 돌아갔다. 이윽고 띠집에서는 한 줄기 푸른 연기 피어오르더니 흰 구름을 물들인다. 아마 차를 끓이는가 보다. 이 시 속에 등장하는 차를 끓이는 스님[道人]은 실제 그림 속에는 없다. 푸른 연기만 띠집에서 피어오르는 것을 보고 스님의 행동을 상상한 것이다. 그리고 한술 더 떠 암자 곁의 샘물을 길어 그 띠집으로 돌아갔을 도인을 시 속에서 그려내어 시를 입체화하였다.

———

절집이 흰 구름 속 덮여 있는데
흰 구름을 스님은 아니 쓸다가
손이 오자 산문을 그제사 여니
온 골짝엔 송화가 한물져 있네
寺在白雲中　白雲僧不掃
客來門始開　萬壑松花老
이달李達,《손곡시집蓀谷詩集》,〈불일암에서 인운 스님에게[佛日庵'贈因雲釋]〉

서얼 시인이었던 손곡孫谷 이달이 나그네로 지리산의 불일암에 들러 인운因雲 스님에게 준 시다. 어떠한 정황이나 분위기를 이룰 소재를 제시만 할 뿐 구구한 사연은 나열하지 않았다. 구름을 통해 시의 풍경을 덮었다가 열어줌으로써 승속僧俗의 접경에 서 있는 나그네인 손곡의 위치와 시비에 매이지 않는 스님의 경지를 대비적으로 나타냈다. 아울러 골짝의 한물간 송화를 제시해줌으로써 계절의 추이에 아랑곳 않는 스님의 수양된 내적 경지를 암시한다.

절집이 있는 산은 온통 구름으로 첩첩이 싸여 있다. 암자의 뜨락에도 구름이 깔려 있겠지만 스님은 쓸지 않고 내버려둔다. 길손이 찾아와 문을 두드리자 무심한 흰 눈썹의 스님은 푸른 눈으로 문을 열어준다. 손님이 찾지 않았다면 영영 열리지도 않을 산문이다. 바람에 흩날리던 송홧가루가 산골짝 가득 아득하게 뒤덮고 있어 연노랑 구름 위에 떠 있는 듯하다. 그제사 펼쳐진 세계가 스님의 눈에 들어온다. 온 골짝엔 송화가 한물져가는 봄과 오는 여름의 접경에서 청신한 시간과 공간을 연출하고 있다.

'인운因雲'이라는 스님의 이름을 장난삼아 모티브로 인용하여 스님의 경지를 나타냈다. '흰 구름白雲'은 깨끗한 사물로 번뇌에 매이지 않고 자재自在한 존재의 상징이다. 시비장단을 따지지 않는 스님의 참모습을 암시한다. 절에 있는 스님을 구름으로 가려두어 세속과는 절연시켜 도를 닦는 경지 높은 존재로 만들었다. 참선 속에 든 사람이라 세상만사는 물론 아예 시간과 계절도 잊은 처지이다. 꽃이 피건 지건 봄이 가건 여름이 오건 아예 상관할 것이 없다. 속인들은 꽃이 피면 보람에 차 좋아하고 꽃이 지면 보람을 잃어 슬퍼하는

데, 저 스님은 그런 외물에 감정적으로 초연하다. 산골짝엔 온통 날리던 송홧가루가 한물진 채로 누렇게 깔려 있어 그저 스님의 눈에 비쳐들 뿐이다.

그림으로 치자면 아무것도 보이지 않는 백색의 공간이다. 구름 속의 스님은 세상사나 계절이 지나가는 시간의 추이에는 아랑곳하지 않고 수양에만 몰두하고 있는 덕 높은 존재임을 암시적으로 알려준다. 그에 반하여 작자는 속세를 떠도는 고달픈 떠돌이 나그네 신세이다. 나그네의 입장으로 보면 새삼 스님의 생활과 도의 경지가 부럽게 다가온다. 그러므로 한편으로는 덕 높은 스님의 경지에 대해 찬송을 하고, 한편으로는 스님의 한가로움에 의탁하고 싶은 부러움의 소리가 말 밖에 여운으로 남는다.

—

신선 찾다 잘못하여 봉래도에 들었는가?
봄바람은 안 불어도 솔꽃 하마 쇠었구나.
지초 캐러 어딜 갔다 아직 아니 오시기에,
땅 가득한 흰 구름을 쓰는 사람 전혀 없네
尋眞誤入蓬萊島　　春風不動松花老
採芝何處未歸來　　白雲滿地無人掃

위야魏野, 〈은자를 찾아갔다가 만나지 못하고[尋隱者不遇]〉

이 시는 당나라 시인 위야가 은자를 찾아갔다가 만나지 못하고 지은 시다. 이달 시의 스님과 위야 시의 은자가 비록 모습이 다르기는 하지만, 자연 속에 동화된 한 존재로 남아서 흰 구름이나 송화처럼

松下問童子

장득만張得萬, 《만고기관萬古奇觀》의 〈송하문동도松下問童圖〉,
종이에 채색, 38.0 x 30.0cm 삼성리움 소장.

〈송하문동도〉는 당나라의 스님이자 시인인 가도賈島의 시를 옮긴 것이다.
'솔 아래서 아이에게 물어봤더니
"스승님은 약 캐러 가시었어요"
이 산속에 있는 줄은 알겠다만은
구름 깊어 있는 곳은 모르겠구나'

그윽하고도 한가하며 청정하게 늙어가는 한 사람의 경지를 은은히 비쳐주고 있다.

함축은 가능한 한 적은 글자로써 여러 뜻을 지니게 하여 광범위한 연상을 조성하여 다의의 효과를 얻게 한다. 함축의 결과인 말 밖의 뜻(言外之意)은, 시인이 여러 말로 호소하지 않더라도 행간에 일종의 암시가 있어 독자가 어떠한 방향으로 생각하도록 인도하여 시인 생각의 방향이 있는 곳에 도달하게 한다.

—

소나무도 오히려 봄꽃들을 못 저버려
억지로 꽃을 피워 담황색을 띠우다니
우습구나, 곧은 마음 때로 간혹 흔들려서
연노랑 분을 갖고 남을 위해 단장하니
松公猶不負春芳　　强自敷花色淡黃
堪笑貞心時或撓　　却將金粉爲人粧

이규보, 〈송화松花〉

진시황이 태산에 올라갔다가 창졸에 폭우를 만나 큰 소나무 밑에서 피하고 나서 그 소나무에 오대부五大夫의 벼슬을 봉해 주었다고 한다. 사람들은 그 솔을 송대부松大夫라고 불렀는데 폭군에게 벼슬을 받았다고 해서 지조 없는 놈이라고 하여 지사들의 지탄을 받았다. 이규보는 소나무가 세속적인 봄꽃을 따라 꽃을 피우는 것을 통해 지조를 바꾸는 세태를 풍자하였다.

솔 그늘 솔바람의 멋의 풍류, 우리가 생각하는 소나무의 늘 푸른 자태와 꿋꿋한 정신의 날들은 어디에 있는가? 저 솔은 포기해서는 안 될 삶의 가치와 순수까지 다 버리며 이익만을 좇아 질주하는 우리의 천박하고 초라한 삶을 꾸짖는다.

"70년대는 김민기의 〈아침이슬〉로부터 시작되었다"라고 한 음악 평론가는 평했다. 김민기는 아름다운 한국어를 적절한 선율과 화성 속에서 구사해내는 본능적인 능력을 갖고 있었다. 음악의 가사가 음악과 호흡할 때 중요한 의미를 지니게 된다. 유신체제 반대 운동과 사회적, 정치적 각성을 해나갔던 70년대의 대학생들이 그의 은유적이며 암시적인 노랫말과 통기타 음악을 자신들의 세계관을 담은 음악으로 채택했다. 그리하여 김민기의 본의와는 다르게 사회적으로 재해석되고 적극적으로 의미가 부여되며 수용되었다. 깊은 정신적 울림을 가진 김민기의 노랫말은 당대의 젊은 대학생들이 사회와 현실 속에서 느끼는 정신적 갈등을 대변해주었다.

김민기는 우리 시대의 격동의 중심에서 감시와 억압과 탄압을 받았다. 김민기라는 이름이 붙은 노래와 공식 활동은 거의 모두 금지되었다. 시를 쓸 수 없는 시인이었고, 그림을 그릴 수 없는 화가였고, 노래를 부를 수 없는 가수였던 그의 '거치른 들판에 푸르른 솔잎처럼'은 자신의 운명을 암시한 것이며 삶의 다짐이라 하겠다.

〈상록수〉 하면 그 분이 생각난다. 기타로 반주하며 노래 부르던 노무현 대통령 후보. 노래라는 것은 진솔하게 마음을 담아 부르는 것이 가장 잘 부르는 것이라 생각한다. "저 들에 푸르른 솔잎을 보라. 돌보는 사람도 없는데, 비바람 맞고 눈보라 쳐도 온누리 끝까지 맘껏 푸르다."

—

저 들에 푸르른 솔잎을 보라
돌보는 사람도 하나 없는데
비바람 맞고 눈보라 쳐도
온누리 끝까지 맘껏 푸르다
서럽고 쓰리던 지난날들도
다시는 다시는 오지 말라고
땀 흘리리라, 깨우치리라
거치른 들판에 솔잎 되리라

우리들 가진 것 비록 적어도
손에 손 맞잡고 눈물 흘리니
우리 나갈길 멀고 험해도
깨치고 나가 끝내 이기리라
우리 가진 것 비록 적어도
손에 손 맞잡고 눈물 흘리니
우리 나갈길 멀고 험해도
깨치고 나아가 끝내 이기리라
깨치고 나아가 끝내 이기리라

김민기 작사 · 작곡, 〈상록수〉

김홍도金弘道, 〈노송괘운老松掛雲〉, 종이에 수묵과 옅은 색,
23.0 x 27.4cm, 간송미술관 소장.
—

단원 만년의 작품으로 소나무의 일부 모습만을 따로 떼어내어 그
렸다. 필묵은 거칠게 구사했는데 이는 많은 공간을 감당하기 위한
것으로 보인다. 온갖 비바람과 눈보라 속에서도 푸르름을 잃지 않
는 소나무의 당당한 기개를 힘찬 필치로 보여준다.

제2부

여름

님이 오시나보다
밤비 내리는 소리

여름밤에는

엄마가 섬 그늘에 굴 따러 가면

아기가 혼자 남아 집을 보다가

바다가 들려주는 자장노래에

팔 베고 스르르르 잠이 듭니다

아기는 잠을 곤히 자고 있지만

갈매기 울음소리 맘이 설레어

다 못 찬 굴 바구니 머리에 이고

엄마는 모랫길을 달려옵니다

한인현 작사·이흥렬 작곡, 〈섬 집 아기〉

아련히 떠오르는 유년의 기억으로 남은 노래이다. 여름밤이면 모
깃불 피워놓고 평상에 둘러앉아 수제비를 먹었다. 식사가 끝난 뒤
서늘한 조각구름 사이로 별 서넛이 반짝이는 하늘을 할머니의 무릎
에 누워 바라볼 때면, 도란도란 얘기꽃을 피우며 부쳐주시던 할머
니의 그 부채 바람은 참으로 시원했다. 소낙비 멎고 나면 개굴개굴
온 못 속을 울어대는 개구리 시끄럽고, 더위에 풀 죽었던 집 모퉁이

석류나무 잎의 녹음도 문득 짙어 보였다.

—

비 지나자 개굴 소리 못 안 이미 시끄럽고
지붕머리 가지 신록 문득 더욱 짙어졌네
서늘 구름 반쪽에다 별이 서넛 반짝이니
갈대발을 빗겨 걸고 홀로 누워 바라본다
雨過蛙聲已滿池　　頓添濃綠屋頭枝
涼雲半片星三四　　斜揭蘆簾獨臥時

유득공柳得恭, 〈여름밤[夏夜]〉 첫째 수

유득공의 시이다. 〈여름밤〉이라는 제목으로 된 5수 시 가운데 네
편을 소개한다. 어느 시골 촌가의 여름밤 풍경을 읊은 실경이다. 인
상적으로 집약된 여름밤 풍경의 단면들을 이 이상 어떻게 전형적으
로 묘사할 수 있을까 싶도록 핍진하게 그려내었다. 작자의 신선한
관찰 시각과 시어들의 맑고 맑은 이미지들을 잘 살려낸 회화시로
알뜰해하고 애틋해하는 시인의 심경을 말없이 전해준다.

비가 막 개인 어느 여름날 초저녁 풍경이다. 초여름 소낙비가 지
나가자 못 안은 개구리들의 합창으로 왁자하다. 지붕 모퉁이 끝에
는 연초록빛 잎새들이 비를 머금어 짙은 신록으로 옷을 갈아입었
다. 무덥던 날씨도 한풀 꺾이고 서늘해진 하늘에는 깔끔하게 씻기
운 흰 구름 몇 조각이 한가롭게 흘러간다. 그 사이로 드문드문 반짝
이는 별빛이 정겹다. 이런 밤이면 갈대로 만든 발을 빗겨 걸고 마루
에 누워 이 시원함을 아니 누리고 어쩌리. 비, 개구리 소리, 구름, 별

이인문李寅文, 〈산촌우여山村雨餘〉, 종이에 수묵과 옅은 색,
41.2 × 31.0cm, 간송미술관.

—

비가 그친 산촌의 풍경이다. 그림 속의 글은 다음과 같다. '초가집
에 비 그치니 구름 기운 젖어 있고 문을 여니 고운 산이 많아진 것
싫지 않네.' 초여름 소낙비가 지나가자 무덥던 날씨도 한풀 꺾이고
서늘해진 하늘에는 깔끔하게 씻기운 흰 구름 몇 조각이 한가롭게
흘러간다.

등은 여름날 초저녁에 흔히 보는 풍경들이지만, 시인의 생활의 일부로 가미되어 잘 그려내었다. '비 지난 뒤 개구리 소리'나 '문득 짙어진 신록'의 관찰은 신선한 맛을 더한다. 상큼한 여름밤 한때를 누리는 소박한 인간적 감정이 알뜰한 기분으로 여운화되었다.

―

불 가리려 나는 벌레 쫓고 나면 다시 오고
빛과 어둠 경계 갈라 흙담 한쪽 빤히 비쳐
등꽃 피고 꽃잎 자라 자욱하게 우거진 채
온밤 내내 토닥토닥 빗소리만 후득이네

翳燭飛蟲驅復生　幽光斜界土墻明

藤花荳葉冥濛處　一夜凄凄集雨聲

유득공, 〈여름밤〉 셋째 수

셋째 수는 축축하게 비 내리는 여름밤의 풍경을 그렸다. 이름 모를 벌레들이 촛불 가로 몰려들며 날아와 불을 가리려 한다. 우왕좌왕하며 실체도 없는 불빛만 쫓아 드는 여름밤 불나방의 향연, 쫓아내고 나면 어느 사이 다시 또 몰려든다. 빤하게 드러난 흙담의 한편은 어둡고 한편은 환한 채 갈라진다. 불빛이 닿는 곳과 닿지 않는 곳에 음영으로 갈라놓았다. 창밖에는 비가 내리나 보다. 연보라색 등꽃이 피었는지 향기가 살포시 창을 넘어온다. 심어놓은 콩잎은 자욱하게 우거진 모습을 이미 보았다. 그 콩잎 포기 쪽에서 밤새 토닥거리는 빗방울 소리가 들려온다.

어디에도 시인의 행태와 심경이 드러나 보이지 않으며 오직 '쫓아낸다[騙]'로 표출된 작자의 동작 태도가 있을 뿐이다. 어느 시골 가난한 선비의 토담집 밤 풍경을 통해 아스라하게 연상되는 고향 시골의 참된 경지를 그려내었다. 어떤 화가도 그림으로 그려낼 수 없는 운치를 시인이 그려내어 시의 성령性靈이 되었다.

—

개굴 맹꽁 울던 소리 약풀 섶에 잦아들고
달빛 환한 뜰에 나가 홑옷 다림 때로 보네
온 하늘 이슬 기운 이리도 시원한데
하얗게 핀 봉숭아꽃 함초롬이 젖어 있네
蛙黽聲沈藥草肥　　月庭時見熨單衣
一天露氣涼如許　　白鳳仙花濕不飛

유득공, 〈여름밤〉 넷째 수

산가山家의 달 밝은 여름밤 풍경이 정겹게 묘사되었다. 작자의 신선한 관찰 시각과 그것에 상응하는 시어들의 맑고 맑은 이미지들이 더없이 아름답다. 파릇하게 잘도 자란 약초 풀섶, 그 사이에서 그리도 울어대던 개구리와 맹꽁이의 합창 소리도 밤이 깊어 잠잠해졌다. 맑간 여름밤에 달빛까지 환하다. 잠 못 들고 뜰에 나가 거닐어 본다. 아내는 밝은 달빛을 빌려 홑옷을 곱게 다림질하고 있나 보다. 이따금 바라보는 시선에 정이 머문다. 무더위도 한풀 꺾이어 가을로 옮겨가는지 하늘 가득 이슬이 내려 시원하게 밀려드는 청량감. 뜰 한쪽에 하얗게 빛나는 봉숭아꽃을 바라보니 이슬에 젖어 날 듯한 꽃잎이 가만히 날개를 접은 나비와 같이 함초롬하다. 인상적으로 집약된 여름밤 풍경의 단면들을 이 이상 어떻게 전형적으로 묘사할 수 있을까? 참으로 핍진逼眞의 묘를 다했다.

—

황혼 되자 박쥐 떼가 헛간 빙빙 날더니만
비 갠 뒤라 두꺼비가 젖은 뜰을 기어간다
허물어진 담장 가로 달빛 환히 비치는데
박꽃이 다퉈 피어 하얀 빛을 자랑하네

昏飛蝙蝠遶虛廳　　晴徙蟾蜍過濕庭
破敗墻邊多月色　　匏花齊發素亭亭

유득공, 〈여름밤〉 다섯째 수

이 시도 앞의 시와 마찬가지로 우리 향토 풍경과 풍정風情에 대한 경험을 반추시킨다. 여름밤을 대표하는 사물 소재들을 찾아내어 하나하나 배치하였다. 어쩌면 저리도 알뜰하게 관찰할 수 있을까? 감탄이 절로 인다. 땅거미 지면 하늘을 주름 잡는 그 많은 박쥐 떼, 비가 개인 뒤에 뜰을 옮겨 가는 두꺼비의 그 의뭉한 모습. 거기다 더욱 운치를 더해주는 것은 쓰러질 듯한 가난한 초가의 담장 위를 비추는 하얀 달과 그 달빛 아래 늠름한 자태를 뽐내며 일제히 피어난 박꽃의 웃음. 너무나도 정겹고 청초하지 않은가!

다람쥐 쳇바퀴처럼 돌아가는 무더운 도회의 일상. 열무김치 꽁보리밥 고추장에 쓱쓱 비벼 먹고, 초가지붕 위 박꽃 보고 달처럼 웃음 짓던 가난했지만 정겨웠던 그 고향의 여름으로 돌아가고 싶다. 한여름 밤의 꿈이라도 좋다.

—

여름에는 저녁을

마당에서 먹는다

초저녁에도

환한 달빛

마당 위에는 멍석

멍석 위에는

환한 달빛

달빛을 깔고

저녁을 먹는다

…

마을도

달빛에 잠기고

밥상도

달빛에 잠기고

여름에는 저녁을

마당에서 먹는다

밥그릇 안에까지

가득 차는 달빛

아! 달빛을 먹는다

…

오규원, 〈여름에는 저녁을〉

향단아, 그넷줄을 밀어라

오월 오일 단옷날에 빛깔이 산뜻하다

오이밭에 첫물 따니 이슬이 젖었으며

앵두 익어 붉은빛이 아침볕에 눈부시다

목 맺힌 영계 소리 연습 삼아 자주 운다

시골 아녀자들아 그네는 뛴다 해도

청홍 치마 창포 비녀 좋은 시절 허송 마라

노는 틈틈이 할 일이 약쑥이나 베어두소

정학유丁學游, 〈농가월령가農家月令歌 · 오월〉

정학유의 가사에는 단오의 풍정으로 오이, 앵두, 영계, 그네, 청홍 치마, 창포 비녀, 약쑥이 등장한다. 농경 사회에서 파종을 하고 모를 낸 후 약간의 휴식이 준비되는 시점이 단오절이다. 해가 머리 정수리에 오는 날이라는 뜻의 단오端午는 음력 5월 5일로 수릿날 · 천중절天中節이라고도 한다. 중국에서는 중오重午 · 중오重五 · 단양端陽 · 오월절이라고도 한다. 단오는 초오初五의 뜻으로 5월의 첫째 말[午]의 날을 말한다. 예로부터 양수陽數로 겹치는 날인 3월 3일, 5월 5일, 7월 7일, 9월 9일 등은 양기陽氣가 가득 찬 길일로 쳤다. 그 가운데 5월 5

일을 가장 양기가 센 날이라고 해서 으뜸 명절로 지내왔다. 이날은 차륜병車輪餅이라 하여 수리취를 넣어 둥근 절편도 만들어 먹었다. 또한 이날에는 창포물에 머리 감기·그네뛰기·씨름·탈춤 등 여러 가지 민속놀이가 행해져 이날 하루 마음껏 놀이를 즐겼다.

—

그럭저럭 계절은 오월 달 맞아

얼정 얼정 하는 새에 단오 닥쳐서

다락 앞에 해가 지고 사람들 간 뒤

떨어진 분 내음만 자욱하구나

苒苒時當夏五   看看節迫秋千

樓前日暮人散   墜粉遺香黯然

유득공, 〈단옷날 지은 절구 몇 수[端陽雜絶]〉 첫째 수

보리 걷이 좋을시고 술 빚어놓고

느티 여름 한가롭게 옛 책 풀다가

한낮 되어 창문이 우련 붉으니

꽃 석류가 타는 듯이 피어 있어라!

麥秋好釀新酒   槐夏閑繙古書

日午窓光赫赤   海榴花發焚如

유득공, 〈단옷날 지은 절구 몇 수[端陽雜絶]〉 둘째 수

유득공이 그려낸 이 육언시는 단오절을 중심으로 한 향촌의 정감적 습속(그네뛰기)과 소박한 풍경(석류꽃)을 그림처럼 선명하게 묘사

신윤복申潤福, 〈단오풍정端午風情〉, 종이에 엷은 색,
28.2 x 35.2cm, 간송미술관 소장.
—

5월 5일 단오는 가장 양기가 센 날이라고 해서 으뜸 명절로 지내
왔다. 또한 이날에는 창포물에 머리 감기·그네뛰기·씨름·탈춤 등
여러 가지 민속놀이가 행해져 이날 하루 마음껏 놀이를 즐겼다.

해내었다.

첫수는 단오의 그네뛰기에 대한 풍정이다. 시간의 흐름이 참으로 빠르다. 모내고 씨 뿌리고 농사일에 정신없다 보니 모르는 새에 그럭저럭 시절은 오월달이다. 거기다 또 얼정 얼정 하다가 그네 뛰는 명절인 단오가 닥쳐왔다. '추천秋千'은 곧 '추천鞦韆'으로 그네뛰기이다. 명절인 오늘도 부산 떨다가 해는 서산으로 넘어간다. 다락 앞에 왁자하게 모였던 사람들 흩어져갔다. 땅거미 지는 곳엔 향긋한 분냄새만 짙게 풍길 뿐이다. '떨어진 분가루'와 '남은 향기'만이 젊은 아가씨들이 그네 뛰며 놀았음을 알려주는 흔적이다.

이 시는 수사와 시적 접맥이 그 기교의 묘함을 다하였다. 기·승구의 형용어 쓰임도 묘하다. '염염苒苒'은 자기도 모르는 사이에 그럭저럭 다가온 계절을, '간간看看'은 차츰차츰 또는 시나브로 다가온 명절 단오를 형용하였다. 전·결구의 '그네뛰기'에 대한 상황 묘사가 한마디도 없다. 언외에서 상정할 수 있도록 시구들을 상황적으로 접맥시켰고, 작품의 내면을 몽상적으로 미화하였다.

둘째 수는 농사일로 바쁘기 시작할 때 잠시 느끼는 한가한 심사를 멋을 내어 읊어내었다. 기·승구는 약간의 흥과 상고적尚古的 취향을 드러내었다. '맥추麥秋'는 익은 보리를 거둬들이는 일, 즉 보리 추수이고, '괴하槐夏'는 느티나무 그늘 아래서 누리는 여름의 운치다. 보리타작하고 난 뒤 새로 술을 빚어놓고 누리는 한가한 흥이 좋고, 느티나무 그늘 아래서 고서를 펼쳐놓고 그 뜻을 풀어보는 취미도 한가롭다.

전·결구는 향촌 생활의 태평스럽고 유한한 한 단면을 단옷날의 석류꽃을 가지고 너무도 생동적이고 색채감 있는 화폭으로 재생시켜놓았다. 한낮이 되자 문득 창문이 우련하게 붉다. 알고 보니 꽃 석류가 타는 듯이 피어 있어서이다. '해류海榴'는 '애기석류'로 꽃을 감상하기 위해 가꾼다고 하여 '꽃 석류' 또는 '해석류海石榴'라고 한다. 《격물총화格物叢話》에는 "유화榴花가 본디 안석국安石國에서 들어왔기에 안석류安石榴라 한다. 또 바다 건너 신라국에서 들어온 것을 해류海榴라 한다. 꽃받침이 진홍빛이고 꽃잎이 조알처럼 빽빽하다"라고 적고 있다. '혁적赫赤'은 짙은 홍색으로 그 색채감이 찬연하다. 석류나무는 꽃도 붉고 열매도 붉고 나무의 바탕도 붉다.

《삼국유사》를 보면 영축산에는 법화경에 능통한 낭지화상朗志和尙이 있어 이따금 구름을 타고 중국의 청량산에 가서 그곳 스님들과 함께 법문을 듣고 돌아오곤 했다. 청량산의 절에서 진기한 식물을 갖다 바치라는 전갈이 와 영축산에서 나는 기이한 나무 한 가지를 꺾어 바쳤다. 그러자 청량산의 승려들은 그 나무를 인도印度와 해동海東의 두 영축산에만 있는 '혁赫'이라는 나무라고 하면서 낭지를 영축산의 성자로 인정했다. 그때부터 낭지가 수행하던 암자를 '혁목암赫木庵'이라 불렀다고 한다.

소낙비 지나간 아침, 장독대 옆에 핀 붉은 석류꽃이 싱그러운 여름을 알린다. 붉은 비단 주머니를 리본으로 꼭 여며놓은 듯한 꽃. 석류는 붉은 꽃이 피어 빨간 열매로 익고 속에 든 씨껍질도 새빨간 색이다. 재액을 막는다는 붉은색으로 우리 선인들은 예부터 장독대 곁에다가 석류 한 그루쯤은 심었다. 진晉의 《박물지博物志》에는 "서한西漢의 장건長騫이 서역에 사신으로 갔다가 돌아오는 길에 가지고 왔다. 안석국에서 자라는 나무이기에 안실류安實榴 또는 석류石榴라 한다"라고 했다. 석류는 주머니 속에 자잘한 씨를 무수히 보듬고 있다. 그 모양을 자손의 번창으로 보았다. 따라서 시집가는 딸의 혼수품에 석류를 수놓아 부귀다남富貴多男을 기원하였다. 음력 오월에 피는 석류를 '오월의 꽃〔五月花〕'이라 하고, 석류꽃이 피는 오월을 '석류달〔榴月〕'이라 한다.

—

새빨간 석류꽃이 푸른 가질 태울 듯 펴
노란 발에 비친 모습 한낮 볕을 따라 돌고,
향로 연기 가물대고 찻물 소리 끓어대니
이야말로 숨은 이가 그림 감상 좋을 땔세
的的榴花燒綠枝　　緗簾透影午暉移
篆烟欲歇茶鳴沸　　政是幽人讀畫時

이덕무, 〈단옷날에 관헌에 모여〔端陽日集觀軒〕〉

이덕무는 단옷날 관헌觀軒에서 벗들과 모임이 있었던 모양이다. 관헌은 이덕무의 벗인 서상수徐常秀의 집이다. 서상수는 많은 고동서화古董書畫를 수장收藏하고 있었는데 특히 〈청명상하도淸明上河圖〉를 소장하고 있는 것으로 알려졌다. 이 그림은 골동품 수집과 감정으로 명성이 높은 상고당尙古堂 김광수金光遂가 소장했던 것이다. 상고당 김씨는 구영仇英의 진품이라 여기어 훗날 자신이 죽으면 무덤에 같이 묻기로 다짐했었지만, 병이 들자 서상수에게 넘겼다.

단옷날의 풍경으로 나른한 오후의 시간의 변화를 그림처럼 보여주고 있다. 뜰에는 석류꽃이 붉게 피었다. 그 이글거리는 붉음이 푸른 가지를 다 태워버릴 것만 같다. 그 또렷한 모습이 연노란 천으로 만든 발에 어리비쳐 들어온다. 해 그림자가 옮아감에 따라 발에 어린 석류꽃의 붉은 모습도 또한 옮겨 가는 조용한 낮이다. '상렴細簾'은 천을 가늘게 짜서 담황색 물을 들인 문발이다. 우리나라에서는 보통 옥색 물을 들이는데, 노인 방에는 연노랑 색으로 물을 들여 발을 만들고 가장자리에 선을 두르고 아래와 위에 막대를 만들어 건다.

방 한편에 놓인 향로에는 한 오라기 가느다란 향연香煙이 전서篆書의 글자체처럼 구불구불 피어오르며 사라질 듯 이어져 오르며 신묘한 분위기를 조성한다. 친구들이 모였으니 차 한 잔 없을 수가 없다. 고동古董의 찻주전자에는 보글보글 찻물이 끓고 있다. 이런 유심幽深함이 감도는 분위기에서의 독화讀畵, 진정 한 폭 그림 구경이란 숨어 사는 이의 순수하고 한가한 멋이며 허심하고 화평자락和平自樂한 경계가 아니겠는가?

붉은 석류꽃, 녹음이 짙어진 나뭇잎, 연노랑 빛 문발이 선명한 색채를 대조적으로 보여주고 있다. 거기에 향연을 보고 맡고, 찻물 끓는 소리를 듣고, 차 향기를 맡고 맛보고, 그림을 구경하는 운치가 신운神韻을 느끼게 한다. 시각·청각·후각·미각의 감각적 이미지가 산뜻하다. 시인은 모임의 모습을 객체화하고 관헌의 모습을 한 폭의 그림으로 그려내어 시중유화詩中有畵의 높은 경지를 만들었고, 그 속에 모여 있는 인물들의 고고한 인격을 은연중에 함축해냈다. 조선 후기 지식인의 고동서화 감상의 전형적 모습이라 하겠다.

단오의 유래는 중국 초나라 회왕懷王 때부터이다. 굴원屈原이 간신들의 모함에 자신의 지조를 보이기 위하여 멱라수라는 강에 몸을 던져 자살하였는데 그날이 5월5일이었다. 그 뒤 해마다 굴원의 영혼을 위로하기 위하여 제사를 지내게 되었다. 이것이 우리나라로 전해져서 단오가 되었다고 한다. 《열양세시기洌陽歲時記》에는 이날 밥을 수뢰강의 여울에 던져 굴원을 제사 지내는 풍속이 있으므로 '수릿날'이라고 부르게 되었다고 기록하고 있다.

단오에는 많은 의례가 행해졌다. 궁중에서는 신하들이 '단오첩端午帖'을 올렸고, 임금은 신하들에게 부채를 하사하였다. '단오절사端午節祀'라 하여 조상께 제사를 올렸으며, 집안의 평안과 풍년을 기원하며 '단오고사端午告祀'를 지냈다. 단옷날에 가장 먼저 익는 과일이 앵두이기 때문에 새로 딴 앵두를 조상에 올리는 '천신薦新'을 행하기도 하였다.

—

오월 맞은 요동 땅엔 더위 기운 미약해도
앵두는 막 익어서 가지 가득 휘청 달려
새 맛보는 객지 길서 도리어 애끊김은
우리 님이 묘당에다 천신할 때 없어서네
五月遼東暑氣微　　櫻桃初熟壓低枝
嘗新客路還腸斷　　不及吾君薦廟時
정몽주, 〈복주에서 앵두를 먹으며[復州食櫻桃]〉

포은 정몽주가 사행 도중에 요동에 있는 복주復州에서 오월을 만나 앵두를 맛보면서 임금을 그리워한 충정을 표현해내었다. '천묘薦

廟'는 조정에서 묘당에 새로 익은 과일이나 곡식을 조상에게 올리는 것으로 천신이라고 한다. 앵두가 익으면, 단옷날 임금은 묘당에 나아가 조령祖靈들에게 천신의 예를 올리고, 이를 맛본 다음 신하들에게 나누어주었다. 이 시에서는 새로 익은 앵두를 맛보면서 그것을 매개로 하여 과거의 경험을 회상하며, 지금은 객지에 있어 함께하지 못하는 안타까운 심정을 임금의 앵두 천신 행사를 묘사함으로써 임금에 대한 충정을 투사하였다.

오월이면 단오 명절이 들어 있다. 고국의 날씨는 더위가 한창일 때이다. 지금 사행이 있는 북쪽 변방인 요동 땅은 더위 기운이 고국보다는 덜하다. 그런데도, 제철 맞은 앵두는 막 익어서 가지가 휘도록 달려 있다. 저 가지를 누르는 풍성함. 이국 타향에서 이런 반가움을 만나게 되다니 감회가 새롭다.

하지만 저 반가운 앵두를 보니 문득 안타까움이 인다. 지금쯤 고국에도 앵두가 익었을 것이고, 주상께서는 묘당에 그 앵두를 천신하시겠지. 그런데 나는 국가 일로 타국에 있어 천신하는 그 의식에 곁에서 뫼시지 못하는구나……. 단옷날이면 주상께서 앵두를 천신하셨고 나도 작년에는 주상을 모시고 천신하는 자리에 있었다. 하지만 올해는 천신 때를 맞추지 못해 안타까울 따름이다. 지금 나는 앵두를 맛보고 있는데 이 앵두를 임금께 바칠 길이 없구나!

—

오월이라 앵두는 익어가고요
수천 산에 두견새는 울어대는데
임 보내고 부질없이 눈물뿐인 채

고운 풀만 또 저리도 우거지네요

五月櫻桃熟　　千山蜀魄啼

送君空有淚　　芳草又萋萋

이달, 〈임을 보내고[送人]〉

　　당나라의 많은 시가 여성의 목소리로 정감을 읊어내었다. 이 시는
당나라의 시를 모의模擬하였다. 이달은 애타게 그리워하는 여인의
입장이 되어 임을 향해 편지를 보내는 형식으로 노래하고 있다.

　　"지금 오월을 맞아 앵두는 익어간답니다. 예전 당신에게 올렸던 앵
두는 다시 빨갛게 익어가건만 또 한 해가 흘러갔군요. 당신은 소식도
없는데……. 수천 산에는 두견새들 울어댑니다. 저 두견이는 내 맘
아는 듯합니다. 내 팔자와 같이 두견이도 버려졌는지 저리도 울어
쌓는군요? 당신을 보내고부터 지금까지 부질없이 눈물뿐인 채 저는
어찌할 방법도 없답니다. 우리가 다시 만나야 될 이 좋은 방초 시절,
그런데 당신은 아니 계시고 저 고운 풀만 또 저렇게 우거지네요."

　　단오는 일 년 중 가장 양기가 왕성한 날이라 하여 부녀자들의 야
외 나들이도 허용됐다. 단옷날 여자들은 삼삼오오 짝을 지어 그네
도 뛰어보고, 창포를 삶은 물로 머리를 감고, 창포 뿌리를 잘라 비녀
삼아 머리에 꽂기도 했다. 마을의 남자들은 씨름, 택견 등으로 힘을
겨루었다. 옛날에는 큰 느티나무나 버드나무 등 자연 수목의 옆으
로 뻗은 가지에 그네를 매달기도 하였다. 혹은 넓은 터에 통나무를
높게 세우고 그 둘을 가로질러 묶고 나서 그네를 매달기도 하였다.
눈은 멀리 보고 발은 힘차게 내미는 것이 그네 뛰는 요령이다.

오월 단오는 춘향과 이도령이 만난 날이었다.

———

이때 월매月梅 딸 춘향春香이도 또한 시서詩書 음률音律이 능통하니 천중절天中節을 모를소냐. 추천鞦韆을 하려 하고 향단이 앞세우고 내려올 제, 난초같이 고운 머리 두 귀를 눌러 곱게 땋아 금봉金鳳차를 정제整齊하고, 나군羅裙을 두른 허리 미앙未央의 가는 버들 힘이 없이 드리운 듯, 아름답고 고운 태도 아장거려 흐늘거려 가만가만 나올 적에, 장림長林 속으로 들어가니 녹음방초綠陰芳草 우거져 금잔디 좌르륵 깔린 곳에 황금 같은 꾀꼬리는 쌍거쌍래雙去雙來 날아들 제, 무성한 버들 백척장고百尺長高 높이 매고 추천을 하려 할 제, 수화류문水禾榴紋 초록 장옷 남방사藍紡絲 홑단치마 훨훨 벗어 걸어 두고, 자지紫芝 영초英綃 수당혜繡唐鞋를 썩썩 벗어 던져 두고, 백방사白紡絲 진솔 속곳 턱 밑에 훨씬 추고, 연숙마軟熟麻 추천 줄을 섬섬옥수纖纖玉手 넌짓 들어 양수에 갈라 잡고, 백릉 버선 두 발길로 섭적 올라 발 구를 제, 세류細柳 같은 고운 몸을 단정히 노니는데, 뒷단장 옥비녀 은죽절銀竹節과 앞치레 볼작시면 밀화장도蜜花粧刀 옥장도玉粧刀며 광원사廣元絲 겹저고리 제색고름에 태가 난다.

"향단아 밀어라."

한 번 굴러 힘을 주며 두 번 굴러 힘을 주니 발밑에 가는 티끌 바람 좇아 펄펄 앞뒤 점점 멀어가니 위에 나뭇잎은 몸을 따라 흐늘흐늘 오고 갈 제 살펴보니 녹음 속에 홍상紅裳 자락이 바람결에 내비치니 구만장천九萬長天 백운간白雲間에 번갯불이 쐬이는 듯 첨지재전홀언후瞻之在前忽焉後라.

〈열녀춘향수절가烈女春香守節歌〉의 그네 뛰는 부분

판소리를 바탕으로 한 소설 〈열녀춘향수절가〉에서는 오월 단옷날 춘향이 그네를 뛰다가 이도령을 만나 사랑에 빠진다. 서정주의 〈추천사鞦韆詞〉는 이 소설의 그네 타는 내용과 관계가 있다.

―

– 춘향의 말 1

향단香丹아 그넷줄을 밀어라
머언 바다로
배를 내어밀 듯이,
향단아

이 다수굿이 흔들리는 수양버들나무와
베갯모에 뇌이듯한 풀꽃데미로부터,
자잘한 나비새끼 꾀꼬리들로부터,
아주 내어밀 듯이, 향단아

산호珊瑚도 섬도 없는 저 하늘로
나를 밀어 올려 다오
채색彩色한 구름같이 나를 밀어 올려 다오
이 울렁이는 가슴을 밀어 올려 다오

서西으로 가는 달같이는
나는 아무래도 갈 수가 없다.

바람이 파도를 밀어 올리듯이

그렇게 나를 밀어 올려 다오

향단아

서정주, 〈추천사鞦韆詞〉

이 〈추천사〉는 춘향이 그네를 뛰면서 '님'과 만날 수 없는 사랑의
괴로움을 노래하고 있다. 그네는 춘향의 내적 괴로움과 운명의 굴
레를 벗어나려는 수단이다. 하지만 나무에 매여 있는 그넷줄은 춘
향이 하늘에 도달하지 못하는 역설적인 한계를 나타낸다. 이것은
인간에게 주어진 운명적 한계 의식과 현실에 대한 좌절을 암시한다.

—

시누이는 열네 살 나보다도 더 큰데다

배워 익힌 그네 솜씬 제비와 꼭 같건만

창 너머로 언감생심 큰 소리도 못 내고는

감잎에다 몇 자 적어 편지 삼아 던져볼 뿐…….

小姑十四大於余　　學得秋千飛燕如

隔窓不敢高聲語　　柿葉題投數字書

황오黃五, 〈그네[秋千]〉

압록강 이편에서 제일의 시인이라 자부하여 '녹차綠此'로 호를 지
었던 황오의 시이다. '그네'라는 제목의 5수 중 네 번째 시이다. 여
성을 화자로 내세워 시집살이의 고달픔을 노래하였다. '추천秋千'은
'추천鞦韆'이다. 단옷날이 되어 마을의 처녀들은 그네를 타러 나갔

다. 시누이는 이제 열네 살이다. 그런데도 나보다 훨씬 더 크다. 어느 틈에 그네 타는 법을 배웠을까? 그 솜씨가 예사롭지 않아 물 찬 제비와 같다. 부럽다, 나도 저렇게 차고 날 수 있을 텐데……

참으로 여자 신세 고달프나. 좋은 시절 좋은 날에 서방님은 가까이 있는데도 만나지 못한다. 창 너머에 어린 낭군이 계신 줄 알기야 하지만 감히 큰 소리를 내서 불러보지도 못한다. 천성이 수줍음을 많이 타는데다 시어른들의 눈과 귀가 있기 때문이다. 하지만 이런 단옷날이면 어찌 그리움이 없을 수 없겠는가? 마침 마당에 푸르고 넓은 감잎이 있어 그걸 따다가 몇 자 적어 편지 삼아 던져볼 뿐이다.

화분에 붉게 피어난 석류꽃을 바라보며 가곡 〈그네〉를 들어본다. 이 곡은 작곡자 금수현이 부산 경남여고에 재직 중이던 1946년에 지은 노래로, 1948년 한국가곡발표회에서 처음 불렸다고 한다. 작사자는 한국 최초의 여성 장로이고 작가인 김말봉金末峰이다. 작곡자의 장모라고 한다. '강릉단오제'가 세계문화유산에 등재되었다지만 오늘날의 단오는 사라져가는 명절이다. 버드나무에 동아줄로 매어둔 그네, 옥색 치마를 날리며 창공을 차고 날던 누이의 모습이 눈부셨던 유년의 시절을 그려본다. 나무 발판에 올라서서 눈은 멀리 보고 발은 힘차게 내밀어 굴려보자꾸나. 한 번도 닿아보지 못한 저 푸른 하늘을 향해……

—

세모시 옥색 치마 금박 물린 저 댕기가
창공을 차고 나가 구름 속에 나부낀다
제비도 놀란 양 나래 쉬고 보더라

한 번 구르니 나무 끝에 아련하고
두 번을 거듭 차니 사바가 발아래라
마음의 일만 근심은 바람이 실어가네

김말봉 시·금수현 곡, 〈그네〉

연잎에 듣는 빗소리

빗방울이 개나리 울타리에 솝-솝-솝-솝 떨어진다
빗방울이 어린 모과나무 가지에 롭-롭-롭-롭 떨어진다
빗방울이 무성한 수국 잎에 톱-톱-톱-톱 떨어진다
빗방울이 잔디밭에 홉-홉-홉-홉 떨어진다
빗방울이 현관 앞 강아지 머리에 돕-돕-돕-돕 떨어진다

오규원, 〈빗방울〉

저 하늘은 참으로 다정도 하지. 평소에 내색하지 않던 그리움을
계절의 눈물로 보내나 보다. 개나리 울타리에, 모과나무 가지에, 수
국의 잎사귀에 잔디밭에, 강아지 머리 위에 토닥토닥 저마다의 사
랑을 담고 떨어지나 보다! 빗방울 듣는 소리 참으로 알뜰하게 갈무
리했다.

—

송알송알 싸리 잎에 은구슬,
조롱조롱 거미줄에 옥구슬,
대롱대롱 풀잎마다 총총,
방긋 웃는 꽃잎마다 송송송

고이고이 오색실이 꿰어서
달빛 새는 창문가에 두라고,
포슬포슬 구슬비는 종일
예쁜 구슬 맺으면서 솔솔솔
권오순 작사·안병원 작곡, 〈구슬비〉

창밖으로 떨어지는 빗소리를 들으면서 아이들과 함께 어릴 적 불렀던 아름다운 우리 동요를 수없이 반복하여 불러본다. 그 알토란 같은 우리말 가사가 너무도 알뜰하여 입에 가득 맑은 침이 고인다.
—
후춧가루 팔백 섬을 쌓아둔 일을
천년토록 어리석다 비웃었는데,
어쩌자고 푸른 옥의 말되박으로
온종일 명주 구슬 되고 있는가?
胡椒八百斛　　千載笑其愚
如何碧玉斗　　竟日量明珠
최해崔瀣, 《대동시선大東詩選》, 〈우하雨荷〉

당나라 때 원재元載라는 탐관오리가 있었다. 그는 관직에 있으면서 뇌물을 탐하여 평판이 나빴는데 죽은 뒤에 가산을 몰수하고 보니, 그의 창고에서 호초胡椒가 팔백 섬, 종유鐘乳가 오백 량 등 진귀한 보물들이 많이 나왔다. 이러한 먹지도 못할 것을 쌓아둔 탐욕스런 일은 뒷사람들에게 두고두고 어리석다고 비웃음을 받았다. 호초는 바로 우리가 말하는 후추로 원산지는 인도이다. 열매를 갈아 가루를 낸 뒤에 맛을 내는 향료로 쓴다. 당나라 때 사람들이 육식을 할 때 늘 호초를 써서 조미調味하였는데 몹시 귀하게 여겨 값이 비싸 모두 뇌물로 받았던 모양이다. 빗방울의 눙근 모습에서 후추 열매의 둥근 모습을 연상시킨 발상이 기묘하다. 연못에는 푸른빛 옥과 같은 연잎들이 못 가득 푸른데, 그 넓고 우묵한 싱그러운 잎사귀마다 떨어지는 빗방울들. 알알이 맺혀 투명한 구슬이 되어 동글동글한 방울들이 우묵한 중심부로 굴러든다. 어느 정도 고이고 나면 스스로 제 무게를 못 이기어 기우뚱하는 순간 명주 같은 빗방울이 주루룩 쏟아져 내린다. 비가 내리는 종일토록 저리도 같은 행동이 반복되고 있으니 그것을 모두 계산해본다면 팔백 섬만 될까? 어쩌자고 조물주는 원재의 옛 일을 잊어버리고 저리도 탐욕스레 어리석은 일을 되풀이하고 있는가?

이 시는 온종일 비 내리는 연못에서 연잎에 쏟아지는 빗방울을 바라보며 구슬에 비유하여 인간의 욕심을 풍자한 시로 의경意境이 기발하다. 연잎에 비가 내린다는 어떤 묘사도 일절 하지 않고도 비 오는 날의 풍경을 기막히게 그려내었다. 조물주의 무한한 욕심을 제시하여 온종일 연잎에 비 내리는 풍경을 생생하게 잡아내었다. 팔백 섬 후추를 쌓아두었던 일을 사람들은 천년토록 그 어리석은 행위를 비웃었는데, 하늘은 어찌하여 그리도 욕심 사납게 푸른 옥으로 된 말되박을 가지고 온종일 명주 구슬을 되고 있는가? 역설의 미학이다.

목은牧隱 이색李穡은 "이 시는 청렴하지 못하면서 부유하게 된 자를 풍자한 것이다[此誚不廉饒富者]"라고 하였다. 비 오는 날 가만히 앉아서 연못을 본다. 푸른 말되박으로 명주를 되고 있는 듯한 착각이 든다. 명주를 된다는 것은 인간의 시각으로 보면 탐욕의 행위일 수도 있겠지만, 조물주의 행위로 보면 순수한 아름다움의 결정체이다. 같은 욕심을 부려도 원재와 같은 인간의 욕심은 더럽기가 한량없고, 조물주의 욕심은 깨끗하기 그지없어 역설적으로 죄가 되지 않고 아름다움이 된다. 자연에 대한 예찬이다. 기발한 착상, 예리한 관찰, 고사에 곁들인 교훈성과 해학, 아울러 은유와 대조와 역설을 통해 드러나는 미감이 청신하다.

—

명주明珠 사만곡四萬斛을 연잎에 다 받아서,
담는 듯 되는 듯 어리로 보내는다
헌사한 물방울란 어위 계워 하는디.

송강松江 정철鄭澈 시조이다. 어쩌면 그리 최해의 시상과 비슷한 시각과 내용을 지니게 되었을까? 송강이 이 시를 보고 점철성금點鐵成金한 것인가, 아니면 연잎에 비 떨어지는 것을 바라보는 정감이 서로 같아 이리도 닮은 감성으로 읊어내었는가?

—

연꽃 보러 세 번째로 궁 안 못을 찾아오니
푸른 일산 붉은 단장 옛 모습과 같다만은
꽃을 보던 옥당 손님 오직 남아 있지만은
풍정만은 안 시든 채 귀밑털만 흰 실 같네

賞蓮三度到宮池　　翠蓋紅粧似舊時

唯有看花玉堂客　　風情不減鬢如絲

곽예郭預, 〈연꽃을 구경하며[賞蓮]〉

　　곽예는 고려 충렬왕 때의 사람이다. 곽예가 한원翰院에 근무할 때,
비가 올 적에는 늘 맨발로 우산만 들고 홀로 용화지龍化池에 가서 연
蓮을 구경하며 시를 지었다. 후대 사람이 그의 높은 운치를 흠모하
여 그 사실로써 시를 지은 이가 많았다고 한다. 연꽃 감상하는 흥취
를 비 오는 날 우산 쓰고 곱게 단장한 여인을 만나는 상황으로 만들
어 인생의 무상함을 한탄한 시이다.

　　연꽃 감상하기 위해 궁 못을 찾아온 걸 헤아려보니 세 번째이다.
함련頷聯은 연꽃을 인격화하였다. 연잎은 일산으로 연꽃은 단장한
여인으로 설정하여 우산을 쓴 여인으로 그렸다. 푸른 일산을 쓰고
붉은 단장을 한 모습은 옛날 그대로이다. 그렇지만 만나러 간 손님
은 옛날의 그 사람이 아니다. 예전에 꽃을 찾았던 옥당에서 근무하
던 손님은 예전 모습이 아니다. 저 연꽃을 보고 시를 짓는 풍정이야
옛날 젊었을 적 그대로 줄어들지 않았다. 다만 세월의 흔적인 흰 실
처럼 귀밑털이 세어 있다. 계절마다 찾아와 감상하는 저 연꽃은 유
상有常한데 자신의 인생은 무상無常하다. 연꽃은 옛날대로 똑같이 피
어났는데 사람은 세월 따라 늙어버려 옛적의 그 사람이 아니로다.
아! 슬프구나!

—

　　산창 가서 종일토록 책을 안고 자다 깨니

돌솥에는 차 달였던 연기 외려 남아 있고

발 너머로 가랑비 소리 문득 들리더니

못에 가득 연잎들은 벽록색이 반드르르

山窓盡日抱書眠　　石鼎猶留煮茗烟

簾外忽聽微雨香　　滿塘荷葉碧田田

서헌순徐憲淳, 〈우연히 읊다[偶詠]〉

여름날 숨어 사는 이의 한가하며 그윽한 흥을 읊었다. 산속 집의
창가에서 진종일 책을 읽다가 잠들었다 깨어난다. 한가롭게 누워서
책을 보다가 스스르 밀려오는 흑첨黑甛, 낮잠에 보던 책을 가슴에 올
려놓고 그만 잠들어버렸다. 차를 달였던 돌솥에는 아직도 향긋한
녹차 향기 서려 있고, 매콤한 연기 내음이 감돌고 있다. 발 밖에서
서늘한 기운이 밀려와 남은 졸음을 개운하게 씻어낸다. 발 밖의 연
못을 쳐다보니 못 가득한 푸른 연잎들의 물결, 여름의 혼미한 정신
을 번쩍 들게 한다. '벽전전碧田田!' 연잎들 하나하나마다가 반듯반듯
윤곽을 이루고 엽맥葉脈도 또한 또렷또렷한 모양을 갖추어 가지런히
줄지어 있다. 녹색도 청색도 아닌 벽록의 싱그런 색감과 묵직한 입
성 자의 음감이 상쾌함을 돋운다.

엉성하던 네모난 연못에는 슬며시 내린 비로 어디에 숨어 있다가
별안간 저처럼 일시에 얼굴을 내미는 저 수많은 연잎들! 그 푸른 잎
사귀들은 반듯반듯 가지런히 서로 몸을 잇대고 있다가 수정 같은
물방울을 받아들여 후루룩후루룩 굴리다가 쏟아내고는 다시 몸을
세우며 푸른 생명의 생동감으로 가득 빛나고 있다. 잠에서 깨어 벽

강세황姜世晃,〈향원익청香遠益淸〉,
종이에 채색, 115.5 x 52.5cm,
간송미술관 소장.

연꽃을 그린 강세황의 수작으로 화
제인 향원익청香遠益淸은 '향기는
멀수록 더욱 맑아진다'는 뜻이다.
연잎들이 반듯한 윤곽을 이루고 엽
맥도 또렷한 모양을 갖추고 있다.
녹색도 벽색도 아닌 벽록의 싱그런
색감이 상쾌함을 돋운다.

록색 연잎의 생기발랄한 싱그러움에 무척이나 흐뭇해했을 작자의
편안한 얼굴이 눈에 선하다.

—

　강가의 마른 뇌성 은은히 울리다가
　구름 끝에 두어 점 빗방울 떨어지니
　두꺼비들 진짜 비가 내리는지 착각해서
　숲 구덩이 지레 가서 개굴개굴 울어대네
　江上空雷隱有聲　　雲頭數點落來輕
　蝦蟆錯認眞消息　　徑作林坳閣閣鳴
　정약용丁若鏞, 〈여름날 전원의 여러 흥취를 범성대 양만리 두 시인의 시체를 모
방하여 24수를 짓다[夏日田園雜興效范楊二家體二十四首]〉

중국 송나라 때에 특히 시문으로 명성이 높았던 범성대范成大와 양
만리楊萬里 두 시인의 시체를 본받아 다산은 여름날 전원의 흥취를
24수의 시로 읊었다. 이 시는 그 가운데 한 수이다. 어쩌면 저리도
자연의 기미를 핍진하게 포착하여 읊어내었는지. 여름날 비 오려고
하면 하늘에선 마른 우렛소리 진동하고, 가끔 두어 방울의 비가 떨
어진다. 이럴 때면 두꺼비란 놈은 진짜 폭우가 본격적으로 내릴 것
으로 착각하고 지레 겁을 내어 숲 속 깊숙한 웅덩이에 숨어서 개골
개골 울어댄다. 실감 나고 사실적인 표현이다. 사람보다 먼저 자연
변화의 낌새를 감각적으로 느끼는 두꺼비의 생태를 주도면밀하게
관찰하여 얻어낸 표현이다.

―

뜨락에도 안 나간 채 멍청하게 사노라니
부들방석 적적하게 사람 맘을 말리누나
푸른 박 잎 우거진 속 서재 창문 한쪽 가엔
아침 내내 빗발 후득 벽오동 잎 두들기네
不出門庭譬守株　　蒲團寂寂使人枯
靑匏葉裏書窓畔　　鳴雨終朝抵碧梧
박제가朴齊家, 〈빗소리를 들으며[聞雨]〉

　문밖을 출입하지 않고 꼼짝 않고 멍청하게 있는 자신의 꼬락서니
가 토끼를 기다리는 어리석은 농부 꼴이다. 방 안에는 아무도 없어
적적하기만 하고 오직 대하는 것은 '부들자리蒲團'뿐이다. 푸른 박
잎이 우거진 그 지붕 아래 서재의 창문 가에서는 아침 내내 빗방울
이 후득대며 벽오동 잎사귀를 두들기고 있다. 시인은 그 모습을 홀
로 앉아 하염없이 바라보고 있다. 주변 사물에 감정을 편입시킨 것
이 아니라 시적 제재 자체를 일대일로 배치해놓고 상황을 따지고
관찰만 하였지만, 거기에는 쓸쓸한 시인의 내적 기분이 함축되어
있다.
　'수주대토守株待兎'는 어리석은 농부가 우연히 그루터기에 부딪쳐
죽은 토끼를 줍고 나서 만사를 포기한 채 그 그루터기만 지키다가
웃음거리가 되었다는 고사이다. 약간은 자조적인 모습이 엿보인다.
하지만 여기서는 바보스러움만을 나타내는 것이 아니라 세상을 대
처하는 작가 내면의 천진스러움이 엿보인다. 시에서 등장하는 '바보

스러움'이란 인성의 순수함을 나타낸다. 그러기 때문에 겉으로는 멍청하게 보일 뿐이지만 내적으로 지혜로운 인물이다. 깨끗하지 못하고 불합리한 세상에 대응하는 방법은 두 가지가 있다. 세상에 부딪쳐 투쟁하는 것과 바보처럼 살아가면서 세상에 대응하지 않고 자신의 목숨을 보존(明哲保身)하는 것이다. 이 바보스러움에는 불합리한 세상에 도전하고 자기 뜻을 실행하다가 안 되면 내 몸만이라도 보존하자는 의식이 깔려 있다.

포단蒲團이 사람의 마음을 마르게 한다는 것은, 상대하는 것은 오직 포단뿐이기에 고적할 수밖에 없는 작가의 심리를 대체화한 것이다. 부들자리는 하얀 속의 왕골을 뽑고 나면 하얀 속껍질이 남는다. 말리면 위쪽은 하얗고 아래는 파란 껍질이 되는데 이것으로 만든 자리이다. 진계유陳繼儒는 고적할 땐 이 부들방석이 사람의 심신을 야위게 한다고 언급하였다.

진계유의 언급에 의하면 향香은 사람으로 하여금 아늑하게〔幽〕 하고, 술〔酒〕은 사람으로 하여금 먼 생각을 갖게〔遠〕 하고, 바위〔石〕는 사람으로 하여금 빼어나게〔雋〕 하고, 거문고〔琴〕는 사람으로 하여금 쓸쓸하게〔寂〕 하고, 차〔茶〕는 사람으로 하여금 상쾌하게〔爽〕 하고, 대〔竹〕는 사람으로 하여금 설렁하게〔冷〕 하고, 달〔月〕은 사람으로 하여금 쓸쓸하게〔孤〕 하고, 바둑〔碁〕은 사람으로 하여금 한가롭게〔閒〕 하고, 지팡이〔杖〕는 사람으로 하여금 경쾌하게〔輕〕 하고, 물〔水〕은 사람으로 하여금 허허롭게〔空〕 하고, 눈〔雪〕은 사람으로 하여금 탁 트이게〔曠〕 하고, 칼〔劍〕은 사람으로 하여금 비장하게〔悲〕 하고, 포단〔蒲團〕은 사람으로 하여금 야위게〔枯〕 하고, 미인美人은 사람으로 하여금 애처롭게〔憐〕

하고, 스님〔僧〕은 사람으로 하여금 담박하게〔淡〕 하고, 꽃〔花〕은 사람으로 하여금 운치 있게〔韻〕 하고, 금석(金石, 도장)과 솥과 그릇〔鼎彝〕 같은 골동품은 사람으로 하여금 예스럽게〔古〕 한다는 것이다. 사물을 잘 관찰한 말이라 하겠다.

올여름은 유난히 비가 많다. 비는 대지의 모든 곳을 적신다. 창밖으로 밤비가 내린다. 빗소리를 님이 오시고 님이 가시는 것으로 풀이한 노래가 〈비의 나그네〉이다. 지금은 울릉도에 자리 잡았다는 이장희가 1970년대에 불렀던 노래로 비와 사랑을 포개고 있다. 방송을 진행하던 이장희가 〈비의 나그네〉를 선곡해 담당 피디가 시말서를 썼다고 한다. 전국이 호우주의보로 난리가 났었는데 그 곡의 가사가 "내려라 밤비야 내 님 오시게 내려라 주룩 주룩 끝없이 내려라"였던 것이다.

—

님이 오시나 보다 밤비 내리는 소리
님 발자욱 소리 밤비 내리는 소리
님이 가시나 보다 밤비 그치는 소리
님 발자욱 소리 밤비 그치는 소리
밤비 따라 왔다가 밤비 따라 돌아가는
내 님은 비의 나그네
내려라 밤비야 내 님 오시게 내려라
주룩주룩 내려라 끝없이 내려라
님이 오시나 보다 밤비 내리는 소리
님 발자욱 소리 밤비 내리는 소리

님이 가시나 보다 밤비 그치는 소리
님 발자욱 소리 밤비 그치는 소리
밤비 따라 왔다가 밤비 따라 돌아가는
내 님은 비의 나그네
내려라 밤비야 내 님 오시게 내려라
주룩주룩 내려라 끝없이 내려라
님이 오시나 보다 밤비 내리는 소리
님 발자욱 소리 밤비 내리는 소리

이장희 노래, 〈비의 나그네〉

유월의 꿈이 빛나는

유월의 꿈이 빛나는 작은 뜰을
이제 미풍이 지나간 뒤
감나무 가지가 흔들리우고
살찐 암록색 잎새 속으로
보이는 열매는 아직 푸르다.

김달진金達鎭, 〈청시青柿〉

유월의 풍경이다. 김달진의 이 시는 이미지가 간결하고 명징하다. 더할 것도 덜 것도 없는 자연 그대로의 모습을 그려내었다. 뜰이 있고, 미풍이 지나가고, 가지가 흔들리고 짙푸른 잎 속에 아직 익지 않은 파란 감이 감추어져 있다.

꽃과 줄기가 연지 빛으로 한껏 붉고, 녹색 잎에 붉은 잎맥을 지닌 맨드라미[鷄冠花] 포기가 화면 중간을 가로지르고 있다. 초록빛 바랭이 풀 한 포기도 맨드라미를 따라 비스듬히 휘어져 있으며 꽃 위를 나는 잠자리가 여름날 계절감을 더욱 고조시킨다. 그 꽃포기 아래서는 날개깃을 내려뜨리고 주위를 살피는 어미 닭의 눈길이 날카롭고, 늦게 깐 세 마리 병아리가 어미의 보호를 받으며 마음 놓고 뛰어

노는 모습이 한가로움을 더해준다. 겸재謙齋 정선鄭敾이 그린 〈계관만추鷄冠晚雛〉의 풍경이다.

—

> 병아리 쳐 길러내어 열 마리쯤 되었는데
> 틈만 나면 까닭 없이 싸움 걸며 덤벼들어
> 서너 차례 붙었다가 다시 서로 물러서선
> 눈길 맞춰 쏘아보다 문득 그만두는구나
> 養得雛鷄近十頭　　每來挑鬪沒因由
> 數回膊膈還停立　　脈脈交睛便罷休

정약용, 〈효양성재체效楊誠齋體〉

다산 정약용의 시이다. 여름날 시골에서 바라본 일을 섬세하게 포착하였다. 병아리 길러 열 마리쯤 되는데 이놈들 하는 꼴이 가관이다. 언제나 틈만 생기면 까닭도 없이 서로 덤벼들어 싸운다. 두서너 차례 후다닥 붙었다가는 도로 떨어져 물러서서 서로 눈길을 맞추면서 쏘아보다가는 문득 맥없이 그만둔다. 농촌에서 흔히 볼 수 있는 실경이다. 중병아리들이 자라면서 하나의 과정처럼 보여주는 닭싸움의 현장과 양태를 너무도 핍진하게 묘사해낸 솜씨가 정선의 그림 못지않게 정겹다.

나무마다 무더운 바람에 푸르던 잎들이 모두 추레하게 늘어져 있다. 건너 보이는 두어 산봉우리 저편에는 먹구름이 짙게 깔려 비라도 한바탕 쏟아질 눈치다. 쑥빛보다 더 파란 조그만 청개구리 한 마리가 나뭇가지 끝에 뛰어올라 까치 소리를 내며 운다. 아, 비가 오려나! 날씨는 후텁지근하고 노곤하게 수마睡魔가 찾아든다.

"여름날 파초 자란 정원에 앉아 있는데 졸음이 하늘에 드리운 구름과 같이 속눈썹을 눌러온다. 소나기가 급작스레 몰려와 파초 잎을 때리고 또 매끄러운 표면을 방울져 떨어지면 파초 잎이 끄떡서리는데 빗줄기가 옆으로 튀어 이마와 눈썹 언저리에 날아와 흩뿌리니, 삽시간에 사랑스러워져 졸음 생각이 재빠르게 숨어버린다〔暑日坐芭蕉院, 睡睫如垂天之雲. 白雨急打葉, 也滑溜而低仰之, 雨脚橫跳, 飛灑眉宇, 靉然堪憐, 睡思快遁〕."(이덕무, 《선귤당농소蟬橘堂濃笑》) 이런 맛이 있기에 우리 선인들이 파초를 심고 '파초우芭蕉雨'를 노래했던 그 운치를 짐작하겠다.

—

까치 하나 수숫대에 외롭게 앉아 자고
달은 밝고 이슬 희고 논 물소리 울리는데
나무 아래 오두막집 바위처럼 둥근 지붕
지붕 끝에 박꽃 피어 별빛처럼 환하구나
一鵲孤宿蜀黍柄　　月明露白田水鳴
樹下小屋圓如石　　屋頭匏花明如星
박지원朴趾源, 〈새벽길을 가며〔曉行〕〉

늦여름과 초가을 무렵 새벽길을 가면서 만나는 시골 풍경이다. 작자의 감정을 드러내지도 않고 시어를 배치하여 놓았을 뿐이지만 그 사실적 묘사가 자연스럽게 그림을 그리고 있다. 종래의 시와는 달리 이 시기 박지원이나 후기사가後期四家와 같은 일군의 실학파 시인들의 시적 경향이 잘 드러나 있다. 감정을 한껏 드러내어 읊는 것이 아니라 감각을 최대한 수용하여 지적으로 갈무리하다 보니 저절로 회화적인 시가 되었다. 특이한 것을 좋아하던 시인들이 쉽게 다루지 않던 우리 주변의 소재를 끌어와 우리 민중의 진실 소박한 심성을 그려내고 있는 점도 독특하다. 바로 박꽃과 같은 소재이다. 박꽃은 비록 화려하지는 않지만 천성 순진하고 소박한 그 모습과 이미지로 우리 백성들의 순박한 풍속과 심성이 닮아 더욱 정겹다. 이 토속적인 박꽃과, 그 박꽃에 친숙미를 느끼는 시인의 시심詩心이 한없이 경이롭다.

달빛 아래 포근하게 잠들었을 소박한 인정이 느껴지는 시골의 새벽 풍경이다. 쑥 빼어난 수숫대 위에 구부정히 앉아 자고 있는 까치가 정겹고도 익살스럽다. 밝은 달, 하얗게 맺힌 이슬, 풀숲을 적셔 달빛에 반짝인다. 거기다가 돌돌돌 울리며 흘러가는 논물 소리로 인하여 더욱 고요한 들길이다. 까치마저도 아직 자고 있는 이른 새벽에 커다란 나무 밑에는 둥그런 바위 같은 초가지붕이 나타나고, 오두막 지붕 위엔 얹혀 핀 하얀 박꽃이 평화롭다. 저 둥근 오두막 지붕 안에서 단란한 한 가족의 꿈이 익겠지. 아마도 가족들의 순박한 평화로운 꿈이 흰 박꽃들로 피어나 별빛처럼 새벽 달빛 아래 수줍게 빛나고 있는 거겠지.

박꽃은 늘 수줍게 피어서는 남 앞에 잘 나서지도 못하는 처녀와 같은 심성을 가진 꽃이다. 향기도 화려함도 없이, 담담한 흰옷, 흰 얼굴로 황혼에 피어 별빛같이 빛나다가, 아침 해가 뜨기 전에 숨어 버리는 꽃이다. 그 순수하고 깨끗한 자태는, 어쩌면 흰옷 차림의 백의민족의 심성과 딱 닮아 있는지 모르겠다.

―

박꽃이 울타리의 구멍을 나와

푸르른 삼밭에 와 누워 폈기에

아침에 따 사발에다 동동 띄우니

자연스레 연꽃 앉은 옛 부처로다

匏花籬孔出　　臥發綠麻田

朝摘浮沙鉢　　天然古佛蓮

황오, 〈박꽃[匏花]〉

박꽃은 대개 초가지붕 위로 올린다. 이 박꽃은 헛간채 기울어진 곳을 뻗어나와 핀 모양이다. 소나무를 꺾어다가 대충 꽂아놓은 시골 울타리, 그 울타리 듬성한 개구멍 사이로 박 넝쿨이 뻗어 나왔다. 집 밖에는 삼대가 마구 자라 파랗게 우거져 있다. 그 삼밭까지 뻗어나가 비스듬히 누워 꽃을 피웠다. 이 시골 여름날 특별히 멋 부릴 게 있으랴! 아침에 밭에 나갔다 하얀 박꽃을 보았다. 그걸 따다가 막사발에 물을 붓고 거기다가 동동 띄워놓았다. 아! 바라보고 있자니 천연의 모습대로 연꽃 위에 앉아 있는 부처님의 모습이 아닌가?

촌스럽지만 소박하고 꾸미지 않았기에 천연스럽다. 우리 시골 주변의 생활을 따라 그저 쉽게 볼 수 있는 제철의 꽃으로 멋을 냈으니 자연을 더 잘 누리는 지혜며 풍정이다. 공허하고 고급스런 귀족 계층의 멋이 아니라 농투성이 서민들의 모습과 정감이 보이며 한국의 토속적인 흥취와 멋이 말 없는 가운데 천진하다. 우리말 순서대로 시어를 던져놓듯 쉽게 배치했다. 시어도 자연스럽고 시상과 운치도 자연스럽다.

—

시골 마을 앞쪽 뒤쪽 비 내리다 막 개이자,
원두막 가 참외밭을 손수 김을 매고 나니,
깊은 골목 날은 길고 아무런 일도 없어,
나무 그늘 평상 놓고 아이에게 글 읽힌다
村南村北雨晴初　舍下瓜田手自鉏
深巷日長無箇事　樹陰移榻課兒書
이달, 〈제장사쉬능양유거사시題長沙倅綾陽幽居四時〉 넷째 수

여름날 아늑하고 안온하면서 한적한 분위기를 풍기는 은거 공간
의 모습이다. 촌마을 앞쪽 뒤쪽 지나가던 자락비가 막 개었다. 약간
서늘해진 때를 틈타 오두막 아래 심어둔 촉촉하게 젖은 참외밭을
손수 매었다. 한여름이라 깊숙한 골목에는 인적이 없고 날은 길기
도 한데 특별히 해야 할 다른 일도 없다. 나무 그늘 아래로 평상을
옮겨놓고 아이들에게 글이나 읽히면서 소일한다. 아마도 《당음唐音》
한 소절을 시원스레 낭송했으리라. 소박한 일상의 즐거움을 누리는
것이 비록 작은 일이기는 하지만 그 한가로운 운치는 입술에 남겨
진 그윽한 차의 뒷맛처럼 사람으로 하여금 은은한 여운을 느끼게
한다.

—

버들 줄 선 교외에는 녹음 참 짙고
뽕나무밭 언덕에는 잎 막 드물어

새끼 치랴 까투리는 야위어가고

고치 다 되 누에들은 살져 있구나

더운 바람 보리 이랑 흔들어대고

차가운 비 빈 낚시터 자욱 덮었네

적막한 채 초헌 기마 찾을 리 없어

냇가 사립 한낮에도 닫힌 채 있네

柳郊陰正密　　桑塢葉初稀

雉爲哺雛瘦　　蠶臨成繭肥

薰風驚麥壟　　凍雨暗苔磯

寂寞無軒騎　　溪頭晝掩扉

김극기金克己, 〈농가의 사계절, 여름[田家四時, 夏]〉

초여름이 되어 버들이 늘어진 들판에는 짙은 녹음으로 그늘져 있다. 지금은 한창 누에철, 쉴 사이 없이 먹어대는 왕성한 누에의 식욕을 채워주느라 누에 먹일 뽕잎을 따다 보니 언덕 위의 뽕밭은 무성해질 겨를도 없어 듬성듬성하여 잎이 거의 없다. 바쁜 것은 누에치는 이들만은 아니다. 이제 막 알에서 깨어난 새끼들을 먹이느라 까투리는 바짝 야위어 있고, 누에들은 잠을 다 자서 통통해져간다.

처음 누에씨를 받아와 밀봉된 것을 뜯으면 새까만 배설물 같은 것이 쏟아져 나온다. 이것을 따뜻한 방 안에 놓아두면 얼마 후 알에서 막 부화되어 조그만 벌레가 꼬물꼬물 움직인다. 이 녀석들은 잠도 자지 않고 끊임없이 먹으면서 하루가 다르게 커가는데 3주쯤 되면 몸집이 커져 손가락만큼 된다. 물론 누에가 먹기만 하는 것은 아니라 네 번의 허물을 벗으며 성장한다. 그때는 뽕을 먹지도 않기에 '잠을 잔다'고 한다. 네 번의 잠을 자고 나면 누에는 스스로 어른 엄지손가락 크기의 고치를 만들고 그 속에 스스로를 가두는데 거기서 번데기가 되는 것이다.

습습한 훈풍薰風이 불어오자 보리밭 언덕이 물결처럼 일렁이고, 어슬어슬한 초여름 비가 몰려와 이끼 낀 빈 낚시터를 자욱하게 흩뿌리고 있다. 이러한 적막한 시골에 가마나 말을 탄 귀인들이 찾아올 리가 없다. 시냇가 자리한 초가집 사립문은 한낮인데도 닫아놓은 채로 있다.

속된 세상과 단절되어 아늑하고 일없는 전가田家의 초여름 정경이 조화롭게 어울려 있다. 끊임없는 생동감 속에 고요함을 간직한 저 정중동靜中動 망중한忙中閑의 세계, 초여름 한낮의 '사사유事事幽'한 농촌 정경을 노래하고 있어 두보의 그 긴 여름날 강마을의 한가롭고 그윽한 정취가 아니라도 그만큼 부럽기만 하다.

이 모든 모습들이 지금은 잊혀져간 풍경이다. 향수로 또는 막연한 그리움으로 이런 인정을 되새기는 그런 시대에 우리는 살고 있다. 염량세태炎凉世態를 벗어나 한가롭게 살고 있는 그 소박함과 그 가난함을 편안히 여기며 즐길 줄 아는 고인들의 심사가 부러울 따름이다. 어스름 저녁 파초 잎을 두들기는 빗소리를 들으며 푸른 산을 대하고 앉아 삶의 무게에 눌려 기울어진 어깨를 쉬어보아야지.

—

외로이 흘러간
한 송이 구름

이 밤을 어디메서
쉬리라던고

성긴 빗방울
파촛잎에 후두기는 저녁 어스름
창 열고 푸른 산과
마조 앉아라

들어도 싫지 않은
물소리기에
날마다 바라도
그리운 산아

온 아츰 나의 꿈을
스쳐간 구름
이 밤을 어디메서
쉬리라던고

조지훈, 〈파초우芭蕉雨〉

먼 산에 소낙비 간다

소낙비
먼 산에
소낙비 간다

이쪽에는 짜랑짜랑
볕이 쬐면서
먼 산 산 밑에만
소낙비 간다

솔개미 하늘 돌고
청개구리
운다

숫숫 잠자리 떼
높이높이
난다.

박두진朴斗鎭, 〈소낙비〉

덥다. 덥다. 덥다. "혹독한 더위가 천 개 화로에 이글대는 숯을 채워놓고 부채질하는 속에 있는 것보다 더 심하다〔酷熱甚於火, 千爐扇炭紅〕"라고 한 이규보의 더위에 대한 괴로움이 실감나는 때이다. 피아노 건반을 두드리듯 파초 잎을 울려대는 경쾌하고 맑고 맑은 빗방울 소리가 그립다. 시원한 소낙비라도 내렸으면……

―

나무마다 더운 바람 벽록 잎새 추레하고
참 짙어진 구름 낌새 수봉 저편 엿보는데
쑥빛보다 더 짙푸른 청개구리 한 마리가
매화가지 풀쩍 올라 까치 소리 흉내 내네

樹樹薰風碧葉齊　　正濃雲意數峯西
小蛙一種靑於艾　　跳上梅梢效鵲啼

유득공, 〈비가 오려나〔將雨〕〉

시의 제목대로 비가 내리려는 순간의 기미를 포착하였다. 장차 비가 오려고 하는지 더운 바람이 들판을 쓸고 간다. 날이 더욱 무덥고 후텁지근하다. 바람의 무게에 못 이겨 나뭇잎들은 생기를 잃고 모두 추레하게 늘어진다. 들판 너머 두어 봉우리 저편에서는 그때까지 쪽빛같이 푸르고 맑던 하늘에 난데없는 검은 구름 한 장이 떠돌더니, 그 구름장이 뭉게뭉게 삽시간에 커지고 퍼져 온 하늘을 까뭇하게 덮으며 비가 되어 좍좍 쏟아진다. 그야말로 "유연작운油然作雲, 폐연하우沛然下雨"이다. 저 장쾌한 빗줄기는 천군만마의 기세로 행렬을 지어 천하를 주름잡으며 먼 산봉우리들을 겅중겅중 건너뛰면서 몰려온다. 삼라만상은 그 기세 앞에 무슨 분부라도 받들 듯이 숨을 죽인다.

이런 여름 소나기의 장대한 질주가 있기도 전에, 척후인 양 전령인 양 숨죽인 더위의 침묵 속에서 유독 난데없는 당돌한 목소리로 비가 올 거라고 외치는 존재가 있다. 쑥빛보다 더 파란 청개구리 한 마리가 매화나무 가지 끝에 뛰어올라 까치 소릴 내며 운다. 그 작고 여린 몸통으로 오래지 않아 닥칠 사태를 온 세상에 경고한다는 듯, 숨찬 가슴을 벌름거리며, 단신으로 외치고 있다. 저 쑥빛 청개구리 앙증스러운 작은 몸집 어디에서 저렇듯 까치 소리와도 같은 굉장한 성량을 울려대는가? 조물주가 비 내릴 낌새를 보이면, 그것을 기막히게 알아차리는 저 예지는 어디서 나오는가?

시인은 사물의 외양상 진실만을 옮기지 않고 그 사물의 내적 기미까지를 예리하게 포착하여 형상화함으로써 작품의 심도를 높이고 있다. 예리한 관찰, 자연물에 대한 곰살궂은 애정, 독특한 사실적 묘사의 필치가 뛰어나다. 그저 언어 문자적 감각미感覺美나 공교미工巧美만을 위한 수사를 하지 않고, 그냥 작은 청개구리를 등장시켜 시적 대상이 함유한 진실, 그것을 있는 그대로의 모습을 온전히 형상화했을 뿐인데 시어들은 오히려 신기해져 진실한 경지를 발견하게 된다.

—

바람 따라 사립 닫혀 어린 제비 놀라는데
소낙비 비껴 치자 골짝 어귀 자욱해져
푸른 연대 삼만 자루에 흩어져 들이치니
'후드드드' 모두 다 철갑군의 싸움 소리

風扉自閉燕雛驚　　急雨斜來谷口平

散入靑荷三萬柄　　嗷嘈盡作鐵軍聲

노긍盧兢, 〈소나기[驟雨]〉

한여름 소나기의 습격이다. 비가 오려는지 환하던 날이 어둑해지
고 바람이 비보다 먼저 돌연히 불어온다. 그 바람은 허름한 사립문
짝을 이리저리 놀리는데 문짝은 그저 제풀에 "꽝" 하고 닫힌다. 그
소리에 먹이 물고 돌아올 어미를 기다리던 배고픈 어린 제비들은
소스라친다. 이윽고 뒤를 이어 소나기가 몰려와 빗살무늬를 그으며
뜨겁게 달았던 대지를 들이친다. 비 지나온 골짝 어귀에는 부옇게
흐려져 자욱하다.

소나기는 한바탕 집 안에서 드잡이 질 하고는 싱거워졌는지 청록
으로 펼쳐진 널따란 연꽃 방죽으로 우르르 몰려든다. 소나기와 연
잎의 일대 공방전이 벌어진다. 소나기는 수만 발의 화살이 되어 연
못으로 쏟아진다. 더위에 추레하게 있던 푸른 연잎은 방패진을 형
성한다. 3만 자루 전열을 정비하여 하늘 향해 다 같이 방어막을 펼
쳤다. "후드드드……." 푸른 철갑 연잎 군대 진영에서 콩이 튀듯 우
박 치듯 끝없이 울려댄다. 비록 연못은 때 아닌 싸움판으로 변했지
만 유혈이 없는 자연의 놀이판이요, 맑은 소리의 오케스트라이다.
더위에 찌든 속이 시원해진다.

—

물길 마구 들을 질러 큰 강 들어 없어지고
난간 밖의 가지 끝에 빗물 방울 아직 남아

도롱이는 울에 걸고, 추녀에단 그물 말려

멀리 뵈는 어부 집들 석양빛이 물들었네

亂流經野入江沱　　滴瀝猶存檻外柯

籬掛簑衣檐曬網　　望中漁屋夕陽多

박순朴淳, 〈호당의 즉흥시[湖堂口號]〉

여름날 소나기 내린 뒤의 한순간 포착이다. 소낙비가 내린 뒤에 갑자기 불어난 물줄기가 여기저기 어지럽게 생겨나 지류를 만들고 들판을 지나 한강으로 흘러든다. 독서당 난간 밖을 보니 나뭇가지 끝에는 물방울이 방울방울 매달려 있다. 소나기 내린 뒤 확 개인 풍경을 원경에서 근경으로 클로즈업하였다.

어촌 마을에는 울타리에다 빗속에 입었던 도롱이는 벗어서 걸어 말리고, 추녀에다는 비에 젖은 그물을 볕에 쬐어 말리고 있다. 고개 들어보니 멀리 바라다보이는 어촌의 초가지붕 위로 해는 저물어 석양빛이 물들어 간다. 선명하게 붉은 노을의 시각적 강렬함이 강변을 따라 한 폭의 그림이 되어 펼쳐져 있다. 비가 막 개이고 한쪽으로는 햇살이 비쳐드는 순간을 그려냈을 뿐이지만, 시를 읽는 사람으로 하여금 청신한 흥을 머금게 한다.

—

지루한 긴긴 여름 불볕더위에 시달려서

베적삼이 축축하고 등골에선 땀 흐를 제

시원한 바람 끝에 산 소낙비 쏟아져서

대번에 바윗골에 폭포 되어 걸린다면

또한 상쾌하지 않겠는가?

支離長夏困朱炎　　㶁㶁蕉衫背汗沾

洒落風來山雨急　　一時巖壑掛水簾

不亦快哉

정약용, 〈또한 시원하지 않겠는가?[不亦快哉行]〉아홉째 수

　　여름의 용사用事는 마치 달아오른 화로 곁에 앉아 있는 것과 같다
고 한다. 두보의 시에 "더위 속에 띠 묶으니 발광하여 고함치고 싶
다[束帶發狂欲大叫]"라는 표현은 진실로 이런 때의 광경이다. 정약용은
세검정의 뛰어난 경치는 소나기가 쏟아질 때 폭포를 보는 것뿐이라
고 하였다. 다음 글로 더위를 달래본다.

—

비 온다, 소낙비 좍좍 온다

아무 데나 두들기며 막 쏟아진다

추녀 밑에 들어서서 보고 있으면

꽃나무들 제자리서 비를 맞네

장독도 제자리서 비를 맞네

비 속에 또 비 온다, 좍좍 온다

산도 들도 비 속에 매 맞고 있네

추녀 밑에 들어서서 보고 있으면

아버지가 논귀에서 비를 맞네

누렁이도 논길에서 비를 맞네

이원수, 〈소낙비〉

나 하늘로 돌아가리라

고향에 고향에 돌아와도
그리던 고향은 아니러뇨.

산꿩이 알을 품고
뻐꾸기 제철에 울건만,

마음은 제 고향 지니지 않고
머언 항구港口로 떠도는 구름

오늘도 뫼끝에 홀로 오르니
흰 점 꽃이 인정스레 웃고,

어린 시절에 불던 풀피리 소리 아니냐고
메마른 입술에 쓰디쓰다

고향에 고향에 돌아와도
그리던 하늘만이 높푸르구나

정지용鄭芝鎔, 〈고향〉

세상을 살아가는 동안 저마다의 삶의 무게로 넘어질 때 문득 떠오르는 것이 고향이다. 현실 속에서 초라해진 자신의 모습과 대비되는, 가족의 따뜻함과 유년 시절의 기억이 있는 공간이기 때문이다. 봄·여름·가을·겨울 자연은 변함없이 돌아오건만 유한한 인생, 현실에서의 삶이 힘겹고 고통스러울수록 향수는 더욱 커지는 법이다.

먼 산을 바라보며 정지용의 〈고향〉을 불러본다. 이 시는 1935년에 지어졌고 해방 공간에서 노래로 불려 고향 떠난 사람들의 향수를 달래주었다 한다. 옛날과 마찬가지로 산 꿩은 알을 품고, 뻐꾸기도 울어대고, 흰 꽃이 피어난다. 자연은 변한 것이 하나도 없건만, 고향을 잃고 방랑자가 되었기에 느낌으로는 늘 마음속으로 그리던 고향이 아니다. 고향이 예전의 고향이 아닌 것은 고향의 풍경이 변한 것이 아니라, 세월을 따라 세태를 따라 자신의 마음이 변해서이리라.

—

문서 더미 흰 귀밑털 재촉하는데
고향 산수 그림 속에 들어 있구나!
모래 깔린 옛적 언덕 바로 여긴데
달 환한 채 낚싯배만 홀로 떠 있네!
簿領催年鬢　　溪山入畫圖
沙平舊岸是　　月白釣船孤

백광훈, 〈통판 양응우의 청계 그림 가리개를 제재로 삼아[題楊通判應遇淸溪障]〉

친우인 통판通判 양응우楊應遇의 맑은 시내가 그려진 족자 그림을 보았다. 시골의 산수를 보니 고향으로 돌아가서 옛날 고향에 있을 그때의 순수 소박했던 생활 풍정을 되찾고 싶어진다. 하지만 고향을 그리워만 해야 하는 자신의 처지를 돌이켜 보니 끝내 아득하게 멀어 갈 수 없는 신세를 탄식할 수밖에 없다. 백광훈은 경제적으로 궁핍했기 때문에 출사하였으나, 관직 생활에 즐거움을 느낄 수 없어서 거듭 전원에 돌아가고자 하였다. "봄이 오면 결단코 관직을 버리고 돌아가 선산의 언덕 곁에 집을 얽고 여생을 마치고자 하오. 친구들과 더불어 아침저녁으로 오갈 수 있다면 이 어찌 초목과 함께 썩어가는 한 행복이 아니겠소"라고 벗에게 토로한다. 이런 그이기에 시골 산수가 그려진 그림의 저 청계淸溪는 고향의 정겨운 산천이다.

가난 때문에 고향을 떠나 서울에 와서 참봉이라는 말직에 있소. 그래도 관리랍시고 날마다 공무에 잡혀 문서에 파묻혀서 지낸다오. 이런 생활 속에 세월은 흘러 나이를 재촉하니 두 귀밑털이 하얗게 세어버렸소. 그런데 어허! 양통판 당신의 저 그림 속에 까맣게 잊고 있던 두고 온 고향 산천이 그대로 들어 있구려!

반반한 모래밭이 펼쳐진 저 언덕, 바로 내가 살았던 고향 언덕 그대로구려. 환한 달빛 속에 주인 없는 낚싯배만 외로이 떠 있구려! 저 배 안에 내가 있어야 하는데 없구려. 옛날 고향에서는 낚시하다 달빛을 배에 가득 채우고 기분 좋게 돌아왔는데……. 지금 나는 고향에 가지 못한 채 여기서 이렇게 육신의 부림을 받고 있을 뿐이오. 이런저런 상념에 가슴이 횅하고 메마른 입술이 쓰디쓰구려.

퇴근 뒤의 작은 서재 우연히도 일이 없어
안석案席 기대 하염없이 먼 산을 바라보네.
예로부터 세상 분란 그 누가 다 풀었던가?
지금에도 인간사는 갈수록 더 어렵구려…….
먼 하늘에 나는 새는 원래부터 거침없고
지는 해에 외론 구름 제냥 왔다 갈 뿐이오
아득히 생각나오, 하늘 저 끝 옛 놀던 절
목련꽃은 피어나고 물은 졸졸 흘렀지요

小齋朝退偶乘閒　　隱几悠悠望遠山
從古世紛誰盡解　　祗今人事轉多艱
長空過鳥元超忽　　落日孤雲自往還
遙想舊遊天外寺　　木蓮花發水潺潺

박순, 〈스님의 시축에 짓다[題僧軸]〉

　박순이 스님의 시축에다 벼슬살이를 벗어나 고향에 은거하고픈
자신의 심사를 적은 시이다. 일상사에 대한 반성과 옛날의 순수했
던 시절의 동경, 전원에 돌아가 살고픈 바람을 자연스럽고 유연하
면서도 평담한 정서로 잘 그려내었다.
　오늘은 퇴근하여 작은 서재에서 우연히 한가함을 얻었는데 스님
이 마침 찾아왔구려. 스님이 고향에서 올라왔다니, 나는 문득 그리
움이 일어 먼 산을 하염없이 바라보오. 저 산 너머에는 고향이 있겠
지. 스님을 보고 있으니 내 처지가 가련하오. 예로부터 세상의 분란

은 끊임없이 일어났지만 그 어떤 영웅호걸도 완전히 해결하지 못했지요. 하지만 지금 내가 살고 있는 세상일들은 갈수록 어려움이 더 많구려. 나는 지식인으로서, 벼슬하는 대부로서 백성들을 위해 조정을 위해 무엇을 해왔는지 생각하오. 나는 벼슬길에 있으면서도 꼼짝도 못 하고 있는 처지라 참으로 부끄럽구려.

나는 이런 처지이기에 세상에 매이지 않고 자유스러운 스님이 부럽소. 저 새는 본래부터 매인 존재가 아니기에 날아서 고향에 가겠지요. 흘러가는 저 구름도 자유로워 저 혼자 멋대로 고향을 오갈 수 있겠지요. 당신은 새와 같이 구름같이 걱정 없이 소요하는데 나는 공명에 매여 떠나지 못하고 있어 부끄럽소. 당신과 함께했던 지난날을 생각하니 그리움이 이오. 하늘 저편 보이지 않는 그 옛날 놀았던 고향의 그 절에는 목련화가 만발했고 그 꽃그늘 밑으로 작은 냇물이 졸졸 흘렀었지요. 지금도 여전할는지. 계절은 변함이 없이 찾아오는데 꿈같던 젊은 시절은 추억으로 남은 채, 나는 여전히 이리 벼슬에 매여 고향에 가지 못한 채 늙어가고 있구려!

———

낮참 쉬려 동루에다 말안장을 벗겨놓자
잔뜩 흐려 갑작스레 저녁 날씨 차지는데
젊어서는 "전원 좋다" 부질없이 말만 하다
흰머리로 "길 험하다" 오히려 노래하니
하늘 어쩜 날 떠보나? 그저 홀로 삭여보고
비도 다시 길손 잡나? 잠시 안정 찾게 하네
내일 아침 눈 비비고 푸른 고향 산 보리니

오늘 밤은 에라, 사뭇 단꿈 속에 보내야지

午憩東樓卸馬鞍 　 窮陰忽作暮天寒
靑春謾說歸田好 　 白首猶歌行路難
天或試人聊自遣 　 雨還留客暫求安
明朝刮目鄕山碧 　 且費今宵一夢闌

황정욱黃廷彧, 〈파직되어 지천을 향해 가다가 다락원에 앉아서[罷官向芝川坐樓院]〉

　오랜만에 돌아가는 고향 지천芝川 길이다. 파면되어 귀향하는 처지
이니 마음이 어지럽다. 먼 여정에 말도 지쳐 있어 안장을 벗기고, 다
락원 동편 다락에 낮 시간을 쉬었다. 금의환향이 아닌 파직 귀향의
길이기에 오랫동안 마음의 눈으로만 바라보던 고향을 오히려 마주
대하기가 망설여진다. 이런저런 상념에 젖다 보니 시간이 가는 줄
도 몰랐다. 꾸물꾸물하던 하늘이 갑작스레 흐려지더니 비가 오려
한다. 해는 이미 기울고 저녁 추위가 몸을 움츠리게 한다. 오늘은 고
향을 그리움으로 좀 더 간직해두고 차라리 하룻밤 객사에 묵으리
라. 마음을 정하고는 주저앉아버렸다.

　돌아보니 만감이 뒤얽힌다. 젊어서는 벼슬길에 이리저리 옮겨 다
닐 때 입버릇처럼 "전원에 돌아감이 좋은 계책이다"라고 말했다. 하
지만 모두 부질없이 말뿐이었고, 그 뜻을 이루지 못하였다. 지금은
죄를 얻어 희끗한 머리로 고향에 돌아가는 꼬락서니다. 백낙천白樂天
은 "인생길 험난함은 산길에도 물길에도 있지를 않고 오로지 인정
의 변덕에 달려 있네[行路難, 不在水, 不在山, 只在人情反覆間]"라고 노래했
지. 그저 내 인생길 돌아보고 "갈 길이 험난해라" 탄식하면서 옛 시

정선鄭敾, 〈여산초당도廬山草堂圖〉, 종이에 수묵과 옅은 색,
68.7 x 125.5cm, 간송미술관 소장.
—

중국 강서성에 있는 여산과 이곳에 초당을 짓고 산 당 시인 백낙천
을 주제로 한 그림이다. 백낙천은 "인생길 험난함은 산길에도 물길
에도 있지를 않고 오로지 인정의 변덕에 달려 있네"라고 노래했다.

인들의 〈행로난行路難〉을 내 노래로 부르게 된 처지이다.

　인생길은 알 수 없는 법이다. 이번에 죄를 얻어 파직되어 귀향한 것은 하늘이 나를 시험한 것인가? 스스로 전원행을 결행하지 못하는 나이다. 타의로나마 고향으로 돌아가 여생을 느긋하게 보내게 해주시려는 임금님의 배려시겠지. 거기다가 비도 또한 나그네를 막는 것인가? 이제 곧장 달려가기만 하면 오늘 중으로 도달할 수 있는 거리에 고향이 있다. 저 비가 나를 이 객사에 머물게 한 뜻은 무엇일까? 아마 잠시나마 긴 여로에 지친 길손을 하루쯤 안정시키려 하는 것이리라.

　에라, 모르겠다. 오늘 여기서 푹 자고 내일 고향에 가자. 내일 아침이면 비가 개일 게고, 싱그럽고 푸른 고향 산을 눈을 비비고 바라보게 될 것이다. 아무튼 고향을 보게 될 설렘에 대비하여, 오늘 밤은 여기서 한바탕 깊은 꿈이나 꾸어야겠다.

—

　삼봉 아래 살림살이 구차하다만
　돌아오니 솔과 계수 가을빛일세!
　가난해서 병구완엔 맞지 않아도
　마음 편해 근심일랑 잊을 만해라
　대숲 아껴 멀리 돌려 길을 내었고
　산이 좋아 조그마한 다락 엮었지
　옆 절 스님 찾아와서 글을 묻기에
　종일토록 그래서 머물러 있네
　弊業三峯下　歸來松桂秋

家貧妨養疾　　心靜足忘憂

護竹開迂徑　　憐山起小樓

隣僧來問字　　盡日爲相留

정도전鄭道傳,〈산속에서[山中]〉

정도전이 우왕 3년(1377)에 나주 유배에서 풀려나 4년간 고향에 있다가 삼각산 밑에 초려를 짓고 삼봉재三峯齋라고 이름 하였다. 뒷날 영주榮州로부터 도적을 피하여 삼봉의 옛집으로 돌아와 산속에 살면서 스스로 즐거워하는 마음을 읊었다.

포의布衣의 선비로 사는 처지라 꾸려가는 살림살이는 보잘것없다. 하지만 옛 집으로 돌아와서 보니 소나무와 계수나무에는 가을이 깊었다. 아마도 도연명陶淵明의 삶과 운치도 이러했겠지. 가을은 고향으로 돌아갈 생각하며, 서진西晉의 오吳 출신 장한張翰을 떠올렸다. 그는 천하가 어지러워지자 화를 피해 고향 강동江東으로 돌아가고자 하였다. 가을바람이 불어오자 순채국[蓴羹]과 농어회[鱸魚膾]가 먹고 싶다는 핑계로 관직을 사퇴하고 돌아갔지.

시골집에 돌아와 살다 보니 비록 가난해 병을 치료할 돈도 없지만 그래도 마음만은 평안하여 근심은 잊을 만하다. 진정한 만족이란 물질에 있는 것이 아니라 마음에 있다고 내 스스로 달래본다. 집 주위로 빙 둘러 울타리 삼아 심어둔 대나무를 보호하느라고 길은 저만치 멀리 돌려서 냈다. 멀리 보이는 산이 너무 좋고 사랑스러워 작은 다락을 세워두고 구경한다. "어진 사람은 산을 좋아한다[仁者樂山]"고 했던가? 세상의 잡된 일을 멀리하고 산에 숨어 사니 한가롭게 즐길 만하다.

　이러한 궁벽하고 한가로운 공간에 지내노라니 찾아오는 이는 고
관 귀족의 수레나 말이 아니다. 이웃 절에서 수행하는 스님만이 기
이한 말이나 모르는 문자를 물으려 찾아온다. 그래서 스님과 담소
를 나누며 해가 지도록 머물러 있다. 양웅揚雄이 기이한 글자를 잘
알아 많은 사람들이 술을 싣고 와 글자를 물었다지. 내 운치도 양웅
에게 비길 만할걸. 이 산중에 사는 맛을 누가 알 것인가?

　　─

　파산 되와 누우시자 세속 정이 희미해져,
　한낮에도 한적한 집 반쯤 사립 닫은 채로
　옛 책들만 저녁까지 바로 대해 볼 만하니,
　속세 먼지 이 사이로 날아들 수 있겠는가?
　맑게 흐른 시냇물은 패옥처럼 울려대고,
　아깃자깃 숲과 산은 병풍인 양 둘려 있어
　병환 속에 시집 장가 겨우 마쳐 보내느라
　십 년 동안 은사 옷도 외려 준비 못 하셨네
　坡山歸臥世情微　　白日閒簹半掩扉
　黃卷政堪終夕對　　紅塵能向此間飛
　淸泠澗壑鳴環佩　　窈窕林巒繞障幃
　病裏僅成婚嫁畢　　十年猶未製荷衣
　김인후 〈죽우당(청송 성수침 선생의 파산의 당명이다)[竹雨堂(聽松成先生守琛坡山堂名)]〉

　김인후가 성수침이 을사사화 뒤에 은거하고 있는 파주의 죽우당

을 읊은 시이다. 청송이 숨어 살려는 말년 준비를 못 하고 있다가 이
제야 죽우당에 들어가 쉬게 됨을 칭송하며 존경과 부러움의 심사를
함축하였다. 수련首聯은 죽우당의 모습을 읊어 청송의 조용한 성품
과 속세를 벗어난 심정을 읊었다.

당신은 을사사화 후에 벼슬을 단념하고 이곳 파산의 죽우당을 짓
고 물러나 은거하셨지요. 이제는 인간관계 때문에 할 수 없이 얽매
여야만 되는 속세 정도 희미해져가실 겁니다. 찾아오는 사람 없으
니 대낮인데도 사립문을 절반쯤 닫은 채 계십니다. 은거하고 계신
곳은 속세와 외떨어져 있고 숨은 이의 조용한 성품은 마치 도연명
과 같은 듯합니다. 죽우당에는 속인이라곤 오지 않기에 저녁까지
바로 옛 책들만 읽을 만하실 것입니다. 그동안 이루지 못했던 한가
한 삶을 누리며 학문에 정진하시겠군요.

죽우당 주변을 둘러보니 경관이 수려하고 세속과 절연되어 수양
하기 좋을 듯합니다. 냇물 소리마저 패옥 소리로 울려대며 흘러가
니 그 소리로 인해 몸을 조심하며 늘 청정한 마음을 갖추시겠지요.
죽우당 주변은 아기자기한 산봉우리가 병풍처럼 둘려 있어 집 주인
의 수양된 내면 인격을 말 없는 가운데 보여주는 듯합니다.

저는 늘 당신의 가난이 안타까웠습니다. 벌써 은거하셨어야 했는
데 이제 늦게나마 은거하시게 됨을 축하드립니다. 병환 속에서도
자녀분들 시집 장가를 보내는 일을 마치셨으니, 집안의 어른으로서
가장 중요한 의무를 다하셨습니다. 당신이 세상에 나가 벼슬한 것
이 바로 어른으로서 도리를 행하고자 해서였던 것을 저는 알고 있
습니다. 그랬기에 정작 당신은 은자의 옷을 지어 입지 못했습니다.

당신이 살아오신 솔직하고 진솔한 인간 본연의 모습을 존경하며 인간의 도리를 행한 인품에 감복합니다. 이제 가장의 도리를 마무리하고 은거하심이 부럽습니다. 이제 당신께서는 죽우당에서 학문을 이루시기를 이 후배가 간절히 기원합니다.

"이야, 기분 좋다!" 제16대 대통령 임기를 마치고 고향인 김해 봉하마을로 처음 귀향했던 노무현 전 대통령의 일성이다. 마을 뒷산에 나무를 심고, 아내의 손을 잡고 여기에 묻히자고 했다. 그는 젊은 날 고향의 추억을 생각하며 살고 싶다고 했다. 옛날처럼 마을의 뚝방 길을 아내와 함께 산책도 하고 싶다고 했다.

—

저는 고향에 돌아왔습니다.
여러분과 똑같은 시민으로 돌아와
이 고향에서 좀 여유를 즐겨보고 싶습니다.
옛날을 회상하면서
여유를 누리면서
옛날에 함께했던 친구들과
이렇게 다정한 그런 생활을 해보고 싶습니다.
그냥 사람과 사람으로 편하게 만나고 싶습니다.

고향에 내려간 뒤 밀짚모자를 쓰고 손녀를 태운 자전거 페달을 밟고 있는, 동네 슈퍼에서 담배 한 대 꼬나물고 앉아 있는 그의 모습은 영락없는 옆집 할아버지였다. 고향에서 살고자 했던 고故 노무현 전 대통령이 재가 되어 영원히 귀향했다. 아름다운 이 세상 소풍 끝내고서.

　천상병은 1967년 동백림 사건에 연루되어 옥살이 이후 거의 폐인
이 되었다. 살아 있는 시인의 유고 시집이 발간되는 일화까지 있었
다. 새로 세상에 나타난 그는 어린아이처럼 아주 단순하고 순수해
졌다. 〈귀천歸天〉은 단순하고 쉬운 시이지만 울림이 큰 시이다. 이 시
에서 죽음은 두렵고 무서운 것이 아니라 고향과 같은 것이다. 죽음
은 사소한 자연의 일부로서 돌아가는 것으로 아주 편안하게 이야기
된다. 삶과 죽음이 같으며 소풍 끝내고 돌아가듯 아주 자연스런 것
이다.

———

나 하늘로 돌아가리라
새벽빛 와 닿으면 스러지는
이슬 더불어 손에 손을 잡고

나 하늘로 돌아가리라
노을빛 함께 단 둘이서
기슭에서 놀다가 구름 손짓하며는,

나 하늘로 돌아가리라
아름다운 이 세상 소풍 끝내는 날,
가서, 아름다웠다라고 말하리라

천상병, 〈귀천〉

여름 꼬리 가을 머리

칠월이라 맹추 되니 입추 처서 절기로다

화성은 서류하고 미성은 중천이라

늦더위 있다 한들 절서야 속일소냐

비 밑도 가비업고 바람 끝도 다르도다

가지 위의 저 매아미 무엇으로 배를 불려

공중에 맑은 소리 다투어 자랑는고

칠석에 견우직녀 이별루가 비가 되어

섞인 비 지나가고 오동잎 떨어질 제

아미 같은 초승달은 서천에 걸리거다

정학유, 〈농가월령가·칠월〉 일부

  가을에 접어들었음을 알리는 입추에는 어느새 볕과 그늘의 경계
가 뚜렷해지기 시작한다. 이때쯤이면 일들도 한가해져 '어정 칠월,
건들 8월'이라고 한다. 벼 자라는 소리에 개가 짖는다고 하는데 "덥
다, 덥다!" 하는 부채 바람 사이에 입추 말복 다 지나고 세월은 이미
가을로 성큼 다가서 있다. 선선한 가을을 맞이하게 된다고 해서 처
서處暑라고 한다. 이때 지나면 햇볕이 누그러져 풀이 더 자라지 않기

에 벌초를 하고 장마에 젖은 옷과 책을 말리는 포쇄曝曬를 한다. 겨울을 대비하여 김장할 무, 배추의 씨를 뿌린다.

여름과 가을이 교차하는 음력 유월과 칠월은 더위와 서늘함이 교차점에 해당하는 시기이다. 유월은 큰비가 자주 오고 더위가 극심하여 농사일도 참으로 힘들다. 봄보리와 밀, 귀리를 차례로 베어내고 타작한다. 논에 김매고 밭에 잡풀을 뽑고 논과 밭 사이에 여러 곡식과 채소를 간작間作한다. 농사와 밀접하게 관련이 있어 눈코 뜰 새 없이 바쁘다. '미끈덩 유월'이라고 말들 하는데 지겹고 힘들어 빨리 가라고 붙여진 이름이다. 칠석은 생활 풍속상 명절로 우리 선인들이 기다리던 날이다. 입추와 칠석은 비슷한 때에 맞물려 있다. 이 무렵부터는 '생량生涼'이라고 해서 서늘한 기운이 감돌기 시작하고 밤에는 제법 선선한 바람이 불기 시작한다. 유두 이후로부터 농사일이 조금 한가해지면서 농부와 선비들은 이날을 무척 기다렸다. 대개 칠석날은 바쁜 농사일과 무더위와 장마도 어느 정도 끝날 때이기에 잠시 몸과 마음을 쉬고 주변을 정리하는 날로 삼는다. 칠석날은 놀기를 기약하고 맑기를 고대한다.

—

여름 꼬리 가을 머리 맞닿을 즈음
산뜻 갠 날 겨우 해야 며칠뿐인데
매미 하나 느티나무 시원한 저녁
거침없이 모여든 이 일곱이로세
夏尾秋頭接　　新晴纔數日
一蟬涼槐夕　　儵然作者七

김득신金得臣, 〈엽피남무饁彼南畝〉, 종이에 수묵과 옅은 색,
32 × 40.5cm, 동산방 소장.

—

'엽피남무'는 한여름에 농사일을 하면 처자가 들밥을 이고 온다는
뜻이다. 머리에 들밥 함지박을 인 아낙이 앞장서고 술동이를 안은
아이와 강아지가 따라오고 있다.

이덕무, 《전주사가시箋註四家詩》, 〈칠석 다음 날 읍청정에서 노닐며[七夕翌日, 遊挹
淸亭]〉

　이덕무의 《아정유고雅亭遺稿》에는 〈칠월 칠석 이튿날 서여오·유연
옥·유운옥·유혜보·윤경지·박재선이 삼청동의 읍청정에서 함께 놀
며, 9수[七夕翌日, 徐汝五·柳連玉·運玉·惠甫·尹景止·朴在先, 同遊三淸洞挹淸亭. 九首]〉
로 되어 있다. 이 시는 9수 가운데 여덟째 수이다. 칠석날을 고대하
고 그 시절에 느끼는 알뜰한 심사를 언외에 담고 있는 시이다.
　이 시는 한 자도 버릴 것 없이 알뜰하게 엮어져 있다. 이덕무는 주
변의 소재를 자기 내면의 정감적 기조에 일치화하여 시어를 배치
조직하고 있어 철저하게 객체화하여 수용하고 있다. 직접적 감정의
개입이 없이 문면 외에 전달하려는 의미망을 품고 있기에, 배치된
시어 속에는 전달하려는 정서의 배경을 암시하고 있어 회화적인 시
가 되었다. 이런 시는 문면 외의 우리 선인들의 삶과 문화적 공감대
를 직접적이든 간접적으로든 경험해야 이해할 수 있다.
　이덕무의 시는 예민한 시간 감각과 공간 감각이 동원되어 이루어
졌다. 이 시는 배치법을 사용하여 정황을 암시하는 요소를 배치하
였을 뿐이다. 그러므로 시인 자신도 감정을 직접 드러내기보다는
상황 속의 일부 요소로 객체화하므로, 보는 시, 즉 그림을 지향하고
있다. 그림을 지향했기에 감각적이며, 감각은 지적 상황의 단서가
되어 지적인 시가 된다. 이덕무의 시에서는 감각의 내적 성향이 청
신한 분위기로 나타난다.
　음력 7월 7일은 1년 동안 서로 떨어져 있던 견우와 직녀가 만나는

날이라고 하는데 이들의 애틋한 사랑이 전설로 전하여 온다. 바쁜 농사일과 무더위와 장마도 어느 정도 끝날 때이기에 잠시 몸과 마음을 쉬고 주변을 정리하는 날로 삼았다. 칠석날은 아침에 새 과일인 수박, 참외 등으로 천신의 제사를 올리고 하루를 즐겼다. 이 시는 이런 계절적 분위기를 이해하고 보아야 할 것이다.

이 시는 시간과 공간이 중요한 의미를 갖는다. 읍청정은 당시 선비들이 찾아가고 싶어 하던 유흥의 공간이다. 칠석은 양반이든 서민이든 우리 선인들이 고대하던 시간이다. 기구의 즈음〔接〕에서 승구의 수일數日로 전구의 석夕으로 시간이 구체적으로 집약되었다. 시간의 변화가 넓은 범주에서 좁은 범주로 클로즈업되고 있고, 그 시간의 변화는 작가의 심리와 정서의 변화를 암시적으로 보여준다.

기구는 여름과 가을로 이어지는 시기의 기후 상황이다. 승구는 칠석날의 실제 상황을 제시하여 비가 내려 만날 약속이 취소되었음을 에둘러 표현하였다. 전구는 드디어 만나게 된 읍청정의 시간과 공간 모습이다. 매미 하나, 느티나무, 시원한 저녁, 시어를 하나하나 배치시켜 배경 정황을 객체화하였다. 그 안에는 비가 개어 드디어 약속이 성취된 모습이다. 결구는 시어의 배치 하나하나가 무척이나 기다렸던 날의 기쁨을 들뜨지 않게 표현하였다. 이런 시간 이런 공간에 거침없이 모였다. 이런 시간, 공간 위에서 느끼는 즐거운 행태이면서 그런 시절의 정서를 다른 여섯 벗들의 공감으로 노래하고 있다.

여름과 가을이 맞닿은 즈음은 더위와 서늘함의 교차점에 해당하는 시기이다. 유월은 큰비가 자주 오고 더위가 극심하여 농사일이 참으로 힘들다. 이런 시기에 걸쳐 있는 명절 칠석은 사람들이 고대하고 고대하던 시간이다. 칠석날에 읍청정에 놀이 가서 한바탕 놀아보자고 약속했다. 늦여름인 유월의 끝과 가을의 시작인 칠월 초는 장마가 걸쳐 있다. 질곳은 장맛비가 내려 사방이 온통 눅눅하고 후텁지근하여 햇볕을 볼 수 있는 날이 며칠 되지 않는다. 그 장마가 이날 칠석에까지 이어졌으니 놀이는 취소될밖에……. 하는 수 없이 갠 날 다시 모이기로 하였지만 어느 날이 기쁨이 될까? 아주 다행히도 칠석 다음 날에 날이 개였다. 이런 때의 기분은 하늘을 날 것 같다. 이제 벗들과 약속대로 읍청정으로 만나러 가야지.

읍청정이 보인다. 서늘함이 감도는 저녁이다. 정자 가에 자리하고 그늘을 드리운 느티나무, 그 서늘함을 느꼈는지 매미 하나 울어대다 그친다. 매미는 묘하게도 온도를 감지하는 미물이다. 아침에 서늘하면 울고 낮에 더우면 울지 않다가, 소나기가 내릴 즈음이면 그 기미를 알아 울고, 소나기가 그치면 서늘해져 한바탕 울다가 저녁 때가 되어 서늘해지면 한바탕 운다. '맴맴맴' 하고 울다 뚝 끊기는 소리, 마치 한 마리 매미가 울다 그친 듯하다. 매미 소리가 저녁의 서늘함을 일깨워준다. 장마철의 답답하고 울울하던 마음 훌훌 털고 거침없이 나서서 앞서거니 뒤서거니 모여든 벗님네를 보니 모두 일곱 명이다.

사물을 자세히 관찰하여 시어를 배치하였다. 매미 소리를 시끄럽게 수용하지 않고 시원하면서도 단조롭게 수용하고 있다. '소연儵然'에 시인의 감정이 집약되어 있다. '거침없이'라는 뜻으로 마음에 매임이 없다는 감정의 표현이며, 툴툴 털어버린 개운한 기분 상태를

암시한다. 이 시 가운데 시인의 감정 상태를 짐작할 수 있는 단서이
다. '거침없다'는 뜻에서 작가의 기뻐함뿐만 아니라 이런 시간 이런
공간에서 즐거움을 누리고자 했던 시인과 동료들의 공통된 정감을
보여준다. 이 시는 가을 한 시기에 느껴보는 즐거움을 묘사하면서
도, 감정의 반응이 지적이며 형상이 감각적이고 회화적이다.

—

맨드라미 몇 떨기는 장독대 곁 피어 있고
호박잎 푸른 덩굴 외양간을 타오르며
서너 집 사는 마을 꽃 달력을 알려주려
활짝 핀 접시꽃이 한 길 높이 붉어 있네
數朶鷄冠醬瓿東　南瓜蔓碧上牛宮
三家村里徵花事　開到戎葵一丈紅

김정희金正熙, 〈시골집[村舍]〉

예나 지금이나 우리네 시골집에서 흔히 볼 수 있는 화려할 것도
없는 꽃 풍경이요 꽃 잔치이다. 마당 한편 장독대 곁에 심어놓은 빨
간 맨드라미 몇 포기가 닭 벼슬을 세우고 서서 뜨거운 여름 햇볕의
열정을 품고 있다. 어린 시절 마당에는 맨드라미가 가꾸지 않아도
제 알아서 잘 자라나, 큰 관심은 주지 않고 거름을 주는 일도 없었지
만 그래도 꽃은 아주 큼지막하게 피어나 손짓했었다. 장독대 곁에
마련된 외양간 초가지붕 위는 호박이 점령하고 있다. 푸른 덩굴을
따라 노란 호박꽃과 크고 작은 달덩이들이 한가로운 자세로 폼을
잡고 있었다. 그 모습이 얽히기도 하고 설키기도 하면서 동그랗게

꿈을 키우면서 서로 먼저 앞서 나가려 경주하는 듯하다.

　마당 가를 둘러가며 층층이 피어오르고 있는 키다리 접시꽃은 한 길 키를 자랑한다. 경중한 모습에 화사하게 웃는 싱그러운 꽃송이들, 위층은 꽃봉오리를 맺어 피어나고 아래층은 낙화로 씨를 맺고 사위어가면서, 끝없는 꽃의 차례를 이루며 층층으로 올라가며 피어 있다. 한창 여름도 지나고 초가을로 접어들고 있는 풍경이다. 서너 집 사는 조그만 마을 달력 볼 일이야 있겠냐마는 접시꽃이 책력이 되고 시계 구실을 하고 있다. 그저 세월을 따라 자연을 따라 뙤약볕의 뜨거움을 감내하고 꽃을 피워내는 정성이 고맙다.

—

졸다 깨니 햇발이 기울어가자
참 조용해 근심 걱정 몰려오는데
여름 나문 그늘 짓기 시작을 하고
가을 매민 울음 또한 급해져가니
얼굴 살쩍 얼마만큼 지탱할 건가?
새삼 그대 그리워져 멍해 서 있소
睡起羲景晏　　靜極憂思集
夏木陰始繁　　秋蟬鳴又急
容鬢能幾時　　懷君更凝立
백광훈, 〈능의 재실에서 고죽을 그리며[陵齋懷孤竹]〉

　계절은 여름에서 가을로 가는 즈음이고 오늘 하루도 낮과 밤이 교차하는 저물녘이다. 이런 때는 사위가 고요하면서 적막해진다. 이 순간에 처해 못 견디게 친구가 그리워진다. 더운 기운에 졸다 보니 해는 서산으로 넘어간다. 이런 때 능 주변 재실은 진공상태에나 빠진 듯이 한껏 조용해져 말로 표현할 수 없는 묘한 기분이 들며 이런저런 근심 걱정이 몰려든다. 이럴 때 주변의 변화하는 모습을 둘러보라. 한창 여름철에는 조금은 풀 죽은 듯 처져 보이던 나무는 그 색깔이 짙어져가며 그늘을 짓기 시작한다. 초여름 노란빛의 녹음이 늦여름과 가을쯤이 되면 검은 빛깔로 변하고 조금 더 지나면 단풍으로 물들어갈 것이다. 가을 맞은 매미 또한 가는 세월에 마음이 급해지는지 우는 소리가 급하다. 가을을 향해 가는 하늘의 기미이다.

매미 소리는 종류마다, 상황마다 다르다. 수컷이 암컷을 부를 때 보통 울음, 접근한 암컷을 향한 유혹 울음, 주변의 다른 수컷을 쫓기 위한 방해 울음, 적에게 잡혔을 순간의 비명 울음 등이 갖가지 가락과 장단을 갖췄다. 아침과 낮, 저녁의 소리도 다른데 그것은 종류에 따라 우는 시간대가 다르기 때문이다. 보통 가을 매미 소리는 여름 매미보다 다급하다. '맴맴' 소리를 시작하면 울음을 끌기 때문에 주변에 사람이 다가오면 울음을 바로 그칠 수 없다. 도망가지 못하고 잡히려는 순간에 다급해져 오줌을 찍 싸고 날아간다. 황혼 무렵 한 마리가 시작하면 모두 따라 합창한다. 늦여름 매미는 천기를 아는지 소나기가 오기 전 구름이 끼면 비가 올 거라고 귀가 아프도록 마구 울어댄다. 이런 때 시인은 자신을 돌아본다. 얼굴에 퍼지는 인생의 무게로 인해 살쩍은 희어져가고 나이를 생각하니 얼마나 더 삶을 지탱할 수 있을까? 이런 생각에 사무치게 그리운 것은 친구뿐이다. 벗이 그리워 새삼 골똘해져 안타까움으로 나무 아래 서 있다.

"이 여름 지나면 자네 만날 시간이 그만큼 줄겠지. 아, 또 세월이 흘러가는구려."

이 시를 지은 백광훈은 말년에 가난 때문에 능참봉으로 있었다. 여름 끝 가을 머리에 해 저문 황혼 무렵 사방이 고적해지면 문득 그리움이 밀려든다. 시인은 죽마고우 고죽孤竹 최경창이 사무치게 보고 싶은 마음에 멍하니 서 있는 것이다.

올여름은 유난히도 더웠다. 옛적에도 더운 여름날 밤을 탄식했던 시인의 노래가 있다.

—

저녁볕이 더위 기셀 잔뜩 품어서
밤이 되어 어두워도 기승부리니
정신도 산란해져 집중 안 되니
팔다리가 있는 줄을 어찌 알겠나?
베개 벤 채 꿈 아닌 듯 꿈을 꾸면서
미인이 불러대도 까닥 않다가
이경二更 무렵 초소 나팔 불어 올리자
맑은 이슬 내 가슴을 적시어주네
은하수 별 북악 위서 반짝거리고
채마밭엔 서늘바람 막 불어오니
참새 제비 조용해져 조금 좋더니
윙윙 파리 다 물러가 더욱 좋구나.
이런 때야 비로소 여유가 돌고
상쾌한 기운까지 맑게 밀려와

나는야 나의 책을 읽고 싶다만
열기 겁나 등불 감히 켜지 못하네
금방 다만 옷깃을 가다듬으니
내 마음엔 늘고 준 것 전혀 없지만
저들은 부지런히 이익 쫓으며
평생토록 얼음과 숯 품고 살구나
나는 비록 지금 잠시 편해졌지만
귀신 조화 어찌 항상 여일할 건가?
아침 되면 세상만사 나타날 게고
붉은 해는 동쪽에서 떠오를 테지

殘陽積威勢	入夜昏氣乘
精神散不集	焉知有股肱
欹枕夢非夢	美人呼不膺
二更戌角鳴	淸露滴我膺
星河動北嶽	茱圃凉飆騰
稍喜息燕雀	況屛營營蠅
是時始自適	致有爽氣澄
我欲讀我書	畏熱不敢燈
儵然但整襟	中心靡損增
彼爲利孶孶	終身抱炭氷
予雖得少康	鬼神那可恒
明朝萬事出	赤日東方昇

노수신盧守愼, 〈여름밤의 탄식[夏夜歎]〉

여름날 저녁 해는 서산으로 넘어간다. 더위 기세를 잔뜩 품고 있는지 어둠이 깔려서도 낮보다 곱절이나 더워 꺾일 줄 모르고 기승을 부린다. 낮부터 계속 시달린 정신은 산란해져 집중이 되지 않고, 팔다리조차 몸에 붙어 있는 줄도 모를 지경이다. 속된 말로 더워서 환장하겠고 몸은 더위에 절어 늘어진 채 꼼짝도 하기 싫다. 잠을 자려고 베개를 베고 누워 눈을 붙여보지만 비몽사몽간이다. 절세가인이 곁에서 불러댄다고 해도 귀찮아서 까닥도 하고 싶지 않다.

　초저녁까지도 더위가 기승을 부렸는데 초소의 나팔 소리가 이경二更을 알려오자 바야흐로 시원한 이슬이 가슴을 적셔주는지 정신이 난다. 고개 들어 하늘을 보니 뒷산 봉우리 위로 은하수가 반짝거리고, 채마밭에서는 서늘한 바람이 막 불어온다. 낮에 시끄럽던 참새와 제비도 조용해져 차츰 기분이 풀린다. 무엇보다도 윙윙대며 귀찮게 굴던 파리 떼도 다 사라져 더욱 기분이 좋다.

　이때서야 비로소 마음이 편안해지고 걱정도 사라져 여유가 생긴다. 시인은 자신의 책을 읽고 싶은 마음이 들기는 하지만 불을 켜면 그 열 때문에 더워질까 겁이 나서 감히 불을 켜지도 못한다. 그저 다만 옷깃을 가다듬을 뿐이나 마음이 평정되고 잡념이 없어져 태연자약하게 되었다.

　돌아보면 저 속된 무리들은 자신들의 사익을 불리기 위해 안달하며 종신토록 얼음과 숯이 마음속에서 서로 볶아대듯 살고 있다. 시인이야 비록 잠시 편안함을 얻게 되었지만 귀신의 조화란 여일한 적이 없다는 것을 알고 있다. 불가사의한 귀신의 조화조차 현재 일을 모르기에 그래서 자신은 뜻하지 않는 불운을 겪고 있다. 그렇지만 아침이 되면 세상만사가 여기저기서 나타날 것이고 붉은 해는 동쪽에서 떠오를 것이다. 광명정대한 세상이 되어 군자와 소인이 분별될 것을 믿는 마음으로 시를 마쳤다.

명종 3년(1548) 6월 진도 유배지에서 여름을 보내던 소재蘇齋 노수신의 탄식이다. 그 여름 하루하루의 생활이 진저리치게 끔찍했던 것이 절도로 귀양당한 유배객에게는 더위 때문만은 아니었을 것이다. 더위에 싸인 답답한 심사를 그린 것만은 아니다. 당시 무고한 선비들을 법에 걸어 죽이고 해친 윤원형 일파에 대한 풍자가 들어 있다. 인종이 갑작스럽게 승하하고 명종이 즉위하자 윤원형·이기 등이 윤임을 비롯하여 인종과 가까운 신하들을 일제히 숙청한 것이 을사사화이다. 노수신 역시 그 이듬해 양재역벽서사건良才驛壁書事件에 엮이어 순천을 거쳐 진도로 유배되어 그곳에서만 19년을 보내게 된다.

이 시는 단순히 귀양지에서 더위에 고생하는 것을 푸념하는 데에 그치지 않고, 더위, 참새와 제비, 파리 떼와 같은 소인배에게 고통받는 불합리한 세상사를 말하고 있다. 시인은 '자신의 사익에만 힘쓰는 저 사람들〔彼爲利孳孳〕'의 세도를 탄식하는데, 옛날이나 지금이나 불의가 득세하기는 매한가지인 것 같다. 지난여름은 무척이나 더웠다. 2008년 무덥던 여름, 촛불들의 외침이 겹쳐져 들린다.

—

친구 두 명과 함께 길을 걷고 있었다. 해넘이 순간 하늘이 핏빛으로 물들었다. 나는 길을 멈추고 온몸이 소진된 느낌에 펜스에 기대어 섰다. 짙은 남빛 피오르 협만峽灣과 도시 위로 불의 혀와 피가 깔려 있었다. 친구들은 걸어갔지만 나는 걱정에 떨고 있었다. 자연을 베는 듯한 끝없는 비명 소리를 느꼈다.

노르웨이의 표현주의 화가 에드바르 뭉크Edvard Munch가 일기장에 쓴, 그의 대표작 〈절규〉의 창작 동기이다. 지난여름 이후 계속되고 있는 우리 사회에 몰아쳤던 비이성의 광풍을 보며 떠올린 이미지와 흡사하다. 지금 집권 세력의 정치는 시종 합법성의 겉옷을 걸치고 있다. "국민을 능멸하면서 민주주의를 수호한다고 말하고 헌법을 모욕하면서 법치주의를 지킨다고 말한다. 법치를 멋대로 해석해 유리한 것은 합법으로, 불리한 것은 탈법·불법으로 모는 저들의 행위 야말로 법치 위반이다. 고소영·강부자 내각과 10년 굶은 터에 이제 야 먹을 게 생겼다고 달려드는 탐욕뿐이다. 그 탐욕이 먹어 치우는 것은 값싸고 질 좋은 고기가 아니라 민주주의의 주검이다." 최근 어느 글에서 읽은 내용인데 공감이 간다.

지금 우리는 빵만으로 살라고 강요하는 경제실용주의 독주 속에서, 한여름 밤 잠 못 이루고 뒤척이면서 캄캄한 세월 속에서 아주 먼 길을 가야 할 모양이다. 상식이 통하지 않는 억지 세상, 바르지 못하고 공평하지 못한 세상에 사는 것이야말로 바로 지난여름 진저리 나는 무더위 속에 있었던 것과 무엇이 다르겠는가?

하지만 한편으로 자연의 질서는 공정하고 공평하다는 것이 위로되는 점이다. "천지영허여시소식天地盈虛與時消息"이란 말이 있다. 천 지는 꽉 차기도 하고 기울기도 하여 계절의 운행과 더불어 돌고 돌아 자꾸 변화하는 법이니 인간사야 말해 무엇 하겠는가? 처서가 지나면 모기도 입이 삐뚤어지고 풀들도 울며 돌아간다고 한다. 그 무덥던 여름이야말로 가을을 익게 하고 단맛 들게 하는 인내해야 하는 짧은 한철인 것임을 믿는다. 가을이 왔는데도 날씨는 덥고 매미 소리는 더욱 자지러진다. 무더운 여름밤 추억의 노래를 듣자. 90년 강변가요제에서 대상을 받았던 곡이다.

—

별들도 잠이 드는 이 밤
혼자서 바라보는 바다
외로운 춤을 추는 파도
이렇게 서성이고 있네

오늘 밤엔 나의 곁으로 돌아와주오 그대 워~
귀에 익은 낮은 목소리 다시 들려주오
그대는 내 모습을 내 마음을 잊었나
차가운 바람이 내 사랑을 지웠나
모든 게 예전 그대로이고
달라질 이유 없는데 워~
내가 그대를 그리는 것은 한 여름밤의 꿈

그대는 내 모습을 내 마음을 잊었나
차가운 바람이 내 사랑을 지웠나
모든 게 예전 그대로이고
달라질 이유 없는데 워~

내가 그대를 그리는 것은 한 여름밤의 꿈

한 여름밤의 꿈

한 여름밤의 꿈

권성연 노래, 〈한 여름밤의 꿈〉

제3부

가을

맑은 햇살 청자빛 하늘 아래서

오동잎 위로 먼저 온 가을

둘러멘 책보 동무
노닥노닥 귀갓길에
여우비의 기습 공격 우왕좌왕 당황할 때
오동잎 방패 삼아서 세찬 비를 가렸다

머리는 가렸으되
엉덩이는 다 젖어도
동심 위에 얹은 우산 그래도 정겨우니
고운 날 초록빛 향수 우산의 원조로다

박돈목, 〈오동잎 우산〉

어린 시절 이야기다. 쨍쨍하던 하늘에 뭉게뭉게 구름이 모여들더니 꺼먹구름이 되어 몰려들어 삽시간에 굵은 빗줄기로 달구어진 먼지 길을 융단폭격한다. 말 그대로 유연작운油然作雲이요, 폐연하우沛然下雨다. 하굣길에 노닥대던 아이들이 책보를 머리에 얹고 일제히 뛰기 시작하면서 시골길은 난데없는 마라톤 대회장이 된다. 헐떡거리던 숨이 턱에 찰 즈음 나무 그늘에 비를 피하며 한숨을 돌렸다. 좀 더 멀리까지 가야 하는 아이들은 다른 대책을 강구해야 했다. 더러는 남의 집 토란밭으로 들어가 토란잎 몇 장을 꺾고, 더러는 길가에 심어놓은 오동나무 아래에서 이파리 몇 개를 딴다. 토란은 손잡이가 있어 우산 대용품으로 쓰기에 좋았고, 오동잎은 머리가 작은 아이들이 썼다. 그렇게 각자 형편에 맞게 토란잎과 오동잎을 나눠 쓰고는 신작로 길을 달렸다. 비록 머리는 가렸지만 엉덩이는 다 젖어 있었다. 집에 도착하면 채마밭에 슬쩍 던져버리고 나면 그대로 거름이 되었다.

오동나무의 잎은 마주나고 달걀꼴 원형으로 매우 크다. 앞면에는 털이 없고 뒷면에 갈색의 별 모양 털이 있으며, 잎자루에도 잔털이 있다. 잎의 가장자리는 밋밋하거나 얕게 갈라지며 어린잎에는 톱니가 있다. 오동잎은 다른 잎보다 유난히 커서 슬픈 식물이다. 비가 올 때 빗방울 떨어지는 소리도 유난히 크고, 낙엽 질 때 소리도 크다. 그러니 오동잎에 듣는 빗소리는 외로운 사람에게 더 서럽게 하고, 오동잎 지는 소리는 세월 가는 것이 싫은 사람에게 무상감으로 더욱 슬프게 한다. 오동잎은 그 별나게도 넓은 잎으로 인하여, 가을을 먼저 느끼게 한다. 하기에 "오동나무 잎 위로 가을이 먼저 왔네[梧桐葉上秋先到]"라고 하여 '오동일엽梧桐一葉'으로 회자된다. 또는 시름 있는 사람의 잠을 깨우는 오동우梧桐雨로 시인 묵객의 입에 자주 올랐다. 선원仙源 김상용金尙容은 오동우의 시름을 "오동에 듣는 빗발 무심히 듣건마는, 내 시름 하니 잎잎이 수성愁聲이로다. 이후야 잎 넓은 나무를 심을 줄이 있으랴"라고 노래하였다.

장승업張承業, 〈고사세동도高士洗桐圖〉,
19세기, 비단에 채색, 141.8 x 39.8cm,
삼성리움 소장.

—

원元의 화가 예찬의 고사를 묘사한
작품으로 '고상한 선비가 오동나무
를 닦게 하는 그림'이라는 뜻이다.
오동잎은 그 별나게도 넓은 잎으로
인하여, 가을을 먼저 느끼게 한다.

———

이별한 뒤 아득하게 구름 낀 산 가려 있어
꿈에서야 임 곁에서 기뻐 웃고 있었더니
깨고 나니 외쪽 베개 허망하게 모습 없어
곁을 보니 남은 등불 쓸쓸하게 빛 사윌 뿐
어느 날에 천 리 계신 그 얼굴을 반겨 뵐까?
이런 때에 구곡간장 애가 그냥 끊기어요
창 앞엔 또 오동잎에 내리는 비가 있어
그리움에 흐를 눈물 몇 줄이나 보탤까요?

別後雲山隔渺茫　　夢中歡笑在君傍
覺來半枕虛無影　　側向殘燈冷落光
何日喜逢千里面　　此時空斷九回腸
窓前更有梧桐雨　　添得相思淚幾行

계향桂香, 〈멀리 계신 임께 부치며[寄遠人]〉

진주 기생 계향은 난향蘭香으로도 불린다. 황진이黃眞伊·이매창李梅窓과 시명이 나란하다. 이 시는 사랑하는 임과 이별한 한 여인의 애절한 한을 읊은 노래이다. 계향이 이 작품을 읊었다기보다는, 스스로 주체할 수도 없는 그리움으로 목청이 절로 구성진 가락으로 울려 노래가 되었다.

이별한 뒤 구름 낀 산들로 가려져 있고 또 아득히 먼 곳에 계신 임이기에 만날 방법이 없었어요. 그러다가 그리운 내 정성이 통해서인지 요행히도 꿈속에서 임을 만날 수 있었지요. 이 몸은 너무 기뻐 당신과 웃으며 함께 있었어요. 호사다마 好事多魔, 안타깝게도 꿈에서 깨어버렸군요. 임과 같이 베던 베개의 반쪽에는 허망하게 꿈에 모셨던 당신 모습은 보이지 아니하고 처량한 내 꼴만 남아 있어요. 방 한쪽에는 밤 내 밝히던 등불은 가물가물 꺼져가려 하면서 쓸쓸히게 사위어갑니다.

어느 날에야 그 천 리 밖에 계신 당신을 기쁜 낯으로 만나볼 수 있을까요? 기약도 할 수 없는 처지라 지금 이런 꿈이라도 꾸는 때는 아홉 구비 창자만 공연히 끊어질 듯합니다. 창밖에는 게다가 청승맞게 오동잎을 후득이며 또 비가 저리 내리고 있어요. 내 가슴을 울려대는 저 소리에 또 얼마나 많은 눈물을 더 흘려야 할까요? 구구마다 절절마다 외로움과 슬픔과 아픔으로 겹친 한을 실어 보냅니다. 헤어져 있는 당신이기에 부여잡고 실컷 울 수도 없기에, 그리운 마음을 넋두리로 푸념으로 또한 호소로 적어 보냅니다.

—

고운 용모 어렴풋해 보렸더니 홀연 없고
꿈에 깨니 등불만이 몹시도 외로워라
가을비가 내 꿈 깰 걸 진즉에 알았다면
창 앞에다 벽오동은 아예 심지 않았을 걸……
玉貌依稀看忽無　覺來燈影十分孤
早知秋雨驚人夢　不向窓前種碧梧

이서우 李瑞雨, 〈죽은 아내를 애도하며[悼亡]〉

송곡松谷 이서우가 죽은 아내를 그리는 애꿎은 푸념이다. 꿈에서 당신을 보았소. 그 옛날처럼 곱던 당신의 모습이 어렴풋이 나타났기에 보려고 했더니만 홀연히 간데없이 사라지더이다. 눈을 뜨니 등잔불 그림자만이 끄물거리고 있을 뿐이더이다. 창가의 앞에 서 있는 그 푸른 벽오동 잎에는 가을비 소리가 스산하게 들더군. 어찌 생각이나 했겠소? 가을비 소리가 내 꿈을 깨게 할 줄을.

당신은 내 꿈속으로 날 만나러 오셨던가요? 당신도 나와 같이 서로를 그리워했던가요? 저 어두운 밤비를 맞으며 돌아가고 있을 당신의 영혼이 그저 안쓰럽기만 하오. 당신과 나의 만남을 방해한 괘씸죄를 오동잎에 물어야 하겠소. 저 야속한 벽오동 잎이 요란을 떨어 모처럼의 꿈속 우리 만남을 허무하게 갈라놓았으니……. 진즉에 이런 일이 있을 줄 알았더라면 잎 넓은 벽오동나무는 아예 창가에 심지를 않았을 것이오. 죽은 당신에 대한 너무나 그립고도 간절한 정을 이렇게 철없고 분별없는 치졸한 푸념으로나마 풀어보오.

이미 뻣뻣하게 말라가는 오동잎의 그 어울리지 않게 넓은 잎 자락에 후두둑 떨어지는 가을비 소리는, 공연히 사람 맘을 초조하고 왠지 어수선하게 뒤흔들어놓는다. 백거이白居易는 〈장한가長恨歌〉에서 "봄바람에 도화, 이화 피어났던 밤의 일과, 가을비에 오동잎이 우수수 지는 때를[春風桃李花開夜, 秋雨梧桐葉落時]" 회상하며 죽은 양귀비를 차마 못 잊어 번민하는 당 현종의 모습을 그렸다. 청나라 강희제는 "오동나무 잎새 하나 지고 난 뒤에, 천하 사람 가을 온 줄 모두가 아네[梧桐一落葉, 天下盡知秋]"라고 하였으니 가을날의 경색을 묘사하는 데 사용하였다.

—

그리운 맘 아득아득 텅 빈 서재 닫은 챈데

천 리 밖의 사람이야 지금 벽해碧海 서편 있어

외론 꿈노 못 꾼 채로 가을밤은 나 가건만

샘가 오동 스륵 지고 달빛만이 차웁구려!

相思脈脈掩空齋　　千里人今碧海西

孤夢不來秋夜盡　　井梧無響月凄凄

백광훈, 〈최고죽이 그리워[憶崔孤竹]〉

옥봉玉峯 백광훈과 고죽 최경창은 죽마고우이다. 옥봉은 가난 때문에 미관말직으로 서울에 있었고, 고죽은 대동도찰방大同都察訪이 되어 평양에 가 있었다. 벗이 간절하게 그리워, 하소연할 데 없는 안타깝고 외로운 정을 안으로 거두어 삭이려는 구성진 가락으로 읊고 있다.

나는 지금 빈 서재에 혼자 앉아 있소. 그대가 간절히 보고 싶어 억장이 막히는 듯하오. 이런 밤 이 서재에서 함께 앉아 술을 마시며 시도 짓고 옛이야기도 나누었으면 좋으련만, 그대 없는 빈 서재라서 그저 닫은 채 있소. 그대는 저 천 리 밖 푸른 바다 서쪽에 가 있소. 그리워만 할 뿐 만날 길이 없는 것이 현실이오. 하지만 어쩌겠소. 그저 한스런 심정을 나 혼자만 속으로 삭일 수밖에.

꿈에서나마 만날 수 있으면 너무 반가울까 싶어 꿈이라도 꾸었으면 싶건만 꿈도 끝내 꿔지지 않소. 그리움에 잠 못 들고 그냥 앉은 채 밤은 다 가는구려. 서재 밖에서는 샘가의 오동잎이 소리 없이 떨어지고, 달빛만이 차갑게 비추고 있을 뿐이오. 이런 밤일수록 그대가 더 그립구려! 두보는 "맑은 가을 막부에는 우물가 오동 쓸쓸하다〔淸秋幕府井梧寒〕"라고 읊었지요. 오동잎은 7월이 되면서부터 한 개씩 툭툭 떨어지더니 초가을 되어 다 져가오. "섬돌 앞의 오동잎은 벌써 가을 소리 나네〔階前梧葉已秋聲〕"라고 주자께서 말씀하셨는데 세월은 저리도 빨리 가는구려.

이 시에서는 시인이 실제로 작품의 주체인 자신을 직접 화자로 내세워 자신의 내적 심경과 외적 상황을 말한다. 또는 작중 화자를 여성으로 대체하여 읽히도록 함으로써 한 여인의 이별한 정감을 읊어 그리움을 절실하게 만들었다. 그러면서도, 자신을 행태만으로 객체화하여 배치하고, 우물가 오동잎을 내적 심경의 객관적 상관물로 제시함으로써, 작품을 전체적으로 자기를 연민하는 한 곡의 구성진 노래이면서 한 폭의 그림이 되게 만들었다.

표암 강세황이 그린 〈벽오청서도碧梧淸暑圖〉는 한 쌍의 오동나무 밑 초가에 앉아서, 마당을 쓸고 있는 시동을 바라보며 더위를 식히는 선비의 모습을 담고 있다. 벽오동나무는 봉황이 앉는 나무로 인식했다. 작자 미상의 옛 시조에, "벽오동 심은 뜻은 봉황을 보잣더니, 내가 심는 탓인지 기다려도 아니 오고, 밤중에만 일편명월―片明月이 빈 가지에 걸려 있네"라고 하였다. 태평성대면 나타난다는 봉황새가 벽오동에 깃들기를 기원하는 애절한 바람이었을까? 곧고 푸른 줄기 시원스럽게 넓은 잎은 선비의 절개를 상징하는 듯해 옛사람들이 사랑채 앞마당이나 정자 근처에 한두 그루 벽오동을 정성스럽게 심고 가꾸었다. 그렇지만 더운 여름날 오동잎에 떨어지는 빗방울 소리를 듣고 시원함을 누리고자 했던 우리 선인들이, 파초우芭蕉雨를 즐기던 심사와 일맥상통할 것이다.

—

발 그림자 어른어른 움직여가고
연꽃 내음 새록새록 풍겨오건만
꿈에서 깬 외로운 베개맡에는
오동잎에 빗소리가 후득거리네
簾影依依轉　　荷香續續來
夢回孤枕上　　桐葉雨聲催

서거정, 〈졸다 깨어(睡起)〉

여름날의 한가로운 심사를 읊은 시이다. 낮 해가 옮겨 감에 따라
드리워진 발 사이로 비쳐드는 풍광이 어른어른 발을 흔들며 바뀌어
간다. 바람결에 무덕무덕 밀려드는 향긋함 내음, 무성한 푸른 연잎
사이 희고 붉은 연꽃이 정갈하게 피었나 보다. 무더위를 피해 자리
에 누웠다가 설핏 잠이 들었다. 서늘한 기운에 문득 잠에서 깨었다.
무엇이 달콤한 내 잠을 깨웠을까? 돌아보니 넓은 오동잎에 떨어지
는 굵은 빗발들. 그새 소나기가 지나간다. 그저 오동나무 파란 잎맥
을 두드리는 빗소리를 하염없이 듣고 있다. 저 빗발이야 다그치듯
퍼부어대지만 내 맘이야 급할 게 무어 있나. 오늘 하루 참 시원하기
만 하구나!

벽오동碧梧桐은 오동나무와 잎이 매우 닮았으면서도 보다 잎이 크
며 줄기의 빛깔이 푸르기 때문에 불리게 된 이름이다. 오동나무는
목재가 희기 때문에 백동白桐이라 하고, 벽오동은 줄기가 푸르기 때

문에 청동靑桐이라 한다. 옛 문헌에는 벽오동이라고 명확하게 오동나무와 구분하여 쓰지 않고 그냥 오동梧桐이라고 하였다. 잎이 비슷하게 생겼고 빨리 자라서 비슷한 나무로 생각했다. 오동나무와 벽오동은 식물학적으로는 거의 남남으로 오동나무는 현삼과玄蔘科, 벽오동은 벽오동과碧梧桐科로 전혀 다른 종이다.

벽오동 꽃은 여름이 시작될 무렵 희고 노란빛을 띠는 작은 꽃 무리가 가지 끝에 수없이 달린다. 꽃잎도 없고 꽃받침이 뒤로 젖혀져 꽃술만 쑥 나온 모습이다. 반면에 오동나무의 꽃은 5월 들어서면서부터 옅은 보라색의 꽃을 피운다. 꽃 한 송이의 길이가 6센티미터 정도의 나팔 모양이다. 하나의 잎으로 이루어진 통꽃이 나뭇가지 끝에 모여서 피어나는데, 꽃송이마다 안쪽에 자줏빛의 줄이 선명하게 들어 있다.

―

오동 꽃은 밤안갠 양 스르륵 지고
매화나문 봄 구름도 휑할 뿐인데,
방초 시절 한잔 술로 이별하지만
우리 서로 서울에서 다시 만나세
桐花夜煙落　　梅樹春雲空
芳草一杯別　　相逢京洛中
이달, 《손곡시집》, 〈이예장을 이별하며[別李禮長]〉

이달이 강릉에서 서울로 가는 이예장李禮長을 이별하며 지은 시이다. 친구를 떠나보내는 허전하고 아쉬운 마음을 오동 꽃과 매화 가지의 이미지로 절절하게 드러내었다. '봄 나무 저녁 구름[春樹暮雲]'은 친구 간의 우정을 나타낸다. 두보는 〈봄날 이백이 그리워[春日憶李白]〉라는 시에서 "위수 북엔 봄을 맞아 나무 있는데, 강동에는 해 저물어 구름 떠가리[渭北春天樹 江東日暮雲]"라고 하였다. 봄 맞은 위수 북쪽에 있는 두보 자신과 강동에서 저녁 구름 보고 있을 이백을 대비한 것이다.

떨어지는 오동 꽃과 꽃잎 다 진 매화나무 가지로 이별의 낙망과 허전한 심사를 흥기시켰다. 바로 지금도 가뭇없이 지고 있는 그 오동 꽃의 낙화, 어두운 암자색의 가무스름한 오동 꽃이 밤안개 내리는 듯 스르륵 소리 없이 어둡게 진다. 어찌 저리도 지금의 내 마음 같은가? 게다가 매화나무엔 봄 구름이 흩어진 채 빈 가지만 휑할 뿐이다. 한때는 봄 구름 일 듯 뭉게뭉게 일던 매화의 꽃구름은 우리의 가슴을 울렁이게 했었지. 그러나 지금은 이별의 순간, 내 맘인 양 텅 빈 가지만 적막한 채 흰 구름도 흩어져 휑할 뿐이다.

그대와 내가 석별의 잔을 나누고 있는 때가 방초 시절이오. 고운 풀은 그대 떠날 길에 이어져 있구려. 배웅하는 길가 풀밭에 간소한 술병을 부려놓았소. 저 풀들은 올해도 봄을 따라와 저리도 파릇하니 곱게 자라나 고향 못 간 나그네를 안타깝게 하는가? 이 좋은 봄 경치를 함께 즐기면 조금은 위안이 되련만, 그렇지 못하고 또 이별해야 하다니……. 침통해진 심사를 달래려 한잔 술을 권하지만 슬픔에만 빠지지 마세나. 만나면 헤어지고[會者定離] 떠난 이는 다시 돌아오는[去者必返] 것이 인생살이가 아니던가? 남아가 세상길에 나섰으니 어느 곳에선들 다시 만나지 않을 것인가? 다음은 서울서 만나 한잔 하세나. 이별을 아파한들 무엇 할까? 너무 슬퍼하여 마음을 상하게 하지는 마세나.

오동 꽃의 암자색 빛깔이 주는 우수감이나 밤안개를 연상시키는 어두운 이미지, 매화나무에 꽃이 다 지고 봄 구름도 흩어져버린 휑한 시상이 쓸쓸한 정감으로 가슴을 아프게 한다. 이달은 한자의 성운을 관례적으로 답습·활용하기만 한 것이 아니고, 때로는 음의 심기적 일체감을 모국어적 정감으로 체득하여 시어로 배치·활용함으로써 작품의 제재를 탄력적으로 구성하고 있다. 바로 '낙落'과 '공空' 이 두 글자에는 이달의 예민한 음향 심리가 엿보인다. 종성의 'ㄱ'과 'ㅇ'이 주는 '낙'의 '폐색음閉塞音'과 '공'의 '유장음悠長音'이라는 소리는 각각 '스르륵 지다'와 '텅 비다'라는 의미로 연상 대응되면서 하향의 낙망감과 상향의 허탈감을 유도한다. 그렇게 함으로써 처음은 기막히다가 이내 끝없는 허탈감에 빠지는 시인의 심경을 흥기興起 방식으로 예시하고 있다.

승구의 첫 자는 여러 시집들에서 '해海'로 전해지는데, 이는 '매梅'와 비슷한 글자로 잘못 안 것으로 보인다. 대구로 구성된 기·승구의 구조를 보면 '동화桐花'라는 개별 명사와 대가 되기로는 일반명사인 '해수海樹'보다는 개별 명사인 '매수梅樹'가 더 적당하리라. 허균의 《국조시산》에는 3구가 "타일일배주他日一杯酒"로 되어 있다. 훗날 한잔 술을 마시는 의미는 서울에서 서로 만나서 술을 마시자는 뜻으로 바뀌었다. 뒷날 술 약속은 오늘 지금 마시는 이별주를 전제로 하였으며 재회의 다짐이기도 하다. 김만중金萬重은 "본조本朝 제공諸公의 시를 열람하였는데, 오언절구는 마땅히 이손곡李蓀谷의 '동화야연락

桐花夜烟落'으로 제일을 삼아야 할 것이다"라고 하여 조선조의 오언절구로는 이 시가 단연 으뜸이라고 절찬하였다.

청명에서 곡우 이전까지의 15일 동안을 다시 3후三候로 나누어 1후에는 오동나무의 꽃이 피기 시작한다. 청명은 음력으로는 3월에, 양력으로는 4월 5~6일 무렵에 드는데 이때가 동화가 피는 시절이다. '동화桐花'는 화사한 웃음과는 인연이 먼, 항시 어둠을 머금고 있는 꽃으로 인식된다. 통으로 된 나팔꽃 모양의 꽃부리는 한물에도 활짝 열지 못하고, 깊숙이 웅숭그린 꽃부리 속에 무던히도 우수에 젖은 듯한 모양을 갖고 있다. 황혼의 안개 같은 가무스름한 암보라색 꽃 빛깔은, 그리움에 젖어 있는 듯하여 저만치서 바라보면 한숨을 흘리게 한다. 거기다 스르륵 툭 떨어지는 낙화의 낙망감이 더해져 있다.

—

온몸에 오소소 솟아 있는
반짝이는 작은 털 더듬이 삼아
오동 꽃 통째로 낙하하고 있다
보일 듯 말 듯
아주 연한 보랏빛으로,
시나브로
동백꽃 지듯 툭! 툭! 지고 있다
처음으로 너를 주워 드니
끈끈한 그리움이 손을 잡는다
무작정 추락하는
네 마지막 아름다운 헌신,

하나의 열매를 위해

나도 이렇듯 다 포기하고

그냥 뛰어내리고 싶다

떨어져 내린 꽃 위로

공양하듯

또, 비가 두런두런 내리고 있다

홍해리, 〈오동 꽃은 지면서 비를 부른다〉

봉황은 오로지 벽오동에만 보금자리를 틀고, 대나무 열매를 먹으며 산다고 한다. 벽오동은 태평성대가 오기를 기다리는 마음으로 심었다. 사람들은 저마다 태평성대를 꿈꾼다. 지방 선거도 끝났다. 오랫동안 마음속에 키워오던 벽오동 한 그루 다시 돌아볼 때다.

—

벽오동 심은 뜻은 봉황을 보잤더니

어이타 봉황은 꿈이었다 안 오시뇨

달맞이 가잔 뜻은 님을 모셔 가잠인데

어이타 우리 님은 가고 아니 오시느뇨

하늘아 무너져라 와뜨뜨뜨뜨뜨……

잔별아 쏟아져라 와뜨뜨뜨뜨뜨……

벽오동 심은 뜻은 봉황을 보잤더니

어이타 봉황은 꿈이었다 안 오시뇨

김도향 노래, 〈벽오동〉

목숨 다해 노래 부르리

숲 속의 매미가 노래를 하면
파란 저 하늘이 더 파래지고
과수밭 열매가 절로 익는다
과수밭 열매가 절로 익는다

숲 속의 매미가 노래를 하면
찬 이슬 아침마다 흠뻑 내리고
가을이 저만큼 다가온다죠
가을이 저만큼 다가온다죠

이태선 작사·박재훈 작곡, 〈매미〉

어릴 적 많이 불렀던 동요다. 쨍쨍한 햇살과 짙푸른 녹음, 뭉게구
름과 파란 하늘, 그 따가웠던 열기 속을 울리던 매미의 울음소리가
잦아들었다. 아침저녁이면 맨 팔뚝 위에 오스스한 한기에 제법 소
름이 돋는다. 아침 바람이 서늘한 가을 초입으로 들어서는 숲을 걷
다가 여름의 잔해를 보았다. 느티나무 둥치에 꽉 붙들고 엎드린 매
미의 작은 허물이 눈에 띄었다. 손가락이라도 대면 그냥 바스라질
것 같은 회갈색 겉옷만 남겨둔 채 지난한 여름 한철 울려대던 그 소

리는 이렇게 가벼운 흔적을 남기고 어디로 사라져 갔을까?

—

온 숲 울린 매미 소리 절 안 온통 소란해도
한 스님은 말없이 귀먹은 양 앉아 있네
때로 문득 소리 끊겨 청산은 적막해져
무한한 가을 소리 뱃속에만 간직했네
萬樹鳴蟬鬧梵宮　　孤僧不語坐如聾
有時忽斷靑山寂　　無限秋聲在腹中

김윤식金允植, 〈영선詠蟬〉 부분

운양雲養 김윤식(1835~1922)이 한때 면천 영탑사에 우거할 때 매미를 주제로 지은 가작이다. 수만 그루 나무에 울어대는 매미 소리 절간이 떠나가라 시끄럽게 들먹인다. 그런 소란 속에서도 한 스님은 귀먹은 듯 우두커니 앉아 선정에 들었을 뿐이다. 그런데 갑자기 푸른 산이 긴 한숨이라도 쉬는 듯이 텅 빈 정적이 찾아든다. 천지를 울리는 그 소리, 매미 소리는 어디로 간 것일까? 그 무한한 가을의 소리를 잉태하여 배 속에다 남겨두었나 보다. 수만 그루 나무에서 울어대는 '명선鳴蟬'과 한 스님의 '불어不語'로 대비되는, 매미 소리와 스님의 침묵의 대조가 유쾌하다. 아울러 그 매미 소리가 뚝 끊어져 적막강산으로 변한다. 시끄럽게 울리던 소리도 극에 달하면 침묵과 통하는가 보다. 외물의 변화에 아랑곳 않는 스님의 경지에 동화되어 그런 것인가? 그건 아마도 가을을 알리려 무한한 소리를 뱃속에 저장하기 위한 침묵이겠지.

물리적으로 배 속에 들어 있는 발음기관으로 소리를 만드는 것은 매미의 수컷이다. 그 소리는 빈 뱃속을 공명실 삼아 크게 증폭된다. 암컷에는 발음기관이 없기 때문에 암컷 매미는 울지 못하는 이른바 '벙어리매미'이다. 죽어라 울어대던 매미가 가자 가을이 왔다. 그 울음소리 흩어져 감나무 끝에 붉은 기쁨으로 익어간다. 여름은 매미 울음소리에 시작되고 그 울음이 그치면 끝난다고들 하지만 실상 가을은 매미 소리에서 시작된다. 우리 선인들은 한여름 매미가 울면 가을 든다고 여겼고 가을이 빨리 오라고 재촉하여 울어댄다고 생각했다. 매미는 이슬밖에 입에 대지 않는 맑은 생물로 가을매미를 전통적으로 가을벌레로 인식했다.

———

가을 산에 비 지나자 석양빛이 선명하고
막 내린 물 섞여 흘러 홀로 가는 길 이끄니
강둑 위에 서너 마을 성긴 숲에 둘렀는데
사람 소린 전혀 없고 매미 소리 울려대네
秋山雨過夕陽明　　亂水交流引獨行
岸上數村疎樹裏　　寂無人語有蟬聲

백광훈, 〈개산 길에서[介山路]〉

산길에서 매미 소리를 읊은 백광훈의 시이다. 가을 맞은 산에 비가 내리고 그 비가 그친 뒤 석양 되었다. 붉게 타는 놀은 더 깨끗하고 선명한 인상을 준다. 비가 온 뒤라 모여들던 물들이 마구 흘러 이물 저물 합하여 섞여 내리는데 그 물길이 내 홀로 가는 길을 인도한다. 불어난 시내 길을 따라가고 있는 작가의 모습이다. 시냇가를 따라 죽 나 있는 둑 가로 서너 마을이 성긴 숲으로 감싸여 있다. 가을이 깊어가는지 잎이 떨어진 마을 숲의 풍경이다. 그 길을 따라가는 사이 사람이라곤 전혀 보이지 않는다. 그 적막 속에 오직 가을 매미 소리만 울려댈 뿐이다. 약간은 쓸쓸하면서도 시원스런 가을날의 오롯한 마을 모습을 매미의 울음소리를 통해 정겨운 분위기로 연출하고 있다. 전체적으로 풍경만을 제시한 시이지만 가을 맞은 작가의 약간은 쓸쓸한 기분을 담고 있다.

—

쓰르라미 새벽에 선탈했는지
그 허물 청산 속에 남겨뒀기에
초동이 주워 온 걸 바라봤더니
온 세상에 가을바람 일어나더라
寒蟬曉脫去　　殼在靑山中
樵童摘歸視　　天下生秋風

황오, 〈선각蟬殼〉

한선寒蟬은 쓰르라미로 매미의 일종이다. 《예기禮記》〈월령月令〉에 "흰 이슬 내려오니, 쓰르라미 우는구나〔白露降, 寒蟬鳴〕"라는 구절이 있다. 매미는 종마다 제각각의 울음소리를 가지고 있다. '매미'라는 이름은 "맴맴……" 운다고 '참매미'에 붙여진 이름이다. "쓰르람쓰르람……" 운다고 붙여진 '쓰름매미'는 옛 이름인 '쓰르라미'이다. 보통 '한선'이라고 시에 등장한다. 그리고 마치 새소리와 같이 현란

한용간韓用幹, 〈명선촉추鳴蟬促秋〉, 종이에 옅은 색,
27.5 × 21.0cm, 간송미술관 소장.
—

우리 선인들은 한여름 매미가 울면 가을 든다고 여겼고 가을이 빨
리 오라고 재촉하여 울어댄다고 생각했다. 매미는 이슬밖에 입에
대지 않는 맑은 생물로 가을매미를 전통적으로 가을·벌레로 인식
했다.

한 울음소리를 자랑하는 '애매미' 등이 있다. 이들 매미들은 때로는 함께 경연하며 한철을 주름잡는 숲 속의 명창들이다.

이 시인은 매미 껍질을 보고 천하에 가을이 오는 것을 느꼈나 보다. 참 소박하면서도 재미있는 표현이다. 쓰르라미가 새벽에 탈각했는지 육신의 흔적을 남겨두고 세상을 등졌다. '효曉' 자의 의미가 이중적이다. 여명이 밝아오는 새벽 시간을 가리키고, 매미가 신선처럼 도를 깨우쳤다는 의미를 시사해준다. 선탈한 그 흔적이 푸른 산속에 남겨두었는데 나무꾼 아이가 마침 그것을 주워와 바라보았더니 그 여린 빈 허물 속에 가을이 담겨 있다는 것이다. 여름 한철 숲 속 공기의 흐름을 뱃심 하나로 되작거리던 이 가벼운 죽음의 흔적을 손바닥 위에 올려놓고 무게를 가늠해보니, 의외로 가을의 무게가 담겨 있다. 그 무덥던 여름은 가고 온 천하에 서늘한 가을바람이 불어오는 것을 매미 껍질에서 비로소 느낀다는 것이다. 작은 사물 속에 담겨 있는 우주적 질서를 느끼는 시인의 눈이 참으로 신비롭다.

—

고상해서 배부르기 어렵거니와
허랑하게 소리 냄이 한스럽지만
오경 녘엔 목이 쉬어 끊기려 하고
한 나무는 푸르러져 무정하구나
미관微官으로 나무처럼 떠돈 신세니
고향 동산 묵어 이미 평지 됐겠네
귀찮아도 그대 먼저 깨우쳐다오

"나도 또한 온 집안이 가난하다"고

本以高難飽　徒勞恨費聲

五更疏欲斷　一樹碧無情

薄宦梗猶泛　故園蕪已平

煩君最相警　我亦擧家淸

이상은李商隱, 〈매미[蟬]〉

옛사람들은 매미는 본래 높은 가지에 붙어 이슬과 바람만 먹고 산
다고 했다. 생활이 배부름을 구할 수 없는 처지이다. 매미는 울음소
리를 통해 "나는 고결해서 가난해! 나는 고결해서 가난해!"라고 자
신의 청빈함을 하소연한다. 매미는 부질없이 소리를 허비하면서 수
고롭게 애를 쓸 뿐이니 한스러울밖에.

오경을 알리는 새벽이 되면 목소리마저 쉬어버려 소리도 드문드
문 끊기려 한다. 밤새 처량하게 울부짖던 매미의 울음소리도 동편
하늘에 동이 터올 무렵 기진맥진이다. 높은 나무의 잎새들은 정반
대로 점점 더 짙푸름을 드러내면서 매미의 비통한 울음소리에 조금
도 동요하지 않고 냉혹하다. 나무의 푸른 잎새 하나도 너를 동정하
는 마음은 아예 없이 그저 무정하게 그 몸을 푸르게 푸르게 녹음으
로 단장할 뿐이다.

이 몸은 낮은 벼슬자리로 나무 인형이 오히려 물 위를 떠도는 나
그네 신세로다. 경梗은 즉 도경桃梗이니, 나무로 만든 인형이다. 《전
국책戰國策》에 나무 인형과 흙 인형의 얘기가 있다. 나무 인형이 흙
인형에게 말하였다. "너는 가을비가 많이 내리면 씻기어 없어지겠

구나." 흙 인형이 대답하였다. "나는 씻기어 다시 서쪽 강기슭으로 돌아가겠지만, 너는 물을 따라 이곳저곳으로 정처 없이 떠돌겠구나." 부평浮萍과 도경桃梗은 객지에 유리되어 떠돌아다니는 것을 비유한 말이다. 고향은 이미 잡초만 무성한 채 잔뜩 묵어 있겠지. 매미야! 번거롭겠지만 가장 먼저 나를 일깨워다오. "나도 또한 온 집안이 한 푼 없는 빈털터리다"라고.

부질없는 잠깐 인생을 살다 가는 매미를 통해 시기와 오만에 가득 찬 세상 사람들의 부질없는 욕심을 경계한다. 불우한 매미를 대입시켜 자신의 청빈한 삶의 정당성을 완곡하게 반박하고 있는 절창이다.

—

비 오는 날에 알을 깨고
마른 나뭇가지 구멍에서
애벌레로 땅을 파고
오 년을 흙에 묻힌 캄캄한 생활 속에서

언저리의 상태를 알아내며
새로운 천지의 희망으로 살았어요

흙 속에서 네 번의 허물을 벗는 동안
날개도 알아볼 수 있게 되고
껍질이 두꺼워진 모습
굴의 천장을 무너트리고 보니
세상은 온통 파란 하늘 푸른 잎

솔솔 솔바람 방긋 웃는 오색 꽃

순간의 실수로 땅바닥으로 낙상
이제 끝이구나 싶었습니다
땅바닥에 내동댕이쳐져
등은 땅에 배는 하늘을 향해
발버둥치기 수십 번

지나가던 인정 많은 손길에
따뜻한 보살핌으로 생명을 보전
삶을 새롭게 맞이합니다
비록 7일을 사는 생애지만
내리쬐는 햇빛 아래 고목나무에서
천지를 울리는 자연의 합창으로
최후의 순간까지 목숨 다해 노래 부르리

언젠가 읽었던 〈매미의 한살이〉이란 시이다. 누구의 작품인지는
모르겠지만 매미의 일생을 집약하여 보여주고 있다. 매미는 다섯
가지 덕[五德]을 갖추고 있다고들 한다. 머리에 반문斑紋이 있으니 학
문[文]이 있고, 이슬만 먹고사니 맑음[淸]이 있고, 사람이 가꿔놓은
곡식이나 채소를 훔쳐 먹지 않으니 염치[廉]가 있고, 다른 곤충과 달
리 집을 짓고 살지 않으니 검소[儉]하고, 자기가 사는 계절을 지키며
떠나야 할 때를 알고 있으니 신의[信]가 있다. 한 생을 살다 때를 맞

취 물러나는 것이 매미다.

——

죽어라 울어대던 매미가 가자 가을이 왔다
울음소리를 땅속에 푹 파묻고 붉은 단풍이 왔다
저 단풍은 어디서 왔는가
누구도 열흘 살다 간 매미의 핏빛 울음을 파묻을 수는 없다

이홍섭, 〈적막강산 3〉 전문

어느 시인은 매미 소리에 가을이 왔고 매미 울음이 붉은 단풍이
되었다고 노래했다. 적막강산이란 말은 부귀공명의 다른 편에 서
있는 말이다. 이 정권 들어 이른바 강부자 고소영이라는 비빌 언덕
이 있는 사람들은 재물과 권세를 한껏 더 불릴 수 있는 호기일지 모
르겠다. 욕심으로 충만한 채 오늘을 살아가는 우리는 매미의 소리를
들으며 매미의 허물을 보면서 무슨 생각을 할까? 하지만 그들을 제
외한 소시민들은 말 그대로 '적막강산'이 아닌가? 매미는 사리사욕
이 없다. 오래 살아보려고 아등바등하지 않는다. 인고의 세월을 땅
속에서 보내다 여름 한철 잠깐 동안 찬란한 생을 노래하다 서리 내
리는 날 문득 사라져 간다. 육신의 허물만 남겨둔 채. 스스로 물러날
때를 알고 있는 이는 뒷모습은 아름답다고 어느 시인은 노래했다.
늘그막을 욕심 없이 살다가 때를 맞춰 물러나는 것이 매미다. 인간
을 돌아보고 마음을 돌아보고 부끄러움을 느껴볼 일이다. 매미 소
리 잦아든다. 달 떠오는 가을 들녘에 구름 걷힌 하늘을 우러러본다.

—

바람이 서늘도 하여 뜰 앞에 나섰더니
서산 머리에 하늘은 구름을 벗어나고
산뜻한 초사흘 달이 별과 함께 나오더라
달은 넘어가고 별만 서로 반짝인다
저 별은 뉘 별이며 내 별 또한 어느 게오
잠자코 호올로 서서 별을 헤어보노라

이병기李秉岐, 〈별〉

말과 소의 눈엔 붉은빛이

가을이라 가을바람 솔솔 불어오니
푸른 잎은 붉은 치마 갈아입고서
남쪽 나라 찾아가는 제비 불러 모아
봄이 오면 다시 오라 부탁하누나

가을이라 가을바람 다시 불어오니
밭에 익은 곡식들은 금빛 같구나
추운 겨울 지낼 적에 우리 먹이려고
하느님이 내려주신 생명의 양식

백남석 작사·현제명 작곡, 〈가을〉

청자빛 하늘이 높아만 가고 새털구름 바람결에 흩어져 간다. 아, 정녕 가을이구나! 이제는 아쉬운 뒤안길로 남은 우리네 시골집에서 흔히 보는 풍경도 계절을 따라 쓸쓸한 모습으로 길 떠날 채비를 한다.

한여름 따가운 햇살 아래 피었다 지던 꽃들이 문득 그리워진다. 장독대를 둘러 수줍은 듯 빨갛게 피어 있는 맨드라미, 앞마당에 함초롬히 피어난 봉숭아, 외양간 지붕 위로 기어오르고 있는 싱싱하게도 푸른 호박 덩굴과 달빛 아래 환하게 웃음 짓는 박꽃, 마당 가를 둘러가며 심겨진 키다리 접시꽃들이 둥실한 모습으로 층층이 피었나 졌다. 이제는 찬바람 따라 매미 소리 속에 더러는 누군가에겐 보람으로 누군가에게는 추억으로 열매 맺어 가리라. 세월은 말하지 않아도 늘 제냥 그렇게 가고 있다.

——

시골집이 조그맣게 밭 사이 있어
감, 대추와 밤나무로 둘리어 있네
서릿바람 불어와 무르익으니
말과 소의 눈에는 온통 붉은빛
田家在田小　　柿棗栗木中
霜風吹爛熟　　牛馬眼盡紅

황오, 〈농가의 이런저런 일을 읊다〔田家雜詠〕〉

압록강 이편에서 제일의 시인이라 자부했던 녹차綠此 황오의 시다. 그리 크지도 않은 우리네 시골집의 모습을 그린 풍경화이다. 밭 사이로 조그맣게 지어진 농가지만 그 집의 앞으로 뒤로 옆으로는 감이며, 대추며, 밤나무를 심어놓았다. 가을 되어 서리 내리고 찬바람이 불어오자 그 나무들은 선명하게 변복을 한다. 집을 에운 과실 나무 잎도 열매도 붉어져서 발갛게 익어가니 외양간에 있던 소와 말의 눈동자에는 온통 붉은빛으로 비쳐든다. 마소의 눈에 비친 붉은색을 바라보는 시인의 섬세함이 재치 있다. 그저 우리말을 슬쩍 던져놓듯 시어를 배치하였을 뿐이다. 어느새 하나의 농촌 풍경화가 되었고 조선의 풍정을 그린 우리 시가 되었다.

—

할아버지 새 본다고 앞 비탈밭 앉았어도
개꼬리 조 이삭엔 노란 참새 매달렸네
맏아들과 둘째 아들 모두 밭에 나가 있어
농가에는 하루 종일 사립문이 닫힌 채고
솔개란 놈 병아리를 채 가려다 허탕 친 뒤
놀란 닭들 "꼬꼬댁" 박꽃 핀 울 요란하다
함지박 인 며느리는 시내 건널 궁리인데
어린애와 누렁이는 앞서거니 뒤서거니……

翁老守雀坐南陂　　栗拖狗尾黃雀垂
長男中男皆出田　　田家盡日晝掩扉
鳶蹴鷄兒攫不得　　群鷄亂啼匏花籬
小婦戴棬疑渡溪　　赤子黃犬相追隨

박지원, 〈시골집[田家]〉

화창한 가을 한낮에 어느 농가의 가족의 행태가 하나하나 그림으로 들어온다. 늙은 노인네는 일 나갈 힘이 없어 자기 몫의 일로 새 쫓는 일을 맡았다. 남쪽 양지바른 비탈밭 언덕에 나가 수수밭 전체 모습이 한눈에 들어오는 위치에 자리 잡았다. 허수아비가 된 할아버지는 속으로 "내가 지키고 있으니 참새란 놈 얼씬도 못 하게 하리라"라고 다짐하면서 이따금 "후여! 후여!" 새를 쫓는 시늉을 한다.

그러면서 가을 햇살 좋고 바람 좋아 올해도 풍년 들겠다고 흐뭇해 하리라. 할아버지 잠시 한눈파는 사이에 영악한 참새란 놈들은 어느 틈에 날아들어, 살진 개꼬리처럼 척척 드리워진 잘 익은 조 이삭을 차지하고서 조롱조롱 매달려서 맛있게 쪼면서 할아버지를 놀려댄다.

한편 맏아들 둘째 아들은 서로 힘을 합하여 여기저기 가을걷이에 눈코 뜰 새가 없이 바쁘다. 이런 농번기에는 찾아올 사람도 없어 집은 텅 빈 채 종일 사립문이 닫힌 채로 있다. 다만 빈집에는 벼슬 붉은 장닭이 암탉과 함께 늦병아리를 거느리고 주인인 양 집을 지키고 있다. 그때 하늘에서 빙빙 돌며 빈집을 노리던 솔개란 놈 잔뜩 눈독을 들인 병아리를 채 가려고 쏜살같이 내려 꽂았지만 그만 허탕을 쳤다. 깜짝 놀란 모든 닭들이 "꼬꼬댁" 소리치고 푸덕대며 한낮의 고요를 깨뜨린다. 이런 소동으로 한동안 부산하다 집은 다시 정적에 휩싸인다. 그런 모양을 울타리를 타고 박 덩굴에 하얀 꽃이 지켜보고 있다.

새참으로 나가는 들밥 차리는 일은 젊은 아낙의 차지이다. 함지박을 이고 시내 건널 궁리를 하고 있는 엄마와는 상관없이, 꽤복쟁이 꼬마는 누렁이하고 앞서거니 뒤서거니 껑충댄다. 고삐 풀린 망아지마냥 한껏 자유롭고 천진난만하다.

한 가족의 가을날 모습을 그린 풍속화이다. 가을 농번기의 농촌 모습을 잘 포착하여 소재를 구석구석 배치하였을 뿐이지만 그 속에 살아가는 민초들의 순수하고 소박한 맛을 느끼게 한다. 할아버지의 엉터리 새 보기, 그 할아버지를 놀리는 교활한 참새들, 솔개의 기습과 닭 일가의 소동 뒤에 찾아오는 정적, 울타리의 박꽃, 아낙의 새참 내가는 풍경, 발가숭이 아이와 꼬리 흔드는 강아지의 천진한 모습이 농촌의 한낮은 일마다 모두 그윽하고 한가롭다.

　—

솔 아래로 사립문이 마주 보고 열렸는데
가을볕이 종일토록 푸른 이끼 비추누나
잎이 찬지 가을 매미 "찌익"대며 웅크리고
뜰이 비어 한 마리 새 "탁탁" 쪼며 다가온다
단맛 든 흰 칡뿌리 질근 씹어 붓 만들고
알이 여문 석류통을 툭 쪼개서 술잔 삼네
천 그루에 감이 붉어 이웃 저리 풍성하니
맨 처음 이사 와서 안 심은 게 후회되네

松下柴門相向開　　秋陽終日在蒼苔
殘蟬葉冷鳴鳴抱　　一鳥庭空啄啄來
粉甘葛筍咬爲筆　　核爛榴房剖作盃
朱柿千株隣舍富　　悔從初寓未曾栽

황현黃玹, 〈우연히 생각나는 대로 짓다[偶成]〉

햇볕 따사로운 가을날 시골 풍경이다. 손에 잡힐 듯이 다가오는 고향의 한 정경이며 어느 시인의 심심파적이다. 솔 아래로 사립문이 서로 마주 보고 열렸는데 가을볕은 종일토록 푸른 이끼에 남아 있다. 아무도 찾아오는 이 없는 고요한 시골 마을이기에 파릇한 이끼만 깔려 있고, 그 이끼를 종일토록 햇살은 따사로운 눈길로 어루만지고 있다. 찾아오는 사람 없는 고즈넉한 가을이다.

사립문 바깥에 훌쩍 자란 그늘진 잎 무성했던 느티나무에는 제법 가을이 들어 서늘한 기운이 돈다. 한여름을 울려댔던 매미는 이제 찬바람이 이는 잎이 차가운지 "찌익찌익" 제 소리를 마음껏 내지도 못한 채로 나무에 붙어 웅크리고 있다. 눈길을 돌려 마당을 보니 뜨락은 텅 빈 채 사람이 보이지 않는다. 단지 새 한 마리가 포르륵 내려와 마당에 흘린 모이라도 쪼는지 "탁탁" 소리를 내며 다가온다. 참으로 눈이 서늘하고 귀를 시원하게 하는 영상이다.

이런 분위기 속에 시인은 무얼 하고 있을까? 하얀 분가루 같은 단맛이 든 칡뿌리를 질근질근 씹어서 단물이 빠지고 난 뒤 붓 만들어 비백飛白의 갈필이 나는 고졸한 글씨를 쓸 생각을 한다. 한편으로는 여름날을 선연히 붉히던 그 꽃은 석류로 맺혀 붉은 알이 알알이 맺혔다. 그 둥그렇고 붉은 석류 통을 툭 쪼개어 술잔을 삼는다. 입에 군침이 고이고 흥건한 술 향기가 코끝에 감돈다. 이 얼마나 소박한 모습인가? 거기에다가 진하지 않은 화장같이 슬몃 멋을 부려 표현하였다. 희고 붉은 이미지의 선명한 대조를 통해 청신한 가을을 감각적으로 느끼게 한다.

뒷산을 바라보니 가을 햇살을 받은 감이 붉게 물들어 있다. 천 그루나 되는 나무에 주렁주렁 매달린 붉은 감이 파란 가을 하늘을 배경으로 지천으로 널려 있다. 오지게도 매달린 붉은 기쁨을 수확할 이웃집이 저리도 풍성하니 부러움이 인다.

이런 기쁨을 맘껏 누릴 양이면 아니, 조금의 선견지명이라도 있었다면 나도 그 풍성함에 대한 욕심 아닌 욕심을 마음껏 누려볼 수 있

었을 텐데 하면서 혼자 중얼대는 시인의 독백. 이 동네로 맨 처음 이
사 와서 감나무를 심지 않았던 일을 오늘 와서 새삼 후회한다고 투
정해본다.

세월은 쉼 없이 변화하고 흘러간다. 그 세월 속에 마음 한 자락 둘
만한 곳은 역시 자연이다. 자연은 고향이며 인간이 지향하는 근원
적 회귀 공간이다.

자연에서 나서 자연으로 돌아가는 것이 인간의 순리이다. 자연을
향해 끝없는 순수를 추구한 결과물이 바로 우리 선인들의 한시인가
보다. 아니, 한시만이 아니라 시인이 품고 있는 것이 바로 순수이리
라. 바람이 지나간 시원한 뜨락에 나가 노을 지는 하늘을 바라보노
라면 그리운 이가 그리워진다.

—

물은 희고 길구나, 하늘보다도.
구름은 붉구나, 해보다도.
서럽다, 높아가는 긴 들 끝에
나는 떠돌며 울며 생각한다, 그대를

그늘 깊이 오르는 발 앞으로
끝없이 나아가는 길은 앞으로.
키 높은 나무 아래로, 물 마을은
성긋한 가지가지 새로 떠오른다

그 누가 온다고 한 언약言約도 없건마는!

기다려 볼 사람도 없건마는!
나는 오히려 못 물가를 싸고 떠돈다
그 못물로는 놀이 잦을 때

김소월, 〈가을 저녁에〉

내 몸이 그림 속에

노랗게 노랗게 물들었네

빨갛게 빨갛게 물들었네

파랗게 파랗게 높은 하늘

가을 길은 고운 길

트랄랄랄라 트랄랄랄라

트랄랄랄랄라 노래 부르며

산 넘어 물 건너 가는 길

가을 길은 비단 길

김규환, 〈가을 길〉

가을이 익어가는 가을 들녘 햇볕이 따사로운 논둑길을 어린 딸과 함께 걸어본다. 누런 벌판, 붉은 산, 파란 하늘을 배경으로 트랄랄랄라 딸애의 노래가 메아리친다.

"마른 등덩굴 엉킨 늙은 나무에 날 저물자 갈까마귀 떼 깃들고, 외나무다리 아래로 물이 흐르는데 너른 모래벌이 펼쳐 있다. 오래된 길로 쌀쌀한 바람 속에 여윈 말을 타고 가자니, 석양은 서편으로 넘어가건만, 애끊는 나그네는 하늘 끝에 남아 있구나[枯藤老樹昏鴉, 小

김영면金永룏, 〈추산행려秋山行旅〉, 종이에 수묵,
27.3 x 34.8cm, 동산방 소장.

쓰인 글귀는 "여윈 말과 어린 종이 가을 산 잎 떨어진 나무와 함께
모두 쓸쓸하다"라는 뜻이다. 나그네의 쓸쓸함과 그리움을 담아낸
솜씨가 참으로 탁월하다.

橋流水平沙. 古道淒風瘦馬, 夕陽西下, 斷腸人在天涯].” 어떤 이가 〈천정사天淨沙〉
곡조에 붙인 원나라 때 사詞이다. 가을의 참 풍경을 그린 한 폭 그림
이다. 나그네의 그리움을 담아낸 붓질이 참 탁월하다.

—

멀리 펼친 가을 구름 사방 산은 횅한 채로
낙엽들은 소리 없고 땅은 온통 붉어 있어
시내 다리 말 세우고 돌아갈 길 묻노라니
몰랐구나, 이내 몸이 그림 속에 있었던 걸

秋陰漠漠四山空　　落葉無聲滿地紅
立馬溪橋問歸路　　不知身在畫圖中

정도전, 〈김 거사의 시골집을 찾아갔다가[訪金居士野居]〉

김 거사의 시골집을 찾아갔다가 돌아가면서 본 늦가을의 풍광을
그려내었다. 아늑하고 조용하고 한가로운 은자의 집을 나섰다. 해
사한 가을 구름이 창공에 끝없이 넓게 깔려 흩어지면서 바람 따라
펼쳐져 간다. 너른 하늘 어느 곳이든 구름을 볼 수 없는 곳이 없다.
멀리 보이는 빙 둘린 산은 인적이 없어 허전한 느낌을 준다. 늦가을
저무는 하늘과 색이 바랜 산. 엷은 구름이 낮고도 넓게 드리웠고, 해
도 지면서 어둑어둑 땅거미를 드리운다. 둘러보는 주위의 온 산은
인적조차 없고 텅 비어 문득 쓸쓸해진다. 걸어가는 산길에는 늦가
을 몇 남지 않은 잎사귀마저 소리 없이 떨어져 땅 위를 온통 덮고 있
어 붉은 칠을 한 것과 같다. 청색, 백색, 홍색이 어우러져 가을 산수
도를 이루었다.

김 거사가 시내까지 배웅 나왔다. 여기서 길이 나뉜다. 말을 세우고서 김 거사에게 돌아갈 길을 묻는다. 그제서야 자신이 있었던 공간과 시간의 의미를 객관적으로 보게 되었다. 돌아갈 길이 걱정되어 '눈귀로[問歸路]' 한 것은 아니다. 작자 자신이 한 폭의 그림 속의 존재로 있고 싶은 환상과 착각 속에 있었다는 각성이다. 돌아갈 길을 묻는다는 행위는 바로 자신이 도원을 벗어나 귀로하는 어부였으며, 신선 세계를 벗어나는 길을 묻는 나무꾼이었다는 놀라움이다. '어, 내 몸이 그동안 그림 속에 있었네?' 시인은 마치 그림 속에 신선 세계에서 벗어나려는 존재로 착각하는 발상이다. 자신이 있었던 공간이 바로 그림 속 신선의 공간이었다는 홍감이다. 지금까지 머물러 있었던 김 거사의 들집이 바로 신선의 공간이었고, 김 거사가 바로 신선이었다고 기림으로써 상대의 인격을 높이고 있다. 아울러 시인도 바로 신선세계에 머물던 존재로 만들어 경물과 자아가 하나가 되었다는 각성이다.

이 좋은 자연 풍광에 싸여 있는 시인은 마치 한 폭 수묵화 속에 빠져들었던 것으로 착각과 놀라움으로 홍에 겨워 있다. 경물과 자아가 하나가 된 물아일체의 경지다. 즐거운 홍감이 넘쳐 읊어보면 소리가 시원하고 유려하면서도 풍경이 환하게 눈에 들어온다. '시 가운데 그림이 들어 있다[詩中有畵]'라고 하겠다.

그림 같은 형상 속에 시인의 홍취가 완전히 융합되어 있어, 유한한 형상[景] 속에 무한한 정감을 조화시키며 통일시키고 있다. 이는 이 시가 표면상 그림처럼 시각적 심상으로 표현하면서 동시에 내면에는 정서가 간직되어 말 밖의 뜻[言外之意]을 전달하고 있기 때문이다.

―

야윈 말을 타고 가는 삼전도 길에
갈바람에 불린 갓이 기우뚱해라
맑은 강엔 갈 기러기 그림자 지고
지는 해는 잘 까마귀 보내오는데
고목 숲엔 노란 단풍 눈이 부시고
외딴 마을 흰 모래톱 드러나 있네
푸른 산이 끝나갈 저기 저곳엔
아스라이 우리 집이 있나 싶구나

贏馬三田渡　　西風吹帽斜
澄江涵去雁　　落日送還鴉
古樹明黃葉　　孤村見白沙
靑山將盡處　　遙認是吾家

서거정, 〈삼전도 가는 길에[三田渡途中]〉

삼전도는 서울에서 30리 떨어진 경기도 광주 지경에 있다. 한강
이 광주에 이르러 광나루가 되고 삼전도가 된다. 가을바람은 불어
고향 생각이 나 말 위에 올랐다. 삼전도로 향해 가는 길에 바짝 마른
말 위에 앉은 사람의 모습이 보인다. 걸터앉은 모습을 보니 갓이 기
울어진 것도 모르고 있다. 말 위에서 졸며 가는지, 아니면 고향 가는
길이 흥겨워 술이라도 한잔 걸치고 흥에 겨워 갓이 삐뚤어진지도
모르고 있겠지. 취한 맹가孟嘉의 풍모를 본뜨려 했나 보다.
가을을 맞아 남쪽으로 날아가는 기러기가 지나가는데 맑은 한강

에는 그 모습이 비쳐진다. 고개 들어 하늘을 바라볼 필요도 없이 거울 같은 강물만 보아도 가을의 풍정을 알 수 있다. 날은 저물어 가는데 멀리 자러 가는 갈까마귀의 모습이 서산에 점점 보인다. 서산에 지는 해도 그냥 넘어가지 않고 피곤한 새의 날개를 쉬게 하려나 보다. 눈길을 길 가까운 쪽으로 돌렸다. 고목 숲에는 노랗게 단풍이 물들어 더욱 환하게 눈에 들어오고, 외딴 마을 강가에 있어 흰 모래톱만 눈부시게 먼저 보일 뿐이다. '황엽黃葉'과 '흰 모래[白沙]'에 온통 가을의 정서가 담겨 있다. 저무는 푸른 산이 멀리 아스라이 끝나간다. 저 청산의 끝나는 저곳에는 그리운 내 집이 있겠지. 가을날 여행길 한가하고 여유가 있으며 묘한 여운이 오래도록 이어진다. 시각적 이미지가 선연하여 한 폭의 가을 수묵이 되었다.

경물의 객관적 묘사는 회화적이기를 요구하는 것이 시의 필연적 요소이다. 이덕무의 다음 작품은 그 좋은 예의 하나다.

—

농가의 가을 풍물 눈 즐겁게 할 만하니
완두 꼬투리 길쭉하고 옥수수 통 까칠해라
비둘기는 서리 맞아 털빛이 윤기 나고
기러기는 추위 피해 모습 막 감도누나
솔 장승은 벼슬했나? 머리에 모자 썼고,
돌부처는 남자건만 입술 붉게 칠하였네
저는 나귀 채찍질에 저문 햇살 거두는데
외양간 앞쪽 가에 큰길이 나 있구나
田家秋物眼堪娛　豌豆纖長薥黍麤

雅舅受霜光欲映　鴈奴辭冷影初紆

松堆何爵頭加帽　石佛雖男口抹朱

催策蹇驢斜照歛　牛宮南畔是官途

이덕무, 〈과천 가는 길에[果川道中]〉

가을을 맞은 농촌의 풍물들을 소중하게 줍고 가려놓아, 소박하나
마 순수하고 진솔한 한 폭의 농촌 풍경화로 바꾸어놓았다. 농가의
가을 풍물은 정말 보기만 해도 좋아 안복을 물리도록 누리게 한다.
길가를 따라 심어진 완두 꼬투리는 조랑조랑 매달려 있는데 가늘고
길쭉한 것이 올록볼록 노랗게 익어간다. 그 옆으로 옥수수 이파리
는 먼지를 보얗게 뒤집어쓴 채 늘어져 있다. 경중하게 자란 그 대궁
에 터질 듯 토실하게 여문 옥수수 통이 매달려 있는데 윤기 나던 검
붉은 수염이 꺼칠해지며 노랗게 바래가고 있다. 옥수수를 입에 물
고 있을 어린 자식을 문득 떠올라 입가에 미소가 인다.

식물만이 풍성한 것이 아니다. 새들도 가을이 왔음을 제 양껏 폼
을 잡고 있다. 길을 가며 마주치는 것은 산비둘기이고, 먼 하늘에 기
러기 소리 들린다. 산비탈에는 비둘기의 일종인 아구雅舅란 놈은 서
리 맞아 털갈이를 했는지 깃털이 더욱 윤기가 나는 것 같다. 기러기
는 추위 피해 왔는지 하늘에 얼씬거린다. 멀리 길 떠난 아우가 그립
고 벗이 그립다.

또 얼마를 걸었을까? 이정표가 나오고, 길을 재촉하다 보니 퇴락
한 절터를 지난다. 소나무를 깎아 거꾸로 꽂아놓은 장승은 마을 앞
에 서 있어 이정표 구실을 한다. 보통 불거져 나온 눈, 크고 감자 모

양의 주먹코, 튀어나온 치아에 모자를 쓰고 있다. 제깟 놈이 무슨 벼슬을 했다고 이름 모를 모자를 뒤덮어 쓰고 있어 절로 웃음이 나온다. 산비탈엔 눈비에 젖고 바람에 씻겨 세월의 흐름을 견디고 선 돌부처가 서 있다. 이 돌부처는 모양은 분명 사내이건만 괴이하게도 입술에는 붉은 칠을 하고 있다.

장승배기를 거쳐 승방평을 지나 과천을 지나간다. 한낮에는 무척이나 따가운 가을 햇살 아래 절름거리는 나귀를 채찍질하며 가다 보니 해가 저문다. 산 빛은 더욱 짙푸르고 서산으로 해가 기우는데 땅거미가 스멀스멀 밀려온다. 길모퉁이를 지나자 초가집이 보이고 뉘 집 외양간이 나타나는데 그 앞쪽으로 관도가 펼쳐져 있다. 아, 이제 다 왔나 보다.

—

채찍 끝 가리키며 자주 풍속 묻고 가니
새들 모두 날아간 곳 누가 사는 마을일까?
햇살 기운 산에 문득 웅황 빛이 번져가고
햇무리 찬 하늘 장차 알빛 구름 주름지네
풀섶 끝엔 비틀비틀 벼를 싣고 말 지나고
단풍 숲엔 와삭바삭 꼴을 지고 사람 가네
이번 길에 나그네로 시름 할 것 꼭 없으리
관동·형호 그림 속에 이내 몸이 들었으니

指點鞭梢問俗頻　　鳥飛盡處是誰隣
仄暉山忽雄黃潑　　冷暈天將卵色皺
草際蹣跚輪稻馬　　楓中縡縡負芻人

吾行未必愁羈旅   現了關荊畵裡身

이덕무, 〈광주 가는 길에[廣州途中]〉

나귀를 타고 광주로 길을 나섰다. 만나는 마을마다 풍물, 유적이
신기롭다. 채찍으로 쓰이는 회초리 끝으로 가리키며 자주 시골 풍
속을 물으며 간다. 멀리 새 날아가 다 흩어진다. 새 날아간 저곳은
무슨 마을이 있을까?

해가 기울어갈 무렵 산엔 금방 놀이 든다. 하늘에는 웅황 빛이 번
져들어 투명한 붉은 빛깔로 불타는 듯하다. 따가운 낮의 더위가 가
시며 설렁한 기운이 감돌면서 서쪽 하늘은 알빛 구름으로 주름이
지려 한다. 그 모습이 마치 푸른 하늘을 화선지 삼아 준법을 써서 구
름을 그려낸 것 같다.

하늘만 가을이 아니라 들도 산도 온통 가을이다. 올해는 풍년이
다. 풀섶 끝으로 보이는 말의 모습이 보인다. 한껏 누런 벼를 실었는
지 말은 비틀비틀 대며 걸어간다. 숲도 온통 불어 있다. 단풍 숲속에
선 '와시락와시락' 소리가 들린다. 눈길을 두니 여름철 고생했던 누
렁소 먹이려고 꼴을 베어 지고 간다. 사람만이 아니라 동물들을 위
한 겨우살이 준비다.

나그네 길이란 늘 고달프다고 하지만 이번 이 여행길만은 시름겨
워할 것 없다고 생각한다. 여행길에 만나 모든 풍광은 바로 관동關소
〈관산행려도關山行旅圖〉의 모습이었고, 형호荊浩의 산수화였기 때문이
다. 그러니 자연스럽게 시인은 관동과 형호의 산수화 속에 주인공
일밖에. 아, 가슴 뿌듯한 흐뭇함이여!

이 시들이 한 폭의 그림이 된 것은 시의 내적 구성에 있어서 보다 명확성을 기하려 한 결과이다. 이 두 작품은 거의 시상 내면이 명료한 윤곽을 지니고 있을 뿐만 아니라 시인이 일정한 거리에서 바라보는 사세로 보다 곱게 객관화되어 있다. 그리고 유람 대상의 산수나 단순히 흥을 돋우기 위한 풍광만을 시화한 것만은 아니다. 지극히 소박하고 순수하고 진실한 정겨운 풍경이 있고 풍속이 있고 인정이 있어 삶의 참다운 모습을 보여준다.

가을이 되면 우체국 창 앞에서나, 황혼이 지는 버스의 창문 너머의 풍경 앞에서, 누구나 한번쯤은 유년의 시절을 회상하고 아련한 고향의 향수에 젖어든다. 정지용의 시 〈향수〉는 1927년에 발표되었지만 실제로는 지용이 1923년 3월 휘문고보를 졸업하고 5월 일본 도시샤대학同志社大學 유학을 떠나기 전 경성(서울)에서 썼다고 한다. 삶이 고난과 시련의 현실에 놓여 있을 때 가난하지만 행복했던 과거의 고향을 그리워하게 된다.

이 시 속 고향 풍경은 누구나 고향 하면 으레 떠올리게 되는 상상의 공간에 가깝다. 그래서 오히려 보편적인 감동을 준다. 시와 노래는 원래 한 몸이다. 1930년대에 들어 작곡가 채동선에 의해 처음으로 작곡되었다. 1950년 이후 정지용의 납북과 관련되어 금지곡으로 묶였다가 1988년 봄 지용 시의 해금으로 문학적으로 재평가받았다. 88년 가을 지용회의 요청으로 작곡가 변훈邊焄에 의해 두 번째 노래로 작곡되었다.

세 번째 작곡은 김희갑 씨에 의하여 가요 곡으로 만들어졌다. 특히 박인수 · 이동원 노래로 대중의 사랑을 받게 되었다. "고향 그곳이 차마 꿈엔들 잊힐 리야!"

───

넓은 벌 동쪽 끝으로 옛이야기 지줄 대는
실개천이 휘돌아 나가고 얼룩 백이 황소가
헤설피 금빛 게으른 울음을 우는 곳
그곳이 차마 꿈엔들 잊힐 리야

질화로에 재가 식어지면, 비인 밭에 밤바람 소리
말을 달리고 엷은 조름에 겨운 늙으신 아버지가
짚 벼게를 돋아 고이시는 곳
그곳이 차마 꿈엔들 잊힐 리야

흙에서 자란 내 마음, 파란 하늘빛이 그리워
함부로 쏜 화살을 찾으러 풀섶 이슬에 함추름 휘적시던 곳
그곳이 차마 꿈엔들 잊힐 리야

전설바다에 춤추는 밤 물결 같은
검은 귀밑머리 날리는 어린 누이와,
아무렇지도 않고 예쁠 것도 없는 사철 발 벗은 아내가
따가운 햇살을 등에 지고 이삭 줍던 곳
그곳이 차마 꿈엔들 잊힐 리야

하늘에는 성근 별, 알 수도 없는 모래성으로 발을 옮기고,

서리 까마귀 우지짖고 지나가는 초라한 지붕

흐릿한 불빛에 돌아앉아 도란도란 거리는 곳

그곳이 차마 꿈엔들 잊힐 리야!

정지용, 〈향수〉

집게발 들고 술잔 들며

대초 볼 붉은 골에 밤은 어이 듯드르며
벼 벤 그루에 게는 어이 나리는고
술 익자 체 장사 돌아가니 아니 먹고 어이리

황희黃喜

골짝에는 대추의 볼이 붉다. 거기다가 밤송이도 툭툭 떨어져 땅을
울린다. 오지게 쩍 벌어져 떽떼굴 굴러간다. 벼를 벤 논 그루터기에
는 게들이 슬금슬금 기어 다닌다. 이럴 때 술도 익었는데 게다가 마
침 술을 거를 체를 팔러 체 장수까지 왔으니 안성맞춤이다. 저 게로
안주 삼고 여기 술도 익었으니 한잔 먹지 않고 어이 배기리. 조선조
청백리 황희의 시조다. 성격이 담백하고 청렴하여 모든 사람으로부
터 존경을 받았던 황희. 노비들에게 매 한 번 댄 일도 없었고 노비
자식들이 수염을 잡고 내둘러도 "아야, 아야"만 할 뿐 말리지도 않
았다고 한다. 소탈한 인간미가 돋보이는 시조이다.

'지오파주持螯把酒', 게의 집게발을 잡고 술을 마신 흥겨움은 옛부
터 유명하였다. 진晉나라 필탁畢卓은 끔찍이도 술을 좋아하였다. 그
는 늘 "한 손엔 게의 집게발 들고, 한 손에는 술잔을 잡고서, 술 가

득한 연못에서 떠 마신다면, 한평생을 넉넉히 보냈다 하리〔一手持蟹螯, 一手持酒杯, 拍浮酒池中, 便足了一生〕"라고 말하였다.

게는 십각목의 갑각류를 통틀어 이르는 말. 가슴은 등 쪽은 한 장의 등딱지로 덮여 있고 일곱 마디의 복부가 붙어 있다. 다섯 쌍의 발 중에 첫째 발은 집게발로 먹이를 잡는 데 쓰며 다른 네 쌍의 발은 헤엄치거나 걷는 데 쓴다. 바다와 민물에서 산다. '횡행개사橫行介士', '무장공자無腸公子'는 게의 본성에서 따온 별칭이다. 횡행橫行은 말 그대로 옆으로 걷는다는 말이고 개사介士는 기개 있는 선비란 뜻이다. 무장無腸은 창자가 없는 귀공자란 뜻이다. 물정에 어둡고 실속이 없다는 얘기다. 그러나 게는 자존심과 절도가 있다. 남의 굴에는 들어가지 않으며, 죽더라도 큰 집게발로 한 놈이라도 물고 죽는 기개가 있다.

게 그림의 화제畵題로는 횡행사해橫行四海가 들어간 말이 많다. "껍질이 딱딱하고 집게는 뾰족해서 온 세상을 옆걸음 치며 가네〔被堅執銳 橫行四海〕"라는 글귀는 등딱지와 집게발을 든 게의 모습을 갑옷 입고 창을 들은 무사에 비유한 것으로, 제멋대로 거리낌 없이 천하를 마음껏 주름잡으라는 뜻이 담겨 있다. 왕세정王世貞은 "옆으로 기어간들 얼마나 가랴? 끝내는 사람 입에 떨어질 것을〔橫行能幾何, 終當墮人口〕"이라고 읊었으니 의미가 묘하다. 단원 김홍도의 그림에서는 게 두 마리가 갈대 이삭 하나를 놓고 각축角逐을 벌이고 있다. "바다 용왕 앞에서도 옆으로 걷는다〔海龍王處也橫行〕"라고 적혀 있다. 갈대 이삭을 문 두 마리 게로 소과 대과에 연달아 합격하기를 축원祝願하면서, 장원급제한 후에 천하를 주름잡는 큰 인물이 되어 임금 앞에서도 직

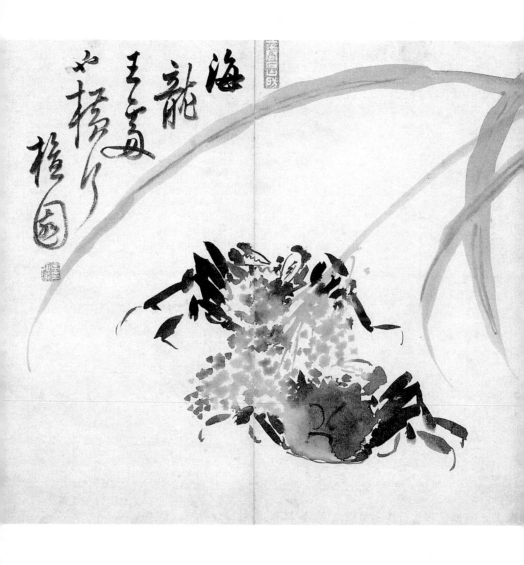

김홍도金弘道, 〈해탐노화蟹貪蘆花〉 종이에 수묵과 옅은 색,
23.1 x 27.5cm, 간송미술관 소장.
—

게 두 마리가 갈대 이삭을 놓고 각축을 벌이고 있는 이 그림에는
"바다 용왕 앞에서도 옆으로 걷는다"라는 글귀가 적혀 있다. 세상
을 온통 옆으로만 걸어서 기개 있는 선비의 표상으로 일컬어지는
게의 역동적인 모습을 절묘하게 잡아낸 작품이다.

언하는 올곧은 선비가 되라는 주문注文까지 담았다.

《근원수필近園隨筆》에 보면 김용준金瑢俊(1904~1967)은 그림을 그려 달라는 청을 받게 되면 경우에 따라 택하는 화제가 대개 두어 마리 의 게였다. "게란 놈은 그리기 수월하여 긴 양호羊毫에 수묵을 듬뿍 묻히고 붓 끝에 초묵을 약간 찍어 두어 붓을 좌우로 휘두르면 앙버 티고 엎드린 꼴에 여덟 개의 긴 발과 앙징스런 두 개의 집게발이 즉 각에 하얀 화면에 나타난다"라고 하였다. 그러고는 화제는 십중팔 구 우당于堂 윤희구尹喜求의 시구를 늘 인용하였다.

─

뜰 가득히 찬비 오고 물가 가득 가을인데
제 땅 얻어 종횡하며 자유롭게 살아가네
공자는 창자 없어 진실로 부럽구려!
평생토록 애끊는 시름일랑 모르기에
滿庭寒雨滿汀秋　　得地縱橫任自由
公子無腸眞可羨　　平生不識斷腸愁

게는 몸에 창자가 없으므로 단장斷腸의 비애를 모른다는 것 때문 에 심금을 울린다고 하였다. 약고 영리하게 처세할 줄 모르는 눈치 없는 미물, 귀엽게 보면 재미나고 어리석게 보면 동정이 가고 밉살 스럽게 보면 가증하기 짝이 없는 놈이라고 했다. 게 그림은 즐겨 보 내고 싶은 친구에게도, 뻔뻔스럽고도 염치없는 친구에게도 그려 보 낼 수 있는 좋은 화제라고 하였다.

안국선安國善은 〈금수회의록禽獸會議錄〉에서 다섯 번째 연사로 게를 등장시켜 '무장'의 의미를 가지고 세상을 풍자하였다. 모양이 기괴하고 눈에 영채映彩가 있어 힘센 장수같이 두 팔을 쩍 벌리고 어깨를 추썩추썩하며 말을 한다.

—

　나는 게올시다. 지금 무장공자라 하는 문제로 연설할 터인데, 무장공자라 하는 말은 창자 없는 물건이라 하는 말이니, 옛적에 포박자抱朴子라 하는 사람이 우리 게의 족속을 가리켜 무장공자라 하였으니 대단히 무례한 말이로다. 그래, 우리는 창자가 없고 사람들은 창자가 있소. 시방 세상 사는 사람 중에 옳은 창자 가진 사람이 몇 명이나 되겠소? 사람의 창자는 참 썩고 흐리고 더럽소. 의복은 능라주의綾羅紬衣로 지를 흐르게 잘 입어서 외양은 좋아도 다 가죽만 사람이지 그 속에는 똥밖에 아무것도 없소. 좋은 칼로 배를 가르고 그 속을 보면, 구린내가 물큰물큰 나오. 지금 어떤 나라 정부를 보면 깨끗한 창자라고는 아마 몇 개가 없으리다. 신문에 그렇게 나무라고, 사회에서 그렇게 시비하고, 백성이 그렇게 원망하고, 외국 사람이 그렇게 욕들을 하여도 모르는 체하니 이것이 창자 있는 사람들이오? 그 정부에 옳은 마음 먹고 벼슬하는 사람 누가 있소? 한 사람이라도 있거든 있다고 하시오. 만판 경륜經綸이 임금 속일 생각, 백성 잡아먹을 생각, 나라 팔아먹을 생각밖에 아무 생각 없소. 이같이 썩고 더럽고 똥만 들어서 구린내가 물큰물큰 나는 창자는 우리의 없는 것이 도리어 낫소. 또 욕을 보아도 성낼 줄도 모르고, 좋은 일을 보아도 기뻐할 줄 알지 못하는 사람이 많이 있소. 남의 압제를 받아 살 수 없는 지경에 이르되 깨닫고 분한 마음 없고, 남에게 그렇게 욕을 보아도 노여워할 줄 모르고 종 노릇 하기만 좋게 여기고 달게 여기며, 관리에 무례한 압박을 당하여도 자유를 찾을 생각이 도무지 없으니, 이것이 창자 있는 사람들이라 하겠소?

안국선, 〈금수회의록〉 제5석

이 작품은 1908년 황성서적업조합에서 출간하였다. 1909년 언론출판규제법에 의하여 금서 조치가 내려진 작품 중 하나로, 동물들을 통하여 인간 사회의 모순과 비리를 풍자한 우화소설이다. 창자가 없는 게를 통해 줏대가 없고 지조와 절개가 없는 인간들을 비판하고, 지배계급의 부패상을 풍자한 것이 통렬하다. 세상 살아가는 모습이란 오늘날이라고 해서 그때와 다를 것이 있겠는가?

—

유유히 산 아래로 나 있는 길을
말에 맡겨 서늘한 속 읊으며 가니
무논에는 까끄라기 문 게 있는데
숲 속에는 잎에 가린 매미도 없네.
냇물 소린 빗소린 듯 맑게 들리고,
들 기운은 연기인 양 묽기만 하다.
밤이 되어 외딴 주막 찾아서 드니
촌 남정넨 아직도 잠 안 들었네

悠悠山下路　　信轡詠凉天

水有含芒蟹　　林無翳葉蟬

溪聲淸似雨　　野氣淡如煙

入夜投孤店　　村夫尙未眠

김극기, 〈잉불역에서[仍弗驛]〉

맑고 시원하며 청량한 계절 감각과 나그네의 여정을 읊고 있다. 늦가을의 정겨운 풍정을 유창한 가락으로 읊어내었다. 자연 속에 맡겨 사는 걱정 없는 시인의 자세가 돋보인다. 유유히 산 아래로 나 있는 길을 말 가는 대로 맡겨두었다. 서늘한 날씨 속 시를 읊조리며 가는 걱정 없는 나그네의 모습이다. 논에는 까끄라기를 머금어 이 제 한창 물이 오른 된 게들이 여기저기 기어 다닌다. 숲에는 잎에 가린 채 울던 매미 소리도 사라진 늦가을의 풍정이다. 거기다가 맑은 물 흐르는 소리와 엷게 드리워져 있는 들 기운은 안개 낀 듯 말갛다. 낮 시간 동안에는 가을의 맑고 아름다운 풍광을 말을 타고 마음껏 감상하였고, 날 저물어 외딴 주막을 찾아드니 마을 남정네는 그때 까지 잠들지 않고 맞이해준다.

일반적으로 가을이 우리에게 던져주는 심상은 청량한 느낌을 던 져주면서도 인생의 무상감을 환기시켜주는 계절로 곧잘 인식된다. 그러나 김극기는 이 시에서 의주 부근 잉불역 주변에서 느낀 맑은 가을날의 정취와 소박한 만족감을 진행 시간에 따라 드러내면서, 그런 정서를 마음껏 누리고 있는 자신의 심경을 표현하고 있다.

시어의 하나하나가 모두 자족감이 넘친다. 특히 함련의 '함망해솔 芒蟹'는 벼의 까끄라기를 머금은 참게로 가을의 정취와 시인의 자족 감이 잘 드러난 시어이다. '망芒'은 팔월이 되면 게의 배 속에 까끄 라기가 있어 길이가 한 치나 된다. 이규보의《동국이상국집東國李相國

集》에 〈찐 게를 먹으며[食蒸蟹]〉라는 시의 주註에서 "게는 8월에 도망稻芒을 동해신에게 보내야만 먹을 수 있다"라고 하였다. 벼 추수할 때가 되면 무논에서 다 자란 게들이 벼의 까끄라기를 머금는 것을 뜻한다.

보통 서리 내릴 때의 참게를 '상해霜蟹'라고 부른다. 벼를 추수할 때가 되면 무논에서 다 자란 알이 찬 게들이 벼의 까끄라기를 머금는다. 여름 게는 독을 품고 있어 잘 먹지 않는다. 가을 되면 게들이 벼 까끄라기를 머금고 거품을 뿜어 독을 내어 보내기 때문에 먹기에 알맞다고 한다. 물기를 뺀 게를 항아리에 담고 진간장을 부은 후 생강, 통마늘, 붉은 고추를 넣어 두었다가, 간장만 따라 끓여 식혀 붓기를 서너 번, 그런 후 열흘쯤 지나면 먹을 수 있다. 임진강에서 나오는 '파주 게'와 남한강에서 나오는 '강하 게'는 궁궐에 진상할 만큼 맛이 좋았다고 한다. 참게는 바닷물과 민물이 만나는 지역에서 산란한다. 연어와는 정반대의 인생행로를 가지는데 부화한 어린 놈들은 물길을 타고 올라가 강과 논두렁 가에서 몸을 키운다. 그러다 가을이 오면 바다로 향한다. 짝짓기를 향한 본능이다.

—

어젯밤에 첫서리가 내려왔으니
너른 논엔 올 게는 살졌으련만
봇도랑에 통발을 관에서 금해
물가 가도 게 얻기가 힘들게 됐소
昨夜新霜降　平原早蟹肥
溪梁官有禁　下渚淂來稀

최경창崔慶昌, 〈교하의 원님에게 편지를 보내 게를 구하며[簡交河倅求蟹]〉

최경창이 교하의 원님에게 편지를 보내 게를 구하였다. 파주와 교하 일대의 늦가을 게는 관청에서 궁궐에 진상품으로 올리기 때문에 게의 채집을 금한다. 이런 상황 아래서 지은 시이다. 귀한 게를 좀 보내 달라는 뜻을 은근하게 표현하여 여운을 남기고 있다. 직접적인 목소리로 호소해 게를 구하는 것이 아니라 시를 지어 에둘러 표현해낸 솜씨가 재치 있다.

어젯밤에 첫서리가 내렸기에 넓은 논에는 올해의 햇게가 살져 있으련만 관청에서는 도랑에다 통발 매어 게 잡는 것을 금지하고 있다. 게는 진상품이므로 관에서 관리하기 때문이다. 그래서 물가에 내려가보지만 게를 얻을 수가 없는 상황이다. 최경창이 살고 있는 파주는 임진강의 하류에 있다. 벼 베기 이후 11월 초순까지, 임진강에선 밤마다 참게를 잡는다. 참게는 낮에는 돌 밑이나 굴속에 숨어 있다가 밤에 나와서 먹이를 찾는 야행성이기 때문이다. 참게는 바닷물과 민물이 만나는 곳에서 산란한 뒤 민물 상류로 이동해 겨울에 필요한 영양분을 몸속에 가득 채우고 다시 하류로 내려간다. 그래서 참게는 월동을 하기 위해 영양분을 많이 비축해둔 9~11월 사이에 잡히는 것이 제맛이다.

게를 맛보고 싶다는 작자 자신의 의도를 직접적으로 드러내지 않고, 시인은 다만 교하 원님의 정황을 통해 상대의 정감을 이해하여 시를 지었다. 게가 드물다는 것을 전제로 하였기에 귀한 게를 보내줄 수 있는 원님의 자랑스러운 감정을 부추겨 살리면서, 운치와 여운을 만들었다. "잡기 힘들다지만 원님께서는 재량이 있으시니 그래도 몇 마리 보내주세요"라는 뜻을 함축한 표현이다. 감정이 풍부하면서도 지적으로 절제 있게 표현하여, 조촐한 작가의 인격적 모습이 비치는 시이다.

게를 잡을 때는 보통 통발을 이용한다. '통발'은 가는 댓조각이나 싸리나무를 엮어서 아가리를 짧은 대쪽으로 비늘처럼 엮어놓은 고기잡이 도구의 하나이다. 게의 속성을 이용해 게를 잡기도 한다. 게가 가지고 있는 버릇 중에 하나는 다른 녀석의 다리를 잡는 것이다. 뚜껑 없는 큰 대야에 꽃게를 가득 넣어두어도 밖으로 기어 나오는 게가 거의 없다. 어떤 게가 밖으로 나오려는 순간, 다른 게가 다리를 잡아당기기 때문이다. 가을에 수수가 익어 고개를 숙일 때쯤 새끼 줄에 수수를 끼우고 돌로 추를 만들어 달아 강에다 늘어뜨려놓는다. 작은 놈이 먼저 물면 차츰차츰 큰놈들이 한꺼번에 몰려 나와 미끼를 빼앗느라 수십 마리가 한 덩어리가 된다. 이럴 때 줄을 번쩍 추켜올리면 어리석고 눈치 없는 게들이 수수를 꽉 문 채 줄줄이 따라 올라온다는 것이다.

———

연주산 위 둥근달이 쟁반같이 솟았는데
풀섶에는 바람 잦고 이슬 기운 차웁구나
천 자락의 솜털 구름 다 흩어져 가려 하고
한 무더기 공문서야 볼 필요도 없으렸다
시절이야 중추절이 좋다는 걸 새삼 아나
객지 신세 오늘 밤이 느긋할 줄 누가 알랴?

행차 깃발 또다시 서해 따라 돌 것이니

손끝으로 둥근 게의 배딱지를 벗기겠네

連珠山上月如盤　草樹無風露氣寒

千陣絮雲渾欲盡　一堆鈴牒不須看

年華更覺中秋勝　客況誰知此夜寬

旌旆又遵西海轉　指尖將劈蟹臍團

김종직金宗直, 〈능성의 봉서루 운에 차운하여[次綾城鳳棲樓韻]〉

이 시는 김종직이 57세 때 전라도관찰사 겸 순찰사 전주부윤이
되어 여러 읍을 순행하였는데 중추절을 맞아 느낀 감회를 읊은 시
이다. 원시는 "능성현의 봉서루에 올랐다. 공무에 바쁜 중이라서 달
이 동쪽 봉우리에 솟고서야 비로소 오늘이 중추임을 깨달았다. 도
사 이승복·동년 최철석과 함께 간단히 마신다"라고 하였다. 남도의
지방관이 되어 열읍列邑을 순행하면서 잠시 느껴보는 여유 있고 낭
만적인 심정을 노래하였다.

　순행 도중에 화순현에 도착했다. 연주산 위로 솟은 달은 쟁반같이
둥글다. 바람 한 점 불지 않아 풀과 숲에는 조금의 흔들림도 없고,
밤 되어 내린 이슬 기운만 서늘하다. 환한 하늘을 올려다보니 진지
를 구축하였던 솜털 구름이 온통 다 사라질 듯 파란 하늘이 더욱 높
아 보인다. 아, 오늘이 추석이로구나. 공무로 바쁘게 다니느라 그동
안 잊고 있었는데 저 둥근 보름달을 대하고 보니 문득 깨우친다. 이
런 날은 골치 아픈 한 무더기 공문서 따위야 살필 필요도 없다. 이
좋은 날에는 잠시 보류해두자!

평소에도 일 년 가운데 가을이 가장 좋고 그중에서도 오늘 같은 8월 중추의 만월이 뜬 날이 새삼스럽게 그렇다. 지방관으로 객지를 떠도는 처지이니 오늘 같은 날 고향 생각, 가족 생각이 나지 않으랴만, 그래도 넉넉하고 풍성한 오늘 밤은 너욱 여유 있고 푸근해지는 이 마음을 누가 알아줄 것인가? 이 순행 길의 깃발은 또 남도의 서해안을 따라서 방향을 바꾸어 여정을 계속할 것이다. 서해 쪽으로 가면 계절의 진미인 게 맛이 일품이라고 들었다. 그 둥그런 게의 배딱지를 손가락 끝으로 갈라내어 술안주로 맛있게 먹을 수 있을 것이다. 어허, 군침이 도는군. 비록 국사로 바쁘지만 오늘의 밤 달빛도 누려볼 수 있고, 앞으로의 여정에도 안복眼福뿐만 아니라 이런 즐거운 일도 있어 식복食福도 누려보겠네.

서호수徐懋修의 답장 편지에 "보내주신 서릿게는 썰렁한 주방에 생기를 돌게 합니다. 대단히 고맙습니다〔惠送霜蟹, 寒廚生色, 感幸萬萬〕"라는 구절이 있다. 이 서릿게는 가을의 풍정이면서 그리움이며 정성이 깃든 입맛 도는 운치였음을 알 수 있다.

—

아침 볕에 툭 벌어진 좀생밤 줍고
밤 불 켜고 서리 맞은 게를 엮고선,
잘 다듬어 누구에게 주고 싶어서
수없이 매만지다 그만두겠지

朝陽拾露栭　　夜火編霜蟹
摩挲欲贈誰　　持玩百回罷

박제가, 〈조여극(덕민)의 소석산방에 부쳐 보내며[寄贈趙汝克(德敏)小石山房]〉 둘째 수

소석산방小石山房은 조덕민趙德敏이 세상에 미련두지 않고 살아가는 공간으로 고결한 그의 인간성을 상징한다. 그러한 공간에서 살아가는 조덕민의 순수한 인간미를 그려낸 시이다. 이 시에서는 조여극을 좋아하는 이유를 좀생밤과 서릿게라는 소재를 통해 나타내었다. 조여극이 자연의 혜택을 받고 있고 순수하고 자연스런 삶을 살고 있음을 나타냈다. 그러면서 박제가가 조여극을 그리워하듯이 당신도 나를 생각할 것이라는 순수한 정의 교감이 간직되어 있다. 나나 당신이나 모두 가난한 사람이요, 소박하게 살아가는 사람임을 자랑스러워한다.

자연의 섭리에 따라 채취함을 나타내어 욕심 없는 조덕민의 삶의 모습을 포착하였다. 억지로 밤을 따는 것이 아니라 이미 툭 벌어진 좀생이 밤을 주울 뿐이고, 가을 되면 지천으로 구할 수 있는 서릿게는 시절 물건이기에 그저 잡을 뿐이다. 밤과 게를 보면서 벗을 생각한다. 맛나고 알뜰하고 오진 것들이기에 즐거움을 함께 누리고 싶다. 그래서 그리운 이를 떠올리고 그에게 그것들을 건네주고 싶다. 혹시나 내가 올까 하여 사뭇 돌아보고 내가 오지 않아서 그것들을 수없이 만져보다 그만둘 친구를 향한, 박제가의 상상이며 지인지감知人之鑑이다.

가을의 풍미인 게를 소재로 하여 그리운 이를 그리워하는 애틋함이 시에 드러나 있다. 사람에게 있어서 제일 반가운 것은 명예나 금전을 떠나서 순수한 존재로 돌아왔을 때, 자기와 같은 순수한 인간성을 발견할 때 가장 기쁨을 느낀다. 서로 사귈 때, 마음속에 받아들일 수 있을 때, 자기 속에 가진 선한 진실의 내면을 보고 확인하게 될 때 상대와 내가 하나가 된다.

—

솔·참나무 둘린 산속 초가 한 채 세워두고
담 등지고 **햇볕** 쬐니 점밋이 **쓸쓸**해리
왕맹마냥 옷 솔기선 이를 노상 잡거니와
여망처럼 낚대 들여 고길 괜히 낚지만은
높은 벼슬 얻을 맘은 애초부터 없었으며
돈과 패물 쌓을 뜻이 채워진들 무엇하리?
토란이랑 밤으로도 날 보내면 그만이니
반찬으론 게를 갖고 장 담글 필요 없네

四山松櫟一茅廬　　坐負墻暄睡味餘
衣縫每捫王猛蝨　　漁竿空釣呂望魚
軒裳已是無心得　　金玉何須滿意儲
芋栗自堪謀送日　　盤飧不必蟹爲胥

유방선柳方善, 〈생각나는 대로 읊다[卽事]〉

유방선은 묻혀 사는 이의 즐거움을 느끼는 대로 읊고 있다. 소나
무와 참나무가 무성하게 자란 첩첩산중에 초가 한 채를 단출하게
마련했다. 거기에는 햇볕에 등 쬐이는 사람의 모습이 있을 뿐이다.
볕이 잘 드는 담장 가에서 등에 볕을 쬐고 앉아서 따사로움에 조는
맛마저도 솔찬히 쏠쏠하다. 세상에 욕심이 없으니 그저 시인에겐
초가 한 채[一茅廬]와 담장을 비추는 햇볕[墻暄]만 있으면 족하다. 이외
에 무엇이 다시 필요할 것인가?

왕맹王猛은 진晉나라 사람으로 젊어서부터 가난하였으나 학식이 두터웠고 특히 병서兵書를 좋아하였다. 화음산華陰山에 은거하였는데 당대의 권세가이던 환온桓溫이 찾아오자 갈옷을 입고 나아가 세사를 담론하였다. 그때 그는 옷을 뒤적이며 이를 잡아 문지르며 마치 곁에 사람이 없는 듯 말을 하였다. 평소 내면에 축적한 바가 있어 고관대작들을 비웃은 것이다. 여상呂尙은 강성姜姓 여씨呂氏로 자는 자아子牙이며 강태공姜太公으로 또는 태공망太公望으로 불린다. 주周 문왕文王 서백西伯 창昌이 위수 가로 사냥을 나갔다가 위수의 남쪽에서 낚시를 하고 있던 여상을 만났다. 더불어 이야기를 나눈 뒤 "우리 태공太公께서 그대를 기다린 지 오래되었소"라고 크게 기뻐하며 등용하였다. 그때 여상의 나이는 이미 일흔 살이었다. 그때 여상의 낚싯대는 굽은 바늘이 아니라 곧은 바늘이어서 고기를 낚은 것이 아니라 세월을 낚은 것이라 했다. 시인은 그저 따뜻한 볕을 쬐며 이를 잡고 마을 앞 시냇가에선 여망呂望의 곧은 낚시대를 드리운다. 시인은 세상에 뜻을 품고 흘겨보지도 않았고, 자신을 알아주는 이를 만나기 위해 세월을 기다린 것도 아니다. 전원에서 종용자약從容自若함을 즐길 뿐이다. 여유로운 삶 가운데 평소 마음가짐을 표현한 것이다.

유방선은 18세에 국자사마시國子司馬試에 합격한 이래 22세부터 40세까지 유배 생활을 경험하였다. 해배된 이후로 여러 차례 조정에서 불렀으나 출사하지 않고 고향에서 후학을 양성하면서 살았다. 세상사에 욕심을 잊은 채 초탈의 심경을 노래하였다. 높은 벼슬[軒裳]과 금은보화가 어찌 중요하겠는가? 토란이며 밤과 같은 그저 일상 주변에서 얻어지는 것으로 소박하게 살면 그뿐이지, 번거롭게 게를 잡아 게장과 같은 맛난 반찬도 마련할 필요 있겠는가? 가을의 풍미마저 잊고 살겠다는 욕심 없는 소박한 마음가짐이 부럽다.

동서 역사에 있어서 인간이 인간에 대해 기대하는 것은 거짓 없는 인간성이나. 타고날 때부터 시너온 가장 인간다운 순수를 간직하길 추구한다. 문학은 현상에 대응하는 인간이 아닌, 인간이 진실하려고 하는 것을 추구해야 한다. 자기도 상대도 너나없이 순수해진 상황을 궁극적으로 추구한다. 사람이면 어떤 사람이 될 것인가, 인간이 무엇이 되어야 한다는 지향은 생각의 과정이 일관되게 연계되어 있기에 진정을 떼어내면 절름발이가 된다. 어느 순간에 오는 진정은 속일 수가 없기 때문이다.

오랜만에 아내가 간장 게장을 식탁 위에 올렸다. 게의 몸통을 자르고 살을 발라 아들과 딸에게 주었다. 남은 다리를 잘라 하나를 집어 씹어보았다. 오독 하는 소리, 물컹하면서도 부드러운 게살이 껍질 사이로 삐져나온다. 간장 맛이 들어 짭짤하면서도 입에 감긴다. 아홉 번을 비벼 먹고도 게 등딱지를 어린 딸에게 준다고 했다. 게 등딱지에 따끈한 흰밥 한 술을 넣어 껍질 속에까지 밀어넣어 비볐다. 입맛이 돈다. 게 다리를 잡았던 엄지와 검지를 번갈아 빠는 것이 마지막 과정이다. 한 마리 간장 게장으로 온 식구가 이렇게 즐거우니 이보다 더한 성찬을 차릴 수 있을까? 어머니는 음식 솜씨가 뛰어나셨다. 가을이면 늘 게장을 잘 담그셨다. 병석에 누워 계시다 세상을 떠나셨다. 추억만을 남겨놓으신 채……. 아! 이제는 그 맛을 어디서 느껴볼까?

―

간장처럼 짠 새벽을 끓여
게장을 만드는 어머니
나는 그 어머니의 단지를 쉽사리 열어 보지 못한다

나는 간장처럼 캄캄한 아랫목에서
어린 게처럼 뒤척거리고

게들이 모두 잠수하는 정오
대청마루에 어머니는 왜 옆으로만,

주무시나 방 안으로 들어오지 못하고
아무것도 모르는 햇볕에
등은 딱딱하게 말라가고
뼛속이 비어 가는 시간에

지영환, 〈간장 게장〉

술잔에 국화잎을 띄우고

구월이라 늦가을이니 한로 상강 절기로다

제비는 돌아가고 때 기러기 언제 왔느냐

창공에 우는 소리 찬 이슬 재촉한다

온 산 단풍은 연지를 물들이고

울 밑 노란 국화 가을 빛깔 뽐낸다

구구절 좋은 날 꽃부침개로 제사 지내세

절기를 따라가며 조상 은혜 잊지 마소

정학유, 〈농가월령가·9월령〉

9월 9일은 9라는 양수陽數가 겹쳤기에 중양重陽 또는 중구重九라고도 한다. 우리나라에서는 3월 3일 삼짇날에 왔던 제비가 이날이면 강남으로 돌아간다고 하는데 이즈음엔 제비를 볼 수가 없다. 이날이면 옛 선비들은 술과 음식을 마련하여 교외로 나가서 풍국楓菊 놀이를 하였는데, 황국黃菊을 술잔에 띄워 마시며 시를 읊거나 그림을 그리며 하루를 즐겼다. 각 가정에서는 '국화전'을 부쳐 먹고 유자를 잘게 썰어 석류알, 잣과 함께 꿀물에 탄 '화채花菜'를 마시며, 제철음식으로 조상에게 차례를 지내기도 했다.

음력 9월 9일이면 높은 산에 올라가 국화주를 마시며 재액을 쫓아내는 풍습이 있다. 여남汝南 땅의 환경桓景이라는 사람이 선인仙人 비장방費長房을 따라 공부한 지 여러 해가 되었다. 어느 날 비장방이 환경에게 말하기를, "구월 구일이 되면 너의 집에 재액이 있으리니 급히 도망가는 것이 좋을 것이다. 집안사람들에게 각각 진홍색 주머니를 만들게 하여 수유를 가득 담아 어깨에 메고 높은 산에 올라가서 국화주를 먹으면 그 화를 면할 수 있을 것이다"라고 하였다. 환경이 이 말과 같이 식구들을 모두 거느리고 높은 산에 올라갔다가 저녁이 되어서 집에 돌아와 보니 집안의 닭과 개 그리고 소와 양들이 모두 한꺼번에 불에 타 죽어 있었다. 비장방이 그 이야기를 듣고 "그것들이 화를 대신 받았구나"라고 하였다. 지금 사람들이 중양절에 등고登高 풍습이 이에서 비롯된 것이다. 그렇지만 후대에는 재액을 피하기 위해 등고하기보다는 술잔에 국화잎을 띄워 마시며 길 떠난 이는 고향을 그리워하며 회포를 풀었다.

—

나 홀로이 타향에서 나그네로 지내거니
명절을 만날 때면 부모 생각 간절해라
멀리 알리, 형제들은 높은 곳에 올라가서
모두 수유 꽂았는데 한 사람만 없다는 걸

獨在異鄕爲異客　　每逢佳節倍思親

遙知兄弟登高處　　遍插茱萸少一人

왕유王維, 〈9월 9일 산동의 형제를 생각하며[九月九日憶山東兄弟]〉

이 시는 왕유가 17세에 장안에서 유학할 때 지은 작품이라 전한
다. 왕유는 9월 9일에 집 생각이 나서 산동에 있는 형제를 떠올렸
다. 그의 아우는 모두 네 사람이다. 오늘은 중양절이라 고향 생각이
너욱 간절하다. 지금쯤 아우들은 모두 산에 올라가 수유를 꽂고 있
을 텐데 큰형 한 사람만 빠졌다고 서운해들 하고 있겠지. 자신은 객
지에 있지만 중양절이면 늘 함께했던 추억을 공유하였기에 지금 형
제들이 하고 있을 행태가 눈에 선하다. 객지에서 집을 생각하는 일
방적 그리움이 아니라 고향 집 형제들도 형을 생각할 것이라는 그
리움의 교감이 은근하다.

—

우수수 나뭇잎 져 계절은 다 가는데
병든 몸을 막대 기대 높은 언덕 올라보네
한평생 길 헤매다 천 리 밖에 몸 떠돌고
온갖 일로 맘 상한 채 바다 한끝 와 있는데,
취해 홍안 빌려서는 붉은 단풍 상대하고
늙어 백발 가졌으니 노란 국화 저버렸네
관모 떨군 용산 고사 예삿일이 됐지만은
죽은 넋을 장차 불러 초사楚辭나 지으리라

落木蕭蕭節序過　　瘦節扶病上高阿
百年迷路身千里　　萬事傷心海一涯
醉借紅顏酬赤葉　　老將華髮負黃花
龍山落帽尋常事　　且可招魂賦楚些

이주李胄, 〈산 위에 올라[登高]〉

연산군 4년(1498)의 무오사화로 진도에 유배된 이주가 겪는 9월 9일 등고의 감회이다.

　낙목한천落木寒天. 우수수 지는 낙엽 따라 가을이 지나간다. 오늘은 다름 아닌 중양절, 그래서 병든 유배객 신세지만 빼빼 마른 대지팡이에 여윈 몸을 의지한 채 언덕에 오른다. 아마도 두보의 "끝도 없이 나뭇잎은 우수수 떨어지네〔無邊落木蕭蕭下〕"라는 구절이 동병상련의 정으로 다가왔으리라. 고향 집엔 부모 형제 잘들 있는지.

　한평생을 세사에 휩쓸려 몸뚱이는 고향과는 멀어져 천 리 밖에서 헤매었다. 세상의 일들 생각만 해도 마음을 상하게 하는데 지금은 유배지 먼 바다 한끝 진도 땅에 부처付處되어 있다. 시간이야 제냥 흘러가 중양절을 맞이했지만 신세는 처량하기 짝이 없다. 가을이 지나는 숲에는 단풍이 들었다. 마음을 달래려고 술을 빌렸다. 취한 채 붉어진 얼굴로 붉은 단풍잎을 바라보지만 고향의 노란 국화는 지금 이곳에 없다. 하얗게 센 머리를 가진 늙은이, 도연명이 황국화를 바라보던 그런 한가함을 누릴 수 없는 처지다.

　진晉나라의 환온이 정서대장군征西大將軍이었을 때 맹가는 그의 참군參軍이었다. 중양절에 환온이 용산龍山에서 연회를 가졌을 때, 모든 속관屬官들이 융복戎服을 입고 참석하였다. 문득 바람이 불어 맹가의 관모를 떨어트렸는데도 즐거움에 빠진 그는 오래도록 깨닫지 못하였다. 환온이 주워서 돌려주게 하고 손성孫盛으로 하여금 맹가를 희롱하는 글을 짓게 하여 그의 자리 옆에 두게 하였다. 맹가가 보고 즉시 답하였는데, 그 글이 매우 아름다웠다. 용산낙모龍山落帽 고사가 이제는 일상화된 중양절 놀이지만 모두 남들 놀이일 뿐이다.

시인은 지금 처지가 귀양객 신세이니 놀이를 즐길 맘이 없다. 답답한 이 심사를 그 누가 알까? 굴원의 넋을 불러내어 〈초혼招魂〉이나 지어야겠다고 자신을 달래본다. 전국시대 초나라의 굴원은 〈초혼〉을 지어 객사한 회왕懷王을 마음 아파함과 동시에 경양왕頃襄王의 방탕한 생활을 풍간諷諫하였다. 유배당한 굴원의 처지와 자신의 마음을 동일시하여 아파하면서 슬픔을 달래보려는 몸짓이다.

—

정주에서 중양 맞아 높은 곳에 올라보니
예전같이 노란 국화 눈을 비춰 환하구나
포구는 남쪽으로 선덕진에 이어지고
봉우리는 북쪽으로 여진성에 기대 있네
백년 두고 싸운 나라 흥망한 일 떠올리니
만 리 출정 나선 장부 강개한 정 일게 하네
술 파하자 대장군은 부축받아 말 오르니
낮은 산에 빗긴 햇살 붉은 깃발 비춰주네

定州重九登高處　　依舊黃花照眼明

浦潊南連宣德鎭　　峯巒北倚女眞城

百年戰國興亡事　　萬里征夫慷慨情

酒罷元戎扶上馬　　淺山斜日照紅旌

정몽주, 〈정주에서 중양절에 한상의 명으로 지으며[定州重九韓相命賦]〉

포은 정몽주가 공민왕 12년(1363) 동북면도지휘사 한방신韓邦信의 종사관으로 여진족 토벌에 참가했을 때 중양절을 맞아 정주에서 지은 시이다.

　시인은 정주에서 중양절을 맞아 등고놀이에 나섰다. 높은 언덕에 올라보니 가을 맞은 국화의 그 노란 색감이 예전대로 눈에 환하게 비쳐든다. 등림登臨하여 내려다본 산하, 남북으로 뻗어 있는 정주의 모습이 장관이다. 정주의 포구는 남으로 함흥의 선덕진까지 이어져 있고, 산봉우리는 북으로 여진성에 닿아 있다. 함경도 지역은 원래 여진족의 조상이었던 숙신족이 거주했던 지역이었다. 고려 정종 10년(1044)에는 압록강 위원진에서 정주의 도련포까지 천리장성을 쌓기도 하였다. 그 뒤 이 지역은 여진족과 끊임없이 영토 분쟁에 휘말렸던 곳이었고, 포은은 지금 이곳에서 여진족 토벌에 참가하고 있다.

　이 산하에서 펼쳐진 역사의 파노라마를 상상해본다. 100년간 싸움했던 나라의 흥하고 망했던 일을 떠올리니, 고향 떠나 만 리 먼 곳으로 출정 나선 장부 가슴에 강개한 정이 인다. 진나라의 환온처럼 오늘 용산의 잔치를 베푼 이는 대장군 한방신이다. 포은은 오늘 맹가가 되어 시를 지었다. 하지만 오늘 놀이의 취흥은 대장군이 차지했나 보다. 대장군은 잔치를 끝내고 돌아가려는지 술 취한 몸을 부축받아 말에 오른다. 낮은 산으로 지는 황혼의 햇살이 행군하는 깃발을 붉게 비친다고 하여 장엄하게 시상을 마무리하였다. 등림하여 바라보는 공간에 대한 기상이 호방하면서도 강개하고, 역사의 회포를 통해 인생의 무상감을 표출하고 있다. 포은의 시는 바로 그 사람과 같다고 하겠다.

　—

　수유 가지 취해 꽂고 혼자서 즐기다가

밝은 달빛 배에 채워 빈 병 베고 누워 있네
저 길손아 묻지 마라, 무엇 하는 놈인지를
풍진 겪어 흰머리 된 전함사 노비라오
醉揷茱萸獨自娛　　滿船明月枕空壺
傍人莫問何爲者　　白首風塵典艦奴

백대붕白大鵬, 〈구일 날에 취하도록 마시며[九日醉飮]〉

백대붕은 조선조 선조 때의 천인으로 시에 능하였으나 세상에 쓰
이지 못했다. 전함사典艦司의 노복이었으나 인품이 준수하고 호협한
풍도가 있었다. 임진왜란 때 순변사 이일李鎰을 따라 전지戰地인 상주
에서 전사하였다.

머리에 수유 꽂고 산에 올라 술 마시는 중양절의 풍습은 중국 진晉
나라 때부터 있어온 액막이 행사이다. 일찍부터 우리나라에도 흘러
들어와 세시풍속의 하나로 되었다. 남들이야 친구들끼리 또는 가족
끼리 국화주 마시며 높은 곳에 올라 즐기는 명절이지만 시인은 명
절이라고 해서 모처럼 얻은 하루를 산에 오르지도 않았다. 그저 배
에다 술동이를 놓고 혼자 마신다.

혼자서 거듭거듭 마시다 보니, 어느덧 해는 지고 달이 환하게 뱃
전에 쏟아진다. 술도 바닥나고 몸도 곤드레만드레 취했다. 마침 곁
에는 자신처럼 누워 쓰러진 빈 술병이 있기로 그걸 베개 삼아 벌렁
누워버렸다. 한잔 한잔 혼자 마시다 술 다하면 빈 병이랑 함께 쓰러
졌던 도연명의 취태를 닮으려 한 것인지, 취하면 빈산에 누워 하늘
땅을 이불과 베개 삼았던 이태백李太白의 호방한 풍류를 흉내 낸 모

습인가?

그러나 다음에 이어지는 외침. "저 길 가는 길손아 무엇 하는 놈인지를 꾸짖지 마소. 풍진 겪어 흰머리 된 전함사 노비라오." 답답한 번뇌를 풀 길 없어 마시는 한스런 통음痛飮이 분명해졌다. '천한 것'이라는 굴레를 쓰고 태어나서, 그 신분의 질곡 속에서 모진 세월을 살다 늙어버린 '전함사의 노복'이란 폭발음은 가슴속에 눌러둔 자조적 감정의 분출이며 비분강개의 목멘 통곡이다.

—

먼 마을은 석양 아래 보일락 말락,
빈 숲에는 국화꽃만 듬성듬성 펴,
제빈 가고 기러기 온 서글픈 날에
산 오르고 물가 찾아 서성거렸네
遠村斜陽出沒　空林菊影蕭疎
燕去鴻來怊悵　登山臨水躊躇

박제가, 《전주사가시》 권3, 〈구일에 지은 육언시[九日六言]〉

9월 9일 중양절의 처량한 심사를 6언 절구의 간결한 어휘로 읊어내었다. 먼 경치와 가까운 경치를 교차 배치하고, 가을과 저물녘의 시간을 배치시켰다. 그런 저물어가고 시들어가는 계절의 적적함을 앞에 두고 서성대었던 시인의 고독감을 드러내었다. 각 구의 마지막 두 글자인 '출몰出沒', '소소蕭疎', '초창怊悵', '주저躊躇'에 심기心機를 실은 것이 정연하다. 서징시는 소리를 배제할 수 없다. 시인의 목소리와 감정의 상태가 조화되어야 하며, 시인은 정감의 자질을 공감

할 수 있는 소리로 살려내어야 한다. 이 육언시는 쉽게 썼으며, 우리 국어의 리듬과 정감을 일치시키려는 시도가 엿보인다.

이 시는 계절 감각을 통해 시인의 사색의 방향을 짐작할 수 있다. 기구와 승구는 가을날 쓸쓸한 시간 장소의 풍경을 제시하여 현재 심경을 전개하기 위한 전제적 배경이다. 전구와 결구는 계절감과 자신의 상태에 대한 서글픈 감정을 달래려 행했던 등고 행위를 그려내었다.

오늘은 9월 9일 중양절이라 높은 곳에 올라왔다. 가을도 깊어가고 오늘의 하루해도 서산으로 저물어간다. 어스름 속에 마을이 햇볕에 드러나 있기도 하고 그늘 속에 가려져 있기도 하여 보일락 말락 하다. 이제 내려가야 할 시간이다. 주변의 숲을 돌아보니 낙엽이 져 앙상한 가지만 남았다. 9일의 꽃 국화 포기도 듬성듬성 피어 있을 뿐이다.

이제 계절도 겨울로 넘어가는구나! 제비는 여름 철새이고 기러기는 겨울 철새, 오늘 서로 교대식을 했겠구나. 삼짇날 찾아왔던 제비는 중양절이 되면 남쪽으로 날아가고, 기러기는 북쪽에서 날아온다. 문득 쓸쓸함이 밀려든다. 마냥 서글퍼할 수만은 없겠다 다짐한다. 오늘 느끼는 계절감과 내 신세에 대한 서글픔 달래보려 오늘 하루 산에 올라가고 물가에도 찾아가며 서성거렸다. '등산임수登山臨水', 오늘 비록 친지를 떠나보낸 것은 아니지만 계절을 보내는 서운한 마음이 어찌 친지를 보냄만 못하랴? 초나라 송옥宋玉은 〈구변九辯〉 첫머리에 "슬프구나, 가을 기운이여! 찬바람에 풀과 나무 잎 떨구고 시들었네. 처량해라, 먼 길 갈 길손 가진 심정 같아, 산 오르고 물가

나가 가는 길손 보내야지[悲哉秋之爲氣也, 蕭瑟兮草木搖落而變衰. 憭慄兮若在遠行, 登山臨水兮送將歸]"라고 하였다. 서글픈 가을의 정경을 읊었던 그의 심경이 오늘의 나와 같았겠지.

두보는 9월 9일 중양절에 높은 곳에 올라 명시를 남겼다. "만리타향 슬픈 가을 해마다 길손 되어, 평생 많은 병치레로 홀로 대에 오르노라. 갖은 고생 쓰라린 한 귀밑털은 짙게 센 채, 영락한 몸 탁주 잔을 새로이 손에 드네[萬里悲秋常作客 百年多病獨登臺 艱難苦恨繁霜鬢 憭倒新停濁酒杯]"라고 하였다. 고달픈 나그네 생활 병치레로 늙은 몸이 술을 경계하던 재갈을 벗어던지고 시원히 한잔 술을 마심으로써, 막혔던 가슴을 일시에 탁 트이게 하는 통쾌함을 준다.

9월 9일 중양절, 지금은 잊혀진 명절, 이름도 잊혀져 그리움도 잊혀지겠네. 중양절을 지나쳐 보내는 세상 사람들에게 한 구절 시로써 위로해본다.

—

그대 잔에 권하는 술 포성蒲城의 상락주桑落酒요
그대 잔에 띄우는 잎 상류相纍의 가을 국화
가슴속의 울적한 일 술을 마셔 씻어내고
짧은 세상 늙은 나인 국화 띄워 추스르게
酌君以蒲城桑落之酒　　泛君以湘纍秋菊之英
酒洗胸中之磊塊　　　　菊制短世之頹齡

황정견黃庭堅, 〈왕랑을 전송하며[送王郞]〉 부분

잎 진 뒤에 피어난 맑은 향내

한 송이의 국화꽃을 피우기 위해
봄부터 소쩍새는
그렇게 울었나 보다

한 송이의 국화꽃을 피우기 위해
천둥은 먹구름 속에서
또 그렇게 울었나 보다

그립고 아쉬움에 가슴 조이던
머언 먼 젊음의 뒤안길에서
인제는 돌아와 거울 앞에 선 내 누님같이 생긴 꽃이여

노오란 네 꽃잎이 피려고
간밤엔 무서리가 저리 내리고
내게는 잠도 오지 않았나 보다

서정주, 〈국화 옆에서〉

서정주는 "그 잠 다 깬 황금의 내부와 같은 빛깔이 어리지도 야하지도 화려하잘 것도 없어서 그 빛깔이 우선 낯익은 어여쁜 아주머니 같아서 남 같지 않은 게 좋고 그 냄새에서는 또한 우리에게 영원에의 향수를 느끼게 하는 꽃"이 국화라고 하였다. 봄날의 슬픈 소쩍새의 울음소리도, 여름의 먹구름 속에 울던 천둥도, 가을밤의 차가운 무서리도 결국 인고 세월의 상징이요, 한 송이의 생명으로 태어날 국화를 위한 인연이었다. 인생의 온갖 풍상을 겪고 나서 성숙한 모습으로 돌아와 거울 앞에 선 내 누님같이 생긴 꽃, 언제부터인지 가을이 깊어지면 국화 화분을 가까이에 두고 바라보며 이 시를 읊어보곤 한다. 봄, 여름, 가을 계절을 따르듯, 초년, 중년, 장년 먼 세월의 뒤안길에서 누님에겐 무슨 사연이 있었을까? 거울 앞에 선 누님의 모습과 향기에 가슴이 아리다.

—

함관 향해 북상할 제 말은 자꾸 넘어지고
설령에서 서쪽 보면 바다 하늘 맞닿으리
나그네 길 중양절은 또 어디서 맞으련가?
노란 국환 오래된 성 모퉁이서 시들겠지
咸關北上馬頻顛　　雪嶺西看海接天
客路重陽又何處　　黃花冷落古城邊

최경창, 〈관북으로 가는 수의어사 정계함을 전송하며[送鄭繡衣季涵之北關]〉

계함季涵은 송강 정철의 자이다. 고죽 최경창과 송강은 어릴 적 호남에서 양응정梁應鼎 밑에서 함께 공부한 벗이다. 1566년 가을에 송강은 수의어사繡衣御使의 명을 받고 함경도를 향해 떠나는데, 그 이별 자리에서 고죽이 송강을 전별한 시이다.

　북관을 향해 길을 떠나는 벗이 거쳐야 할 험난한 노정과 풍광을 그려보았나. 함흥으로 들어가려면 두 고개가 있다. 남쪽에 있는 것이 함관령이고 북쪽에 있는 것이 차유령이다. 함흥에서 북쪽으로 대백역산과 소백역산이 있어 멀리서 이 산들을 바라보면 모두 하얗게 보인다. 바로 설령雪嶺이다. 그 설령에서 서쪽을 보면 동해 바다가 보인다. 함관령 넘어가는 말의 헐떡거림이 들리는 듯하다. 멀리 바라보이는 하늘과 바다가 맞닿은 동해 바다의 수평선이 눈에 보이는 듯하다. 어사가 되어 국가의 일로 애쓰시구려!

　9월 9일 중양절, 이날은 멀리 나그네로 떠돌던 이들도 고향으로 돌아오는 명절이다. 그런데 벗님은 이런 명절에 나그네로 타관에 있게 되었다. 벗들과 함께 높은 언덕에 올라 국화주를 마시며 즐겨야 하는데 그 자리에 당신이 없을 것이다. 그래도 북관의 오래된 성한 모퉁이에는 철 맞은 국화가 그댈 반겨주겠지. 하지만 그 국화도 변방의 꽃이라 먼저 피어날 것이니 먼저 질밖에. 벗과 함께 볼 수 없는데다 시들어가다니. 나그네로 명절 맞아 바라보는 국화. 못 견디게 고향과 벗이 그리워지리라. 시들어가는 국화가 참으로 야속하겠구려!

—

　가을 다 간 변방 물가 철 기러기 애달프고
　고향 그려 망향대에 잠깐 올라 바라보니
　은근해라, 시월 맞은 함산의 저 국화는

중양 때문 아니라 길손 위해 피어났소

秋盡關河候雁哀　　思歸且上望鄕臺

慇懃十月咸山菊　　不爲重陽爲客開

정철, 〈함흥 객관에서 국화를 보고[咸興客舘對菊]〉

고죽이 국화로 벗을 전송했는데 송강이 함경도에서 국화로 답하
였다. 송강은 수의어사의 명을 받고 함경도에 갔다가 함흥의 객관
다락에서 시월의 국화를 보았다.

함흥의 물가에 와 철 따라 남으로 날아가는 기러기 소리를 들었
소. 기러기는 울어 예며 남녘 향해 날아가는데 나는 못 가는 처지라
오. 고향의 형제들과 벗들이 그립소. 찬 기러기 울며 가는데 향수에
못 견디는 마음 달래려 망향대에 오른다오.

고개 들어 멀리 바라보지만 산과 물이 막힌 채 고향 땅은 아득히
보이지 않는구려. 고개 숙여 바라보니 객관의 한쪽 따뜻한 햇볕 아
래 노란 국화가 피어 있구려. 뜻밖에 철 지나 만난 노란 국화가 은근
하게 환대해줄 줄이야! 국화가 피기로는 구월이 제철이고 중양절이
제격이지요. 올해 중양절에도 벗님들 계신 서울에서는 교외로 나가
국화전을 부치고 국화주를 마시며 풍국楓菊 놀이로 하루를 즐겼겠지
요. 혹여 이 사람이 빠졌다고 생각이나 하셨는지…… 봄, 여름 긴긴
날을 지새우고 꽃을 피운 국화는 중양절에 화사한 절정을 이루지
요. 그런 국화를 가을도 다 간 시월달 초겨울 날씨 차가운 이때, 남
쪽도 아닌 머나먼 북방에서 만나게 될 줄이야!

집 생각을 잊고 잠시 반갑고 흐뭇한 마음에 잠긴다오. 북관 길 떠

나올 때 전별하던 일 생각하니 고죽께선 중양 지나 쓸쓸하게 피어 시들었을 함관의 국화를 언급했었지요. 하지만 이 국화는 오히려 다정한 여인인 양 내 마음을 위로해주는구려. 중양절 때문에 피어난 무심한 물건이 아니라 바로 향수에 젖은 나를 위로해 꽃을 피웠소. 마침 이때 이 자리에서 피어나 노란 웃음을 짓고 있는 다정한 여인 같구려! 벗들이 그립소.

시가 쓸쓸하면서 맑다. 허균은 "격조가 뛰어나고 생각이 깊다[格超思淵]"고 하였다. 정철이 임무를 마치고 조정으로 돌아오자 당시 재상인 박충원朴忠元은 그를 맞이하여 이 시를 읊었다. 그 사람이 돌아오기도 전에 그의 시가 먼저 전해졌다고 하여 그의 시재를 칭송하였다고 한다.

국화는 장수를 상징하는 영초靈草로 은군자隱君子라고도 하고 9월에 피는 꽃이라 하여 중양화重陽花라고도 한다. 도연명의 "동쪽 울아래에서 국화를 따서[採菊東籬下]"라는 구절이 하도 유명해서 이 말이 바로 국화의 대명사가 되기도 하였다.

———

마을 안에 오막살이 엮어났다만
그런데도 고관 수레 번잡함 없다
묻노니, "그대 어찌 그럴 수 있소?"
"맘이 머니 사는 곳이 절로 외지오
동쪽 울 아래에서 국화를 따서
물끄러미 앞산을 바라다보면
산기운은 해설피에 더욱더 곱고

날던 새들 어울려서 돌아온다오
이런 속에 참 사는 뜻이 있지만
말로서는 도무지 풀 길 없다오"

結廬在人境　　而無車馬喧
問君何能爾　　心遠地自偏
採菊東籬下　　悠然見南山
山氣日夕佳　　飛鳥相與還
此中有眞意　　欲辯已忘言

도연명, 〈술을 마시며[飮酒]〉

　'채국동리採菊東籬'라는 제목의 그림으로도 널리 알려진 도연명의
〈음주〉 시의 한 편이다. 도연명은 중국 진晉나라 때 은사隱士이다. 자
는 원량元亮이고 또는 이름이 잠潛, 자가 연명이라고 한다. 호는 오
류선생五柳先生, 시호諡號는 정절靖節이다. 그는 고독한 사람이었다. 전
원에서 농부들과 어울렸지만 그는 어디까지나 지식인이고 선비였
으며 고매한 정신의 소유자였다. 그는 고독을 해소할 방법으로 역
사 속의 고매한 인물을 찾고, 술을 찾고, 전원생활을 동경하였다. 그
의 시는 편마다 술이 있다고 하는데 〈음주〉 시는 특히 유명하다. 술
이 주제가 아니라 술잔을 들면서 또는 술 단지를 쓰다듬으며 사회
와 인생에 대해 마음속에 떠오르고 또 가라앉는 감정과 사상을 나
타내었다.
　도연명은 은사처럼 세상을 떠나 산속에다 집을 지은 것이 아니다.
숨어 살기는 하지만 시정市井인들이 살고 있는 마을에다 오막살이를

엮어놓았다. 그런데도 집을 찾아오는 거마들의 시끄러움이 없다. 거마는 집 앞을 지나가는 짐마차 따위가 아니라 관리들의 전용 탈 것이다.

어떤 이가 물었다.

"어떻게 하면 그런 경지에 들 수 있는지요?"

이에 도연명이 담담히 대답한다.

"마음이 세상살이에 관심이 없어지니 사는 곳이 외지게 됩디다. 세속과 인연을 맺지 않으면 물리적인 거리는 상관이 없지요. 동쪽 울타리 곁에서 국화를 따다가 물끄러미 앞산을 바라봅니다. 해 지는 저녁 산기운은 더욱 파랗고 황혼에 물든 산하는 더욱더 아름답습니다. 날다 지친 새들은 어울려 잘 둥지로 돌아옵니다. 이런 가운데 있는 참으로 살아가는 맛은 설명하려고 해도 도무지 이 진실은 말로 풀어낼 길이 없습니다."

3구를 질문으로, 4구를 대답으로 보지만, 여기서는 4구 이하를 도연명의 답이면서 독백으로 보았다. '유연悠然'한 도연명의 심경은 짐작할 길 없고 앞산이 눈에 들어온 것인지, 앞산을 바라보는 것인지는 연명에게 물어봐야 할 것이다. 소식蘇軾은 "국화를 따 들다가 문득 산의 모습이 눈에 보인[見] 것이지, 일부러 산을 바라본[望] 것이 아니"라고 하였다.

—

작년의 구일에는 한양성서 지냈거니
금년의 구일에는 강남 길에 떠도나니
해마다 예전대로 노란 국화 꺾는다만

작년 사람 금년 와선 폭삭 늙은 꼴이로세!

去年九日漢陽城　　今年九日江南道

年年依舊折黃花　　去年人到今年老

이달, 〈청도에서 9월 9일을 만나[淸道九日]〉

늙음을 한탄하고 나그네로 정처 없이 떠도는 자신의 신세를 그려 새롭게 만나는 중양화인 국화를 통해 인생의 무상감을 그리고 있다. 청도에서 중양절을 만났다. 아름답다는 강남 땅, 그 길에 있지마는 나그네의 처지로 고향에 가지 못하기에 그 착잡함을 더한다. 올해도 예년처럼 중양절을 맞았지만 여전히 그저 살아서 몸을 부지하고 있는 것이 고마울 따름이다. 그래도 예년처럼 노란 국화꽃을 꺾어 볼 수 있기에. 국화야, 네 모습은 예년의 그 모습이지만 작년의 그 사람은 예전 모습이 아니란다. 무상한 인생과는 달리 자연은 유상하여 절기에 맞추어 국화는 또 꽃을 피웠구나. 내년 이 꽃이 필 때면 또 볼 수 있을까? 한 해 사이에 시름과 간난신고艱難辛苦의 삶 속에서 귀밑에는 희끗해진 터럭만이 늘어나 폭삭 늙어 있는 것을. 흘러가는 내 인생, 그저 한탄하며 눈물을 삼켜본다.

인간 본연의 한애恨哀와 개인으로서 자신의 불우함을 반영한 시이다. 이 시는 형식상 탈격의 시로 거의 노래 가사로 변한 작품이다. 절구로서 평측平仄이나 염법簾法에 맞지 않다. 오히려 고시古詩인 악부樂府의 가행歌行 형식을 띠고 있다. 각 구 매 2구는 '연年' 자이며 기구의 '거년去年'과 승구의 '금년今年'을 결구에서 다시 반복하여 받아들여 사용하여 시상을 맺고 있다. 또한 전구에서는 '연년年年'을 써서 매 구마다 '연年' 자를 배치했고 모두 다섯 차례나 사용하고 있다. 이 시는 유희이劉希夷의 〈백발 늙은이를 대신해 슬퍼하다[代悲白頭翁]〉라는 시를 점화點化하였다. 특히 고금의 명구 "해마다 해마다 꽃은 서리 같지마는, 해마다 해마다 사람은 같지 않네[年年歲歲花相似, 歲歲年年人不同]"를 차용하였다. 세월의 흐름에 따라 유구한 자연과 수유須臾 인생의 대비에서 홍안과 백발의 짧은 인생은 무상할 수밖에 없다는 장탄식의 노래이다.

이달은 서울을 떠나 남도의 나그네가 되었다. 유상한 계절의 초목에 무상한 자신의 인생을 대비시키며 한탄하고 있다. 한양성과 대비되는 강남 길은 이중의 의미를 가지고 있다. 강남은 중국에서 양자강 일대를 가리키며 어미지향魚米之鄕으로 생활이 걱정 없는 풍요한 곳이다. 또한 물산이 넉넉하고 미인이 많아 풍류의 고장이기도 하여 북방의 사람들이 가보고 싶어 하는 낭만의 장소였다. 하지만 귀양지이기도 했고 한 번 가면 다시 돌아오지 못하는 위험한 그런 곳이기도 했다. 강남 길은 낭만과 서글픔이 다 갖추어져 있다. 여기서는 경상도 청도에서 지은 시이지만 강남의 이미지는 보통 호남의 이미지로 나타난다. 아름답다는 강남의 풍광이지만 시인이 바라는 고향의 풍광이 아니기에 쓸쓸할 수밖에 없다.

—

국화야 너는 어이 삼월동풍三月東風 다 지내고
낙목한천落木寒天에 네 홀로 퓌였는다
아마도 오상고절傲霜高節은 너뿐인가 하노라

이정보,《해동가요海東歌謠》

국화는 꽃들 중 찬 서리를 아랑곳하지 않고 가장 늦게까지 꽃을 피워 그 자태를 드러냄이 선비의 고고한 품성과 닮았다 하여 '오상고절'이라 표현된다. 또한 늦서리가 내릴 때까지 가장 늦도록 꽃 피우다 시듦을 일러 '만절지사晚節志士' 또는 '한사지심寒士之心'이라 부른다. 강희맹姜希孟은 〈우국재부友菊齋賦〉에서 "네 계절이 건듯 지나 철이 바뀌니, 봄, 여름 이 꽃 저 꽃 시들었다만, 국화야, 온갖 꽃들 뒤에 피어나, 맑은 향내 뼛속까지 스며드누나〔奄四時兮倏忽, 念群芳兮衰歇. 殿百花兮始發, 香淸冷兮逼骨〕"라고 하여 늦게 피는 덕을 기렸다.

국화는 매화, 난초, 대나무와 함께 사군자라 칭한다. 우리의 선인들은 전통적으로 꽃의 화려함보다는 꽃의 내면을 보아 군자로 삼고 뜻이 맞는 벗으로 사귀어 그 도리를 배웠다. 국화는 일찍 심어 늦게 피니 군자의 '덕德'을 지녔고, 서리를 이겨내고 꽃을 피우니 선비의 '지志'를 깨닫게 하며, 물 없이 피니 한사寒士의 '기氣'가 있다고 하여 국화의 삼륜三倫이라 하였다.

—

돌 비탈길 천 굽이가 냇물 따라 빗겨 있어
말발굽은 거침없이 무너진 흙 밟고 가도.
벼랑 수놓은 자주 국환 맡아줄 사람 없이
찬 하늘로 저 혼자서 정성스레 피었구나

磴道千回幷礀斜   馬蹄磊落蹋崩沙
崖縫紫菊無人嗅   自向寒天盡意花

김매순, 〈함종 길에서[咸從道中]〉

홍진구洪晉龜, 〈오상고절傲霜孤節〉, 17세기, 종이에 채색,
32.6 x 37.6cm, 간송미술관 소장.
—

국화는 일찍 심어 늦게 피니 군자의 '덕德'을 지녔고, 서리를 이겨
내고 꽃을 피우니 선비의 '지志'를 깨닫게 하며, 물 없이 피니 한사
寒士의 '기氣'가 있다고 하였다.

산은 외지고 길은 외줄기 온통 산뿐인 평안도 함종 길을 시인은 필마로 가고 있다. 돌이 많은 비탈길은 천 굽이나 되고 그 길도 냇물을 따라 경사지게 나 있어 천만 위태롭고 험준하다. 내가 탄 말은 무너지는 토사를 과감하게 밟으며 기를 쓰며 인간의 발길이 닿지 못하는 이 외진 땅을 지나간다. 어! 이 인적 없는 절지絶地, 위태로운 벼랑 가에 자줏빛 들국화가 수를 놓고 있네! 아름다운 미소 머금고 맑고 그윽한 향기 풍기는데 그 누가 있어 그 향기를 맡아줄 것인가? 거기는 이미 보아줄 이 없는 외로움도, 남이 알아주지 않는 서운함도 없다. 절대 생명의 고귀함과, 그 절대 정신의 고결함이 있을 뿐이다.

서리 머금은 찬 하늘을 향해 정성스럽게도 피어 있는 한 무더기 산국화! 서리를 이기고 외롭게 지켜낸 절개〔傲霜孤節〕의 표상이며 군자 영혼이다. 들국화여! 너는 누가 보아주고, 알아주지 않는 것에는 상관하지 않는구나. 너에게서 공자께서 말씀하신 군자의 세 가지 모습을 보겠구나. 너는 그저 자신의 본성대로 피어났으니, '제 스스로 배우고 때로 익히는〔學而時習之〕' 기쁨〔悅〕을 본다. 너와 같이 순연한 모습들이 무리 지어 군락을 이루고 있으니 '먼 데서 뜻을 같이하는 벗들이 찾아오는〔有朋遠方來〕' 즐거움〔樂〕이 있구나. 사람에게 향기를 맡아주기를 기대하지 않으니 결국 '남이 알아주지 않더라도 성내지 않는〔人不知而不慍〕' 군자의 모습을 본다. 너를 보며 아무리 외진 곳에 홀로 있어도, 제 생명의 가치를 지극히 선하게 하고 지극히 아름답게 제 스스로 다스려야겠다고 다짐해본다.

——

"며칠간을 정신없이 마셔대놓고

오늘 아침 술 생각 다시 나세요?"

"당신 말이 당연히 옳긴 하오만

이 국화 가질 두고 차마 어쩌랴?"

數日留連飮　　今朝興又多

卿言也復是　　奈此菊枝何

권필, 〈집사람이 술을 그만 마시라고 권하기에 시로써 답하며[室人勸止酒詩以答之]〉

　　계속해서 술을 마시려는 남편과 남편의 건강을 염려하는 아내의 사랑으로 인한 사소한 갈등을 재미있게 읊었다. 며칠 동안 계속하여 술을 마셨는데도 오늘 아침 또 술맛이 더 당기니 술을 찾았다. 술 끊으란 아내 타박이 옳기는 하다마는 내 마음이야 국화 가지를 향해서 달려가는데. 어쩔거나? 저 국화를 두고 차마 술을 거절할 수 없는 내 꼬락서니를. 경卿은 부부끼리 친근하게 부르는 말이다. 진晉나라 왕안풍王安豐의 아내가 남편에게 늘 경卿이라고 부르기에 왕안풍이 "아내가 남편에게 경이라 부르는 것은 불경不敬하다" 하니 그 아내가 "경을 친애하여 경이라 부르는 것이니 내가 경을 경이라 부르지 않으면 누가 경을 경이라 부르겠어요?"라고 하였다.

　　국화를 대하고 보니 술 생각에 입맛을 다신다. 요 며칠을 세상모르고 술독에 빠져 있었으니 아내는 지아비의 건강을 걱정할밖에. 그래서 오늘 아침 또다시 술을 찾는 지아비를 넌지시 만류한다. 하지만 세상에 술 핑계는 널리고 널려 있어 술맛에 빠진 남편의 대답이 걸작이다. 술맛을 들게 만드는 국화가 피었으니 나 또한 어쩔할 수가 없다는 것이다. 술 좀 그만 마시라는 아내의 성화에도 국화를 옆에 두고 차마 떨쳐버리지 못하는 남자의 풍류, 그런 마음을 바라보는 독자의 입가에 절로 미소가 도는 것은 어째서일까?

다섯 말 술로 숙취 해장했고, 술의 덕을 노래[酒德頌]한 유랑劉郞의 애주愛酒에 못지않다. 유랑은 진晉나라 때 죽림칠현의 한 사람인 유령劉伶이다. 유령이 술을 너무 좋아하여 과음하므로, 그의 부인이 건강을 위해서 술을 끊으라고 울면서 간諫하였다. 유령이 말하기를 "좋은 말이오. 그러나 내가 스스로 끊을 수는 없으니, 의당 귀신에게 빌어서 스스로 맹세를 해야겠소. 주육酒肉을 마련해주시구려"라고 하자, 마침내 그의 말대로 주육을 마련해주었다. 유령이 술동이 앞에 꿇어앉아서 빌었다. "하늘이 유령을 내어 술로 이름을 얻었기에, 한 번에 한 섬을 마시고 다섯 말로 해장을 하나니, 부인의 말은 삼가 들을 수가 없습니다[天生劉伶, 以酒爲名, 一飮一斛, 五斗解醒, ·婦人之言, 愼不可聽]"라고 하였다. 그리하여 그 술과 고기를 또 실컷 먹고 잔뜩 취했었다고 한다.

음력 9월은 국월菊月이라고도 한다. 국화꽃을 즐기며 국화주를 마시는 풍습은 도연명으로부터 유래된 것이라고 한다. 그는 술을 마시며 "가을 국화 빛깔이야 곱기도 해라. 이슬 젖은 그 꽃망울 조심 따다가, 근심을 잊는다는 술에 띄우고, 내가 세상 버린 뜻을 떠나보낸다[秋菊有佳色, 浥露掇其英. 汎此忘憂物, 遠我遺世情]"라고 했었다. 가을의 대표적 절기 술은 국화주다. 들판에 핀 국화꽃을 따다 물에 한 번 깨끗이 씻어 말린 후 술 빚는 데 쓴다. 도연명처럼 국화를 따다 술잔에 꽃잎을 바로 띄워 마시기도 한다. 술과 국화만 있다면 옛 선비처럼 국화주로 풍류를 즐겨볼 수도 있겠다.

—

窓밧기 菊花 심거 菊花밋틔 술을 비저

술 닉쟈 국화 픠쟈 벗님 오쟈 달 도다온다

아희야 거문고 淸 쳐라 밤새도록 놀리라

무명씨

《청구영언靑丘永言》에 나오는 작자 미상의 시조이다. 창밖에 국화
심어 두었더니 가을 맞아 피어났다. 국화 밑에 술 빚어 도연명처럼
갈건녹주葛巾漉酒하였다. 이제 술 익고, 국화 피고, 게다가 벗님네 찾
아오시고, 둥근 달까지 둥실 솟아온다. 아이야! 거문고를 꺼내어 맑
게 연주하여라. 오늘 밤 밤새도록 놀아보리라. 꽃과 술과 달과 거문
고, 이만하면 흥이 일지 않겠는가! 거기에 벗이 오니 더 바랄 것이
또 무엇이랴! 그까짓 부귀영화를 탐내어 무엇하리오!

국화를 보면 술이 생각나는가 보다. 신광한의 《기재기이企齋奇異》
에는 신용개申用漑가 국화를 벗 삼아 대작하였던 이야기가 전한다.

—

신용개는 천품이 호탕하고 뛰어나 탁월한 큰 절개가 있었으며, 성
격이 술을 좋아하였다. 때로는 늙은 계집종을 불러 서로 큰 잔을 기
울이고 취하여 쓰러져야 그만두기도 하였다. 일찍이 국화 여덟 화분
을 길렀는데, 한가을에 활짝 피었다. 대청 가운데 들여놓으니, 높이
가 대들보에 닿았다. 공이 그 향기를 사랑하여 끊임없이 완상하였다.
하루는 집안사람들에게 말하였다.

"오늘은 좋은 손님 여덟 분이 올 것이니 술과 안주를 마련해놓고

기다리라."

해가 저물어 고요해졌는데도 손님이 오지 않았다. 집안사람들이 여쭈었다.

"술상은 벌써 준비해놓았습니다."

공이 말하였다.

"조금만 기다려라."

둥근 달이 떠 빛이 대청 안으로 들어와 꽃빛은 난만하고 달빛은 명랑하자 공이 그제야 술을 내오라 하였다. 여덟 개의 국화 화분을 가리키면서 말하였다.

"이들이 나의 좋은 손님들이다."

각각 그 앞에 좋은 안주를 차려놓고 말하였다.

"내가 은도배銀桃杯에 술을 따르리라."

각각 두 잔씩을 따라주고 파하였는데, 그도 또한 취하였다.

바람이 소슬 불어 가을 깊었다. 오늘은 낙엽 위로 비마저 추적추적 내린다. 이럴 때 더더욱 생각나는 것은 술이다. 그런 술도 어떻게 먹느냐에 따라 그 맛이 다를 것이며 누구와 마시느냐에 따라 그 향도 다르리라. 비록 달빛 아래 국형菊兄을 상대하지는 않더라도, 백자 잔 속의 황금빛 국화주가 아니라 해도 술 생각을 하면 입안에 군침이 돈다. 사라져 가는 것들이 문득 그리운 오늘, 가슴이 휑한 이 밤에 나도 가난한 시인이 되어 명태를 안주로 놓고 '쐬주'라도 한잔 기울여야지.

바리톤 오현명의 대명사가 된 〈명태〉는 학창 시절 술자리에서 불렸던 정다운 노래이다. 이 노래에는 사연도 많다. 오현명은 자서전에서 "1964년 서울시민회관에서 열렸던 '대학생을 위한 대음악회' 때 〈명태〉를 부르자 앙코르를 요청하는 청중들의 박수가 멎지 않았었다"며, 그 후 폭발적인 인기 가곡으로 대중들에게 알려졌고, 오현명과는 떼려야 뗄 수 없는 곡이 되었다고 그 인연을 회상한다. 이후 〈명태〉는 갈채를 받기 시작하면서 곧 인기 가곡의 반열에 올랐다. 오현명이 대구에서 공군 정훈 음악대 대원으로 활동할 무렵이었다. 하루는 UN군 제7군단의 연락 장교로 복무하고 있던 변훈이 종이 뭉치를 던져주고는 황급히 돌아가면서 "그거 내가 쓴 곡들인데 한 번 봐줘. 그리고 그중에 〈명태〉라는 곡이 있는데, 그건 특별히 자네를 위해서 쓴 것이니까, 언제 기회 있으면 불러봐"라고 하였던 것이 이 곡과의 인연이었다. 오현명은 "나 자신이 변훈의 〈명태〉를 좋아하고 사랑하게 된 것은 그 노래에 깃들어 있는 한국적인 익살과 한숨 섞인 자조와 재치가 마음에 들었기 때문이었다"고 회고한다.

이 가사는 양명문楊明文 시인이 6·25전쟁 발발 후 낙동강 전투가 한창이던 1950년 9월에 썼다. 당시 양명문은 종군작가로 경북 안동에서 같은 국군 정훈국 소속이던 작곡자 변훈, 김동진과 함께 지내고 있었다. 어느 날 양명문은 두 사람에게 자신의 시 〈명태〉와 〈낙동강〉 등 2편을 주며 작곡을 부탁했다. 변훈의 〈명태〉는 1951년 작곡되어 1952년 가을 부산에서 열린 음악회에서 처음 발표되었다. 베이스 바리톤 오현명이 불렀다. 음악회가 끝난 뒤, 어느 음악평론가는 "이것도 노래라고 발표하나"라고 혹평을 했다. 남성적인 힘이 넘치는 노래였지만 홍난파류의 얌전한 가곡에 익숙해져 있던 청중들에게 〈명태〉는 받아들이기 어려운 도발적인 노래였다.

변훈은 큰 충격을 받았다. 연세대 시절 정치외교학도였던 변훈은 음악에 대한 열정으로 작곡과 성악에 대해 개인 교습을 받았다. 이 일로 그는 당시 작곡해놓았던 다른 가곡의 악보까지 모두 찢어버리고 작곡가의 길을 접었다. 1953년 외무부에 들어가 직업 외교관이 되었다가 1981년 주 포르투갈 대사를 끝으로 28년간의 외교관 생활을 마치고 다시 작곡가로 돌아왔다. 이 노래를 들으면 명태를 안주로 소주를 들이키는 시인이, 양명문이 전쟁으로 어렵고 위태롭게 보냈던 그 시절의 풍경을 상상하게 한다.

"너는 비록 시인의 술 안주가 되었지만 그러나 네 이름은 길이 남을 것"이라고 명태에 대한 위로는 매우 서민적이고 해학적이다. 세상살이의 고달픔을 명태의 처지에 빗대어 노래한 것으로, 당시로선 시도, 작곡도 모두 파격이었다. 노래 중간에 읊조리는 '쇠주를 마실 때' 같은 낭송 부분의 레치타티보적인 가사 처리도 특이하며 독특한 매력이다. 거침없는 목청으로 껄껄 웃어봄도 또한 좋지 않겠는가?

———

검푸른 바다
바다 밑에서
줄지어 떼 지어 찬물을 호흡하고
길이나 대구리가 클 대로 컸을 때
내 사랑하는 짝들과 노상
꼬리치며 춤추며 밀려다니다가
어떤 어진 어부의 그물에 걸리어

살기 좋다는 원산 구경이나 한 후
에지프트의 왕처럼 미이라가 됐을 때
어떤 외롭고 가난한 시인이
밤늦게 시를 쓰다가
씌주를 마실 때 크아~
그의 안주가 되어도 좋다
그의 시가 되어도 좋다
짝짝 찢어지어 내 몸은 없어질지라도
내 이름만 남아 있으리다 허허허헛
명태 흐흐흐흑 명태라고 음, 허허허헛
이 세상에 남아 있으리라

양명문 작사·변훈 작곡, 〈명태〉

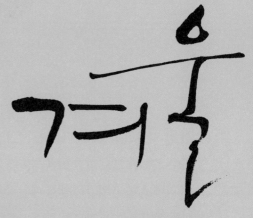

제4부

겨울

어린 시절의
그 눈을 밟으며 간다

새벽길 홀로 걸어가며

긴 밤 지새우고 풀잎마다 맺힌

진주보다 더 고운 아침 이슬처럼

내 맘에 설움이 알알이 맺힐 때

아침 동산에 올라 작은 미소를 배운다

태양은 묘지 위에 붉게 떠오르고

한낮에 찌는 더위는 나의 시련일지라

나 이제 가노라 저 거친 광야에

서러움 모두 버리고 나 이제 가노라

김민기 작사·작곡, 〈아침이슬〉

"새벽길을 걷는 사람이 가장 먼저 이슬을 턴다"라고 했다. 우리 속담이다. 남보다 앞서 나가는 사람이 아무래도 수고를 더 하게 됨을 이르는 말이다. 언제나 시대에 앞장선 사람은 남다른 고통을 겪고, 남보다 몇 배의 고생을 한다. 다른 이의 수고를 자신이 대신하며 새벽을 열고 길을 가는 법이다. 1970년 김민기는 4·19 수유리 묘역에서 낮잠 자다 깨서 느꼈던 감정을 담아 이 노래를 만들었다. 양희은이 부른 포크 록 장르의 노래이다. 발표 당시 대한민국의 억압된 정치 상황을 은유하는 듯한 가사로 젊은이들에게 큰 인기를 끌었다. 민주화를 염원하는 대학생들과 젊은이들을 대변하는 노래로 널리 불려왔다. 1975년 다른 곡들과 함께 금지곡으로 지정되었다. 이후 10월 유신이 끝나고 제5공화국 시절까지 금지곡으로 남아 있었다. 훗날 양희은은 노래를 지은 김민기나 부른 자신은 학생들의 민주화 투쟁을 독려하기 위한 노래도 아니었으며, 이 노래가 학생들의 시위에 사용되리라곤 전혀 예상하지 못했다고 밝혔다. 역설적으로 이 노래는 1971년 정부가 건전 가요로 선정한 곡이었다. 시대와 민중이 저항의 노래를 만든 것이다.

인생이란 나그네이다. 동서양과 고금을 막론하고 많은 시가 유랑 의식에서 기인한다. 이 유랑 의식은 정처가 없이 떠도는 나그네의 의식이다. 이러한 의식은 나그네이기 때문에 지치고, 지치기 때문에 고달프며, 지쳐서 고달프기 때문에 또 고향을 그리는 그러한 것이다. 타관 땅을 떠돌다 하룻밤을 지새우고 찬 새벽 길 떠나는 나그네의 처진 어깨 위에는 고달픈 삶의 무게가 실려 있다.

—

군청 객사 이편에선 서릿닭만 울어대고
샛별은 달을 짝해 빈 하늘에 반짝일 제
말굽 소리 갓 모습만 어스름한 들판 길로
고운 각시 외론 꿈을 밟으며 떠나가네
不已霜鷄郡舍東　　殘星配月耿垂空
蹄聲笠影朦朧野　　行踏閨人片夢中

이덕무, 〈새벽에 연안을 출발하며[曉發延安]〉

서리가 내린 이른 새벽 객사의 한편에서는 새벽을 알리는 홰를 치며 울어대는 닭 울음소리가 요란하게 들려온다. 오늘 하루도 시작이다. 고개 들어 희뿌옇게 동이 트는 동쪽 하늘을 바라본다. 많은 별무리들이 사라지고 하늘에는 샛별만이 그 정겨운 눈짓으로 고운 달을 짝해서 빛을 흘리고 있다. 하늘에 있는 저 별과 달이 짝을 지어 떠 있건만 지상에 있는 나는 그리운 임과 떨어진 채 나그네 신세, 쓸쓸한 상실감이 가슴을 적신다.

들판 길에 새벽안개가 자욱하게 깔려 있다. 말을 타고 가는 모습이 분명하게 보이지 않는다. 오직 말굽 소리만 들려올 뿐 보이는 것은 갓 쓴 이의 희미한 윤곽이다. 시인은 자신의 상황마저도 객관화시켜 표현하였다. 지금 이 모습은 규중의 부인이 외로운 꿈속에서 보고 있을 나의 이러한 모습이기도 하다. 아득히 멀어지는 말발굽 따라 흔들리는 흐릿한 갓 그림자는 고운 아내의 꿈길에서 보고 있을 낭군의 행색일 것이다. 그것은 아내에 대한 그리움에 부풀어 마음이 먼저 달려가는 나의 마음의 길이다. 고운 각시는 길 떠난 남편을 꿈에서라도 보고 싶어 할 것이리라. 그런 마음은 부인을 그리는 애틋한 나의 심정을 에둘러 점잖게 드러낸 것이기도 하다.

—

해 저물녘 가랑비가 먼 하늘을 씻기더니
밤이 들어 높바람이 밤안개를 걷어 갔나?
새벽종에 꿈을 깨니 추위 뼈를 에이는데,
시린 달빛 흰 서리가 다투어 눈부시네
晚來微雨洗長天　入夜高風捲暝煙

夢覺曉鍾寒徹骨　　素娥靑女鬪嬋娟

이행, 〈상월 시에 차운하여[次霜月韻]〉

　고운 서리와 고운 달이 환하게 떠 있는 동짓달 새벽 풍경이다. 비가 뿌리고 지난 하늘은 티끌도 없는 청정함 그 자체이고 게다가 밤이 되자 높은 바람이 불어와 흐릿하게 끼었던 밤안개마저 제거하니, 겨울 하늘은 거칠 것이 없이 싸늘하다. 겨울 새벽 먼 데 들리는 종소리에 잠이 깨었다. 새벽 추위가 몰려와 뼛골이 시리다. 맑디맑게 펼쳐진 창공 아득한 우주 공간에는 서릿달이 떠 있고 땅에는 하얀 서리가 자욱하게 깔려 있다. 마치 소아素娥와 청녀靑女라는 두 미녀가 찬란한 아름다움을 서로 다투기나 하는 듯이. 서리의 신과 달의 정령을 미녀로 의인화하였다. 소아는 달 속에 있다는 선녀인 항아嫦娥로 하얀 달빛이다. 청녀는 신화에 나오는 서리와 눈을 주관하는 신으로 서리의 별칭이다.

　시인은 새벽에 일어나 밝게 빛나는 달과 그 달빛에 비쳐 하얗게 빛나는 서리를 놀라움을 갖고 바라보고 있다. 어제저녁 무렵에 해가 저물며 흐릿한 비가 하늘 가득 뿌렸다. 잠이 들던 때까지만 하여도 비의 기운이 남아 있었던 것이 분명한데, 새벽녘에 일어나 보니 비는커녕 달빛이 환하게 쏟아지고 있지 않은가? 조물주는 밤새 하나의 무대를 만들었다. 밤 허공에 달을 설치하고 서리를 깔아놓았다. 그 만들어진 무대 위에 두 미녀를 등장시켜 완전한 한 편의 연극을 연출하였다. 당나라 시인 이상은은 "청녀와 소아가 모두 추위 참아내고, 달 속과 서리 속에 선연함을 다툰다네[靑女素娥俱耐寒, 月中霜裏鬪

嬋娟]"라고 노래하였다. 무정물인 자연의 한순간의 포착된 모습을 정물로 전환하여, 곱고 아리따운 미인을 주인공으로 하여 무대에 올렸다.

'차가움[寒]'에는 바깥 기운의 맑고 투철함과 아울러 자연에 동화된 시인의 정신적 청절함이 암시되어 있다. 꿈의 영역으로 침투하고 골수까지 스며들어 맑은 영혼을 일깨우는 저 새벽 종소리의 청절한 '한寒'의 이미지는, 바로 결구의 창공에 빛나는 달의 고운 모습과 달빛에 반사되는 영롱하고 휘황한 희고 차가운 서리의 고운 살결의 총체적 모습이라 할 것이다. 아름다움과 연정의 대상으로 형상화하였는데, 이는 시인의 맑은 정신이 자연에 대한 사랑으로 자연스럽게 교감되어 발현된 것이다.

—

동튼 산은 아직도 어렴풋한데
숲 바람은 맵차게 불어 에건만
찬 냇물에 이르러서 말은 우짖고
새벽별은 눈처럼 우수수 진다
曉嶂尙依微　　林風吹烈烈
馬嘶臨寒流　　殘星落如雪

고시언高時彦, 〈새벽에 동쪽 교외를 나서며[曉出東郊]〉

하루 중에 명암이 엇갈리는 때가 새벽과 저녁이다. 먼 길 가는 처지라서 새벽에 길을 나섰다. 성문을 벗어나 동쪽 교외에 이르렀다. 희미한 여명이 밝아온다. 산은 아직 잠이 덜 깼는지 사방은 어슴푸

레하다. 숲을 뚫고 지나는 바람의 무리들이 마른 가지를 사납게 울려대자 말 위의 나그네는 옷깃을 여민다. 말이 문득 발길을 멈추었다. 눈앞에는 냇물이 차갑게 흐른다. 말도 건너기가 겁이 나는지 길게 우짖는다. 갈 길은 먼데 찬 냇물이라니……. 고개 들어 새벽하늘을 바라보니 밤을 새노라 지친 별들이 눈발같이 우수수 떨어지고 있다. 새벽 찬 공기 속에 말을 탄 나그네의 그림자만이 우뚝 서 있다.

—

나그네가 새벽길을 떠나가는 고산촌엔
해 솟아도 옷에 내린 서리 아직 녹지 않고,
들판 객점 문을 열어 길 떠날 말 꼴 먹이고
노구솥에 불을 때어 기장밥을 짓는구나
行人曉發孤山路　　日出未消衣上霜
荒店開扉秣征馬　　石鐺敲火熟黃粱
이달, 〈새벽에 고산촌을 출발하며[曉發孤山村]〉

나그네로 떠돌며 맞은 날씨 찬 하얗게 서리 내린 어느 날의 아침 풍경이다. 아침에 고산촌을 출발하는 나그네는 새벽부터 길을 나섰다. 해는 벌써 솟았는데도 옷에 내린 서리가 녹지 않았다. 황량한 들판의 객점에서는 이제 막 문을 열고 길 떠나는 사람은 말의 배를 채우려 꼴을 먹이고, 아침 식사 준비하느라 분주하다. 노구솥에 부싯돌로 불을 피워 기장밥을 익힌다. 황량한 객사의 분주한 아침 채비를 바라보는 시인의 시선 속에는 아늑하고 정겨운 모습이 비쳐지지만 그 속에 안주할 수 없는 쓸쓸하고 외로운 심사가 어린다.

—

요동 벌판 어느 때나 다 지나갈까?

열흘 동안 산이라곤 볼 수도 없네

새벽별은 말머리를 스쳐 나는데

아침 해가 밭 사이로 솟아오르네

遼野何時盡　　一旬不見山.

曉星飛馬首　　朝日出田間

박지원, 〈요동 벌판에서 새벽길을 가며[遼野曉行]〉

1780년 6월 28일, 연암은 압록강을 건너 중국 천하를 향해 말머리를 돌렸다. 열하로 가는 여행, 길고 긴 3천 리 길에 수많은 산과 강을 밟아 갔다. 천산산맥千山山脈을 건너 끝이 없는 일망무제一望無際의 요동평원과 맞닥뜨렸을 때 난생처음 하늘과 땅이 맞붙은 우주의 장엄한 광경을 보고 감격하여 "한바탕 울고 싶어라!"라고 토로했었다. 연암은 요동벌에서 산해관까지 1,200리에 뻗은 광야를 횡단하였다. 이 시는 이때 지은 것이다.

끝없는 평지, 가도 가도 펼쳐진 광야를 며칠을 몇 날을 지나왔던가? 산으로 둘러싸인 조선에서는 볼 수 없는 경지가 펼쳐져 있다. 열흘 동안 산이라고는 볼 수도 없고 그저 끝없는 지평선뿐이다. 갈 길이 멀기에 오늘도 이른 새벽에 길을 나섰다. 새벽별은 말머리에서 스쳐 지나간다. 별이 지고 나니 여명이 끝났나 보다. 아침 해가 밭 사이로 솟아오른다. 광활한 자연과 대비되는 왜소한 인간의 모습이 그려진다. 저 솟아오르는 아침 해는 문명의 새아침을 기대했던 연암의 심사였을까? 뒷날 시인 이육사는 "까마득한 날에 하늘이 처음 열리고 어디 닭 우는 소리 들렸으랴"라고 '광야'를 노래하였다.

어찌 세상의 길 가는 나그네만 새벽길이 있을 것인가? 인생의 무게에서뿐만 아니라 시대의 질곡을 짊어지고 살아가는 지식인의 고뇌에서도 새벽길은 마주치게 마련이다. 돌아가신 노무현 대통령이 생전에 남긴 말이 떠오른다.

"권력에 맞서서 당당하게 권력을 쟁취를 하는 역사가 이뤄져야만이 비로소 우리의 젊은이들이 떳떳하게 정의에 대해 얘기할 수 있고, 떳떳하게 불의에 맞설 수 있는 새로운 역사를 만들어낼 수 있다."

눈보라 치는 엄동설한 소름 돋는 그 신새벽의 찬 길이 우리의 눈앞에는 늘 펼쳐져 있다. 시대의 새벽길을 홀로 걷는 이들의 발자국이 문득 요절한 가수 김광석의 가슴 저미는 노래로 들려온다.

풀잎은 쓰러져도 하늘을 보고
꽃 피기는 쉬워도 아름답긴 어려워라
시대의 새벽길 홀로 걷다가
사랑과 죽음의 자유를 만나
언 강바람 속으로 무덤도 없이
세찬 눈보라 속으로 노래도 없이
꽃잎처럼 흘러흘러 그대 잘 가라
그대 눈물 이제 곧 강물 되리니
그대 사랑 이제 곧 노래 되리니

산을 입에 물고 나는

눈물의 작은 새여

뒤돌아보지 말고 그대 잘 가라

정호승鄭浩承, 〈부치지 않은 편지〉

빈산에 저녁 해는 지고

청산은 나를 보고 말없이 살라 하고

창공은 나를 보고 티 없이 살라 하네

사랑도 벗어놓고 미움도 벗어놓고

물같이 바람같이 살다가 가라 하네

청산은 나를 보고 말없이 살라 하고

창공은 나를 보고 티 없이 살라 하네

성냄도 벗어놓고 탐욕도 벗어놓고

물같이 바람같이 살다가 가라 하네

靑山兮要我以無語　　蒼空兮要我以無垢

聊無愛而無憎兮　　如水如風而終我

靑山兮要我以無語　　蒼空兮要我以無垢

聊無怒而無惜兮　　如水如風而終我

나옹선사懶翁禪師의 선시禪詩

고려의 큰스님 나옹의 선시로 알려진 작품이다. 나옹선사는 인도
의 고승 지공 스님의 제자이며 조선 건국에 기여한 무학대사의 스
승이다. 보통 〈청산은 나를 보고〉로 널리 알려져 있다. 이 시를 바탕

으로 대중가요가 만들어졌으며, 드라마의 주제곡으로 불리기도 했다. 두 주먹 꽉 쥐고 모든 걸 갖겠다는 듯 태어나지만, 갈 때는 손바닥 펴고 무엇 하나도 갖지 못하고 허허로이 가는 것이 인생이다. 미움도 탐욕도 성냄도 모두 벗어놓고 물같이 바람같이 실다가 가아 하리라. 시조나 가사에서 보이는 우리의 전통 율조가 아름답다.

—

지붕 위의 첫서리가 새벽 지나 흠씬 하고
주림 참은 참새들이 찬 가지서 떠드는데,
아침 햇살 발간 창엔 따뜻한 기 조금 돌자
비단 이불 끼고 누워 송시宋詩를 읽어보네
屋背新霜曉後滋　　忍飢羣雀響寒枝
烘窓早旭生微煖　　臥擁紬衾閱宋詩

이서구李書九, 《전주사가시》 권4, 〈겨울날 한가히 살며 이런저런 것을 읊다[冬日閒居雜絕]〉 첫째 수

겨울날 한가롭게 살면서 이것저것 생각나는 대로 지은 시이다. 후기사가의 한 사람인 이서구의 겨울 한정을 노래한 절구이다. 지붕 위로 새롭게 하얗게 내렸던 서리는 새벽이 지난 뒤에는 가장 추워지면서 흠뻑 대지를 적신다. 어디서 옹기종기 모여 추위에 떨면서 겨울밤을 지새웠을 주린 참새 떼들이 날 환해지자 몰려나와 나뭇가지를 차지하고 시끄럽게 떠들어댄다. 시각과 청각의 이미지가 매우 청신하다. 어쩌면 저리도 겨울 아침의 풍경을 잘 관찰하여 사실적으로 묘사할 수 있을까?

먼동이 트고 햇살이 비치면 아침 놀빛으로 인해 창문의 창호지를 발갛게 물들인다. 밤 추위에 싸늘하던 방 안이 어언 듯 온기가 도는 듯하다. 이럴 때 명주 이불 끼고 누워서 송시집을 들춰보는 재미에 빠져 있다. 추운 겨울 따뜻한 명주 이불의 촉감이 피부에 와 닿는 듯 실감이 나고 밝아오는 동창의 환한 빛이 감각적이며 정감적이다. 웃풍이 감도는 토담집 방 안 얼른 일어나기 싫어서 머뭇대며 마음 넉넉하게 게으름 피우는 어떤 시인의 모습이 인상적이다.

———

비 온 뒤엔 노끈 방석 졸다 더디 일어나서
첫 샘물을 어서 길어 차 달여야 할 때이고
석양볕에 작은 글자 쌍구하여 다 베끼고
다시금 찬 창가서 예기비첩 임서臨書하네
雨後繩床睡起遲　　新泉催汲鬪茶時
斜陽透得雙鉤細　　更搨寒窓禮器碑
이서구, 《전주사가시》 권4, 〈겨울날 한가히 살며 이런저런 것을 읊다〉 둘째 수

이 시도 겨울을 나면서 한가로이 사는 모습을 그렸다. 아침에는 차나 끓이고 저녁이면 글씨나 이것저것 써보며 한가로움을 즐기는 여유가 즐겁다. 겨울비가 온 뒤는 샘물을 길러서 차를 달이면 운치가 기막히게 좋을 때이다. 밖에는 추적추적 겨울비가 내리다 개었다. 따뜻한 아랫목 노끈으로 만든 자리에서 졸다가 더디 일어난다. 한껏 나른한 게으름은 바로 한가로움을 즐기는 행위이다. 승상繩床은 노끈으로 만든 자리이다. 노끈을 꼬아 멍석과 같은 것을 만들고

까맣게 칠해 '복福' 자나 '희囍' 자를 썼는데 시골 서당방의 훈장이나 노인들의 아랫목에 깔아 사용했다. 첫 샘물[新泉]은 바로 천지의 정기가 담겨 있다고들 하여 찻물로 가장 좋다고들 한다. 그 샘물을 어서 가서 길러와 불을 끓여 차를 달이며 차 맛을 음미한다. 차를 마시며 그 맛의 우열을 다는 것을 투다鬪茶라고 하고 또 명전茗戰이라고도 한다. 송대에 등장한 차 문화의 하나로 패를 갈라 차의 맛과 향, 물과 그릇의 우열을 가리는 차 겨루기 놀이로 풍류와 운치를 더했다고 한다. 명전은 차를 달일 때 물이 끓으면서 찻주전자를 떨어 울리는 것을 나타낸 말인 듯하다.

저녁에는 글씨를 베끼고 임서하기도 한다. 저녁볕에 비추어 자잘한 글자의 테두리를 일일이 그려내어 꼼꼼하게 살피기도 하고 또 한나라 때의 예기비첩禮器碑帖을 임서하기도 한다. 탁본과 달리 비문 위에 종이를 대고 글자 주변을 선으로 그리거나 이미 한 탁본을 대본으로 하여 복사하는 것인데, 이런 작업을 쌍구雙鉤라 한다. 쌍구한 것을 선으로 그린 글자만 남기고 종이 면을 먹으로 칠해 탁본처럼 만든 것을 가묵加墨이라고 한다. 한칙韓勅이 조성한 공자묘예기비孔子廟禮器碑는 한나라 영가永壽 2년 9월에 세워졌으며 예서隷書를 공부할 때 모범으로 삼는 비첩碑帖이다. 차와 글씨 이 얼마나 즐거운 여유인가?

—

말 없는 듯 빈 괴목엔 저녁 해가 바삐 지고
가을꽃에 덮였을 우물 난간 향긋한데,
할 일 없어 잠시 그냥 계단 앞에 섰노라니
문득 보는 앞 가지에 찬 기러기 눈에 띄네

嗓滲疎槐夕照忙　　秋花曾覆井闌香

閒來小向階前立　　邂逅南枝見竊黃

이서구, 《전주사가시》 권4, 〈겨울날 한가히 살며 이런저런 것을 읊다〉 셋째 수

이 시도 또한 겨울에 느끼는 이런저런 날의 삶의 단편을 스케치하
고 있다. 바람도 불지 않는 날 나무 사이로 해 넘어가고 하늘은 더욱
차게 보인다. 바람 한 점 일지 않아 죽은 듯이 입을 다문 채 텅 빈 겨
울나무, 그 앙상한 느티나무 사이로 저녁 해는 바삐 져간다. 겨울의
해는 어찌 저리도 짧은지 정신없이 넘어가 더욱 빨리 가는 것으로
느껴진다. 우물 난간 가에 피어났던 가을꽃도 이제는 시들었지만
아직도 그 향내가 남아 있는 듯하다. 우물가에 구절초나 국화가 시
든 채 말라 있는 모습을 보았는가 보다. 시인은 자신의 마음으로 주
위의 대상을 느끼고 있다.

할 일 없어 한가해지자 잠깐 계단 앞에 나와 서 있는데 우연히 눈
에 띈 앞 나뭇가지 사이로 가을 기러기가 지나가는 것이 눈에 띈다.
도연명의 "물끄러미 남산을 바라보노라[悠然見南山]"의 경지라고 할
까? 외물에 끌려가거나 부림을 당하지 않는 교감의 자세가 엿보인
다. 그러기에 이 시는 감정이 들뜨거나 편향되지 않고 옷깃을 여미
게 하는 지적인 자세가 나타나 있다. 정적인 감정과 의지를 지적으
로 잘 갈무리하여 조용한 한담閑淡의 세계에 빠져들도록 한다. 감정
이 들뜨거나 편향되지 않고 옷깃을 여미게 하는 지적인 시인의 자
세가 감지된다. 정적인 감정과 의지를 지적으로 잘 처리하고 있기
때문이다.

지극히 평범하고 사소하여 관심 밖의 것으로 밀려나 있던 것들을 이 시인은 시에다 새롭게 끌어들였다. 흥얼거리는 흥 중심의 시가 아니다. 보이는 대로 읊었는데 그 속에 묘한 경계를 담았다. 이 세 편 시에는 시인의 즐거운 게으름이 그려져 있다. 이런 행위는 바로 자연에다 생을 맡기는 임자연任自然의 태도이다. 인공적인 것을 멀리 하고 자연에 귀의하는 생활 태도이다. 주어진 시간과 공간 조건을 일부러 바꾸려 하지 않고 가능한 한 있는 그대로의 상황에 맡겨버리는 여유가 그것이다. 욕심 없는 순수한 삶의 구현이며 자신을 돌아볼 여유의 시간이다. 다람쥐 쳇바퀴 돌 듯 바삐 돌아가는 현대인의 거대 도시의 삶 속에서 오늘도 무엇엔가에 내몰려 일상의 세계로 휩쓸려간다. 무엇을 이루려고 저리들 아등바등하면서 바쁨으로 짓눌린 어깨를 펴지 못하는가? 일상의 무게를 털어버리고 조급함을 벗어나 한껏 게으름이나 한번 피워보고 싶다.

—

해가 가는 이 산중에 장막 아래 홀로 앉아
한가하게 사는 맛에 온갖 것들 마땅해라
맨화로에 가득 지핀 솔가리 불타오르고
산창 앞에 눈 내리는 소리 듣기 반갑고야
歲晏中林獨下帷　　閒居風味百相宜
地爐滿熱松毛火　　怡是山窓聽雪時

이서구, 〈산에 살며 느끼는 사계절의 이런저런 흥을 읊다. 4수[山居四時雜興四首]〉

산촌에 사는 사람만이 누릴 수 있는 겨울 산속의 오롯한 생활 풍정이다. 맨화로에 솔가리 불 잔뜩 담아놓고 따스한 방 안 산창 앞에 앉아 눈 내리는 소리 듣는다. 이런 생활의 멋을 자기 체험으로 읊어주고 있다.

올 한 해도 저물어간다. 한겨울 이 산중에 내 혼자서만 장막을 치고 깊숙이 들어앉아 있다. 한가한 이 생활의 풍미가 어느 한 가진들 안 좋은 것이 없다. 지로地爐는 바닥을 약간 파서 화로를 넣고 고정시킨 것이다. 그 맨화로에 솔가리 불 잔뜩 담아놓았으니 마음이 흡족하다. 창밖에는 눈만 내리고 나는 산창 앞에 앉아서 눈 내리는 그 소릴 듣는다. 그 고요함과 그 운치 얼마나 좋은가! 시인은 자신이 보고 겪고 느낀 것들을 조금의 거짓이나 꾸밈이 없이 고스란히 되살려 보여주고 있다. 그곳에 사는 사람들, 거기에서 영위되는 삶과 그 풍습들과 인정들이 읽혀진다.

이런 모습은 몇 십 년 전만 해도, 우리의 시골에 가면 얼마든지 찾을 수 있고, 만날 수 있었던 풍경이다. 우리의 소박한 오래된 가옥, 눈 내린 풍경, 질화로, 노변정담爐邊情談들은 이제는 향수로만 남아 있다. 지금은 박물관에서나 볼 수 있는 질화로는 시골의 가정에서 구비하는 겨울철 필수품이었다. 흙으로 구운 질화로는 되는 대로 만들어져, 그 생김생김부터가 민초들의 모습처럼 단순하고 순박하다. 지그시 누르는 넓적한 불돌 아래, 사뭇 온종일 혹은 밤새도록 저 혼자 불을 지니고 보호하는 미덥고 덕성德性스러운 것이었다. 정지용은 "질화로에 재가 식어지면/ 뷔인 밭에 밤바람 소리 말을 달리고/ 엷은 졸음에 겨운 늙으신 아버지가/ 짚벼개를 돋아 고이시는 곳/ 그곳이 차마 꿈엔들 잊힐 리야"라고 향수를 노래하였다.

눈 개이자 맵찬 추위 새벽까치 깨우겠고

우렛소리 우릉우릉 수레 따라 울리는데

한기 들자 동동주도 마셨어도 훈기 없고

추위 닥쳐 등불조차 불꽃마저 맥 못 춰도

한 노 저어 갔던 때에 객의 흥취 알 만하리

외론 연기 펴나는 곳 산속 집이 있을 테니

문 닫고 높이 눕자 찾는 사람 전혀 없어

동전을 남겨둔 채 화차에 맡겼노라

霽色稜稜欲曉鴉　　雷聲陣陣逐香車

寒侵綠酒難生暈　　威逼紅燈未放花

一棹去時知客興　　孤烟起處認山家

閉門高臥無人到　　留得銅錢任畵叉

이인로李仁老, 〈눈(소동파 시의 운을 따서)[雪(用東坡韻)]〉

이 시는 소동파蘇東坡 시의 운과 풍취를 이어받아 지었다. 몹시 추운 날 눈 내리는 때의 흥취를 읊은 고려 시인 이인로의 작품이다. 이 시는 곤궁한 삶 속에서 고통을 흥취로 바꾸어내는 시인의 여유가 돋보인다. 생활이 궁핍하다고 삶이 불행한 것은 아니다. 오히려 그런 속에서 안분지족安分知足하는 정신적 여유로 삶을 전환시키고 있다.

어젯밤에는 눈이 내렸다. 눈이 그친 새벽, 눈이 내릴 때보다 온갖 물색들이 더 추워지는 법이다. 새벽 날씨가 살을 에일 듯하다. 이런 날이면 추위에 떨던 둥지 속의 까치마저도 깨어나 푸득대겠지. 시의 '아鴉'는 갈가마귀이지만 우리나라에서는 까치를 가리키는 것으로 사용된다. 이런 추위 속에 고관의 마차는 눈길 위를 지나가나 보다. 마차 바퀴 소리가 우릉우릉 뇌성이라도 치는 것같이 을씨년스럽게 들려온다.

춥구나. 추위를 이기기 위해서 술도 마시고 불도 피워본다. 녹주綠酒는 동동주로 맑은 술에 밥알을 동동 뜨게끔 빚은 약주이다. 개미가 물에 떠 있는 것과 같다고 하여 부의주浮蟻酒 · 녹의주綠蟻酒라고 한다. 또는 나방이 떠 있는 것 같다고 하여 부아주浮蛾酒라고도 한다. 하지만 너무도 추워 술기운도 맥을 못 추고 도무지 취하지 않는다. 나만 추운 것이 아니라 저 등불도 추운 것인지 붉은 불꽃도 얼어붙은 듯 피워내지 못하고 있구나. 나의 처지를 돌아보니 날씨만 날에 워싼 것이 아니라 곤궁함도 또한 나를 감싸고 있구나.

그렇다고 내가 위축될 필요는 없지. 둘러보니 산속 집에서 아침밥을 짓는지 하얀 연기가 피어오른다. 어젯밤 눈 내릴 때 어떤 손이 저 집을 찾아갔을까? 저 진晉나라 왕휘지王徽之는 산음山陰에 살았지. 눈 경치를 보다가 문득 섬계剡溪에 사는 친구 대규戴逵가 보고 싶었지. 밤새도록 배를 타고 대규의 집으로 갔다가 그의 집 앞에서 갑자기 돌아섰다고 했지. 어떤 이가 그 이유를 물으니, "홍을 타고 갔다가 홍이 다하면 돌아오는 것[乘興而來 興盡而返]이지 꼭 안도(安道, 대규의 자)를 만날 것인가"라고 대답했다지. 배 띄우고 대번에 노를 저어 갔던 때의 그 손님의 객의 홍취 알 만하겠다. 외론 연기 펴나는 곳 산속 집이 아마 대규가 시는 집이었을 것이니까.

소동파는 이런 눈 오는 날 무엇을 했던가? 소동파는 귀양가서도

조속趙涑, 〈고매서작古梅瑞鵲〉, 종이에 수묵, 55.5 x 100.0cm, 간송미술관 소장.
—

눈이 그친 새벽에는 눈이 내릴 때보다 온갖 물색들이 더 추워지는
법이다. 이런 날이면 추위에 떨던 둥지 속의 까치도 깨어나 푸득댈
것이다. 긴장감이 흐르면서도 소탈한 멋이 풍기는 이 그림은 문인
화가로서 조속의 품격을 유감없이 보여준다.

문을 닫고 베개를 높게 베고 누웠지. 찾아오는 사람 없어도 마음은 흡족했으리라. 족자 따위를 벽에 박아놓은 쇠고리에 물건을 걸기 위한 막대기처럼 생긴 도구가 화차畵叉이다. 매달 초하루면 돈 4,500전을 가져다가 30뭉치로 나누어 대들보에 걸어두었다가 새벽에 화차로 당겨서 취하여 썼다고 하였다. 동파 선생이야 물욕에 관심 두지도 않았겠지만, 좋은 친구를 만나면 흔쾌히 술을 마시며 즐기기 위해 마련해둔 것이었겠지. 나도 그런 동파의 오만한 자부와 풍류를 닮아봐야지.

왕휘지가 거침없이 배를 저어 떠났다가 그 앞에서 망설이지 않고 돌아선 모습에서 가난한 삶의 강박감을 느낄 수 없다. 귀양지에서도 세상의 비웃는 듯 자신의 고고함을 그대로 지켜내었던 소동파의 흥취 또한 찌들린 느낌이 전혀 없다. 두 사람의 고사는 시인이 지향하려는 정신적 삶의 모습이다.

옛말에 '종랭시열從冷視熱'이란 말이 있다. 냉정한 가운데 열광했을 때를 돌아보고, 그런 다음에야 열광했을 때의 분주함이 무익한 것임을 알게 되며, 번잡함에서 한가함에 들어가 그런 다음에라야 한가했을 때의 재미가 가장 긴 것임을 깨닫게 된다(《채근담菜根譚》후집後集, "從冷視熱, 然後知熱處之奔走無益. 從冗入閑, 然後覺閑中之滋味最長"). 무릇 사람이란 어둠의 고통을 겪어본 후에 한낮의 소중함을 알게 된다.

아무리 물질적으로 어렵게 살지라도 풍요를 바라지 않는 것이 선비의 태도이다. 부족한 가운데 즐거움을 찾으며 안빈낙도安貧樂道를 추구함이 우리 선인들의 생활 자세이다. 중장통仲長統(179~220)은 후한後漢 시대의 학자이자 고사高士이다. 벼슬길을 마다하고 포의布衣로

일생을 마쳤다. 평소 "제왕을 따라 노니는 자들은 입신양명하고자
해서이나, 이름은 항상 보존되는 것이 아니다. 한가로이 노닐며 자
유롭게 기거하여 진실로 그 뜻을 스스로 즐길 뿐이다"라고 하였다.
그는 〈낙지론樂志論〉을 지어 제왕의 문에 들기를 바라지 않았고, 좁
은 서실 속에서나마 자신의 삶에 만족하며 즐겁게 지내려는 소망을
밝혔다. 이것이 신석정辛夕汀 시인이 지향하는 삶의 모형이다.

—

대바람소리
들리더니
소소한 대바람소리
창을 흔들더니

소설小雪 지낸 하늘을
눈 머금은 구름이 가고오는지
미닫이에 가끔
그늘이 진다

국화 향기 흔들리는
좁은 서실書室을
무료히 거닐다
앉았다, 누웠다
잠들다 깨어 보면
그저 그런 날을

눈에 들어오는
병풍의 '낙지론樂志論'을
읽어도 보고……

그렇다
아무리 쪼들리고
웅숭거릴지언정
"어찌 제왕의 문에 듦을 부러워하랴"

대바람 타고
들려오는
머언 거문고소리……

신석정, 〈대바람소리〉

연기 이는 마을을 찾아

어제도 하룻밤
나그네 집에
까마귀 가왁가왁 울며 새었소

오늘은
또 몇 십 리+里
어디로 갈까

산山으로 올라갈까
들로 갈까
오라는 곳이 없어 나는 못 가오

말 마소 내 집도
정주곽산定州郭山
차車 가고 배 가는 곳이라오

여보소 공중에

저 기러기
공중엔 길 있어서 잘 가는가?

여보소
저 기러기
열십자 +字 복판에 내가 섰소

갈래갈래 갈린 길
길이라도
내게 바이 갈 길은 없소

김소월, 〈길〉

《문명》 창간호(1925. 12)에 실린 김소월의 시이다. "오늘은 또 몇
십 리 어디로 갈까?", "오라는 곳이 없어 나는 못 가오", "내게 바이
갈 길은 하나도 없소", 정처 없는 나그네의 독백이다. 고향을 상실
하고 유랑하는 나그네의 서글픈 탄식이며, 나라 잃은 식민지 백성
의 서러운 심정의 표백이다.

—

지는 해가 거친 들판 막 넘어가고
찬 까마귀 저녁 마을 내려앉는데
빈 숲에는 저녁 연기 차갑게 낀 채
초가집은 사립문이 닫힌 채 있네
落日臨荒野　寒鴉下晚村

空林煙火冷　白屋掩荊門

김정金淨, 〈눈에 보이는 대로 읊어보며[卽事]〉

쓸쓸한 초겨울의 저녁 풍경이다. 거친 들판 끝 지평선으로 해가 막 넘어가려고 한다. 그 뒤로 찬 하늘이 펼쳐져 있고 땅거미가 져온다. 찬 하늘에는 떼를 지어 날던 갈까마귀들도 이제 안식을 취하려 둥지로 돌아가려는지 석양빛에 물든 하늘을 맴돌다 저편 마을로 내려앉는다. 앙상한 가지를 떨고 있는 겨울 숲에는 이미 낙엽이 져 길을 덮고 있다. 그 사이로 저녁밥을 짓는지 초가지붕 위로 하얀 연기가 올라가 차가운 밤하늘에 깔려든다. 가난한 선비가 살고 있을 초가집엔 사립문이 닫힌 채 방 안의 불빛이 새어나온다.

시인은 이런 계절에 민가의 밥 짓는 풍경에서 따뜻하고 아늑함을 느낀다. 인적이라고는 보이지 않는 겨울 저녁의 풍경이 덩그렇게 그려져 있다. 가난한 백성들이 사는 초가집이 '백옥白屋'이다. 저녁밥 짓는 연기는 그 마을 그 집에 살고 있을 소박한 사람의 모습을 상상하며 날씨가 차가워질수록 더 아늑하게 느껴지고 안겨들고 싶은 사랑스러운 공간으로 만들었다. 그 속에 있을 가난한 선비 '한사寒士'에게 시인은 자신의 현재 소망을 투영시키고 있다. 현재 나그네로 떠도는 상황이라면 이런 소박한 모습이 더욱 애틋해질 것이다. 혹시나 애들은 타향에 있는 아비라도 생각할까? 화롯가에 정담을 나눌 고향 집의 가족들이 새삼 그리워질 것이다.

쓸쓸한 겨울의 풍경을 그려 가난하지만 깨끗한 선비의 아늑한 정을 담은 시로 인상을 잘 살리고 있다. 쓸쓸한 겨울 풍경에 특수한 인상을 잘 입혔고, 부러워하고 아늑하게 느끼는 시인의 감정을 간접으로 암시하였다. 경景을 그려 정情을 읊어낸 시이다. 나그네의 눈에 뜨이는 있는 그대로의 풍경을 읊었기에 철저히 객관화된 풍경의 묘사로 사경시寫景詩의 모습을 갖추고 있다. 그러나 그림 속에는 가난한 마을의 풍경을 보고 느낀 시인의 흥취가 들어 있어 가슴 한쪽을 아리게 한다.

―

수많은 산길에는 눈이 덮였고,
한 물가 마을에는 밥 짓는 연기
나그네 찾아들어 투숙하려니,
지는 해는 어느덧 황혼이구나
積雪千山路　　孤烟一水村
行人欲投宿　　殘日已黃昏

이달, 〈안주의 시골집에 자면서[宿安州村舍]〉

이달은 만년에 평안도를 떠돌았다. 눈이 내린 어느 겨울날 황혼 무렵 안주의 촌가에서 하룻밤을 자게 되었을 때 지은 이 시는 한 폭의 겨울 산하를 그린 수묵화이다.

광활한 북관北關에는 산도 많고, 수많은 산과 그 산들을 이어주는 많은 길도 눈에 덮였다. 멀리서 한 줄 연기 피어오른 것을 보니 물가 마을에서는 저녁밥을 짓는가 보다. 길 가던 나그네가 하룻밤 투숙하길 바라며 그 마을로 향해 간다. 겨울의 짧은 해는 온통 붉은 노을을 만들고 서산에 걸려 있다.

실재하는 풍경이 나그네로 떠도는 작자의 고적감과 외로움의 심기를 대비적으로 흥기시키고 있다. 그림 속에다 '행인行人'을 그려놓아, 광활한 천지 속에 길을 가는 미소微小한 나그네를 대비시켜 지친 모습과 고달픔을 객관적으로 정조화情調化하였다. 표면상으로는 한 폭의 겨울 풍경이지만 그 이면에는 정작 그 풍경 속에 나그네로 떠도는 시인이 서러움에 목메고 있다.

"적설천산로積雪千山路"와 "고연일수촌孤烟一水村"의 시어 질량 조절과 배합은 대상을 실재 상태대로 보여주기 위한 표현만이 아니다. 작자의 지치고 막막한 나그네 인생길과 그 위를 가는 작자의 고독한 심기를 내재시키도록 하여 자연스럽게 대상 속에 일체화되었다.

황혼이란 시간은 여유 있는 사람에게는 안식의 시간이다. 하지만 이 밤을 다른 이에게 의탁해야 하는 나그네 처지에서는 오히려 마음속에 갈등이 일어나는 시간이 된다. 이 시는 인생의 고달픔과 그 안식의 희구가 역시 저만큼 놓아진 채 정감화하였다. 그러므로 시적 자아로서의 작자까지도 객체화한 작품 속에서 삼인칭으로 동격화하여 '행인'으로 표출되었고, 그래서 작품 전부가 고스란히 대경화對境化하였다.

작품 내적 형편으로서의 작자의 실제 형편은 "휴!" 하는 안도감 속에 있다. 저 연기를 보니 그래도 오늘은 다행히 노숙을 면할 수 있겠네. 광활한 자연과 대비되는 작고 초라한 나그네, 그 나그네가 살아가는 삶의 불안정성과 고독의 깊이가 강화되어 있다.

좋은 시인은 그림을 잘 그린다. 참 시인은 말하지 않고 몇 가지 단서만을 보여주기 때문에 특별히 잘 쓴 것 같지 않아도 읽고 나면 여운이 남는다.

—

구차하게 생계 땜에 어찌 그리했으랴만
봄가을로 왔다 갔다 왜 그리도 바쁘더뇨?
찬 하늘이 속 시원히 탁 트인 게 단지 좋아
물가보단 구름이랑 있는 날이 많은 게지
豈爲區區稻粱計　秋來春去奈忙何
只愛寒空如意闊　在泥日少在雲多

강위姜瑋, 〈길을 가다 기러기 소리를 들으며[道中聞雁有感]〉

김택영金澤榮·황현과 함께 한말 3대 시인의 한 사람이 추금秋琴 강
위이다. 그는 가난한 집안에서 태어났으나, 스스로 애써 노력하여
학문을 이루었다. 장차 세상에 나아가 큰 포부를 펼 꿈을 길러왔으
나, 불운하게도 굶주림과 추위에 쫓기는 몸이 되어, 동서로 떠돌면
서 답답한 심사를 오직 시에다 부쳐 달래었다. 이 시도 바로 그 시절
의 답답함을 떨치고자 방랑길에 오른 심사가 그리도 시원했음을 보
여준다.

　방랑길 고개 들어 하늘을 보니 기러기 떼 날아간다. 춘거추래春去
秋來하는 기러기 일생. 가을에 왔다 봄에 가고, 봄에 갔다가는 다시
가을에 오기가 바쁜 철새이다. 구름 길 여정 만 리를 오고 가는 기러
기는 무엇 때문에 남북을 왕래하느라 저리도 바쁜가? 나는 또 무엇
하러 나그네로 떠도는 것일까? 입과 배를 채우기 위한 생활의 계책
때문인가? 아닐 것이다. 허공의 긴긴 여로에서 해를 맞고 해를 보내

조정규趙廷奎, 〈월야노안月夜蘆雁〉,
종이에 옅은 색, 109.0 x 47.8cm,
간송박물관 소장.
—

달밤의 갈대와 기러기떼. 방랑길 고
개 들어 하늘을 보니 기러기 떼 날
아간다. 구름길 여정 만 리를 오고
가는 기러기는 무엇 때문에 저리도
바쁜가?

어 생애를 다하는 기러기의 여정은 끝이 없다. 생계를 위해서라면 물가에 내려앉아 먹이를 먹으며 안정을 취하겠지만 저 기러기는 그런 생각이 없다. 저 기러기의 생애는 온통 구름과 동행하여 마냥 훨훨 하늘을 나는 날이 많다.

아마도 바라봐도 끝이 없는 활짝 열린 하늘 길이 거침없이 펼쳐져 내 뜻과 같이 툭 트여 있기 때문이리라. 저 기러기도 내 맘 아는 양 끝없이 넓은 차가운 창공의 공활함이 좋아 날고 있으리라. 무슨 긴한 일이 있어 저리 오가는지 모를 떠도는 인생길을 푸념하고 자조하며 가벼운 한숨을 흘릴 일도 아니리라.

가을 끝자락에 석양이 지는 언덕에 서서 기러기를 보며 〈이별의 노래〉를 떠올린다. 굳이 애달픈 이별의 경험이 없다 해도 노랫말만으로도 가슴 시리게 한다. 한국전쟁이 한창이던 1951년 대구로 피난을 내려갔던 작곡가 김성태와 시인 박목월이 만났다. 부산으로 이사 간 뒤 피난 생활이 길어지고 객지 생활에 고달파진 김성태는 불현듯 막걸리를 함께 기울이던 목월이 그리워 대구로 갔다. 이때 박목월은 한 편의 시를 김성태에게 건네주는데 바로 이 노랫말이다. 이 시를 받은 김성태는 감격하여 그날 밤으로 허름한 여인숙 방에서 작곡을 하여 세상에 내놓았다고 한다. 이 노래에는 사연이 있다. 목월이 사랑하던 여인이 임종하고 그로부터 며칠이 지나서 건넨 시였다. 수필집 《구름에 달 가듯이》에 수록된 목월의 고백 내용이다.

—

오월의 어느 날 오후 그의 사무실에서 첫 대면을 하고 눈발이 내리던 거리에서 두 번째 만남을 가졌다. 그리고 그녀를 세 번째 해후한 날은 유달리 눈부시게 햇빛이 비친 맑은 날이었다. 저편에서 걸어오는 한 여인, 소복한 여인은 햇빛을 등으로 받으며 불꽃에 싸여 있었다. 석고처럼 창백한 그녀의 얼굴은 아름다웠다. 중병을 앓고 있던 그녀는 그날 밤 자신의 병실을 지켜주길 박목월 시인에게 청했다. 병실에서 두 사람은 건배를 들었다. 그리고 이듬해 가을 어느 날 오후, 그녀는 세상을 떠났다.

박목월은 대구로 피난 내려가서 있던 1953년 봄 교회에서 서울의 명문 여대생을 만난다. 시인과 시를 좋아하는 문학소녀와의 만남은 여기서 끝나지 않고 이듬해 환도와 함께 서울로 올라오면서 자연스럽게 가까워진다. 그 여름이 가고 가을이 올 때 목월은 어디론가 잠적하게 된다. 그 사랑의 도피 생활이 넉 달째 들어섰을 때 제주에서 함께 살고 있다는 것이 알려져 부인 유익순 여사가 찾아온다. 새로 지은 목월과 여인의 겨울 한복과 생활비로 쓸 돈 봉투를 들고서. 끝내 목월은 여인과 헤어지고 서울로 돌아온다. 마음속 깊이 그 여인에게 품었던 사랑의 진심을 이 노랫말로 지은 것이다. "아아아 너도 가고 나도 가야지."

—

기러기 울어 예는 하늘 구만리
바람이 싸늘 불어 가을은 깊었네
아아아 너도 가고 나도 가야지

한낮이 끝나면 밤이 오듯이
우리에 사랑도 저물었네
아아아 너도 가고 나도 가야지

산촌에 눈이 쌓인 어느 날 밤에
촛불을 밝혀두고 홀로 울리라
아아아 너도 가고 나도 가야지

박목월 시·김성태 곡, 〈이별의 노래〉

그냥 갈까 그래도 다시 더 한 번

그립다
말을 할까
하니 그리워

그냥 갈까
그래도
다시 더 한 번……

저 산에도 까마귀, 들에 까마귀,
서산에는 해 진다고
지저귑니다

앞 강물, 뒷 강물,
흐르는 물은
어서 따라 오라고 따라 가자고
흘러도 연달아 흐릅디다려

김소월, 〈가는 길〉

길 위에서 서 있는 나그네의 마음이다. 그리움과 망설임, 그리고 아쉬움이라는 미묘한 심리, 길 위에 서 있는 사람의 표정이다. '그립다'는 말을 할까 하고 마음속에 되뇌어보는 순간 마음속에 고여 있던 그리움이 새삼 솟아난다. 그냥 갈까 하다가 그래도 다시 한 번 더 돌아본다. 까마귀 울음소리와 강물의 흐름, 서산에 해는 지고 갈 길은 멀다. 주저하고 망설이지만 어서 따라오라고 따라가자고 손짓하는 저 물길 따라 여정을 재촉해야지. 김소월이 1923년 《개벽》에 발표한 시이다.

—

눈보라 친 빈 창에는 촛불만이 깜박이고
달이 쳐낸 솔 그림자 지붕 머리 어른댄다
밤 깊어 산바람이 지나간 걸 알겠구나
담장 밖에 우수수 대밭에서 소리 나서
雪逼窓虛燭減明　　月篩松影動西榮
夜深知得山風過　　墻外蕭騷竹有聲

이우李堣, 〈우계현 헌운羽溪縣軒韻〉

우계는 강원도에 있는 고을이다. 퇴계의 숙부 이우의 시이다. 비교적 포근하게 여겼던 날씨가 갑자기 쌀쌀해지더니 저녁이 되자 바람에 내몰린 눈발이 창을 들이친다. 엉성한 문틈 새로 새어드는 바람에 촛불은 일렁거리다가 꺼질 듯하다 간신히 되살아나곤 하는지 흰 창문이 어두웠다 밝았다 한다. 마침내 바람에 쓸리다 촛불이 꺼진 채로 누운 채 언뜻 잠이 들었나 보다. 얼마쯤 잤을까? 창문이 환

하기에 문을 열고 내다보니 달빛이 하늘에 가득하다. 달빛이 쓸어
낸 듯 구름 없는 하늘에는 교교한 달빛이 서쪽으로 기울고 있다. 달
빛이 싸락눈이 엷게 깔린 대지를 비치자 세상은 온통 투명하고 깔
끔하다. 추녀 끝에 서 있던 소나무 한 가지에 달빛이 머물자, 체로
걸러낸 듯 맑은 그림자가 서쪽 지붕 머리에서 바람결 따라 이리저
리 흔들린다.

　문을 닫고 자리에 누워 눈을 감는다. 계절이 주는 느낌이 적지 않
은데 문득 바깥에 왁자한 소리 한 떼가 잠을 못 이루게 한다. 무슨
소릴까? 가만히 들어보니 집을 두른 대숲에서 들려오는 수런거리는
소리이다. 산바람 한 무리가 떼를 지어 대숲을 지나가는가 보다. 저
바람은 어디서 일어 어디로 가는가? 정처 없는 바람 앞에 대나무 잎
사귀들이 몸을 부비며 서글퍼하고 있구나.

　—

　신새벽을 무릅쓰고 낙주성을 홀로 나서
　짧은 역정 긴 역정을 몇 군데나 지나왔나?
　말 타고 길을 가다 흰 싸락눈 마구 맞고
　채찍 들고 시 읊다가 푸른 봉들 세어보네
　하늘 끝서 해가 지자 돌아갈 맘 급해지고
　들판 밖에 바람이 차 취한 얼굴 깨는구나
　인적 없는 외딴 마을 눌러 자야 할 곳인데
　집집마다 사립문들 일찍 그냥 닫았구나
　凌晨獨出洛州城　　幾許長亭與短亭
　跨馬行衝微雪白　　擧鞭吟數亂峯靑

天邊日落歸心促　　野外風寒醉面醒

寂寞孤村投宿處　　人家門戶早常扃

임춘林椿, 〈겨울날 길 위에서[冬日途中]〉

　임춘은 고려 시대 무신들의 난으로 집안이 화를 당하여 서울인 개
성에 정착하지 못하고 평생을 불우하게 살면서 자신의 뜻과는 달리
유랑 생활을 한 사람이었다. 겨울날 길을 가다 외딴 마을에 도착해
서 지은 시이다. 첫새벽에 길을 떠났다. 오늘 하루 지나온 길을 되돌
아본다. 지나온 역정이 몇이나 되었던가! 하루를 돌아본다. 아침에
길을 나서 거리가 긴 역정 거리가 짧은 역정 몇 군데나 지나왔던가?
말을 타고 오는 길에 싸락눈이 마구 뿌리기도 했지. 혼자 가는 길이
라 채찍을 들고 말을 세워 몇 번이나 시를 읊기도 하고, 말을 달리며
지나온 푸른 산은 얼마나 헤아렸던가?

　어느덧 하루해는 저편 하늘 끝으로 무심하게 져가지만, 길 가는
나그네 신세라 마음만 급하게 만든다. 나그네로 떠도는 몸이 오늘은
어느 마을에서 뉘 집에서 자고나 갈까? 들판 밖의 바람은 너무 차갑
게 불어온다. 낮에 마셨던 술로 취해 달구어진 얼굴을 싸늘하게 식
혀준다. 정신이 번쩍 든다. 막상 해 저물어 이 적막한 외딴 마을에
도착했다. 하룻밤 유숙을 부탁하려고 하는데, 인가마다 아직 이른
시간인데도 언제나처럼 사립문들은 닫혀 있다. 마음이 철렁하다.

　시를 읊고 산을 헤아려보고 술에 취해보기도 하면서 마음을 달래보
았지만, 해 저물어 말머리를 멈추고 보니 삶이란 냉정하고 고달픈
현실이라는 황망한 느낌, 안주할 수 없는 삶의 무게로 등줄기를 타

고 오르는 소름으로 움찔해진다. 결국 오늘 밤은 누구 집에서 유숙할 것인가? 나그네 길에서 겪는 하루 상황과 초라한 행색을 담담히 적어냈을 뿐인데, 오히려 시인은 우울하고 구슬픈 내적 심경으로 인해 설움이 문득 목구멍까지 치밀고 올라올 듯하다.

―

꿈에서 깬 역정에는 새벽 등불 빤한 채로
안장 얹고 말 타려니 추위 닥쳐 떨려오네
주사杜史가 단 굽던 곳 자욱하게 구름 일고
문왕文王이 비 피한 곳 수북하게 눈 쌓이네
일 부딪쳐 멍울진 속 세상 누가 알아줄까?
시 읊어도 헝클어진 센 머리만 남겨졌네
때 낀 두건 빨 접혔고 갖옷조차 헤졌으니
용문 가면 이응을 만나뵙기 부끄럽소
夢破郵亭耿曉燈   欲乘鞍馬覺凌兢
雲迷杜史燒丹竈   雪壓文王避雨陵
觸事誰知胸塊磊   吟詩只得髮鬇鬙
塵巾折角裘穿縫   羞向龍門見李膺

이제현李齊賢, 〈이릉을 일찍 출발하며[二陵早發]〉

익재益齋 이제현이 성도成都로 가려고 할 때 조맹부趙孟頫가 고조古調 한 편을 보내왔었다. "금성(錦城: 성도)이 놀기 좋다 말일랑 마오. 빨리 옴이 바로 좋은 계책일 것이니[勿云錦城樂 早歸乃良圖]"라는 구절이 있었다. 금년 시월에 북으로 돌아오게 되었는데 마침 눈이 갠 후 이릉

길 위에서 갑자기 그의 시가 생각나므로 이 시를 지어 부쳤다. 이릉은 효함崤函에 있는 두 언덕으로 남쪽은 하걸夏桀의 조상인 하후고夏侯皐의 무덤이고, 북쪽은 문왕이 풍우風雨를 피하던 곳이라고 한다.

잠에서 깨어난 역정엔 새벽 등불만이 깜박일 뿐, 너무 이른 시간에 길을 나서는지라 다른 길손들은 보이지도 않는다. 말에 안장을 얹고 출발하려는데 새벽 추위 몰려들어 몸이 오싹 떨려온다. 이제 막 이릉 길에 이르러 주위 풍경을 둘러본다. 저곳을 지나면 목적지인 장안이다. 지나온 길을 돌아보니 지나온 파촉巴蜀 땅에는 구름이 자욱이 끼어 지나왔던 길은 보이지 않는다. 노자는 청우靑牛를 타고 파촉에 이르러 단약丹藥을 구웠다지. 지금 출발하려는 이릉 언덕을 바라보니 눈이 가득히 쌓여 있다. 옛날 주 문왕이 비를 피했다는 전설이 있는 곳이다. 지나온 여행길은 구름이 잔뜩 끼어 있어 순탄하지 못했고 앞길에는 눈이 내려 험난하기도 하다.

길만 험난했던 것이 아니라 자신의 신세도 기구하였다. 세상에 살면서 부딪히는 일들마다 가슴속에 응어리를 만드는데 그런 사실을 알아줄 이도 없었다. 그래서 가슴속에 맺힌 한을 풀어보려고 시를 지어보지만 얻은 것이라곤 쥐어짜며 고민만 한 흔적으로 남은 헝클어진 머리카락뿐이었다.

초라한 자신의 꼬락서니는 곤궁해진 소진蘇秦과 같다. 그 옛날 소진은 세상을 경륜해보려는 포부를 갖고 진왕秦王에게 열 차례의 유세의 글을 올렸다. 그러나 받아들여지지 못한 채 가지고 있던 재물을 탕진하고, 다 떨어진 검은 갖옷을 입고서 집으로 돌아왔다지. 일도 못 이루고 낭패하였으니 이번 성도 여행 다녀온 내 꼴이 그 모양이다. 탄식이 절로 인다.

길 떠나기 전에 걱정해주던 벗 조맹부를 생각하고 보내왔던 시구를 떠올리니 곤궁한 내 신세가 더욱 부끄럽다. 지금의 조맹부는 후한 때의 이응李膺에 비견되는 뛰어난 인물이다. 이응은 홀로 예의를 지켜 풍속을 바로잡았던 명사로, 선비들이 그의 대우를 받으면 "용문龍門에 올랐다"는 말을 하여 어려운 관문을 통과한 영광을 일컫기도 했다. 이응의 친구인 곽태郭泰는 넓은 옷과 넓은 띠를 하고서 군국을 주유하였다. 진량陳梁의 사이를 가다가 비를 만나서 빳빳하던 두건의 한 모가 접혀 축 늘어진 일이 있었다. 지금 이릉을 지나는 내 모양이 곽태 그 사람 꼴이다. 곽태는 낭패한 꼴로 용문에 가서 이응을 만나보기가 부끄러웠겠지.

오늘은 마음이 답답하고 시절도 하 수상하여 강가에 나갔다. 날씨가 쌀쌀하고 바람이 분다. 아침나절에는 구름 한 점 없더니 어느새 몰려든 구름이 무리를 지어 하늘을 내달린다. 마치 하늘을 벗어나려는 듯이, 그렇지만 구름은 하늘을 벗어날 수 없고 또한 하늘도 자유로운 구름을 잡아둘 수 없으리라. 그 하늘과 구름 아래 늘 하늘을 닮고 싶은 강물이 하늘을 그려보고 있다. 오늘도 구름은 물 위에 제 모습을 비추다가 순식간에 사라져버렸다. 바람처럼 자유로운 구름을 갈 길 정해진 강물이 어찌 닮을 수 있을까? 소망과 현실, 싫든 좋든 길은 정해진 것, 삶이란 주어진 조건에 따라 적응하며 그 길을 걸어가야 되는 것일까?

강가에 앉아 흐르는 강물을 바라보았다. "가는 것이 이와 같구나! 밤낮으로 머물지 않구나[逝者如斯夫! 不舍晝夜]."

서리까마귀 울고 간 북천은 아득하고
수척한 산과 들은 네 생각에 잠겼는데
내 마음 나뭇가지에 깃 사린 새 한 마리

고독이 연륜마냥 잠겨오는 둘레가에
국화 향기 말라 시절은 저물고
오늘은 어느 우물가 고달픔을 긷는가

일찍이 너 더불어 푸르렀던 나의 산하
애석한 날과 달이 낙엽 지는 영마루에
불러도 대답 없어라 흘러만 간 강물이여

정완영鄭椀永 시·황덕식 곡, 〈애모〉

먼 데 여인이 옷 벗는 소리

어느 먼 곳의 그리운 소식이기에
이 한밤 소리 없이 흩날리느뇨

처마 끝에 호롱불 여위어가며
서글픈 옛 자췬 양 흰 눈이 나려

하이얀 입김 절로 가슴이 메어
마음 허공에 등불을 켜고
내 홀로 밤 깊어 뜰에 나리면

먼 곳에 여인의 옷 벗는 소리

희미한 눈발
이는 어느 잃어진 추억의 조각이기에
싸늘한 추회追悔 이리 가쁘게 설레이느뇨

한줄기 빛도 향기도 없이

호올로 차단한 의상衣裳을 하고

흰 눈은 나려 나려서 쌓여

내 슬픔 그 우에 고이 서리다

김광균金光均,〈설야雪夜〉

눈 내리를 소리는 어떻게 표현할까? 김진애는 "눈 오는 소리를 소
복소복이라고 표현한 지혜는 참으로 놀랍다. 소복소복은 물론 쌓인
다는 모습을 표현하는 형용사임에도 불구하고, 소복소복이라는 말
을 들으면 눈 오는 소리가 들릴 듯하다"라고 눈 오는 소리의 정감을
말하였다. 눈 오는 것을 조용하게 묘사하는데 그 조용한 점 때문에
눈 소리는 더욱 진귀하다는 것이다. 오세영은 눈 내리는 소리를 "하
얀 종이 위에선 밤새/ 사각사각/ 펜촉 스치는 소리"라고 하였다.

최고의 눈 내리는 소리는 무엇일까? 아마 김광균의 "머언 곳에 여
인의 옷 벗는 소리"를 꼽고 싶다. 사르락거리며 내리는, 들리는 듯
들리지 않는 눈 소리를 마치 여인의 옷 벗는 소리 같단다. 꿈결 같은
몽환의 소리이다. 눈이 내리는 정경·적막감을 여인의 환상적인 신
비감으로 표현하여, 청순하고 은밀한 분위기를 감각적으로 나타내
었다. 김광균은 이 시를 극장에서 영화를 본 후, 스크린에 온 눈이
유난히 아름다워 그때 떠오른 생각을 석 달이나 퇴고를 거듭한 끝
에 완성하였노라고 회고하였다. 이 시는 지극히 낭만적이고 감상적
이며 이미지가 뛰어나다. 이 작품이 발표되었을 때 '서정시의 상실
시대라고 할 요사이에 드물게 보는 가편으로 눈 오는 밤이라는 하
나의 정경이 시인의 고요하고 외로운 심혼과 잘 조화되어 조금도

무리가 없는 표현'이라는 평을 받았다고 한다.

중종 때의 문인 남주南趎의 누이는 시에 능하였다. 남주가 눈을 두고 시를 짓게 하며 홍紅과 녹綠 자로 운자를 부르니, 누이가 즉석에서 시를 지었다.

—

땅에 질 땐 초록 뽕잎 먹는 누에 소리 같고
하늘 날 젠 붉은 꽃잎 엿본 나비 모습 같네
落地聲如蠶食綠　飄空狀似蝶窺紅

남주南趎의 누이, 〈눈을 읊다[詠雪]〉

눈과 이미지가 맞지 않는 녹과 홍 자를 가지고 청각과 시각적 이미지를 통해 기발한 발상과 표현을 하였다. 눈이 땅에 닿는 소리를 마치 누에가 푸른 뽕잎을 갉아먹는 소리 같다고 하였다. 누에가 꼬치를 지을 때 "사르락사르락" 하는 소리가 들리는 듯 말 듯한데 감각적인 순간을 청각적으로 포착하여 이미지화하였다. 눈이 많이 내릴 때 허공에서 날리는 모습을 하얀 나비 떼로 잡아내었다. 흰나비 떼가 붉은 꽃잎에 달려드는 순간의 나풀거리는 동태성을 시각적으로 이미지화하였다.

—

삼 년 동안 귀양살이 병까지도 겹친 채로
한 방 안에 사는 꼴은 갈수록 중 같은데
사방 산에 눈 가득해 찾아오는 사람 없고
바다 물결 소리 속에 앉아 등불 돋우노라!

三年竄逐病相仍　　一室生涯轉似僧
雪滿四山人不到　　海濤聲裏坐挑燈

최해, 〈고을의 사택에서 눈 내리는 밤에[縣齋雪夜]〉

시골 조그만 현의 사택에서 눈 내리는 밤의 정경을 읊었다. 서거
정은 최해가 장사감무長沙監務로 좌천되어 가서 지은 시라고 소개하
였다. 최해는 좌천되어 지방에 내려가 있는 자신의 외로운 처지와
행태를 '귀양살이[竄逐]'이라고 표현하여 스스로 연민하면서 그림으
로 보여주고 있다. 그 형상의 이면에는 탄식의 심정이 실려 있다.

귀양살이 같은 좌천된 처지에 병까지 걸려 겹쳐 있으니 자신의 형
편이 참으로 한탄스럽다. 차가운 방 안의 사는 꼴이 갈수록 산속 중
과 같이 적적하다. 사방 산에는 눈이 가득 내리고 찾아오는 사람 없
다. 그저 바다 물결 소리 들려오는 속에 홀로 앉아서 등불 심지만 돋
우고 있다. 자신의 모습을 객관화시켜 묘사함으로써 심정의 고독함
을 암시하고 있다. 시인이 극한적 고통의 처지에다 병이라는 더 극
한적 고통의 상태로, 스스로 딱한 처지를 만들고 스스로 슬퍼하는
모습이 눈에 선하게 그려진다.

시에서 '병 핑계[稱病]'는 우리 선인들의 처세적 대응의 한 관습적
행태이다. 정철이 〈관동별곡關東別曲〉에서 "강호江湖에 병病이 깊어,
죽림竹林에 누웠더니……"라고 하였다. 이는 사마상여馬相如傳가 "항
상 병을 핑계대고 한가로이 살면서 벼슬을 사모하지 않았다[常稱病閑
居, 不慕官爵]"라고 한 것과 같이 실제의 병이 아니라 자기 겸손의 자아
화이다. 하지만 최해의 칭병은 자학적인 자아화로 비쳐진다. 그 시

대의 부조리한 상황에 대해서는 청병은 지식인들이 공통적으로 비판적 태도만 지니고 있을 뿐이고, 실제로는 적극적 행동이 결여된 채 소극적이며 수세적인 행위라는 한계를 지니고 있다.

—

기운 집엔 스산하게 바람이 들고
빈 뜰에는 새하얗게 눈 쌓이는데
시름 든 이 가슴과 저 등잔불이
이 한밤 둘이 함께 재가 되누나
破屋凄風入　　空庭白雪堆
愁心與燈火　　此夜共成灰

김수항金壽恒, 〈눈 오는 밤 홀로 앉아[雪夜獨坐]〉

문곡文曲 김수항은 영의정 재직 중 기사환국으로 진도에 유배된 후 사사賜死되었다. 이 시의 배경은 진도 유배지 눈보라 치는 겨울밤이다. 기우뚱한 허름한 배소配所에는 "휘잉" 하고 울리며 칼 같은 찬바람 소리 말을 달리다 문틈으로 침노한다. 찾아오는 이 없는 휑한 뜰엔 흰 눈만 하염없이 쌓여간다. 긴긴 겨울밤 하소연할 길 없는 억울함에 잠을 이룰 수 없다. 마음을 둘 데 없어 그저 할 수 있는 일이라고는 저 등잔불의 심지만을 사르는 수밖에……. 찬 겨울밤 내내 이 몸의 속은 타고 타서 재가 되어가는데 저 등불도 내 안 같아서 저도 심지를 태우고 태우며 나와 함께 재가 되어간다. 마침내 재로 남고 꺼져버릴 등불의 숙명 속에 시인은 자신의 운명을 반추하고 동정하며 동병상련의 위안을 삼고 있다.

—

잠자리에 한기 들어 의아했는데

다시 보니 창문이 환해져 있네

밤 깊어서 알겠구나, 눈이 쌓인 걸

때로 들린 대나무 꺾인 소리에

已訝衾枕冷　　復見窓戶明

夜深知雪重　　時聞折竹聲

백거이, 〈눈 내린 밤에[雪夜]〉

눈 내린 밤을 읊은 백거이의 시이다. 깊은 밤에 눈이 쌓인 풍경을 대나무 꺾이는 소리라는 청각적 이미지로 솜씨를 뽐내고 있다. 창문이 환해진 것을 보고 눈이 왔다는 것을 알았고 대나무 꺾인 소리를 듣는다고 하여 눈 쌓인 풍경을 잘 묘사해내었다.

　잠자리에 스며드는 한기에 눈을 떴다. 이미 추위에 대해 의아한 생각이 들었는데, 어두웠던 방 안에는 창문이 하얗게 밝다. 어라, 아직 밤이 새지 않은 것 같은데 벌써 아침이 되었나? 잠이 들어 눈 내린 줄 몰랐는데 창이 밝아져서야 눈이 내린 걸 짐작했다. 눈이 많이 내려 겹겹으로 쌓였나 보다! 창밖에서 이따금 눈 무게에 눌렸는지 "툭" 하는 대나무 가지 꺾이는 소리가 들려온다. 시각과 청각을 이용한 언어의 이미지만으로 눈이 쌓인 풍경을 묘사해내 언어의 절제감과 시어의 함축미가 두드러진다. 대나무 꺾이는 소리인 청각적 이미지와 눈 쌓인 모습인 시각적 이미지의 결합을 통해 시각의 청각화를 이루었고 놀라운 경이를 체험한 흥취를 함축하였다.

—

종이 이불 한기 돌고 불당 등불 가물한 채,
애기 중은 한밤 내내 종도 치지 않았는데
투덜대리, 재운 손이 일찍 문을 열라면서
암자 앞의 눈 덮인 솔 보겠다고 하는 것을

紙被生寒佛燈暗　　沙彌一夜不鳴鍾
應嗔宿客開門早　　要看庵前雪壓松

이제현, 〈산속 눈 내리는 밤에[山中雪夜]〉

눈 내리는 밤 깊은 산속 절의 정경과 눈 내린 뒤에 바라볼 소박한
흥취를 독백처럼 이야기하고 있다. 애기 중과 길손을 등장시켜 그
들의 행태와 추정되는 심리를 묘하게 대비적으로 제시하여 산가의
눈 온 뒤의 경관과 흥취를 그려내었다.

종이 이불에도 찬 기운이 감돌고 불당 앞의 등불도 가물가물 침침
해진 상황이다. 여우 겨드랑이 털보다 하얗고 솜보다 따뜻한 것이
종이로 만든 이불[紙被]이다. 이런 지피를 덮었는데도 한기가 도는
판이니 그 추위가 어지간함을 알 수 있다. 불등마저 희미해져 어두
운 절 방이라 더욱 춥게 느껴진다. 이런 추운 밤이라 어린 중은 꼼짝
도 하기가 싫어서 맡은 일인 종 치는 것도 잊고 잠들어 있다. 이 어
린 중의 게으른 행태를 통해 산사의 겨울밤이 몹시 춥다는 것을 간
접적으로 보여주고 있다.

시인은 내일 아침에 있을 일을 상상하며 중얼거리며 잠든 어린 중
을 약간은 미안하면서도 따사로운 눈길로 바라본다. 이른 새벽 곧

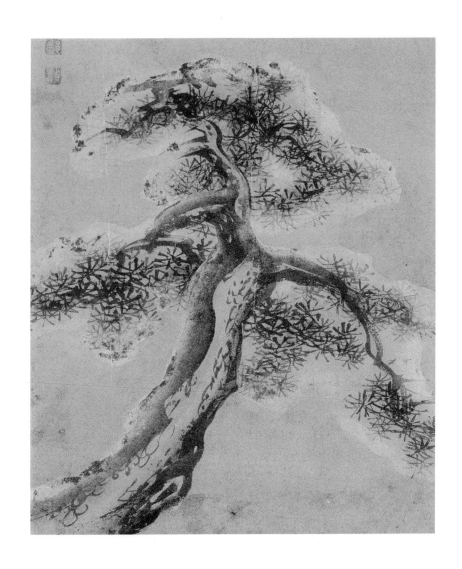

정선鄭敾, 〈노송대설老松戴雪〉, 종이에 수묵과 옅은 색, 18.6 x 23.6cm, 간송박물관 소장.

늙은 소나무 위에 눈이 수북이 쌓인 풍경이다. 노송의 잔가지가 눈의 무게를 이기지 못하고 부러질 듯하다. 이제현의 〈산속 눈 내리는 밤에[山中雪夜]〉에 등장하는 '암자 앞의 눈 덮인 솔'이 자연스레 떠오른다.

한 잠에 빠져 있을 애기 중을 깨울 생각이다. 저 사미승은 눈을 비비
며 일어나 재워준 길손이 아침 일찍 문을 열라는 것을 아마도 투덜
대리라. 눈 내리는 산속 이 한밤에 어린 너야 세상모르고 잠에 빠져
있지만, 이 밤 내리는 눈을 생각하면 나는 잠도 오지 않는다. 내일
아침 설경을 마주할 것을 설렘으로 고대하고 있다. 눈 온 날의 가장
아름다운 경물로 제시된 한 폭의 '암자 앞의 눈에 덮인 소나무'는 너
무도 청신한 시각으로 선명한 인상을 남기며 산사의 맑은 흥을 말
없이 그려내고 있다.

　김종직은 "세속 사람이 산가의 맑은 경치를 누설하는 것을 싫어
한 것이니 말뜻이 새롭다[惡俗子漏泄山家淸景也, 語意新]"고 하였다. 서거
정은 "산가의 눈 온 밤의 기이한 운치를 그대로 묘사해내어 읽어보
니 상큼한 이슬이 이와 뺨 사이에서 생겨나게 한다[能寫出山家雪夜奇趣,
讀之令人沆瀣生牙頰間]"라고 하였다.

—

　밤새 내린 차가운 눈 층층대를 덮겠는데
　주승은 어느 산서 자고 아니 오시는가?
　작은 승방 향 사위고 바람 소리 고요해져
　솔을 스쳐 비쳐드는 개인 달을 홀로 보네
　連宵寒雪壓層臺　　僧到何山宿未廻
　小榻香消靈籟靜　　獨看晴月過松來
　송익필宋翼弼, 〈운암에서 벗의 운을 따라 지으며[雲庵次友人韻]〉

운암이라는 암자에서 벗의 운자를 따라 지은 시이다. 산사 암자를

찾아갔다. 눈 내린 밤을 지새우면서 돌아오지 않는 스님을 상상하고, 눈이 갠 밤의 맑고 싸늘한 풍경과 운치를 그렸다. 청정하고 맑은 경지를 그린 청한淸寒한 그림이 되었는데 달빛은 바로 시인의 수양된 인격을 상징한다.

스님을 기다린 지 얼마나 되었을까? 눈이 내려 층대를 겹겹으로 덮었다. 주승은 어느 산에 찾아갔다가 눈에 막혔는지 오늘 밤 주무시고 아니 오시는가? 객은 암자에서 잠을 자지 않고 향을 사위고 있다. 창밖에 휘몰아치던 눈보라, 울려대던 솔바람 소리도 어느덧 고요해졌다. 눈보라가 그치자 객의 번민도 함께 사라졌다. 창문을 열고 내다보니 암자 앞에 눈 덮인 소나무가 서 있고 하늘에는 갠 달이 말쑥하게 밝다. 낙락장송 가지 사이로 비쳐드는 달빛이 눈에 시리다. 주변은 그야말로 "월백설백천지백月白雪白天地白"이니 달도 희고 눈도 희고 천지까지 하얗다. 산가의 청한한 경치를 묘사하여 산중의 고요하고 적막하고 맑음을 극대화하였다. 밝은 달빛을 바라보는 시인이 객체화되어 그려졌는데, 바라보는 달은 시인의 수양된 맑은 내면의 투영이며 자연과 동화된 시인의 깨끗한 인격의 표상이다.

눈 쌓인 작은 절집, 바람 소리조차 들리지 않는 고요한 밤, 눈 쌓인 소나무, 그 사이로 비치는 맑게 갠 달빛은 그 절집 주인인 스님의 정신세계이며 그것을 좋아하여 찾아온 작자의 정신세계의 표상이다. 그래서 허균이 "곧 이 시 한 수는 작은 벽옥이라 할 만하다〔即此一篇 可稱寸璧〕"라고 평하였다. 또 "구절의 격조가 지극히 맑으니, 어찌 사람이 말한 것이라 하겠는가?〔句格淸絶 烏可以人發言哉〕"라고 평하고 있다.

수묵빛 난초 화분 하나, 반개한 매화 한 분이 놓인 잘 정리된 서재에서 '사락 사락 사라락' 눈 내리는 소리를 듣는다. 떠난 것은 모두 정겨운 것이고, 잃어버린 것은 모두 그리운 법이다. 화롯가에 둘러앉아 옛이야기를 듣던 시절이 그립다. 파뿌리 같았던 귀밑털과 자글자글한 눈가의 주름이 그립다. 아! 할머니…….

—

오누이들의
정다운 얘기에
어느 집 질화로엔
밤알이 토실토실 익겠다.

콩기름 불
실고추처럼 가늘게 피어나던 밤

파묻은 불씨를 헤쳐
잎담배를 피우며

"고놈, 눈동자가 초롱 같애."
내 머리를 쓰다듬어 주시던 할머니,
바깥엔 연방 눈이 내리고
오늘 밤처럼 눈이 내리고

다만 이제 나 홀로

눈을 밟으며 간다

오우버 자락에
구수한 할머니의 옛 얘기를 싸고,
어린 시절의 그 눈을 밟으며 간다

오누이들의
정다운 얘기에
어느 집 질화로엔
밤알이 토실토실 익겠다

김용호金容浩, 〈눈 오는 밤에〉

더 높고, 더 검고, 더 파란 날에

북악은 수자린 양 깎은 듯 높고

남산엔 소나무들 검은빛이다

매 지난 뒤 숲의 나무 으쓱해졌고

학 울며 간 높은 하늘 파래졌구나

北岳高戌削　　南山松黑色

隼過林木蕭　　鶴唳昊天碧

박지원, 〈기막히게 추운 날씨[極寒]〉

　　조선 오백 년의 수도가 한양이고 그 정궁이 경복궁이다. 그 경복궁을 뒤에서 안고 있는 북악산이 한양의 주산主山이고, 마주 바라다보이는 앞쪽의 목멱산 곧 남산이 안산案山이다. 한양의 겨울, 기막힌 추위를 노래한다고 제목에서 밝히고 있지만 시의 글자 어디에도 춥다는 말은 한마디도 없다. 그저 서울의 앞산 뒷산의 풍경과 숲과 하늘의 양태와 빛깔을 하나하나 그려냈을 뿐이지만, '더 높고', '더 검고', '더 으쓱하고', '더 파란' 추위의 기미를 포착함으로써 그 춥고 음산한 분위기가 사람으로 하여금 절로 옷깃을 여미고 어깨를 움츠리게 한다. 북악산은 하얗게 솟아 있는 바위산이라 높이 위치한 수

자리 참호인 듯이 솟아 있어 그 차갑고 싸늘한 모습이 을씨년스럽다. 고개 돌려 남산을 바라보니 철갑을 두른 듯 서 있는 소나무들의 빛깔이 유난히 검푸르게 보인다. 매가 날아 지나간 뒤의 겨울 숲의 앙상한 가지들의 떨림은 더욱 음산하고 으쓱하게 느껴진다. 학 한 마리 울며 날아가는 저 얼어붙은 하늘은 한층 더 파랗게 느껴진다.

흐리고 눈이라도 내리면 오히려 추위를 덜 느낀다. 그러나 구름 한 점 없이 바람 한 가닥 없이 맑은 날의 추위는 참으로 견딜 수 없다. 씹어보면 볼수록 혹한 때 느끼는 심리적 상황 묘사가 뛰어나다. 겨울의 몹시 추운 기미를 네 가지 사물의 양태로 포착하여 보여주고 있다. 이 시의 이면에서는 바로 겨울 날씨로 인해 변화된 물리적 풍경의 '진실'한 모습을 확인해준다. 그럼으로써 독자로 하여금 '기막히게 추운 날씨〔極寒〕'를 보고 느끼게 해준다. 한 가지 더 이 시의 운자인 삭削, 색色, 숙肅, 벽碧은 공통적으로 입성入聲인 'ㄱ' 받침으로, 추위 속에 만물이 활동을 멈추고 꼼짝 못하는 상황을 폐색음의 음운 심리를 통해 더욱 삭막한 분위기로 연출하고 있다.

—

벽면에는 외론 등불 빤히 비치고
장막 등진 아이 종은 곤히 잠들어
어느 곳의 닭 소린지 모두 헤고서
아침 오면 먹을 약품 미리 따지네
面壁孤燈放光　　背帷小僕酣寢
盡數何處鷄聲　　預商朝來藥品

수심 속에 창은 밝다 어두웠다가

꿈자리에 종 울리다 그치었다가

추위 놀란 숲 속 까치 소리 들리니

눈을 벌써 쓰는 집이 있는가 보다

愁思窓暗窓明　夢緒鍾鳴鍾絶

忽聽林鵲驚寒　已有人家掃雪

이서구, 〈병이 들어 잠을 못 이루고 침상에서 불러 읊다, 두 수, 육언[病中失睡, 枕
上口占, 二首六言]〉

　병중에 잠을 잃고 베개 맡에서 읊어본다. 긴 겨울밤에 잠을 잃은
채 지새우는 병든 사람의 심경과 행태, 또 그것들의 정황을 이루고
있는 주변 사정들을 아주 섬세하고 생생하게 보여준다.

　외로운 등잔불만이 벽면을 향해 빤히 비치고 있다. 바람막이 휘장
을 등지고 앉았던 아이 종은 잠이 곤하게 들었다. 병든 이 몸만이 잠
을 이루지 못하고 밤을 지새고 있다. 새벽이 오려는지 어느 곳에서
인지 닭 울음소리 들려온다. 이 밤도 꼬박 새웠구나! 닭 울음소리
몇 번인지 하릴없이 헤아린다. 이제 아침이 올 것이니 오늘 복용할
약제나 미리 따져봐야지.

　병중이라 이런저런 생각이 더 많다. 잠을 못 이루고 창문을 대하
고 있다. 등불의 명멸을 따라 창문은 어두웠다 밝아졌다 한다. 뒤숭
숭한 꿈자리에 잠을 설쳤다. 가물가물하게 멀리서 들려오는 종소리
는 들리다 끊기곤 한다. 갑자기 숲에 자던 까치가 새벽 추위에 놀라
소리치며 날아가는 소리가 들린다. 부지런한 어느 집에서는 벌써

일어나 밤새 내린 눈을 쓸고 있겠지.

—

　서너 점의 숲 까마귀 뿌린 먹 같고
　짝져 나는 냇가 흰 새 부순 은 같네
　쓸쓸한 푸른 산 밑 오래된 길을
　흔들대는 흰 나귀 등 탄 이는 눌까?
　林鴉數點殘墨　　溪鳥雙飛碎銀
　寂寂靑山古道　　翩翩白衞何人
　유득공, 〈섣달 스무엿새 날 동교에 나가서[十二月二十六日出東郊]〉

　숲 끝의 갈까마귀는 떨어뜨린 먹물 두어 점, 시냇가 물새는 한 쌍
으로 튀어 나는 부스러진 은 조각, 쓸쓸한 청산 아래 옛길을 설렁설
렁 흰 당나귀 탄 사람. 시인은 자신을 그림 속에 집어넣어 하나의 겨
울 풍경화를 그려내었다.
　시선을 들어 동대문 밖 숲 끝 저 멀리 바라본다. 몇 마리 갈까마귀
날고 있다. 마치 화폭 위에 먹으로 점을 찍어놓은 듯하다. 고개를 돌
려 냇가를 바라본다. 하얀 또는 회색 빛깔의 물새가 짝지어 난다. 그
것이 마치 부순 은이 튀는 모습과 같다. 우리나라 물새들은 흰빛이
나 회색빛이 많다. 실재 사물을 때론 정적으로 때론 동적으로 파악
하였는데 그 시각이 새롭고 묵색의 번짐이 자연스런 수묵화처럼 표
현이 싱그럽다.
　약간은 을씨년스러우면서 쓸쓸한 검푸른 겨울 산을 배경으로 삼
았다. 그 산 밑으로 난 인적 없는 오래된 길을 설렁설렁 걸어가는 하

얀 당나귀, 그 당나귀 잔등에 흔들리며 가는 시인의 모습이 참으로 정겹다. 흰 당나귀를 탄 걱정 없이 보이는 저이는 누구인가? 자신을 객체화시켜 그림 속에 배치함으로써 한 폭의 산수화가 마무리되었다. 섣달 스무엿새 날 한겨울도 끝나가는데 시인은 나귀 타고 무엇하러 동교에 나갔을까? 아마도 섣달 매화를 찾아 나섰던 맹호연孟浩然과 같은 시흥이라도 일었나 보다.

이 시는 비록 눈이 온 풍경은 아니지만 나귀 탄 모습은 〈파교심매濰橋尋梅圖〉라는 그림을 연상시킨다. 이 그림은 당대唐代의 시인 맹호연이 매화를 찾아서 눈보라 휘날리는 날 장안 동쪽에 있는 파교를 건너 설산雪山에 들어갔다는 고사를 소재로 하였다. 나귀를 타고서 파교로 막 들어서며 시를 읊노라 어깨 구부정한 시인, 그를 따르는 시동을 중심에 두고 눈 내린 겨울 풍경을 배경으로 펼쳐놓았다. 또는 당나라 때 시인 정계鄭綮의 "시사詩思는 눈보라 휘날리는 날, 파교의 당나귀 등 위에서나 떠오르지"라는 시구가 떠올라 문득 흥이 일었는지 모르겠다.

—

외진 마을 섣달 눈은 쌓인 채 남아 있어
그 뉘 있어 기꺼이 사립문을 두드릴까?
밤이 되자 홀연히 맑은 향기 풍겨오니
알겠구나, 몇 가지 끝 찬 매화가 피어난 줄

臘雪孤村積未消   柴門誰肯爲相敲
夜來忽有淸香動   知放寒梅第幾梢

유방선, 〈눈 온 뒤에[雪後]〉

심사정沈師正, 〈파교심매도灞橋尋梅圖〉,
1766년, 비단에 옅은 채색,
115.0 × 50.5cm, 국립중앙박물관 소장.
—

이 그림은 맹호연이 매화를 찾아서
설산에 들어갔다는 고사를 소재로
하였다. 나귀를 타고서 시를 읊노라
어깨 구부정한 시인, 그를 따르는
시동을 중심에 두고 겨울 풍경을 펼
쳐놓았다.

한적하고도 외로운 삶 가운데 만나는 자그마한 반가움과 고마움을 읊은 시이다. 외진 마을인데다 찾아줄 사람 없고, 섣달 겨울에 내린 눈마저 여전히 남아 있어 시인은 첩첩으로 고립되어 있다. 겨울바람에 삐걱대는 가난한 초가집의 사립문을 "이리 오너라!" 하고 그 누가 두드려줄까? 이 추운 날 누추한 집을 찾아줄 벗을 기대할 수도 없는 시인의 처지다. 시인은 아무도 찾지 않는 집에서 세상과 단절된 채 외로이 기거한다.

그래도 아쉬움에 혹여 누군가 찾아올까 기다리는 맘에 밤새 창문을 몇 번 열어보았는지 모른다. "휘~잉" 하며 바람 치는 소리, 장지문 틈 사이의 문풍지 밤새 울고 뜬눈으로 지새우는데 그때 그 순간 기대하지 않았던 순간에 뜻하지 않은 방문객을 받았다. 호롱불 흐릿한 어두운 방 어디선가 문득 풍겨오는 맑은 내음. 어디서 나는 누구의 향내일까? 두리번거리다 매화 가지 끝자락에 시선이 멈췄다. 그 방문자의 진면목은 다름 아닌 매화나무 두어 가지 끝에서 피어난 쌀쌀해 뵈는 '한매寒梅'였다.

아무도 찾아주지 않던 외로운 사립짝엔 올해도 어김없이 소리 없이 찾아준 방문객, 봄보다 앞서 찾아온 매화였다. 그 무엇보다도 소중하고 고마웠을 매화꽃 두어 송이로 눈 온 뒤의 고립감과 대비되는 반가움을 청아淸雅하게 그려내었다. 세상 사람들은 보통 빛깔로 꽃을 본다지만 이 시인은 향기로 꽃을 보고 있다. 이는 곧 외면의 드러난 모습이 아니라 내면의 고결한 정신을 중시하는 인격 높은 시인의 자기 반영이다. 맑은 향기를 풍기는 인격들로 벗 삼기를 바라는 순수하고 소박한 시인의 심사를 짐작할 수 있겠다.

—

강 마을 눈 내린 뒤 사립문들 닫힌 채로

찬 연기 낀 성긴 숲엔 참새들도 몇 마리뿐,

늙은이는 화롯가서 때때로 손을 쬐며,

옷 솜 두는 며느리를 웃으며 보고 있다

江村雪後掩柴扉　　烟冷踈林鳥雀稀

老子當爐時煖手　　笑看中婦絮寒衣

이달, 〈장사 원님 능양 유거의 사시를 주제로[題長沙倅綾陽幽居四時]〉 일곱째 수

눈이 내린 강 마을 인적이라곤 없는 초가집 문은 닫혀 있다. 잎 떨어진 숲에 겨울의 차가운 안개 감돌고 있고 추위가 심해서인지 다른 새들은 거의 보이지 않고 참새 몇 마리만 양지쪽에서 오들오들 떨며 가끔 포르륵거린다. 구태여 나갈 일도 없고 찾아올 손님도 없다.

아궁이엔 군불을 지폈지만 워낙 쌀쌀한 날씨라 문풍지를 울리는 찬바람에 방 안에까지 냉기가 돈다. 이런 때 필요한 것이 화롯불이다. 군불을 지피며 생긴 숯불을 담아놓은 화로는 방 안에 더운 공기를 보태어 한겨울의 매서운 추위를 면하게 해준다. 웃풍이 도는 방 안이라 늙은 시인은 가끔씩 시려오는 손을 화롯불에 쪼인다. 며느리는 겨울 햇살 비쳐오는 창가에서 옷에다 솜을 두고 있다. 화롯불에 달군 인두로 저고리의 깃을 다리고 옷고름의 주름을 펴는 며느리를 미소를 띠며 바라보기도 한다. 부러울 것 없는 소박한 만족과 따뜻한 인정이 훈훈하게 퍼진다.

눈 내린 강 마을, 초가 아늑한 방 안에 깊숙이 들어앉아 소박한 일

상의 즐거움을 누리는 일 등이 모두 작지만 그윽한 흥취가 담겨져 있다. 이 시는 서얼 시인 이달이 장사長沙에 머물며 고을 원님의 그윽한 거처를 두고 사시의 풍경을 읊은 시의 한 수이다. 겨울날 아늑하고 안온하면서 한적한 분위기의 은거 공간으로 그려져 있다. 그렇지만 이 시에는 나그네로 떠도는 이달 자신의 동경이 담겨 있다. 불만족스런 자기 현실을 시를 통해 아늑한 공간과 시간으로 대체하여 구차스럽지만 어느 정도 자기 위안을 얻고 있다.

"동동주가 뽀글뽀글 갓 익은데다, 질화로엔 이글이글 숯불이 붉고, 저녁 되자 날씨마저 눈 오려 하니, 이런 때에 술 한잔이 없을 수 있나?[綠蟻新醅酒, 紅泥小火爐. 晚來天欲雪, 能飮一杯無]" 백낙천의 〈문유십구問劉十九〉라는 이 시는 술 초대의 백미이며 권주가의 절창이다. 어찌 이런 유혹을 거절할 수 있겠는가? 창밖에는 소복소복 쌓이는 눈, 등불 밝힌 술잔 앞에 오순도순 오가는 노변정담爐邊情談, 흥은 고조되고 겨울밤은 깊어간다.

—

국화꽃 져버린 가을 뜨락에
창 열면 하얗게 무서리 내리고
나래 푸른 기러기는 북녘을 날아간다.
아, 이제는 한적한 빈 들에 서보라
고향집 눈 속에선 꽃등불이 타겠네
고향집 눈 속에선 꽃등불이 타겠네

달 가고 해 가면 별은 멀어도

산골짝 깊은 골 초가 마을에
봄이 오면 가지마다 꽃잔치 흥겨우리
아, 이제는 손 모아 눈을 감으라
고향집 싸리울엔 함박눈이 쌓이네
고향집 싸리울엔 함박눈이 쌓이네

김재호金載昊 시·이수인 곡, 〈고향의 노래〉

세밑에는 누군가 그리워

십이월은 늦겨울이라 소한 대한 절기로다

눈 덮인 산봉우리 해 저문 빛이로다

새해 전에 남은 날이 얼마나 걸렸는가

집안 여인들은 새 옷을 장만하고

무명 명주 끊어 내어 온갖 색깔 들여내니

짙은 빨강 보라 엷은 노랑 파랑 짙은 초록 옥색이라

한편으로 다듬으며 한편으로 지어내니

상자에도 가득하고 횃대에도 걸었도다

입을 것 그만하고 음식 장만 하오리라

떡쌀은 몇 말이며 술쌀은 몇 말인고

콩 갈아 두부 하고 메밀쌀 만두 빚소

설날 고기는 계에서 나오고 북어는 장에 가서

납평일에 덫을 묻어 잡은 꿩 몇 마린가

아이들 그물 쳐서 참새도 지져 먹세

깨강정 콩강정에 곶감 대추 생밤이라

술동이에 술 들이니 돌 틈에 샘물 소리

앞뒷집 떡 치는 소리 예서 제서 들리네

새 등잔 세발 심지 불을 켜고 새울 때에
윗방 봉당 부엌까지 곳곳이 떠들썩하다
초롱불 오락가락 묵은세배 하는구나

정학유, 〈농가월령가, 12월령〉

세모는 섣달 그믐날로 묵은해를 보내고 새해를 맞이하는 길목이
다. 새해는 태양력에 의하면 1월 1일이 새해의 첫날이요, 자연의 이
치로 보면 한 해 가운데 낮의 길이가 가장 짧은 동지가 세모요, 이튿
날부터 해가 길어지니 새해라고 하여 옛날에는 동지를 기준으로 한
살 더 먹었고, 아세亞歲라고 하여 작은설로 기리기도 하였다. 월령月
令에는 세모에 길에서 제사를 지냈다. 길이란 오는 사람과 가는 사
람들이 서로 교차하는 곳이고, 이날은 오는 해와 가는 해가 교차하
는 때라서 이렇게 제사를 지낸 것이라고 하였다.

세모는 음력 섣달그믐을 달리 부르는 말로 별칭도 많다. 제일除日,
제야除夜, 제석除夕, 연종年終, 연모年暮, 연말年末, 세흘歲訖, 세진歲盡, 세
종歲終, 세제歲除, 세말歲末, 세경歲竟, 궁랍窮臘, 납미臘尾이라고도 하며
'세밑'이라고도 하며 '눈썹 세는 날'이라고도 한다. 이때는 설빔을
장만하고 설음식을 마련하며 가래떡을 뽑고 술을 빚어 새해를 맞을
음식을 장만한다. 이즈음에는 묵은세배, 만두 차례, 약 태우기, 연말
대청소를 하며, 이갈이 예방·학질 예방 음식, 만둣국, 동치미 등을
마련하며 세수歲守하느라 잠을 자지 않고 온 집안이 떠들썩하였다.
예나 지금이나 이날이면 한 해를 갈무리하는 감회가 극진하였다.

—

"동쪽 집은 '쿵더쿵' 기장과 벼를 찧고
서쪽 집은 '도드락' 핫옷을 두드려서
이 집 저 집 모든 이웃 방아 소리 다듬질에
해 마치고 설 쇨 채비 푸지고도 넘치건만
우리 집 움에는 쌀독마저 텅 비었고
우리 집 옷상자엔 자투리 베도 없소"
"누덕누덕 기운 옷에 명아주 국 한 사발도
영계기는 거문고로 등 따습고 배불렀소
여보 부인, 가난하다 괜한 걱정 하지 마오
부귀는 재천在天이니 억지로야 바라겠소
팔베개를 하고 자도 썩 좋은 맛 있었으니
양홍·맹광 두 사람은 참 좋은 짝이었소"

東家砧舂黍稻	西家杵搗寒襖
東家西家砧杵聲	卒歲之資贏復贏
儂家窖乏甔石	儂家箱無尺帛
懸鶉衣兮藜羹椀	榮期之樂足飽煖
糟妻糟妻莫謾憂	富貴在天那可求
曲肱而寢有至味	梁鴻孟光眞好逑

김종직, 〈방아 노래[碓樂]〉

김종직이 지은 〈동도악부東都樂府〉 8수 가운데 〈방아 노래〉이다. 이
시는 《삼국사기》의 '백결선생百結先生' 조의 기록을 소재로 하고 있

다. 신라 자비왕慈悲王 때 한 선비가 경주 낭산狼山 기슭에 살았다. 집이 너무 가난하였다. 옷이 해져서 너덜너덜한 것이 메추리의 꽁지깃 빠진 것과 같았으므로 '동리東里의 백결선생'이라고 불렸다. 그는 일찍이 영계기榮啓期의 위인 됨을 흠모하여, 늘 스스로 거문고를 가지고 다녔다. 어느 해 섣달그믐날 이웃에서 떡방아 찧는 소리가 나자 아내가 "남들은 다 방아를 찧어 쌓는데, 우리만 아무것도 없으니, 무엇으로 설을 쇠지요?"라고 걱정하였다. 이에 선생이 "부귀는 하늘에 달렸고 삶과 죽음은 하늘에 있으니 그 오는 것을 막을 수 없고, 그 가는 것을 따를 수 없으니, 당신은 마음 아파하지 마오"라고 하고는 거문고로 방앗소리를 내었다. 이렇게 세상에 전해져 대악碓樂이 되었다.

전반은 세밑을 맞이한 가난한 아내의 푸념이다. 세모에 설날 맞이 준비에 여념이 없는 이웃들의 풍성하고 넉넉한 분위기와 그와 대비되는 백결선생의 가난을 아내의 걱정 속에 담아 보여주고 있다.

"여보 영감, 이쪽 집에서는 '쿵더쿵쿵더쿵' 방앗소리 들리데요. 기장이며 벼를 찧어 떡을 빚나 봐요. 저쪽 집에서는 '도드락 도드락' 다듬질 소리 나더군요. 핫옷을 두드려 설빔을 마련하나 봐요. 이쪽 저쪽 집집마다 다듬질과 절구 소리로 한 해 마무리하고 설 쇨 채비하느라 물건들이 푸지고도 넘쳐나더군요. 그런데 우리 집 움엔 쌀독도 텅 비었고, 우리 집 옷상자엔 자투리 명주도 없어요……."

후반은 거문고를 타기 전에 아내를 위로하는 백결선생의 사설이다.

"누덕누덕 기운 옷에 한 사발 명아주 국 보잘것없는 음식을 먹고도 영계기는 거문고를 탔으니 배부르고 등 따스했다지요. 여보, 부인! 가난에 힘겨운 아내여! 괜한 걱정 하지 마소. 부귀는 재천이라 억지로야 바라겠소. 팔베게를 하고 자도 사는 맛이 썩 좋았으니 양홍梁鴻·맹광孟光 두 사람은 참 좋은 짝이었지요."

영계기는 중국 춘추시대의 안빈낙도를 실천한 은자로 거문고를 잘 탔다. 언제나 허름한 옷을 입고 거문고를 타며 생을 즐겼다. 공자께서 "선생의 낙이 무엇이오?"라고 물었다. 영계기는 "사람으로 태어났음이 일락一樂이요, 그중에서도 남자로 태어났음이 이락二樂이요, 90여 세로 장수함이 삼락三樂입니다"라고 하였다. 백결선생은 자신도 영계기처럼 거문고로 안빈낙도 하면 배부르고 따뜻할 수 있다는 의지를 드러내었다. 원래 부귀는 하늘의 뜻에 달린 것이고 생과 사는 운명이 정해져 있으니 가난한 아내에게 괜한 걱정을 하지 말라고 달랜다.

부창부수로 유명한 양홍 부부를 내세워 역사 속에서 인증하여 아내를 설득하며 위로한다. 양홍은 중국 후한 때의 박학다통博學多通 했던 은자이다. 집이 가난하였으나 학문을 좋아하였고 벼슬길에 나아가지 않았다. 맹광은 그의 아내이다. 부부가 함께 산속으로 들어가 농사짓고 베를 짜서 생활하였다. 나라에서 중용하려 하였으나 그때마다 옮겨 숨어 나타나지 않았다. 서로 공경하여 아내 맹광이 남편 양홍에게 밥상을 드릴 때 눈썹 높이로 받들어 올렸다는 거안제미擧案齊眉의 고사가 있다. 거친 밥을 먹고 표주박의 물 마시고 팔을 구부려 베고 자도 지극한 즐거움은 그 속에 있는 법이니 양홍과 맹광 같은 사람들이 가난한 중에도 서로 공경하며 참다운 부부상을 보여주었소. 우리도 양홍·맹광과 같은 좋은 짝이 되어보자고 권유하고 있다. 거문고로 울리는 방앗소리에 사랑의 화합이 들리는 듯하다.

—

아스라이 파르라한 세밑 하늘에
첫눈 내려 산과 내를 가득 덮으니
새들은 산속 깃들 나무 잃었고
스님은 바위 가의 샘물 찾는데
까마귀는 들판 밖서 주려 우짖고
버드나문 시냇가에 얼어 누웠네
인가들은 어드메쯤 있는 것일까?
먼 숲에서 하얀 연기 피어오르네

蒼茫歲暮天　　新雪遍山川
鳥失山中木　　僧尋石上泉
飢烏啼野外　　凍柳臥溪邊
何處人家在　　遠林生白煙

이숭인李崇仁, 〈첫눈[新雪]〉

세밑에 눈이 내린 풍경을 그려내었다. 한 해가 다 저물어 가는 세
모에 파르라하게 시린 하늘이 아스라이 펼쳐져 있다. '창망蒼茫'은
아득히 멀고 넓은 하늘의 상태이면서, 세모의 시간 눈은 안 오고 춥
기만한 얼어붙은 겨울 하늘의 모습이기도 하다. 섣달그믐을 보내고
설을 맞이하는 착잡하고 묘한 작자의 심경까지 포함한 상태를 나타
낸다. 이러다가 첫눈이 내려와 온 산천을 가득 덮었다.
　눈 덮인 산천의 모습을 하나하나 포착해 그려내었다. 새들은 둥지

가 있는 산속의 나무를 잃어버렸다. 눈에 덮여 잘 곳도 없어져 보이지 않는 겨울 숲의 모습이다. 새들만 둥지를 잃은 것이 아니라, 산사의 스님들도 평소 길어오던 돌샘의 자취를 잃고 바위 가에서 눈에 덮여 가린 샘을 찾느라 서성거린다. 눈에 막혀 먹이를 구하지 못한 주린 까마귀는 들판 너머에서 "까악까악" 우짖고 있다. 지난여름 큰비에 쓰러졌을 커다란 버드나무는 추위 속에 언 채로 눈에 덮여 길게 누워 있다. 눈 내린 뒤의 까마귀와 버드나무의 묘사는 생동감이 있다. 눈 내린 뒤의 고적하고 쓸쓸한 분위기를 잘 포착해 시인의 심경까지 은연중 전달해준다.

시인은 풍경 밖에 있으면서도 시로 그려낸 그림 속에 정서적으로 동화되어 있다. "인가들은 어디에 있단 말인가?" 눈에 덮여 보이지 않는 인가를 모른 척 의문을 표하여 쓸쓸해진 심사를 환기시켜 전환시킨다. 그리고 나서는 "어 저기 있네"라고 하여 슬며시 아는 척하면서 의문을 해소한다. 저기 먼 숲에 하얀 연기가 피어오른다. 저녁밥 짓는 연기를 그려내어 아늑한 인가의 따사로운 인정을 유도하고 있다. 시를 그림으로 그려내고 그 속에 작가의 심경 상태를 암시적으로 담았다. 시어와 분위기가 잘 정련되어 당풍唐風의 맛을 준다. 고사를 전혀 사용하지 않고 그저 주변의 자연 경물을 포착하고 쉽게 표현을 하여, 전체적으로 마치 한 폭의 동양화를 보여주며 청신하고 고고한 인상을 준다.

—

오랜 길손 아직도 베옷이건만
겨울바람 차갑고도 쌀쌀하여라

동글동글 찬 이슬 맺혀오더니

난 시들어 그윽한 향 사라졌구나

아득아득 고향 산은 멀기만 하고

가고 가도 갈 길은 길기만 한데

어찌해야 이 세모를 잘 보낼 건가?

세밑에는 된서리도 더 많을 텐데…….

久客尙絺綌　　北風凄以涼

團團寒露至　　蘭枯謝幽芳

悠悠關山遠　　行行道路長

何以卒歲晚　　歲晚多繁霜

정도전, 〈느끼는 대로[感興]〉

세밑에는 나그네의 심사가 남다르다. 이 시는 정도전이 타향에서 나그네로 떠돌다 세밑의 심사를 느끼는 대로 적었다. '흥興'이란 흔히 말하는 즐거운 기분만을 말한 것이 아니라 슬픈 정서까지 포함한 것이다.

오랜 나그네 생활로 고향에 가질 못했다. 여름날 입었던 베옷을 여전히 걸치고 떠돌고 있다. 살을 에는 칼 같은 겨울바람까지 불어와 차갑고도 쌀쌀하다. 자신을 돌아보니 더욱 처량해진다. '처이량凄以涼'은 날씨가 추운 상황만이 아니라 자신의 처량한 심기를 담은 표현으로 이어 나오는 구절들의 상황을 집약하는 말이다.

구체적으로 눈에 들어오는 계절의 바뀐 모습이다. '단단團團'은 찬 이슬이 동글동글 매우 많이 맺힌 모습이고, '한로寒露'는 찬 이슬이면서 한로寒露라는 절기로 추운 계절임을 보여준다. 난초는 시들어 그윽한 향기도 맡을 수 없게 되었으니 계절이 지나감을 안타까워한 것이다. 해가 바뀔 때면 고향이 더욱 그립다. 고향 산은 아득히 멀리 있다. '유유悠悠'는 고향과의 공간적 거리뿐이 아니다. 그리는 고향을 갈 수 없어 아득하고 아스라하게 느껴지는 심리적 거리감이다. '행행行行'은 걷고 또 걸어가는 끝나지 않은 고된 여정의 고달픔의 행위적 표현이다. 고향을 향한 정감적 거리와 실제 가야 할 거리를 헤아리면 고향과는 더욱 멀어진다. 거리감을 절감하면서 느끼는 낙망감과 처절한 애수가 담겨져 있다.

한 해를 마무리하면서 한 살 더 늙어갈 자신의 모습을 되돌아본다. '세만歲晚'은 '세밑'으로 음력 그믐날이다. 한 해의 끝이라는 추운 절기를 나타내며 아울러 '인생의 만년'을 상징하기도 한다. 또 '번상繁霜'이라는 말도 된서리 내리는 고통스러운 상황을 드러내며, '하얗게 센 귀밑털'을 가리키는 중의적 표현이다. 내일 아침은 이미 오늘이 아니다. 청춘의 얼굴은 광채와 윤기를 거뒀고 백발은 마냥 많아져 버렸다. 자신을 달래자니 깊은 감회 생기고 가는 철을 따라가자니 감개만 짙어온다. 객지에서 떠도는 나그네 신세로 깊은 겨울 추위로 불안정한 삶의 고통을 자각하고 있고, 나이 한 살 더 먹게 되어 귀밑털도 더욱 세어지리라는 인생에 대한 회한의 정을 아울러 담아냈다.

—

이 한 해도 저물어서 다만 오늘뿐인데다
날 그릴 이 뉘가 있나? 벗이라곤 없는 터니

오늘이란 붙잡아도 붙잡을 수 없는데다

친구와는 어디에서 함께 이웃할 수 있나?

내 인생이 이 같아서 이미 웃어볼 뿐이고

세상일도 탈 많은 채 괜히 제냥 봄 오리니

봄바람 속 홀로 서서 하늘에다 물으리라

"평생 다시 몇 번이나 눈물 나게 할 건가요?"

歲律其暮只今日　我思者誰無故人

今日苦留不肯駐　故人何處與爲鄰

吾生如此已堪笑　世事多端空自春

獨立東風問冥漠　百年能復幾霑巾

이행, 〈세밑에 중열이 그리워[歲暮有懷仲說]〉

세밑에는 누군가가 몹시 그리워진다. 이행은 자가 택지擇之이며 호는 용재이고, 박은은 자가 중열仲說이며 호는 읍취헌이다. 이 두 사람은 뛰어난 시인으로 우정이 각별하였다. 박은은 연산군 때 권세가를 비판하다가 26세의 나이에 사형을 당하였다. 이 시는 이행이 섣달그믐날에 먼저 세상을 떠난 박은을 그리워하며 지은 시이다.

이 한 해도 다 가고 다만 오늘만 남기고 있을 뿐이다. 오늘 밤이 지나면 일 년이 가는 것이니 그도 또한 억울하다. 오늘을 애써 멈추려고 시도해보지만 머물게 할 방도가 없다. 나란 사람은 누가 있어 생각해줄까? 아무리 생각해보아도 박은이 가고 없는 지금은 그런 친구가 남아 있지 않다. 자네 없는 세월은 유수와도 같이 흘러간다. 오늘 하루가 지나가는 것은 하루만이 아니라 바로 한 해가 훌쩍 지나가는 것이다. 어느 곳에서도 벗과 더불어 있을 수 없게 되었으니 죽은 자네가 더욱 그립다.

나의 생애는 자네가 없어 쓸쓸할 수밖에……. 그저 허탈한 웃음으로밖에는 도저히 이 슬픔을 감당하기 어렵다. 이러한 판국에 내가 속한 이 세상은 일도 많고 탈도 많다. 그런 속에서도 내 의지와는 상관없이 봄은 속절없이 찾아올 것이다. 무상한 인간사와는 상관없이 유상한 저 자연은 다시 제 원리대로 운행되겠지. 그러나 봄이 온들 무엇하랴? 자네 없이 맞이할 봄인 것을…….

자네가 몹시 보고 싶은데 어찌할 방도가 없다. 세월은 붙잡을 수 없고 속절없는 봄은 저만 혼자 좋아라고 돌아오리라. 봄바람 속 홀로 서서 아득한 곳 그대 영혼이 있는 하늘에게 그냥 물어보리라. "백 년 인생 다시 몇 번이나 눈물로 수건을 적시게 할 것인가?"라고. 자네가 죽고 없는 오늘뿐만 아니라 앞으로도 오늘 이런 슬픔이 일회적인 것으로 끝나지 않고 영원히 계속될 것이니 내 인생은 어떠하다 하겠는가? 멍하게 목적도 없이 머릿속으로 슬픔과 고독을 반추할 따름이오.

—

세밑에 산길 가는 저 나그네는
외론 맘을 계수 가질 의탁하였네.
산 푸를 제, 빗발 검게 내릴 즈음과
흰 강 낚시, 단풍 숲에 나무할 때엔,
밭 사이서 막걸리를 실컷 마시고
말 위에서 시를 지어 낮게 읊었지.

지금 홀로 거친 들 밖 걸어가자니

정녕코 나란 사람 누구라 하랴?

歲暮山中客　　孤懷托桂枝

峰靑雨黑際　　漁白樵紅時

痛飮田間酒　　微吟馬上詩

獨行荒野外　　端的我爲誰

유득공, 〈세모에 산길 가는 나그네 되어[歲暮山中客]〉

　세모에는 자신을 돌아보고 세상을 돌아본다. 유득공이 세모에 산
길을 가면서 나그네의 심정을 읊었다. 허망한 존재로 또 한 해를 보
낸다는 탄식과, 산중이라는 자의든 타의든 간에 세속과 떨어져 있
는 나그네로 설정하여 자신의 존재를 객체화시켜 그려내고 있다.
유가 지성인의 본분은 현실 참여에 있다. 배움이 넉넉하고 능력이
있는데도 서얼 출신이기에 쓰이지 못하는 처지이다. 뜻을 펼 수 없
는 시대 상황에 대한 울울한 심사가 함축되어 있다.

　세상에 용납되지 못하여 산중에 들어와 있는 지식이 가장 고독함
을 느낄 때가 바로 세모이다. 세밑에 산속을 걸어가는 나그네는 세
상에 소외된 심사[孤懷]를 계수나무 가지에 의탁하였다. '계지桂枝'는
달 속에 계수나무가 있다는 전설로 인해 달을 가리키기도 하며 또
는 고고한 존재의 표상으로 자신의 뜻을 받아줄 친구가 될 존재를
상징한다. 세상에 적응하지 못하여 의탁할 수 없는 고독함을 위로
받을 수 없기에 고상한 계수나무에게만 의지하려는 극한적 절실함
이 내재되어 있다.

사계절이 주는 특이한 감흥을 집약하여 그려냈는데 표현이 신선하다. '봉청峯靑'은 나뭇잎마다 새순이 나면서 한껏 푸르러지는 봄산봉우리를 말한다. 산봉우리야 항상 푸르지만 겨울 지난 봄 산봉우리는 한껏 푸르게 느껴진다. '우흑雨黑'은 까막 구름이 몰려와 비가 시커멓게 내리는 여름 풍경으로 더운 날 가장 시원하게 해주는 풍경이다. '어백漁白'은 겨울날 흰 눈이 내리는 강에서 낚시질하는 어부의 모습으로 〈한강독조도寒江獨釣圖〉의 멋진 운치를 연상시킨다. '초홍樵紅'은 단풍 든 가을 숲 속에서 나무하는 나무꾼의 신나는 기분을 나타냈다. 사계절에 따라 감정을 촉발하는 상황에 술 마시고 시를 지어 답답한 심사를 넘기었다는 것이다. 흥겹고 화려하며 청신하고 고운 계절 상황을 묘사했지만 그 속에는 고독이 담겨 있다. 그 상황과 일체화하지 못했을 때 한 많은 사람에게는 흥겹고 화려하고 청신하면 할수록 고독을 느끼게 하며 계절의 흥이 한이 되게 한다.

세상과 조응할 수 없는 불우한 심정을 풀고자, 계절에 따라 감정을 달래려 대응하는 모습이 술과 시이다. 가을 단풍이 들 때면 밭 사이서 술을 거나하게 마시기도 했었고 눈 내릴 때는 말 위에서 조용히 시를 읊기도 하였다. 장안 동쪽에 있는 파교를 건너 매화를 찾아 산으로 들어갔던 맹호연의 〈파교기려도〉의 운치를 흉내 내어 보기도 했었다.

그렇지만 세모에는 이런 대응도 할 수 없어서 그저 근본적 고독으로 방황을 하게 된다. 섣달 겨울의 거친 들판 저 밖을 홀로 걸어가는 사람의 모습은 바로 마음 붙일 데 없어 서성거리는 자신의 모습이

다. "정녕 나는 무엇이라 할 것인가? 내 신세는 무엇인가?"라는 나
의 존재를 생각하는 것이다.

—

이 밤은 어찌하여 끝나질 아니하고
별무리들 반짝반짝 눈부시게 빛나는가?
깊은 산 아득 외져 어둡고 어두운데
아아! 그대 어쩌자고 이 고을에 머무는가?
앞에는 범의 무리 뒤에는 승냥이 떼
하물며 올빼미도 곁에 날아 내림에랴?
인생 백 년 뜻에 맞게 사는 것이 귀하거늘
그대 어찌 혼자서만 허둥지둥 사는 건가?
이 몸이 그댈 위해 옛 거문고 타려 해도
옛 거문곤 산만하여 아픔을 보태주고
이 몸이 그댈 위해 긴 칼로 춤추려도
칼 노래 강개하여 남의 애를 끊게 하네.
아아, 선생, 무엇으로 그 마음을 달래려오?
이 한겨울 더디고 긴 이 밤 시간 어이하리?

夜如何其夜未央　　繁星燦爛生光芒
深山幽邃杳冥冥　　嗟君何以留此鄉
前有虎豹後豺狼　　況乃鵬鳥飛止傍
人生百歲貴適意　　君胡爲乎獨遑遑
我欲爲君彈古琴　　古琴疏越多悲傷
我欲爲君舞長劍　　劍歌慷慨令斷腸

嗟嗟先生何以慰　奈此三冬更漏長

김시습金時習, 〈이 밤을 어이하리[夜如何]〉 부분

겨울밤 잠 못 이루고 세상과 자아를 고민하며 성찰한다. 두 사람의 문답이지만 결국 나와 나를 객체화한 대상과 자문자답하고 있다. 잠 못 이루는 길고 긴 이 겨울밤, 아무 데도 빛이 보이지 않는 앞길, 세상에 소외된 존재의 외로운 외침이다. 김시습의 자는 열경悅卿, 호는 매월당梅月堂과 동봉東峯 등으로 알려져 있으며 승려일 때 법명은 설잠雪岑이다. 그의 시는 대부분이 수사는 별로 하지 않는 무작위無作爲의 시들이 많으며 이러한 작품들이 그의 인격과 부합되어 자연스러운 분위기를 형성하여 사리에 통달하여 구차함이 없다. 그는 마음속에 쌓인 불평의 덩어리를 스스로 펼 수 없게 되면, 반드시 시로 표현하였다. 이날 밤은 거의 스스로 제어하지 못할 만큼, 시종 감상 속에 빠져 자기 연민에 젖어 있다.

이 밤은 끝나질 아니하고 별무리들 반짝반짝 눈부시게 빛나고 있다. 지금 있는 곳은 깊은 산속, 세속과는 멀리 떨어져 있고 시간도 한밤중 검고 어두운 침묵에 잠겨 있다. 그대는 어찌 이런 때에 이 고을에 머물고 있는가? 앞에는 범의 무리가 있고 뒤에는 이리와 승냥이 떼 득실거린다. 게다가 불길하다는 올빼미까지도 곁에 날아 내린다. 사람이 살아야 기껏해야 백 년뿐이니 그 짧은 인생 뜻에 맞게 사는 것이 귀할 따름이다. 그런데도 그대는 혼자서만 허둥지둥 행동한다.

이 몸이 그댈 위해 옛 거문고를 연주하려 해도 옛 거문고 곡조가 산만하여 아픔만을 보탠다. 이 몸이 그댈 위해 긴 칼로 춤추려 해도 칼의 노래 강개하여 남의 애를 끊게 한다. 탄식하면서 그대, 아니 선생께서는 무엇으로 그 마음을 달랠 것이며 이 한겨울 더디고 긴 이 밤 시간 어떻게 살아야 할 것인가?

이 시에는 세조의 집권기에 암울했던 김시습의 상황 의식이 짙게 드리워져 있다. 깊은 밤은 암울한 현실의 상징이며, 깊은 산 속은 옴짝달싹도 할 수 없는 자신의 처지이다. 김시습은 때로 이렇게 고민할 때가 없지 않았다. 그럴 때면 자신의 이성은 세상의 부조리와 불합리에 굴종을 거부하면서 시로써 풀어내곤 하였다. 이 밤의 자탄은 엄혹한 시대의 겨울을 보내며 고통 받는 어두운 자아를 털어버리고픈 이성의 몸부림이었고 감성의 진술한 외침이었다.

다산 정약용은 〈걱정이 오다〔憂來〕〉에서 "저 실처럼 헝클어진 눈앞의 일들, 바르게 된 것이란 하나도 없어, 그 일을 정돈할 길이 없기에, 생각하다 다만 혼자 아파한다네〔紛綸眼前事, 無一不失當. 無緣得整頓, 撫念徒自傷〕"라고 하였다. 부조리한 세상에 올바르게 대응할 수 없는 다산의 울분을 함께 공감한다. 예산 날치기와 구제역으로 아수라장이 된 세밑에 올해를 돌아본다. 정권의 부패와 무능, 외교와 국방의 혼선, 권력의 남용과 공직자의 부동산 투기 등 사리사욕이 판치는 세상이다. 인간의 끝없는 탐욕과 욕망이 만들어낸 불공정한 모습으로 기억되어 가슴이 답답하다.

올해를 장식한 말이 '장두노미藏頭露尾'이다. 진실을 숨겨두려고 하지만 거짓의 실마리는 이미 드러나 있다는 뜻이다. 소통이 되지 않는 정치, 빈부 간의 격차가 줄지 않고 소외 계층은 늘어만 가는 사회,

권력과 부를 가진 자들의 탐욕과 욕망이 서민의 복종과 희생을 강요해온 사회를 공정한 사회라고 속으로 감추면서 들통 날까봐 전전긍긍하는 정권의 태도 덕분에 이 말이 선정된 이유라고 한다. 옳지 않은 방법으로 얻어진 부귀는 뜬구름과 같다고 했다. 다가오는 새해에는 욕심을 줄이고 고통받는 일부를 껴안고 가는 사회가 되어야 할 것을 소망해본다. 올해는 구제역의 재앙도 있었다. 의심이 되는 소, 돼지, 닭이 발견되면 살처분하는 비윤리적, 비경제적, 반사회적 처리 방식으로 많은 사람들이 정신적·심리적 공황과 고통에 시달리고 있다. 구제역으로 생매장된 수많은 생명들의 명복을 빌어본다.

이백은 〈술잔을 드시오[將進酒]〉에서 "그대 못 보았나? 높다란 집 환한 거울 비쳐진 슬픈 백발, 아침나절 푸른 실이 저녁에는 눈이 됨을![君不見高堂明鏡悲白髮, 朝如靑絲暮成雪]"이라고 하였다. 인생이란 아침과 저녁의 그 짧은 삶이라는 말들이다. 이런 말들이 점차 귀에 순하게 들리니 나도 나이를 먹어가긴 하는가 보다. "머리털이 빠진다", "염색했다", "이가 빠졌다"라는 탄식은 요즈음 심상하게 듣는 말이 되었다. 새삼 새해 아침에는 거울과 마주해볼 일이다.

———

체험을 앞지르는 천재가 있을 거나
세월을 능가하는 스승이 있을 거나
빛바래고 사그라지고 병도 들어 불편도 하지만
맘 놓고 늙자
늙어를 가자
눈물 도는 두 눈 눌러를 감고

깊이 그리고 오오래 감사하자
오늘은 오늘만큼 늙어서 고맙다고
고마운 줄 알게 되어 더욱 고맙다고.

유안진, 〈오늘만큼의 축복〉

인명 해설

ㄱ

강세황姜世晃 1713(숙종 39)~1791(정조 15). 조선 후기의 문인, 평론가로 시서화 삼절로 불렸고 당시 화단에서 '예원의 총수'로서 중추적인 구실을 했다. 본관은 진주, 자는 광지光之, 호는 첨재忝齋, 표암豹菴 등이다. 1776년 기구과耆耉科, 1778년 문신정시文臣庭試에 수석 합격하여 병조참판, 예조판서를 거쳐 가선대부嘉善大夫에 이르렀고 1790년 78세에 지중추知中樞가 되었다. 예서, 전서를 비롯한 각 서체에 능하였으며, 산수화와 사군자에 뛰어났다. 저서에《표암집》, 작품에 〈산수도〉, 〈난죽도蘭竹圖〉 등이 있다.

강위姜瑋 1820(순조 20)~1884(고종 21). 조선 말기의 한학자, 시인이다. 자는 중무仲武, 위옥葦玉, 요초堯草. 호는 추금秋琴, 고환자古懽子이다. 어려서 민행로에게 학문을 배우고, 제주도에 가 있는 김정희를 방문하여 많은 감화를 받았다. 강화도 조약 체결 때 필담을 맡았다. 이후 일본과 청에 왕래하면서, 해외의 실태를 파악하여 국운 회복에 힘썼다. 박문국을 세웠으며, 우리나라 최초의 신문인《한성순보》를 창간하였다. 저서에《동문자모분해》,《용학해庸學解》등이 있다.

계향桂香 ?~?. 진주 기생.

고시언高時彦 1671(현종 12)~1734(영조 10). 조선 후기의 시인, 역관. 한시 창작에 뛰어나 임원준林元俊, 홍세태洪世泰, 정내교鄭來僑 등과 함께 여항閻巷의 4시인으로 칭송되었다. 본관은 개성으로 자는 국미國美, 호는 성재省齋이다. 1687년 사역원司譯院 한학과漢學科에 급제하여 역관이 되었다. 여러 차례 중국에 다녀왔고 그 공으로 2품의 관계에 올랐다가 1734년 청나라로 가는 도중에 죽었다. 유고로는 《성재집》이 남아 있으며, 조선 초기부터 당대까지 위항인들의 한시를 모아 《소대풍요昭代風謠》를 엮었다. 이 책이 완성되기 전에 죽었으나 책의 성격과 수록 인물의 선정에 중요한 구실을 했다.

곽예郭預 1232(고종 19)~1286(충렬왕 12). 고려 후기의 문신. 본관은 청주. 초명은 왕부王府. 자는 선갑先甲이다. 1255년에 급제하여 전주사록全州司錄에 임명되었다. 1286년에는 지밀직사사 감찰대부知密直司事監察大夫가 더해졌다. 글을 잘 짓고 서법에도 능하여 독특한 서체를 이루었다.

권오순 1919~1995. 시인으로 황해도 해주에서 태어났다. 1933년 《어린이》에 〈하늘과 바다〉로 작품 활동을 시작했다. 1937년 《카톨릭 소년》에 발표한 〈구슬비〉는 우리말의 아름다움을 살려 쓴 가장 뛰어난 작품 가운데 하나로 손꼽혀 해방 이후부터 오늘날까지 국어 교과서와 음악 교과서에 실렸다. 동시집 《구슬비》, 《새벽숲 멧새소리》 등이 있다.

권필權韠 1569(선조 2)~1612(광해군 4). 조선 중기의 문인으로 자는 여장汝章, 호는 석주石洲로 본관은 안동이다. 과거에 뜻을 두지 않고 술과 시를 즐기며 자유분방한 일생을 살았다. 강화에 있을 때 명성을 듣고 몰려온 많은 유생들을 가르쳤다. 외척들의 방종을 비난하는 〈궁류시宮柳詩〉를 지었다가 1612년 친국받은 뒤 해남으로 유배되었고 동대문 밖에서 죽었다. 1623년 인조반정 뒤, 사헌부지평에 추증되었다. 《석주집》과 한문 소설 〈주생전周生傳〉이 전한다.

김광균金光均 1914~1993. 시인으로 경기도 개성에서 출생하였다. 김기림에 의해 도입되고 이론화된 모더니즘 시론을 주조로 하여 1930년대 후반 모더니즘 시 운동의 정착에 이바지했다. 신석초, 서정주 등과 《자오선》, 《시인 부락》 등의 동인지에서 활약하였다. 온건하고 회화적인 시풍을 나타내 1930년대 모더니즘 계열의 대표적 시인으로 평가된다. 시집에 《와사등》, 《기항지》, 《황혼가》, 《잊지 왜란》 등이 있다.

김극기金克己 ?~?. 고려 명종 때의 문신으로 본관은 광주廣州, 호는 노봉老峰이다. 농민 반란이 계속 일어나던 시대에 핍박받던 농민들의 모습을 꾸밈없이 노래한 농민 시의 개척자이다. 그의 시는 관념이나 경치를 노래하지 않고 농민 생활의 어려움이 생생하게 나타난 작품을 썼다. 135권에서 150권에 이르는 많은 양의 문집을 남겼다고 하는데, 지금은 《김거사집》만이 전하며 《동문선》, 《동국여지승람》 등에 여러 편의 시가 남아 있다.

김달진金達鎭 1907~1989. 호는 월하月下. 시인, 번역문학가로 동양 정신과 불교 정신을 바탕으로 시를 썼다. 1929년 시 〈잡영수곡雜泳數曲〉을 《문예공론》에 발표하여 문단에 나왔다. 1939년 불교전문학교를 마쳤으며 첫 시집 《청시》를 펴냈다. 1960년대 이후로는 은둔하면서 주로 불경과 한시를 번역했다. 부처의 일대기를 그린 장편 서사시집 《큰 연꽃 한 송이 피기까지》, 시선집 《올빼미의 노래》, 동양 고전 《장자》, 《한산시집》, 《금강삼매경론》 등을 펴냈으며 사후 수필집 《산거일기》가 발간되었다.

김말봉金末峯 1901~1962. 소설가로 서울에서 출생하였다. 본명은 말봉末鳳이다. 1932년 《중앙일보》 신춘문예에 단편 〈망명녀亡命女〉가 당선되어 등단하였다. 남녀의 애정 문제를 주제로 한 통속소설을 주로 썼으며, 여성의 심리 묘사에 뛰어났다. 작품에 〈밀림〉, 〈찔레꽃〉 등이 있다.

김매순金邁淳 1776(영조 52)~1840(헌종 6). 조선 후기의 문신. 자는 덕수德叟, 호는 대산臺山으로 본관은 안동이다. 뛰어난 문장으로 홍석주와 함께 이름을 날렸으며, 여한10대가麗韓十大家의 한 사람으로 꼽힌다. 저서로는 《대산집》, 《대산공이점록臺山公移占錄》, 《주자대전차문표보朱子大全箚問標補》, 《전여일록篆餘日

錄》,《열양세시기洌陽歲時記》 등이 있다. 고종 때 판서로 추증되었다. 시호는 문청文淸이다.

김민기 1951년 전라북도 이리에서 태어났다. 가수, 작곡가이며 뮤지컬 기획자이다. 1969년 서울대 미대 회화과 입학하여 1977년에 졸업했다. 그가 작곡하고 부른 노래는 힘들고 지친 빈민층을 사랑하고 그들을 대변하는 곡들이 많다. 입학하던 해 동기였던 김영세와 함께 '도비두'(도깨비두마리)라는 밴드를 결성하여 첫 음악 활동을 시작했다. 1971년 〈김민기 1집 – 아하 누가 그렇게/길〉을 시작으로 가수 겸 작곡가의 삶을 시작했다. 1973년 김지하가 희곡을 쓴 연극 〈금관의 예수〉의 전국 순회공연에 참여했다. 1975년 당국에 의해 그의 노래 〈아침이슬〉이 금지곡이 됐다. 현재 소극장 학전과 극단 학전의 대표로 있으며, 1991년 록 뮤지컬 〈지하철 1호선〉 연출과 기획을 했다.

김상용金尙容 1561(명종 16)~1637(인조 15). 조선 중기의 문신으로 자는 경택景擇, 호는 선원仙源이다. 인조반정 후에 대사헌, 형조 판서, 우의정을 지냈다. 병자호란 때 왕족을 호종하고 강화로 피난했다가 이듬해 강화성이 함락되자 자살하였다. 작품에 〈오륜가五倫歌〉 5편, 〈훈계자손가訓戒子孫歌〉 9편 등이 있다.

김상용金尙鎔 1902~1951. 시인, 영문학자로 주로 전원적이며 목가적인 삶을 읊었다. 본관은 경주이고 호는 월파月坡이다. 일본 릿쿄대학立敎大學 영문과를 1927년 졸업하였다. 1930년 동아일보에 시 〈무상無常〉, 〈그러나 거문고의 줄은 없고나〉를 발표하여 문단에 나왔다. 1945년 이화여자대학교 교수로 재직했다. 1951년에 식중독으로 죽었다. 신석정, 김동명과 함께 3대 '전원파' 시인으로 불렸다. 1939년 첫 시집 《망향》을 냈고, 사후 《김상용 전집》,《남으로 창을 내겠소》 등이 나왔다.

김소월金素月 1902~1934. 평북 곽산 출신으로 본명은 정식廷湜, 본관은 공주이다. 전통적인 한의 정서를 여성 화자를 통해 보여주었고, 향토적 소재와 설화적 내용을 민요적 기법으로 노래하였다. 1915년 오산학교 중학부에 입학하여 김억에게 시를 배웠다. 이후 배재고등보통학교에 편입해 졸업하고 1923년 도쿄상과대학에 입학, 9월 관동대지진으로 귀국했다. 김동인 등과 《영대靈臺》동인으로 활동했다. 1934년 32세 때 곽산에서 음독자살했다.

김수항金壽恒 1629(인조 7)~1689(숙종 15). 조선 현종 때의 문신으로 본관은 안동, 자는 구지久之, 호는 문곡文谷이다. 서인으로서 2차례의 예송禮訟 때 남인과 대립했으며, 뒤에 서인이 노론과 소론으로 갈리자 노론의 영수가 되었다. 1651년에 알성 문과에 장원급제를 하고, 서인으로 대제학, 영의정을 지냈다. 1689년 기사환국으로 남인이 재집권하자 진도에 유배되어 사사되었다. 저서에 《문곡집》, 《송강행장松江行狀》등이 있다.

김시습金時習 1435(세종 17)~1493(성종 24). 조선 초기의 문인으로 본관은 강릉, 자는 열경悅卿, 호는 매월당梅月堂, 췌세옹贅世翁 등이며 법호는 설잠雪岑이다. 생육신의 한 사람으로, 승려가 되어 방랑 생활을 하며 절개를 지켰다. 유불儒佛 정신을 아울러 포섭한 사상과 탁월한 문장으로 일세를 풍미하였다. 한국 최초의 한문 소설 《금오신화》를 지었고, 저서에 《매월당집》이 있다.

김억金億 1896년~?. 시인이며 언론인이다. 본명은 김희권金熙權, 호를 따라 김안서金岸曙로도 불린다. 평안북도 곽산 출신이다. 1913년 일본 게이오의숙 영문과에 입학하였다. 낭만주의 성향의 《폐허》와 《창조》동인으로 활동했다. 서구의 상징시를 처음으로 한국에 소개하였고 1920년대 중반부터는 한시의 번역이나 민요 발굴 등 전통적인 정서 쪽으로 관심 방향을 돌렸다. 한국전쟁 때 납북되었으며 몰년은 미상이다. 친일 문학인 명단에 들었다. 최초의 번역 시집인 《오뇌의 무도》(1921)와 최초의 창작 시집 《해파리의 노래》(1923), 《봄의 노래》, 《먼동 틀 제》, 《민요시집》 등이 있다.

김용준金瑢俊 1904(광무 8)~1967. 호는 근원近園. 화가, 미술평론가, 미술사학자이다. 대구에서 태어나 1924년 제3회 조선미술전람회약칭 선전에서 유화 〈동십자각〉으로 입선하여 화가가 되었다. 1926년 일본 도쿄미술학교 서양화과에 들어갔다. 《동아일보》에 평론 활동을 활발히 했다. 1930년대 후반에는 한국미술사 연구에 힘써 1948년 《조선미술대요》를 출간했다. 광복 후 서울대학교와 동국대학교에서 교수로 재직하였으며 1948년 수필집 《근원수필》을 출간하였다. 9.28 서울 수복 당시 월북하여 북한 화단의 중심적인 화가로 활동했다.

김용호金容浩 1912~1973. 시인으로 경남 마산 출신이다. 본관은 김해, 아명은 만석萬石, 호는 학산鶴山, 야돈野豚, 추강秋江이다. 1935년 《동아일보》에 시 〈선언〉을 발표하고, 《신인문학》에 〈첫여름밤 귀를 기울이다〉, 〈쓸쓸하던 그날〉 등을 발표하여 문단에 나왔다. 1941년 도쿄에서 첫 시집 《향연》을 펴냈다. 일제강점기를 배경으로 어두운 시대상과 압박받는 민족의 현실을 읊다가 차츰 서민 생활을 노래했다. 시집으로 《해마다 피는 꽃》, 《푸른 별》, 《남해찬가》, 《날개》, 《의상세례衣裳洗禮》 등을 펴냈다.

김윤식金允植 1835(헌종 1)~1922. 한말의 관료, 문장가. 본관은 청풍, 자는 순경洵卿, 호는 운양雲養. 유신환兪莘煥과 박규수朴珪壽에게 배웠다. 《운양집》을 비롯하여 《임갑영고壬甲零稿》, 《천진담초天津談草》, 《음청사陰晴史》, 《속음청사續陰晴史》 등이 있다.

김인후金麟厚 1510(중종 5)~1560(명종 15). 조선 중기 문신, 유학자로 해동18현海東十八賢의 한 사람이다. 본관은 울산, 자는 후지厚之, 호는 하서河西, 담재澹齋이다. 1531년 성균사마시에 합격하여 성균관에 입학했다. 1540년 별시문과에 급제하여 권지승문원부정자權知承文院副正字에 올랐다. 이듬해에 호당湖堂에 들어가 사가독서賜暇讀書하였다. 1545년 을사사화가 일어나자 관직을 버리고 고향인 장성으로 돌아가 주자학 연구에 전념하며 벼슬에 나가지 않았다.

김재호 1938년 경남 김해 출생. 연세대 졸업하고 마산제일여고 교사를 역임하였고 1968년 대한민국 예술교육 문학상을 수상하였다. 시집으로 《눈과 보리밭 까마귀》, 《가을 심상》 등이 있다.

김정金淨 1486(성종 17)~1521(중종 16). 조선 전기의 문신, 학자. 본관 경주이 며 자는 원충元沖, 호는 충암冲菴, 고봉孤峯이다. 1504년 사마시에 합격, 1507 년 문과에 장원급제하였다. 정언正言, 순창군수 등을 지냈으며, 담양부사 박 상朴祥과 함께 폐비 신씨를 복위시키고자 상소하였으나 각하되고 유배당하였 다. 1516년 다시 등용되어, 부제학, 동부승지, 도승지, 이조참판, 대사헌, 형 조판서 등을 역임하였다. 1519년 기묘사화 때에 제주에 안치되었다가 뒤에 사사되었다. 시화詩畵에 능하였는데 저서로는《충암집》이 있다. 시호는 처음 에는 문정文貞이고, 나중에 문간文簡으로 고쳐졌다.

김정희金正熙 1786(정조 10)~1856(철종 7). 조선 후기의 문신, 서화가이다. 자 는 원춘元春, 호는 완당阮堂, 추사秋史, 시암詩庵이다. 1919년 문과에 급제하여, 벼슬이 이조참판에 이르렀다. 학문 연구에 대해서는 실사구시를 주장하였고, 서예에서는 추사체를 완성하였다. 고증학, 금석학에도 밝아 북한산에 있던 진흥왕 순수비를 고증하였다. 작품에 〈묵죽도墨竹圖〉, 〈묵란도墨蘭圖〉, 〈세한도 歲寒圖〉 등이 있으며, 저서에《완당집》,《금석과안록金石過眼錄》등이 있다.

김종직金宗直 1431(세종 13)~1492(성종 23). 조선 전기의 성리학자이자 문신 이다. 본관은 선산이고, 자는 계온季, 효관孝盥이며, 호는 점필재佔畢齋이다. 문 장과 경술經術에 뛰어나 이른바 영남학파의 종조宗祖가 되었고, 문하생으로는 정여창鄭汝昌, 김굉필金宏弼, 김일손金馹孫, 유호인兪好仁, 남효온南孝溫 등이 있다. 문집에《점필재집》, 저서에《유두유록流頭遊錄》,《청구풍아靑丘風雅》,《당후일기 堂後日記》등이 있고, 편서에《동문수東文粹》,《일선지一善誌》,《이준록彝尊錄》등이 있다. 시호는 문충文忠이다.

김홍도金弘道 1745(영조 21)~?. 조선 후기 풍속화가. 본관은 김해이고 자는 사능士能, 호는 단원檀園, 단구丹邱, 서호西湖 등이다. 문인화가 강세황의 천거로 도화서 화원이 되었다. 1773년에는 영조의 어진과 왕세자(뒤의 정조)의 초상 을 그리고, 1781년에는 정조의 어진 익선관본翼善冠本을 그릴 때 참여했다. 이 무렵부터 명나라 문인화가 이유방李流芳의 호를 따라 '단원'이라 하였다. 〈단원풍속화첩〉, 〈선인기려도仙人騎驢圖〉, 〈단원도〉 등이 전한다.

ㄴ

나옹懶翁　1320(충숙왕 7)~1376(우왕 2). 고려 31대 공민왕 때의 왕사王師. 영해 사람으로 초명은 원혜元惠, 속성은 아牙이다. 호는 나옹·강월헌江月軒이다. 중국 서천의 지공指空을 따라 심법心法의 정맥을 이어받았다. 고려 말 선종의 고승으로서 조선시대 불교에 크게 영향을 끼쳤다. 서예와 그림에도 뛰어났으며, 지공指空, 무학無學과 함께 삼대 화상三大和尙이라 일컬어진다. 시호는 선각禪覺, 혜근惠勤이다.

남주南趎　?~?. 호는 서계西溪, 선은仙隱이다. 조선 중종 때 장원급제를 하고 벼슬에 올랐으나, 남곤, 심정 등의 훈구파들이 조광조를 중심으로 한 급진적인 개혁을 추구한 신진사림을 축출하기 위해 기묘사화를 일으키자 귀양 갔다가 곡성에 정착하여 인재를 양성하였다고 한다.

노긍盧兢　1738(영조 14)~1790(정조 14). 조선시대의 문인으로 자는 여림如臨, 호는 한원漢源, 산주파散珠坡 등이다. 과시科詩로써 명성을 떨쳤으며, 작품에 한문 소설 〈화사花史〉가 있으며 저술로는 《한원문집》이 있다.

노수신盧守愼　1515(중종 10)~1590(선조 23). 조선 중기의 문신이자 학자이다. 본관은 광주光州이고, 자는 과회寡悔이며, 호는 소재蘇齋, 이재伊齋 등이 있다. 을사사화로 유배되었다가 복귀하여 영의정에 올랐으나 기축옥사로 파직되었다. 문장과 서예에 능하였고, 양명학을 연구하여 주자학파의 공격을 받았으며, 휴정休靜, 선수善脩 등과도 교제하여 불교의 영향을 받기도 하였다. 문집에는 《소재집》이 있다. 시호는 문의文懿, 문간文簡이다.

ㄷ

도연명陶淵明 365~427. 동진, 송대의 시인이다. 강서성 구강현의 남서 시상柴桑에서 출생하였다. 사는 연명 또는 원량元亮이고, 이름은 잠潛이다. 스스로 오류五柳 선생이라 하였다. 그의 시는 기교를 그다지 부리지 않고, 평담平淡한 시풍으로, 당대 이후 육조六朝 최고의 시인으로서 이름이 높았다. 그의 시풍은 내용 면에서는 따스한 인간미가 있으며, 고담枯淡의 풍이 서려 있고, 형식 면에는 대구적 기교나 전거典據 있는 표현은 별로 쓰지 않았다. 당대唐代의 맹호연孟浩然, 왕유王維, 위응물韋應物, 유종원柳宗元 등 많은 시인들에게 영향을 줬다. 주요 작품으로 〈오류선생전〉, 〈도화원기桃花源記〉, 〈귀거래사〉 등이 있다. 시호는 정절선생靖節先生이다.

두보杜甫 712~770. 성당시대盛唐時代 시인으로 시성詩聖으로 일컬어진다. 자는 자미子美이고, 호는 소릉少陵이다. 조부는 초당初唐의 시인 두심언杜審言이다. 이백李白과 병칭하여 이두李杜라고 일컫는다. 인간의 심리, 자연의 사실 가운데 그때까지 발견하지 못했던 새로운 감동을 찾아내어 시를 지었다. 장편의 고체시古體詩는 주로 사회성을 발휘하였으므로 시로 표현된 역사라는 뜻으로 시사詩史라 불린다. 시문집으로 북송의 왕수王洙가 편찬한 《두공부집杜工部集》 20권이 있다. 주요 작품에는 〈북정北征〉, 〈추흥秋興〉 등이 있다.

ㅁ

맹호연孟浩然 689~740. 당의 시인이다. 호북성 양양현에서 출생하였다. 40세쯤에 장안으로 올라와 진사進士 시험을 쳤으나, 낙방하여 고향에 돌아와 은둔 생활을 하였다. 만년에 재상 장구령張九齡의 부탁으로 잠시 그 밑에서 일한 것 이외에는 관직에 오르지 못하고 일생을 마쳤다. 도연명을 존경하여, 고독한 전원생활을 즐기고, 자연의 한적한 정취를 사랑한 작품을 남겼다. 시집으로《맹호연집》4권이 있으며, 약 20 수의 시가 전한다.

ㅂ

박돈목 1922~2002. 아동문학가로 경남 밀양 출신이며 호는 소강이다.《시영토》동인이며《새소년》에 동시를 발표하였다. 동시집으로《오동잎 우산》,《살여울에 송사리》,《아름이와 나》,《할아버지 옛동산》이 있다.

박두진朴斗鎭 1916~1998. 대한민국의 시인으로 호는 혜산兮山이며, 경기도 안성에서 태어났다. 1939년 문예지《문장》에〈향현〉등을 발표하여 문단에 등단하였으며, 박목월, 조지훈과 함께 '청록파'로 불린다. 처음에는 자연을 주제로 한 시를 썼으나 이후에는 광복의 감격과 생명감 있는 시를 썼다. 연세대, 이화여대에서 교수 생활을 하였다. 저서로《해》,《오도》,《청록집》,《거미와 성좌》,《수석열전》,《박두진 문학전집》등이 있다.

박목월朴木月 1916~1978. 한국 시단에서 김소월과 김영랑을 잇는 시인으로, 향토적 서정을 민요 가락에 담담하고 소박하게 담아냈다. 본명은 영종泳鍾이다. 1939년에《문장》을 통하여 문단에 데뷔하였으며, 1946년에 조지훈, 박두진과 함께《청록집》을 발간하여 청록파로 불리었다. 초기에는 자연 친화적인 주제를 다루었으나 점차 사념적인 경향으로 바뀌었다. 시집에《산도화山桃花》,《청담晴曇》,《경상도의 가랑잎》,《무순無順》등이 있다.

박순朴淳 1523(중종 18)~1589(선조 22). 조선시대 문신으로 자는 화숙和叔, 호는 사암思菴이며 본관은 충주이다. 1553년 정시 문과에 장원한 뒤 한산군수, 이조참의 등을 역임하였다. 1565년 대사간, 1572년 영의정에 올라 약 15년간 재직하였다. 이이를 변론하여 서인으로 지목받고 탄핵당하여 관직에서 물러나 영평 백운산에 은거하였다. 서경덕徐敬德에게 학문을 배워 성리학에 박

통하였고, 문장이 뛰어나고 글씨를 잘 썼으며, 당시풍唐詩風 시에도 능하였다. 저서에《사암집》이 있다. 시호는 문충文忠이다.

박은朴闇 1479(성종 10)~1504(연산군 10). 조선 중기의 학자이며 시인으로 이행李荇과 더불어 해동海東의 강서파江西派로 일컬어진다. 자는 중열仲說, 호는 읍취헌挹翠軒으로 본관은 고령이다. 1496년 식년문과에 급제한 뒤 사가독서하는 데 뽑혔으며 홍문관에서 정자, 수찬을 지냈다. 26세에 갑자사화에 연루되어 죽었다. 그는 중국 송대에 진사도陳師道가 기발한 착상과 참신한 표현을 위주로 썼던 기교적인 시를 다시 보여주었다. 이행이 펴낸《읍취헌유고》가 있다.

박제가朴齊家 1750(영조 26)~?. 조선 후기의 실학자로 자는 차수次修, 재선在先, 수기修其, 호는 위항도인葦杭道人, 초정楚亭, 정유貞蕤이다. 후기시문사대가後期詩文四大家의 한 사람으로, 박지원에게 배웠으며, 이덕무, 유득공 등과 함께 북학파를 이루었다. 시, 그림, 글씨에도 뛰어났으며 저서에《북학의》,《정유고략貞蕤稿略》등이 있다.

박준원朴準源 1739(영조15)~1807(순조 7). 조선의 문신으로 자는 평숙平叔, 호는 금석錦石으로 김양행金亮行의 문인이다. 1786년 사마시에 합격, 음보蔭補로 주부主簿가 되었다. 1800년에 순조가 즉위한 후 판돈령부사를 지냈다. 시호는 충헌忠獻이다.

박지원朴趾源 1737(영조 13)~1805(순조 5). 조선 후기의 문신, 학자로 본관은 반남潘南. 자는 미중美仲 또는 중미仲美, 호는 연암燕巖 또는 연상煙湘이다. 1780년 친족형 박명원朴明源이 청나라에 갈 때 동행했다. 귀국 후《열하일기》를 통하여 청나라의 문화를 소개하고 조선의 각 방면에 걸쳐 개혁을 논하였다. 의금부도사, 면천군수, 양양부사 등을 역임하였다. 홍대용 등과 함께 북학파의 영수로 이용후생의 실학을 강조하였다. 이덕무李德懋, 박제가, 유득공柳得恭, 이서구李書九 등이 그의 제자들이다. 저서에《연암집》,《과농소초課農小抄》,《한

민명전의限民名田義》 등이 있다.

백거이白居易   772~846. 중국 중당시대中唐時代의 시인으로 자는 낙천樂天, 호는 취음선생醉吟先生, 향산거사香山居士, 시호는 문文이다. 하남성 신정현 사람이다. 그의 시는 짧은 문장으로 누구든지 쉽게 읽을 수 있는 것이 특징이다. 45세 때 지은 〈비파행〉은 그를 당나라에서 가장 뛰어난 시인으로 만들었다. 또, 당 현종과 양귀비의 사랑을 노래한 장시 〈장한가長恨歌〉도 유명하다. 이 밖에 《백씨장경집白氏長慶集》50권에 그의 시 2,200수가 정리되었으며, 《백씨문집》은 그의 모든 시를 정리한 시집이다.

백광훈白光勳   1537(중종 32)~1582(선조 15). 조선 중기 시인. 본관은 해미海美이고, 자는 창경彰卿, 호는 옥봉玉峯, 기봉岐峰이다. 당시唐詩의 풍조를 쓰려고 노력하여 최경창崔慶昌, 이달李達과 함께 삼당파三唐派 시인으로 불린다. 팔문장八文章의 한 사람으로 인정받았고 영화체永和體에도 빼어났다. 1590년 옥봉서원에 제향되었고 문집으로 《옥봉집》이 있다.

백대붕白大鵬   ?~1592(선조 25). 조선 중기의 위항시인委巷詩人. 본관은 임천. 자는 만리萬里이다. 천인으로 태어났으나 정6품 사약司鑰에 올랐다고 한다. 만당晚唐의 풍을 본뜬 유약한 시를 썼는데 유행하여 '사약체'라는 이름을 얻었다고 한다. 같은 천인인 유희경과 함께 유·백으로 불렸고, 위항인들의 시 모임인 '풍월향도風月香徒'를 주도했다. 1590년 허성을 따라 일본에 가서 시로 이름을 떨치기도 했으며, 임진왜란이 일어나자 수변사 이일과 함께 상주에서 싸우다가 죽었다.

변훈邊焄   1926~2000. 작곡가 및 외교관이다. 함경남도 함흥에서 태어나 1954년 연희전문학교 정치외교학과를 졸업했다. 미국 샌프란시스코 총영사관 부영사, 파키스탄 총영사, 포르투갈 대리대사를 지냈다. 한국전쟁 당시 양명문의 시에 음을 붙여 대표작 〈명태〉를 작곡하였다. 대표적인 가곡은 〈낙동강〉, 〈떠나가는 배〉, 〈한강〉, 〈설악산아〉, 〈쥐〉, 〈님의 침묵〉, 〈초혼〉 등이 있다.

ㅅ

서거정徐居正 1420(세종 2)~1488(성종 19). 조선 전기의 문신이자 학자이다. 본관은 달성이고, 자는 강중剛中이며, 호는 사가정四佳亭이다. 문장과 글씨에 능하여 《경국대전經國大典》, 《동국통감東國通鑑》, 《동국여지승람東國興地勝覽》 편찬에 참여했으며, 또 왕명을 받고 《향약집성방鄕藥集成方》을 국역했다. 성리학을 비롯, 천문, 지리, 의약 등에 정통했다. 문집에 《사가집四佳集》, 저서에 《동인시화東人詩話》, 《동문선東文選》, 《역대연표歷代年表》, 《태평한화골계전太平閑話滑稽傳》, 《필원잡기筆苑雜記》가 있다. 시호는 문충文忠이다.

서정주徐廷柱 1915~2000. 시인으로 전북 고창에서 태어났다. 본관은 달성, 호는 미당未堂, 궁발窮髮이다. 시 세계의 폭 넓음과 깊이로 해서 한국 현대시사에서 가장 영향력 있는 작가로 손꼽힌다. 1936년 《동아일보》 신춘문예에 시 〈벽〉으로 등단하였으며 그해 동인지 《시인부락詩人部落》을 창간하고 주간을 지냈다. 1941년 〈화사花蛇〉, 〈자화상自畵像〉, 〈문둥이〉 등 24편의 시를 묶어 첫 시집 《화사집》을 출간했다. 1942년부터 친일 작품들을 발표했다. 1948년에는 시집 《귀촉도》, 1955년에는 《서정주 시선》을 출간해 자기 성찰과 달관의 세계를 동양적이고 민족적인 정조로 노래하였다. 이후 불교 사상에 입각한 인간 구원과 토속적, 주술적, 원시적인 샤머니즘을 노래하였다.

서헌순徐憲淳 1801(순조 1)~1868(고종 5). 조선 후기의 문신으로 본관은 달성, 자는 치장稚章, 호는 석운石耘이다. 1829년 문과에 급제했다. 1844년에 대사성이 되었다. 만년에 대제학 등을 역임하였다. 시호는 효문孝文이다.

설도薛濤 ?~?. 당나라 때의 기녀이자 여류시인으로 자는 홍도洪度이다. 음률과 시, 서예에 조예가 깊었고 용모가 뛰어났다고 한다. 백거이, 원진元稹, 유우석劉禹錫, 두목杜牧 등 당시의 유명한 문인들과도 교유하였다. 단시短詩에 능해 폭이 좁은 편지지인 설도전薛濤牋을 만들었다고 한다.

설손偰遜 ?~?. 위그르 사람으로 학문이 깊고 문장에 뛰어났으며 원 순제 때에 진사에 합격하였다. 황태자에게 경전經典을 강론했으나 승상의 비위에 거슬려 단주유수로 좌천되었다. 이때 홍건적의 난이 일어나자 1358년 고려에 망명하였고, 친분이 있던 공민왕이 고창백高昌伯에 봉하고 부원후富原侯로 고쳐 봉하였다. 이듬해 아들 5형제도 아버지를 따라 고려에 귀화했다. 저서에 《근사재일고近思齋逸藁》가 있다.

손로원 1911~1973. 작사가이다. 연희전문을 나왔다. 조국 광복의 기쁨을 노래한 〈귀국선〉을 시작으로 〈휘파람 불며〉, 〈물레방아 도는 내력〉, 〈백마강〉, 〈잘 있거라 부산항〉, 〈한강〉, 〈홍콩 아가씨〉, 〈님 계신 전선〉, 〈경상도 아가씨〉, 〈봄날은 간다〉 등을 작사했다.

송순宋純 1493(성종 23)~1582(선조 15). 자는 수초遂初, 성지誠之, 호는 기촌企村, 면앙정俛仰亭. 1519년 별시문과에 급제하여 승문원 권지부정자가 되었다. 77세에 한성부윤, 의정부 우참찬 겸 춘추관사를 끝으로 향리로 물러났다. 담양 구산사에 배향되었으며, 문집으로 《면앙집》이 있다.

송익필宋翼弼 1534(중종 29)~1599(선조 32). 조선 중기의 학자로 본관은 여산礪山. 자는 운장雲長, 호는 구봉龜峯, 현승玄繩이다. 경기도 고양 귀봉산 밑에서 학문을 닦으며 후진을 가르쳤다. 이이, 성혼과 교유했으며, 팔문장의 한 사람으로 문명을 날렸다. 성리학과 예학에 능하였다. 시는 성당시盛唐詩를 바탕으로 청절淸絶했으며, 문은 고문古文을 주장하여 논리가 정연한 실용적인 문체를 사용했다. 〈은아전銀娥傳〉은 당대로서는 보기 드문 전기체傳記體의 글이다. 저서로 《구봉집》이 있다.

송한필宋翰弼 ?~?. 조선 선조 때의 성리학자. 자는 계응季鷹, 호는 운곡雲谷. 형 익필과 함께 문학과 학문에 이름이 높았으며, 당시의 대학자인 이이가 성리학을 토론할 만한 사람은 송익필 형제뿐이라고 할 정도로 인정을 받았다.

신광한申光漢 1484(성종 15)~1555(명종 10). 본관은 고령, 자는 한지漢之, 시회

時晦, 호는 기재企齋, 낙봉駱峰, 석선재石仙齋, 청성동주青城洞主이다. 영의정 신숙주의 손자이고 내자시정內資寺正 신형申泂의 아들이다. 1507년 사마시를 거쳐 1510년 식년문과에 급제, 1514년 사가독서를 하고 홍문관 전교가 되었다. 1553년 목판본으로 간행된《기재기이企齋記異》가 전한다 시호는 문간文簡이다.

신석정辛夕汀 1907~1974. 시인으로 전북 부안에서 출생하였다. 1930년대《시문학》동인으로 활동했고, 주로 전원적인 시를 썼다. 특히 한용운의 영향을 받아 경어체를 많이 사용했다. 본명은 석정錫正, 아호는 석정夕汀, 필명은 소적蘇笛, 서촌曙村이다. 1924년 이후 초기에는 목가적인 전원에 귀의하여 생의 경건한 기쁨과 순수함을 노래했다. 시집《촛불》,《슬픈 목가》를 펴냈다. 그 밖에 시집으로《빙하》,《산의 서곡》,《대바람 소리》등을 펴냈다.

신중현申重鉉 1938~. 대중음악가로 1958년 미8군 무대에 기타리스트로 데뷔했으며 한국적인 록 음악을 제시했다. 김추자와 박인수, 장현 등을 발굴하였다. 3인조 밴드 '신중현과 엽전들'을 결성해 밴드로서도 큰 성공을 거두었다. 1975년 대마초 사건으로 인해 5년 동안 활동을 하지 못했다. 2006년 신중현은 아름다운 마무리를 위해 은퇴를 선언하고 은퇴 공연을 가졌다.

○

안국선安國善 1878(고종 11)~1926. 신소설 작가로 호는 천강天江이다. 1895년 관비 유학생으로 일본에 건너가 도쿄전문학교 정치과에서 공부하고 1899년 귀국했다 작품에《연설법방演說法方》, 우화소설《금수회의록》, 단편소설집《공진회》등이 있다.

안숙선安淑善 1949~. 국악인으로 19세에 상경해 김소희에게 판소리 〈흥보가〉와 〈춘향가〉를 배웠다. 이어 박봉술에게 〈적벽가〉를, 정광수에게 〈수궁가〉를 배웠으며 정권진, 성우향에게 판소리 다섯 마당을 이수하였다. 판소리, 창

극, 가야금 병창 외에도 가야금 산조, 구음 시나위, 설장구 솜씨도 뛰어나다. 1997년 8월 16일 '중요무형문화재 제23호 가야금 산조 및 병창 예능 보유자'로 인간문화재가 되었다.

양명문楊明文 1913~1985. 시인으로 평양에서 태어났으며 호는 자문紫門이다. 생활 속의 서정을 진솔하게 읊었으며, 널리 알려진 가곡 〈명태〉의 작사가이다. 1942년 일본 도쿄센슈대학 법학부를 졸업하고 1944년까지 도쿄에 머물러 있다가 북한에서 8.15 해방을 맞은 뒤 1.4 후퇴 때 월남해 1951년 육군 종군작가로 활동했다. 1940년 첫 시집《화수원華愁園》을 펴내 문단에 나왔다. 해방 이후에는 감정을 솔직하게 나타내거나 반공 이데올로기와 민족정신을 바탕으로 한 현실참여적인 시를 썼다.

오규원 1941~2007. 대한민국의 시인이자 교육자로 본명은 오규옥吳圭沃이다. 경남 밀양 삼랑진에서 출생하였으며 부산사범학교를 거쳐 동아대 법학과를 졸업했다. 1965년《현대문학》에 〈겨울 나그네〉가 초회 추천되고, 1968년 〈몇 개의 현상〉이 추천되어 등단하였다. 시집으로《순례》,《사랑의 기교》,《이 땅에 씌어지는 서정시》,《사랑의 감옥》 등이 있다.

왕세정王世貞 1526~1590. 명의 문학가이자 학자이다. 자는 원미元美, 호는 봉주鳳州, 엄주산인弇州山人이다. 젊을 때부터 문명이 높아 가정칠재자嘉靖七才子 중 한 사람으로 꼽혔다. 후칠자後七子의 맹주격인 이반룡李攀龍과 함께 이왕李王이라 불려 명대 후기 고문사古文辭파의 지도자가 되었다. 격조를 소중히 여기는 의고주의를 주장하였다. 만년에는 당나라의 백거이, 한유韓愈, 유종원, 송宋나라의 소동파蘇東坡 등의 작품에도 심취하였다. 저서에는《엄산당별집弇山堂別集》,《엄주산인사부고弇州山人四部考》,《속고續稿》,《예원치언藝苑巵言》 등이 있다.

왕유王維 ?~759. 중국 당나라의 시인이자 화가. 자는 마힐摩詰. 산서성 출신. 9세에 이미 시를 썼으며, 산수 자연의 청아한 정취를 노래한 것이 많으며 남전의 망천장에서의 작품이 유명하다. 맹호연, 위응물韋應物, 유종원과 함께 왕맹위유王孟韋柳로 병칭되며 당대唐代 자연 시인의 대표로 일컬어진다. 그는 이백, 두보 등과 함께 서정시 형식을 완성한 시인으로 손꼽힌다. 산수화에도 뛰어났으며 남송 문인화의 시조로도 받들어졌다. 불교 신도인 그의 시 속에는 불교 사상의 영향을 찾아볼 수 있는 깃도 하나의 특색이다.《왕우승집》28권이 전한다.

위야魏野 960~1019. 북송의 시인으로 자는 중선仲先, 호는 초당거사草堂居士이다. 명성을 싫어하여 출사를 거부하였으며 금琴을 벗하여 평생을 보냈다. 시가 속기가 없고 경발警拔한 구를 많이 남겨 임포林逋와 병칭되었다. 그의《초당집草堂集》은 그가 죽은 다음《거록동관집鉅鹿東觀集》10권으로 전해진다.

유득공柳得恭 1749(영조 25)~?. 조선 후기의 실학자로 본관은 문화文化. 자는 혜보惠甫, 혜풍惠風, 호는 영재泠齋. 1779년 규장각 검서가 되었으며 포천, 제천, 양근 등의 군수를 지냈다. 외직에 있으면서도 검서의 직함을 가져 이덕무, 박제가, 서이수徐理修 등과 함께 4검서라고 불렸다. 실사구시의 방법으로 중국에서 문물을 수입하여 산업진흥에 힘쓸 것을 주장한 북학파 실학자이다. 또한 발해사를 한국사의 체계 안에서 파악, 연구했다.《발해고渤海考》,《이십일도회고시二十一都懷古詩》,《경도잡지京都雜志》,《영재집》,《고운당필기古芸堂筆記》,《앙엽기盎葉記》,《사군지四郡志》등이 있다.

유방선柳方善 1388(우왕 14)~1443(세종 25). 조선초의 문인으로 본관은 서산瑞山, 자는 자계子繼, 호는 태재泰齋이다. 1405년 국가 사마시에 합격하여 성균관에서 공부했다. 1409년 아버지가 민무구의 옥사에 관련됨으로써 연좌되어 서원에 유배되었다가 다음 해 영양으로 이배되었다. 1415년 잠시 풀려났으나 다시 모함을 받고 유배되어 1427년까지 19년 동안 귀양살이를 했다. 세종은 집현전 학사를 보내 스승 대우를 하는 등 각별히 아끼고 등용하려 했으나 병에 걸려 뜻을 펴지 못하고 죽었다. 시풍은 충담고고沖澹高古하다는 평가를 받고 있다. 송곡서원에 배향되었으며 저서로《태재집》5권 1책이 전한다.

유안진柳岸津 1941년 서울에서 출생하였다. 시인, 소설가이자 교육자이다. 1965년, 1966년, 1967년 3회에 걸쳐 박목월 시인의 추천으로《현대문학》에 시 〈달〉, 〈별〉, 〈위로〉가 실리며 등단했고, 1970년 첫 시집《달하》를 출간했다. 〈지란지교芝蘭之交를 꿈꾸며〉로 큰 인기를 얻었다. 주요 작품으로 시집《절망시편》1972 등이 있고, 수필집으로《우리를 영원케 하는 것은》등이 있다.

윤희구尹喜求 1867(고종 4)~1926. 조선 후기의 한문학자. 자는 주현周賢, 호는 우당于堂이다. 광무 1년 사례소史禮所에서 장지연과 함께《대한예전大韓禮典》을 편찬하고《문헌비고文獻備考》를 증수하였으며, 규장각에 들어가《양조보감兩朝寶鑑》을 지었다. 장지연, 오세창 등과 함께《대동시선》을 교열하였다. 저서에《우당시문집》이 있다.

이광려李匡呂 1720(숙종 46)~1783(정조 7). 조선 후기의 실학자. 본관은 전주. 자는 성재聖載, 호는 월암月巖 또는 칠탄七灘이다. 문장이 뛰어났으며, 학행이 높아 천거를 받아서 참봉이 되었다. 또한, 그의 학식과 덕행이 높았고 문장이 뛰어나 당시 사림의 제1인자였다고 한다. 저서로는《이참봉집》이 있다.

이규보李奎報 1168(의종 22)~1241(고종 28). 고려의 문인으로 초명은 인저仁氏, 자는 춘경春卿, 호는 백운거사白雲居士, 본관은 황려. 1189 사마시에, 이듬해에 문과에 급제하여 집현전 대학사, 정당문학, 참지정사參知政事 등을 거쳐 1237년 문하시랑평장사를 마지막으로 벼슬에서 물러났다. 몽골군의 침입을 문장으로 격퇴한 명문장가로서 시, 술, 거문고를 즐겨 삼혹호선생三酷好先生이라 자칭했으며, 만년에는 불교에 귀의했다.《동국이상국집東國李相國集》,《백운소설白雲小說》이 전한다. 시호는 문순文順이다.

이달李達 1539(중종 34)~1612(광해군 4). 최경창, 백광훈과 같이 당시唐詩를 잘해 3당으로 불리었다. 자는 익지益之이고, 호는 손곡蓀谷, 동리東里이다. 서얼 출신이며, 허균과 허난설헌에게 시를 가르쳤다. 허균은 스승인 이달이 훌륭한 재능을 지녔으나 신분 때문에 불우하게 지냈다고 했다.《손곡집》이

전한다.

이덕무李德懋 1741(영조 17)~1793(정조 17). 조선 후기의 실학자로 본관은 전주, 자는 무관懋官, 호는 아정雅亭, 청장관靑莊館 등이다. 규장각에서 활동하면서 많은 서적을 정리, 교감했고, 고증학을 바탕으로 한 많은 저서를 남겼다. 박학다식하였으며 개성이 뚜렷한 문장으로 이름을 떨쳤으나, 서출이라 크게 등용되지 못하였다. 청나라에 건너가 학문을 닦고 돌아와 북학 발전의 기초를 마련하였다. 박제가, 이서구, 유득공과 함께 사가四家라 이른다. 저서에 《청장관전서》가 있다.

이백李白 701~762. 중국 당대唐代의 시인으로 자는 태백太白, 호는 청련거사靑蓮居士라고도 한다. 두보와 함께 중국 최고의 고전 시인으로 꼽힌다. 그의 시는 서정성이 뛰어나 논리성, 체계성보다는 감각, 직관에서 독보적이다. 술, 달을 소재로 많이 썼으며, 낭만적이고 귀족적인 시풍을 지녔다. 시선詩仙으로 불린다. 《이태백시집》30권이 있다.

이병기李秉岐 1891~1968. 시조 시인, 국문학자. 본관은 연안, 호는 가람嘉藍 또는 가람伽藍, 가남柯南으로 익산에서 태어났다. 일제강점기에 시조 부흥 운동에 앞장서서 시조를 이론적으로 체계화하는 데 노력하는 한편, 창작에도 관여하여 시조의 현대화에 기여하였다. 국문학, 서지학 분야에도 많은 업적을 남겼다. 저서에 《가람 시조집》, 《국문학 개론》 등이 있다.

이상은李商隱 ?~858. 중국 당나라 말기의 시인. 자는 의산義山. 회주 하내 사람이다. 스스로 옥계생玉谿生이라고도 불렀다. 837년에 진사시에 합격하였다. 영호초令狐楚 부자의 비호를 받았으나 반대당인 왕무원王茂元의 사위가 됨으로써 '우牛·이李의 당쟁'의 외중에서 두 당 사이를 오가는 처신으로 비난받으며 병으로 불우한 일생을 마쳤다. 그의 시의 특징은 화려하고 염려艶麗한 수사로 남녀 애정시의 전형을 창조했다 할 만하다. 《이의산시집》3권이 있으며, 시 600여 수가 전한다.

이서구李書九 1754(영조 30)~1825(순조 25). 조선 후기의 문신으로 시에 능해 이덕무, 유득공, 박제가와 함께 4가시인四家詩人의 한 사람으로 꼽힌다. 본관은 전주. 자는 낙서洛瑞, 호는 척재惕齋, 강산薑山 등이다. 1774년 정시문과에 급제한 뒤 사관을 거쳐 호조판서, 대제학, 우의정에 이르렀고 1825년 판중추부사로 재직하다가 죽었다. 문집으로는《강산집》,《강산초집》,《척재집》이 있으며, 편서로는《여지고輿地考》,《규장전운奎章全韻》,《장릉사보莊陵史補》가 있다. 시호는 문간文簡이다.

이서우李瑞雨 1633(인조 11)~1709(숙종 35). 조선 후기의 문신, 학자, 문인. 본관 우계羽溪. 자 윤보潤甫. 호 송곡松谷. 1660년 증광문과에 갑과로 급제하였다. 대사헌, 경기도관찰사, 강원도관찰사, 오위도총부 부총관 등을 역임하고 공조참판에 이르렀다. 시문에 뛰어나고 글씨로도 이름이 높았다. 저서로는《강사康史》2권과 외손 강박姜樸이 정리한《송파문집松波文集》20권이 있다.

이수복李壽福 1924~1986. 1965년 조선대학교 국문과를 졸업했다. 1954년《문예》지에 시〈동백꽃〉이 서정주의 추천을 받았고, 1955년《현대문학》에〈실솔〉,〈봄비〉가 추천되어 등단했다. 시집《봄비》에는 34편의 시가 수록되어 있다.

이숭인李崇仁 1349(충정왕 1)~1392(태조 1). 고려 후기의 학자며 시인이다. 본관은 성주이고 자는 자안子安, 호는 도은陶隱이다. 목은牧隱 이색, 포은圃隱 정몽주와 함께 고려말의 삼은三隱으로 일컬어진다. 1360년 14세의 나이로 국자감시에 합격하였다. 1392년 정몽주가 피살되자 그 일파로 몰려 순천에 유배되었다가 조선 개국에 앞서 피살되었다. 태종이 1406년 이조판서를 증직하고 문충文忠이라는 시호를 내렸다. 저서로는《도은집》5권이 전한다.

이우李堣 1469(예종 1)~1517(중종 12). 조선 중기의 문신으로 본관은 진보眞寶, 자는 명중明仲, 호는 송재松齋로 조카가 이황이다. 1498년 식년문과에 급제하여 승문원 권지부정자로 기용된 뒤 검열, 대교, 봉교를 지냈다. 1501년 전적을 거쳐 정언, 이조좌랑, 헌납, 지제교, 춘추관기주관, 봉상시첨정, 군기시 부정 등을 역임했다. 시문에 뛰어나 강원도관찰사로 있을 때 관동 지방을 유람하면서 지은 시가 《관동행록關東行錄》에 전한다. 저서로 《송재집》이 있다.

이원수李元壽 1911~1981. 경남 양산 출신으로 아동문학가이다. 한때 이동원 李冬原이라는 필명을 사용했다. 1926년 방정환이 펴낸 《어린이》에 〈고향의 봄〉이 당선되어 문단에 나왔다. 기존의 외형률 중심의 동요에서 벗어나 내재율 중심의 현실참여적인 동시를 썼다. 동시집으로 《종달새》, 《빨간 열매》 등, 동화집으로 《어린이 나라》, 《숲속 나라》, 《파란 구슬》, 《보리가 패면》 등이 있다.

이인로李仁老 1152(의종 6)~1220(고종 7). 고려 중기 무신 집권기의 문인으로 본관은 인주, 초명은 득옥得玉, 자는 미수眉叟, 호는 쌍명재雙明齋이다. 1180년 문과에 급제한 뒤 한림원에 보직되어 14년간 사국과 한림원에 출입했다. 당시의 이름난 선비인 오세재, 임춘 등과 중국의 죽림칠현을 흠모하여 죽림고회를 만들었다. 최초의 시화집인 《파한집破閑集》을 저술하였는데 용사用事 위주의 시론을 전개했다. 저서로 《은대집銀臺集》 20권, 《후집後集》 4권, 《쌍명재집》 3권, 《파한집》 3권을 저술했다고 하나, 현재 《파한집》만 전한다.

이장희 1947년생. 경기도 오산 출신으로 서울고등학교를 거쳐 연세대학교 생물학과를 졸업했다. 1971년 노래 〈겨울 이야기〉로 데뷔하였다. 당대에 포크 가수로 인식되었고 포크 록을 했던 뮤지션으로 평가받는다. 대표곡은 〈겨울 이야기〉, 〈그건 너〉, 〈나 그대에게 모두 드리리〉, 〈자정이 훨씬 넘었네〉, 〈슬픔이여 안녕〉 등이 있다.

이정보李鼎輔 1693(숙종 19)~1766(영조 42). 조선 후기의 문신, 시조 시인이다. 본관은 연안이며 자는 사수士受, 호는 삼주三洲, 보객정報客亭이다. 1736년 지평 때 탕평책을 반대하는 〈시무십일조時務十一條〉를 올려 파직되고, 후에 다시 기용되어 대제학, 예조판서 등을 지냈다. 글씨에 능하였으며 한시와 시조의 대가로 《해동가요》에 시조 78수가 전한다.

이제현李齊賢 1287(충렬왕 13)~1367(공민왕 16). 고려 후기의 문신, 시인이다. 본관은 경주, 초명은 지공之公, 자는 중사仲思, 호는 익재益齋, 실재實齋, 역옹櫟翁이다. 벼슬은 문하시중에 이르렀으며 당대의 명문장가로 성리학을 들여와 발전시켰으며 많은 시문을 남겼다. 1314년 백이정의 문하에서 정주학程朱學을 공부했고, 같은 해 원나라에 있던 충선왕이 만권당을 세워 그를 불러들이자 연경에 가서 원나라 학자 요수, 조맹부, 원명선 등과 함께 고전을 연구했다. 왕명으로 실록을 편찬하였고 원나라 조맹부의 서체를 고려에 도입하여 유행시켰으며 고려의 민간 가요 17수를 한시로 번역하였다. 저서에 《역옹패설》 2권, 《익재난고》 10권이 전한다. 공민왕 묘정에 배향되었으며, 시호는 문충文忠이다.

이주李胄 ?~1504(연산군 10). 조선 초기의 문신이다. 본관은 고성이며 자는 주지冑之, 호는 망헌忘軒이다. 1488년 별시에 급제한 뒤, 검열을 지내고 사가독서했다. 1498년 정언으로 있다가 무오사화 때 김종직의 문인으로 몰려 진도로 귀양 갔으며, 1504년 갑자사화 때 김굉필 등과 함께 사형되었다. 시에는 성당盛唐의 품격이 있으며, 기걸奇傑스럽고 힘찬 시풍을 지녔다고 평가되었다. 도승지에 추증되었으며, 문집으로 《망헌집》이 전한다.

이주호 1956년생으로 서울 출신이다. 스스로 작사 작곡하여 통기타를 치며 시를 읊듯 노래하는 가수이다. 1975년 솔로로 시작해 1977년 이정선, 한영애, 김영미와 4인조 그룹으로 활동했으며 1982년 그룹 해바라기를 결성하여 유익종, 이광준, 심명기 등을 거쳐 강성운까지 짝을 바꾸어 듀엣으로 활동해왔다. 〈사랑으로〉 등 다수의 곡이 있다.

이행李荇 1478(성종 9)~1534(중종 2). 조선 전기의 문신으로 박은과 함께 해동의 강서파라고 불렸다. 본관은 덕수로 자는 택지擇之, 호는 용재容齋, 창택어수滄澤漁叟, 청학도인靑鶴道人이다. 1495년 문과에 급제하였다. 1504년 응교로 있을 때 폐비 윤씨의 복위를 반대하다가 충주에 유배되었고, 중종반정으로 풀려나와 고위 관직을 두루 역임했다. 1530년 《신증동국여지승람》을 펴내는

데 참여했고, 1531년 김안로를 논박하여 좌천된 뒤 이듬해 함종에 유배되어 그곳에서 죽었다. 문장에 뛰어났으며 글씨와 그림에도 능하였다. 저서로는 《용재집》이 있다. 1537년 신원되었고, 중종 묘정에 배향되었다. 시호는 문정 文貞이고, 뒤에 문헌文獻으로 바뀌었다.

이형기李炯基　1933~2005. 대한민국의 시인으로 시인, 문학평론가이다. 경상남도 진주시에 태어나 동국대학교 불교학과를 졸업했고 동국대학교 국문과 교수로 재직했다. 1963년에 간행된 시집《적막강산》에 수록된 시〈낙화〉로 유명하다. 존재의 무상함과 아름답게 사라져가는 소멸의 미학을 특유의 반어법으로 표현해, 사라짐에 대한 존재론적, 사회학적 미학의 정점을 보여준다는 평가를 받았다. 저서 20여 권이 있다.

이후백李後白　1520(중종 15)~1578(선조 11). 자는 계진季眞, 호는 청련靑蓮. 본관은 연안. 1555년 문과에 급제하였으며, 대사간, 이조참판 등을 역임하였다. 1573년 변무사로 명나라에 다녀왔으며, 이어 인종의 비 인성왕후仁聖王后가 죽어 복제 문제가 일어나자 삼년상을 주장하여 그대로 시행되었다. 문장이 뛰어나고 덕망이 높아 사림의 추앙을 받았다.

이흥렬李興烈　1909~1980. 함경남도 원산 출생으로 일본 동양음악학교(현 도쿄음대의 전신)를 졸업하고 1931년에 귀국하여 보통학교 교사 생활을 하면서 동요 작곡을 시작했다. 1934년에《이흥렬 작곡집》, 1937년에 동요집《꽃동산》을 출간하였다. 널리 알려진 곡으로〈봄이 오면〉,〈바위 고개〉등이 있다.

이흥섭　1965년에 강릉에서 태어났다. 시인이자 문학평론가이다. 1990년《현대시세계》공모에 당선되어 시인으로, 2000년《문화일보》신춘문예에 당선되어 문학평론가로 각각 등단했다. 시집으로《강릉, 프라하, 함흥》,《숨결》,《가도가도 서쪽인 당신》이 있다.

임춘林椿　?~?. 고려 중기의 문인으로 죽림칠현의 한 사람이다. 본관은 예천, 자는 기지耆之, 호는 서하西河이다. 1170년에 무인란이 일어나자 7년여의 유락 생활流落生活을 했다. 이인로, 오세재 등과 더불어 죽림고회에 나가 술을 벗하며 문학을 논하여 고려 중기 문단을 대표하는 문인 중의 한 사람으로 꼽힌다. 문집으로 《서하집》이 있으며, 한국 가전문학 작품인 〈국순전麴醇傳〉, 〈공방전孔方傳〉을 남겼다.

임포林逋 967~1028. 북송의 은사이자 시인이다. 전당에서 출생하였고, 자는 군복君復이다. 서호의 고산에 20년간이나 은둔하여 매화와 학을 사랑하며 살았다하여 '매처학자梅妻鶴子'라 하였고, 소동파는 서호처사라 불렀다. 그의 시는 풍화설월風花雪月을 평담平淡한 표현으로 읊은 것이 많고, 청신 담백한 시풍을 이루었다. 시호는 화정선생和靖先生이다. 《임화정집林和靖集》 4권이 있다.

ㅈ

장유張維 1587(선조 20)~1638(인조 16). 조선 중기 문신이자 학자이다. 본관은 덕수이고, 자는 지국持國이며, 호는 계곡谿谷이다. 김장생金長生의 문인으로 청요직을 두루 역임하였다. 병자호란 때는 최명길과 더불어 화의를 주도하였고, 양명학을 익혀 기일원론氣一元論을 취하였으며, 수양의 방법으로 정일精一을 내세웠다. 문장이 뛰어나 조선 중기의 사대가四大家로 꼽혔다. 문집에는 《계곡집》, 《계곡만필谿谷漫筆》, 《음부경주해陰符經註解》 등이 있다. 시호는 문충文忠이다.

정도전鄭道傳 1342(충혜왕 3)~1398(태조 7). 고려 말기에서 조선 전기의 문인, 학자. 본관은 봉화, 자는 종지宗之, 호는 삼봉三峯이다. 이색의 문인으로, 조선 개국 일등 공신이 되었으며 성리학을 지도 이념으로 내세워 불교를 배척하였다. 전략, 외교, 법제, 행정에 밝았으며 각종 제도의 개혁과 정비를 통해 조선 왕조 500년의 기틀을 다져놓았다. 시와 문장에 뛰어나 《고려사》 37권을 개수하고, 《납씨가》, 《신도가》 등의 악장을 지었다. 저서에 《조선경국전》, 《경제육

전》과 문집《삼봉집》등이 있다.

정몽주鄭夢周 1337(충숙왕 복위 6)~1392(공양왕 4). 고려 말기 문신이자 학자로 본관은 연일, 자는 달가達可이며, 호는 포은이다. 의창을 세워 빈민을 구제하고 유학을 보급하였으며, 성리학에 밝았다.《주자가례朱子家禮》를 따라 개성에 5부 학당과 지방에 향교를 세워 교육 진흥을 꾀하고《대명률大明律》을 참작,《신율新律》을 간행하여 법 질서의 확립을 기하고 외교와 군사 면에도 깊이 관여하여 국운을 바로잡으려 했다. 문집에《포은집》이 있다. 시호는 문충文忠이다.

정약용丁若鏞 1762(영조 38)~1836(헌종 2). 조선 후기의 실학자로 유형원柳馨遠, 이익李瀷의 학문과 사상을 계승하여 조선 후기 실학을 집대성했다. 본관은 나주. 소자는 귀농歸農, 자는 미용美鏞, 호는 다산茶山, 사암俟菴, 여유당與猶堂, 자하도인紫霞道人이다. 문장과 경학經學에 뛰어난 학자로, 유형원과 이익 등의 실학을 계승하고 집대성하였다. 신유사옥 때 전라남도 강진으로 귀양 갔다가 19년 만에 풀려났다. 저서에《목민심서》,《흠흠신서》,《경세유표》등이 있다.

정완영鄭椀永 1919~. 시조 시인으로 경북 금릉에서 출생하였다. 호는 백수白水. 1960년《현대문학》에 시조〈애모愛慕〉,〈어제 오늘〉,〈강〉등이 추천되고, 1962년《조선일보》신춘문예에〈조국〉이 당선되어 문단에 나왔다. 그 뒤 전통적인 서정을 바탕으로 한〈제주도기행시초〉,〈산거일기山居日記〉,〈산이 나를 따라와서〉등과〈수수편편首首片片〉이라는 제목의 시조를 여러 편 지었다. 한국문인협회 이사, 한국시조작가협회 부회장 등을 역임했다. 시조집으로《채춘보採春譜》,《묵로도墨鷺圖》,《실일失日의 명銘》등이 있다.

정지묵丁志默 1747(영조 23)~?. 영조 때의 문인, 자는 원길元吉, 호는 운곡雲谷, 본관은 나주이다. 1756년에 식년시에 합격하였다.

정지상鄭知常 ?~1135(인종 13). 고려 전기의 문신이자 시인으로 초명은 지원之元이다. 1112년에 과거에 급제하였다. 1135년 묘청의 난이 일어나자 김부

식은 정지상, 김안, 백수한 등이 반역에 가담했다고 제거하였다. 20수 정도 시와 7편의 문장이 《동문선》, 《파한집》, 《백운소설》, 《고려사》 등에 전한다. 만당시풍晚唐詩風을 이루면서도 맑고 깨끗한 세계를 그렸다.

정지용鄭芝鎔   1902~?. 시인으로 충북 옥천 출신이다. 아명은 지용池龍이다. 1923년 4월 도쿄에 있는 도시샤대학同志社大學 영문과에 입학, 1929년 졸업과 함께 귀국하여 이후 해방 때까지 휘문고등보통학교에서 영어 교사로 재직했다. 1930년 김영랑과 박용철이 창간한 《시문학》의 동인으로 참가했다. 1933년 구인회에 가담하여 기관지 《시와 소설》 간행에 참여했다. 1950년 6.25전쟁 이후 월북했다가 1953년경 북한에서 사망한 것이 통설로 알려져 있다. 섬세하고 독특한 언어로 대상을 청신하게 묘사함으로써 한국 현대시의 새로운 국면을 개척하였다. 저서에 시집 《백록담》, 《정지용 시집》, 산문집 《문학 독본》 등이 있다.

정철鄭澈   1536(중종 31)~1593(선조 26). 자는 계함季涵, 호는 송강松江으로 본관은 연일이다. 1562년 진사시에, 다음 해 별시 문과에 각각 장원으로 급제하여, 전적典籍 등을 역임하고 사가독서하였다. 1589년 우의정으로 발탁되어 정여립鄭汝立의 모반 사건을 다스렸다. 50세에 대사헌이 되었으나 동인의 탄핵을 받아 다음 해에 사직하였다. 이때 〈사미인곡〉, 〈속미인곡〉, 〈성산별곡〉 등의 작품을 남겼다. 임진왜란 때 부름을 받아 왕을 의주까지 호종했으며, 다음 해 사은사로 명나라에 다녀왔다. 시호는 문청文淸이다.

정학유丁學游   1786(정조 10)~1855(철종 6). 조선 후기의 문인으로서 정약용의 둘째 아들이다. 본관은 나주이며 호는 운포耘逋이다. 1816년 농가에서 매년 해야 할 일과 풍속 등을 한글로 읊은 〈농가월령가〉를 지었다. 이는 모두 518구의 국한문혼용으로 농부들이 농업 기술 내용을 철마다 음률에 맞추어 흥겹게 노래로 부를 수 있도록 하였다.

정호승鄭浩承   1950년 경남 하동에서 출생했다. 1968년 경희대 국문과에 입학하고 같은 대학 대학원을 졸업하였다. 1972년에는《한국일보》신춘문예에 동시 〈석굴암을 오르는 영희〉, 1973년에는《대한일보》에 〈첨성대〉가 당선되어 문단에 등단하였다. 1982년에는《조선일보》신춘문예에 단편소설 〈위령제〉가 당선되었다. 그의 시는 어두운 시대저 정항으로 인한 삶의 아픔과 응어리를 서정으로 집약함으로써 시적 정직성과 함께 순수하고 풍부한 서정을 유지하고 있다. 작품집으로는《슬픔이 기쁨에게》,《서울의 예수》,《새벽 편지》,《별들은 따뜻하다》,《사랑하다가 죽어버려라》,《이 짧은 시간 동안》,《포옹》,《외로우니까 사람이다》등이 있으며, 장편소설《서울에는 바다가 없다》와 장편 동화《에밀레종의 슬픔》등이 있다.

조식曹植 1501(연산군 7)~1572(선조 5). 자는 건중楗仲, 호는 남명南冥이다. 어려서부터 학문에 열중하여 당시 유학계의 대학자로 추앙받았다. 지리산에 은거하며 학문에 전념하였으며, 여러 차례 조정에서 벼슬이 내려졌으나 모두 사양하고 나아가지 않았다.

조운흘趙云仡 1332(충숙왕 복위 1)~1404(태종 4.) 고려말 조선초의 문신이다. 본관은 풍양豊壤이고 호는 석간石磵이다. 이인복李仁復의 문인이며, 1357년에 문과에 급제하여, 첨서밀직사사, 계림부윤 등을 지냈다. 저서로《석간집》이 있다고 하나 현존하지 않는다. 편서로는《삼한시귀감三韓詩龜鑑》이 전하는데, 이는 최해崔瀣의《동인지문東人之文》중에서 〈오칠五七〉을 본떠 만든 것으로 보인다.

조지훈趙芝薰 1920~1968. 시인으로 경북 영양 출신이다. 청록파 시인 가운데 한 사람이며 전통적 생활에 깃든 미의식을 노래했다. 본관은 한양이며 본명은 동탁東卓이다. 1939년 혜화전문학교지금의 동국대학교 문과에 입학해 《백지》동인으로 참여했다. 청록파 시인의 한 사람으로, 초기에는 민족적 전통이 깃든 시를 썼으며 6.25 전쟁 이후에는 조국의 역사적 현실을 담은 시 작품과 평론을 주로 발표하였다. 저서에《조지훈 시선》,《시의 원리》등이 있다.

지영환 전남 고흥 출신으로 1990년 경희대 법학과 졸업하고 순경 임용되었다. 법학 박사와 정치학 박사학위를 받았고,《공무원범죄학》,《금융범죄론》등의 저서가 있다. 2004년 계간지《시와 시학》신춘문예에 당선되었다. 시집으로《날마다 한강을 건너는 이유》가 있고 역사소설로《조광조의 별》이 있다.

진계유陳繼儒 1558~1639. 명 말기의 문인이다. 자는 중임仲任이고, 호는 미공眉公이다. 시문에 능하였으며, 동기창董其昌과 함께 명성을 떨쳐 왕세정으로부터 존경을 받았다. 그러나 29세 때 유자儒者의 의관을 태워 버리고 관도官途의 뜻을 포기한 뒤, 곤산 남쪽에서 은거하였다가 만년에는 동여산에 은거하였다. 82세로 생애를 마쳤다. 그의 박식을 드러낸 저서에《보안당비급寶顏堂秘笈》,《미공전집眉公全集》이 있다.

진화陳澕 ?~?. 고려시대의 문인으로 본관은 여양麗陽, 호는 매호梅湖이다. 1198년 사마시에 장원급제했다. 서장관으로서 금나라에 사신으로 다녀온 후 옥당에서 지제고를 겸했다.《매호유고》1권이 전하며, 금나라에 사신으로 가면서 지은〈봉사입금奉使入金〉은 시대적 자각과 민족적 긍지 등 고려 시인의 문명 의식을 매우 사실적으로 그려낸 작품이라고 평가받고 있다. 그의 시의 본령은 주로 청려淸麗, 청소淸邵, 청신한 풍격을 가진 것으로 평가받는 자연시이다.

ㅊ

천상병千祥炳 1930~1993. 대한민국의 시인으로 일본 효고현에서 태어났다. 종교는 기독교이며, 소풍 온 속세를 떠나 하늘 고향으로 돌아간다는〈귀천〉으로 유명하다. 1967년 동백림 사건에 연루되어 심한 옥고와 고문을 겪었으며, 죽은 줄로 알고 유고 시집《새》를 발간하기도 하였다. 1993년 지병인 간경화로 인해 타계하였다. 시집《주막에서》,《천상병은 천상 시인이다》,《저승

가는 데도 여비가 든다면》, 《요놈! 요놈! 요 이쁜 놈!》, 동화집 《나는 할아버지다. 요놈들아》 등을 발표하였다.

최경창崔慶昌   1539(중종 34)~1583(선조 16). 조선의 문신이자 시인이다. 본관은 해수, 자는 가운嘉雲, 호는 고죽孤竹으로 종성부사를 지냈다. 인품과 학문이 뛰어나 이이, 송익필 등과 함께 8문장으로 손꼽혔다. 시를 특히 잘하여 백광훈, 이달과 함께 삼당시인으로 불린다. 문집에 《고죽유고》가 있다.

최해崔瀣   1287(충렬왕 13)~1340(충혜왕 복위 1). 고려의 문신으로 자는 언명보彥明父, 수옹壽翁, 호는 졸옹拙翁, 예산농은猊山農隱이다. 17세에 과거에 급제하여 성균관 학관을 거쳐 예문춘추검열 등 여러 벼슬을 지냈다. 1321년 원나라의 과거에 합격하여 요양로개주판관遼陽路蓋州判官으로 임명되었다. 5개월 만에 사퇴하고 고려에 돌아와 예문응교, 검교, 성균 대사성까지 지냈다. 문집으로 문文 43편을 실은 《졸고천백拙藁千百》 2권이 있으며 고려 명현들의 시문을 가려뽑은 《동인지문東人之文》 25권은 일부만 전하고 있다.

ㅍ

필탁畢卓   진晉 회제懷帝 때 신채 동양 사람으로 자는 무세茂世이다.

ㅎ

한인현韓寅鉉   1921~1969. 함경남도 원산에서 태어나 광명보통학교와 함흥사범학교를 거쳐 건국대학교를 졸업했다. 1923년 무렵 《아이생활》 어린이지에 동요를 발표함으로써 동요 동시를 쓰기 시작했다. 대표작인 〈섬집아기〉는 자장가로 친숙한 노래는 1950년 4월 《소학생》 잡지에 실려 알려졌다. 저서로는 동요 동시집인《민들레》,《푸른 교실》이 있다.

현기玄錡 1809(순조 9)〜1860(철종 11). 조선 말기의 여항 시인으로 본관은 천 녕이며 자는 신여信汝, 호는 희암希庵이다. 중인 가문으로 한어역과漢語譯科에 합격하였다. 어려서부터 비상한 재능을 보였으며 특히, 시작에 뛰어나 당시 의 사람들이 시신詩神이라고 불렀다. 음주와 시작으로 평생을 보냈으며 여항 시인 정수동鄭壽銅과 친한 사이로 아울러 능시能詩로 유명하였다. 한말의 시인 김석준金奭準이 그의 시제자이며, 저서로는 김석준이 간행한《희암시략希庵詩 略》1권 1책이 있다.

홍해리 1942년 충북 청원 출생으로 본명은 홍봉의洪峰義이다. 1964년 고려대 학교 영문과 졸업하였다. 시집《투망도》,《화사기》,《무교동》,《우리들의 말》, 《바람 센 날의 기억을 위하여》,《홍해리 시선》,《대추꽃 초록빛》,《비밀》등이 있다.

황벽黃檗 **희운**希運 ?〜850. 당나라 때 임제문중臨濟門中의 승려로 마조馬祖, 백 장百丈을 법통을 이렀다. 법을 이은 제자가 12인이 있는데 그중에 임제臨濟가 있다. 배휴가 기록한《완릉록宛陵錄》과《전심법요傳心法要》가 있다.

황오黃五 1816(순조 16)〜?. 본관은 장수, 자는 사언四彦, 호는 녹차綠此, 한안 漢案, 동해초이東海樵夷 이다. 호를 녹차라고 한 것은 압록강 이남에는 문장으로 자신을 따를 자가 없다는 의미이다. 20대에 고향을 떠나 한양에 머물었고 40 대에 귀향하였다. 경상북도 상주시 모동면 수봉리가 고향으로 녹차 선생의 시비가 세워져 있다.

황정견黃庭堅 1045〜1105. 송의 시인이자 화가이다. 홍주 분녕에서 출생하 였고, 자는 노직魯直, 호는 산곡山谷이다. 스승인 소식蘇軾과 나란히 송대를 대 표하는 시인으로 꼽힌다. 서書에서는 채양蔡襄, 소식, 미불米芾과 함께 북송의 4대가의 한 사람으로 일컬어진다. 글씨는 단정하지만 일종의 억양抑揚을 지 녔으며, 활달한 행초서行草書에 뛰어났다. 그의 시는 고전주의적인 작풍을 지

넘었으며, 학식에 의한 전고典故와, 수련을 거듭한 조사措辭를 특색으로 한다. 강서파의 시조로 꼽히며, 저서에는 《예장황선생문집豫章黃先生文集》 30권이 있다.

황정욱黃廷彧 1532(중종 27)~1607(선조 40). 조선 중기의 문신. 본관은 장수. 자는 경문景文, 호는 지천芝川. 1584년 종계변무주청사로 명나라에 가서 조선의 종계宗系가 잘못 기재된 채 간행된 《대명회전大明會典》의 개정을 확인하고 돌아왔다. 그 공으로 장계부원군에 봉해졌다. 1592년 임진왜란이 일어나자 항복 권유문이 문제가 되어 동인의 탄핵을 받아 길주에 유배되었다가 1597년 풀려났다. 시문과 서예에 능했으며, 뒤에 신원되었다. 저서에 《지천집》이 있다. 시호는 문정文貞이다.

황희黃喜 1363(공민왕 12)~1452(문종 2). 조선 초기의 문신. 본관은 장수이고, 초명은 수로壽老이다. 자는 구부懼夫, 호는 방촌厖村이다. 1392년 고려가 망하자 두문동에 은거했는데, 1394년 조정의 요청과 두문동 동료들의 천거로 성균관 학관으로 제수되면서 세자우정자世子右正字를 겸임했다. 1431년 영의정부사에 오른 뒤 1449년 치사하기까지 18년 동안 국정을 통리統理했으며, 치사한 뒤에도 중대사는 세종의 자문에 응하는 등 영향력을 발휘했다. 조선왕조를 통하여 가장 명망 있는 재상으로 칭송되었다. 저서로 《방촌집》이 있으며, 시호는 익성翼成이다.

인물 및 용어